Zum Buch:

Nach einer ausschweifenden Gartenparty wird Junos Mitarbeiter Gavin in der Nähe des Grundstückes tot aufgefunden. Natürlich gehen alle zunächst von einem Unfall aus, doch vieles scheint merkwürdig: Wieso wurde Gavins Brille so weit von seiner Leiche entfernt gefunden, und warum hatte er überhaupt die Party verlassen und war in den nahe gelegenen Wald gelaufen? Schließlich findet Juno heraus, dass noch weitere Menschen unter ungeklärten Umständen im Moor, das das Gutshaus umschließt, zu Tode kamen. Die charmante Hobbydetektivin nimmt sich des Falles an: Was hat der reiche und äußerst attraktive Jamie mit der ganzen Sache zu tun? Zahlreiche Geheimnisse scheinen seine Villa zu umgeben, doch je näher Juno der Lösung kommt, desto größer wird die Gefahr, in die sie sich selbst begibt.

Zur Autorin:

Ähnlich wie die Protagonistin ihrer Romane hat Stephanie Austin schon sehr unterschiedliche Karrieren verfolgt – einige davon dienten ihr als Inspiration für die Krimis um Juno Browne. So handelte sie beispielsweise mit Antiquitäten, arbeitete als Astrologin und Kunsthandwerkerin. Wenn sie nicht über Juno Brownes Abenteuer schreibt, treibt sie sich im örtlichen Theater herum oder gärtnert. Stephanie Austin lebt mit ihrem Ehemann in Devon.

Stephanie Austin

Juno Browne

und der Tote im Moor

Kriminalroman

Aus dem Englischen von
Karin Dufner

HarperCollins

Die Originalausgabe erschien 2019 unter dem Titel
Dead on Dartmoor bei Allison & Busby, London.

1. Auflage 2022

Deutsche Erstausgabe

Umschlaggestaltung von Bürosüd, München
Umschlaggabbildung von Phil.Tinkler/shutterstock, Lukasz Pajor/
shutterstock, Jon Bilous/shutterstock, Craig Walton/shutterstock,
Ammak/shutterstock, Vineyard Perspective/shutterstock, Elena Dijour/
shutterstock, buffaloboy2513/shutterstock, antpkr/shutterstock
Gesetzt aus der Stempel Garamond
von GGP Media GmbH, Pößneck
Druck und Bindung von CPI books GmbH, Leck
Printed in Germany
ISBN 978-3-7499-0347-4
www.harpercollins.de

Für Dad, er wäre begeistert gewesen

Anmerkung der Autorin

Das Städtchen Ashburton gibt es wirklich. Deshalb werden Menschen, die dort wohnen, Straßen, Läden, Pubs, Cafés und andere in diesem Buch erwähnte beliebte Treffpunkte wiedererkennen. Allerdings gibt es an den Rändern auch so manche Grauzone, wo Dichtung und Wahrheit miteinander verschwimmen, Orte also, die auf keiner Landkarte auftauchen. Für diese künstlerischen Freiheiten möchte ich mich entschuldigen.

1

Eine Woche vor dem Mord ging mein Transporter in Flammen auf.

Als ich morgens mit der Meute rausfuhr, schien die Welt noch in Ordnung zu sein. An diesem Tag musste ich nur drei Hunde ausführen, und wie immer holte ich einen nach dem anderen mit dem Transporter ab, ehe ihre Herrchen und Frauchen zur Arbeit aufbrachen. Ich kutschierte sie in den Wald am Rand unseres Städtchens, wo sie sich nach Herzenslust austoben konnten.

Im kühlen Schatten zwischen den Bäumen rannten sie vor mir her, beschnupperten die von winzigen Nachtgeschöpfen hinterlassenen Spuren und beschnüffelten Fußabdrücke im weichen, dunklen Morast. Ich folgte ihnen, als sie durch das Unterholz tollten, aus der Dunkelheit hinaus aufs sonnenbeschienene Gras stürmten und dabei die umherstolzierenden Krähen aufscheuchten, die schimpfend davonflatterten. Hier auf den Wiesen warf ich Stöcke, hinter denen sie herjagten, und genoss den weiten Blick über das Tal, wo sich Felder hinauf bis zum Moor erstrecken, an deren Rändern sich das grüne Gras allmählich fahlgelb färbte. In der Ferne konnte ich eine dieser für das Dartmoor typischen Felsformationen – *Tor* genannt – ausmachen, die sich ganz unvermittelt hoch aus dem sonst eher flachen Land erheben. Es würde wieder ein schöner Tag werden.

Als die Hunde müde wurden, brachte ich sie wieder zurück. Zwei von ihnen konnte ich mit den Zweitschlüsseln, die ich von meinen Kunden bekommen hatte, ins Haus lassen.

Für EBs Zuhause besaß ich keinen Schlüssel, weil seine Mama ihn stets in Empfang nahm. Doch als wir uns der Haustür näherten, fand ich daran angeklebt einen hastig bekritzelten Zettel. *Juno*, stand da, *Alan mit Schmerzen in der Brust ins Krankenhaus eingeliefert. Bin im Krankenwagen mitgefahren. Könnten Sie auf EB aufpassen, bis ich zurück bin? Ich rufe Sie an. Entschuldigen Sie die Umstände, Elaine x.*

Während ich die Nachricht las, wartete EB geduldig zu meinen Füßen, seine steil gebogenen Augenbrauen zuckten ratlos. Er hatte nichts dagegen, wieder in den Transporter zu steigen. Ausnahmsweise durfte er neben mir auf dem Beifahrersitz Platz nehmen, anstatt in den Stauraum hinter das Gitter gesetzt zu werden, wohin ich die Hunde normalerweise verfrachte. Als ich auf gewundenen Straßen zwischen üppig grünen Hecken zurück nach Ashburton fuhr, schmiegte er seinen kleinen Körper an mich.

Der Sommer war lang und warm gewesen und schien gar nicht mehr enden zu wollen. Den ganzen September schon lachte die Sonne von einem blauen Himmel. Aber die Schwalben waren fort, und obwohl das sommerliche Wetter anhielt, wiesen die Baumkronen die ersten bronzenen und goldenen Farbkleckse auf. Das Laub begann sich zu verfärben.

Plötzlich musste ich kräftig auf die Bremse treten. Mitten auf der Straße stand völlig reglos eine Frau. Unter ihrem langen blauen Morgenmantel lugte der Zipfel eines geblümten Nachthemds hervor. Ihr Haar umgab ihr Gesicht wie ein silberner Heiligenschein, war jedoch hinten angeklatscht, als habe sie es nicht gebürstet, nachdem sie am Morgen den Kopf vom Kissen erhoben hatte. Ich zog die Handbremse, stieg aus und knallte dem neugierigen EB die Tür vor der Schnauze zu. Obwohl mein Transporter nicht gerade leise war, nahm die Frau mich überhaupt nicht zur Kenntnis. Stattdessen starrte sie hinauf zum in den Baumwipfeln flackernden Licht und den tanzenden Schatten, dabei murmelte sie leise vor sich hin.

»Hallo!«, rief ich. »Ist alles in Ordnung?« Beim Klang meiner Stimme wandte sie sich um, allerdings nicht indem sie den Kopf drehte. Stattdessen vollführte sie eine Reihe winziger Trippelschritte, bis sie mir ihre gesamte Frontpartie zukehrte. Sie hatte blaue Augen, ihre Haut mit Tausenden winzigen Fältchen erinnerte mich an zerknautschte Rosenblätter. Sicher war sie früher einmal hübsch gewesen. »Brauchen Sie Hilfe?«

Ihre Antwort bestand nur aus einem strafenden Blick. Wenige Hundert Yards die Straße hinauf befand sich Oakdene, ein Pflegeheim für Menschen mit Demenz, wahrscheinlich war die Frau von dort ausgebüxt.

»Falls Sie einen Spaziergang machen wollen, brauchen Sie, glaube ich, Schuhe.«

Sie betrachtete ihre in wollene Bettsocken verpackten Füße und wackelte wie zur Probe mit den Zehen, bevor sie mir wieder ins Gesicht blickte. Der Ausdruck ihrer Augen war arglos und unschuldig wie der eines Kindes, so als habe ihr jemand alle Mühen und Plagen sanft von den Schultern genommen. Sie streckte den Arm aus, und im ersten Moment dachte ich, sie wolle mich schlagen, doch sie fasste mir nur in die Haare und betastete sie sacht. »Solche Locken.« Sie schnappte freudig nach Luft. »Und rot!«

Solche Locken und *rot* war eine treffende Beschreibung meiner Haarpracht.

»Du bist nicht Samantha«, teilte sie mir mit, schien sich jedoch nicht sicher zu sein.

»Nein, ich bin Juno. Und wie heißen Sie?«

»Marianne«, verkündete sie nach einer kurzen Bedenkzeit. »Fahren wir mit dem kleinen Bus da?«

Ich schaute in Richtung Transporter. Er war gelb und an

den Seiten schwarz beschriftet. Vermutlich sah er wirklich aus wie ein Kleinbus, nur dass EB hinter dem Lenkrad saß und uns mit strenger Miene musterte.

»Warum nicht?«

Sie ließ sich von mir zur Beifahrertür führen und auf den Sitz bugsieren, obwohl sich das wegen EB, der beschloss, dass eine Freundin von mir auch seine Freundin war, ein wenig schwierig gestaltete. Zum Glück störte es Marianne nicht, dass er ihr begeistert das Gesicht ableckte, und sie streichelte ihn ausgiebig, untermalt von Jubelrufen. Irgendwie gelang es mir, sie und mich anzuschnallen, und wir steuerten auf Oakdene zu, wobei ich ein Stoßgebet zum Himmel schickte, dass Marianne tatsächlich dort zu Hause war. Denn wenn nicht, hatte ich keine Ahnung, wohin ich sie sonst bringen sollte. Vermutlich wusste sie selbst es auch nicht.

Zum Glück kamen hinter der nächsten Kurve zwei Damen in blauen Schwesternkitteln in Sicht, die besorgt in die Hecken spähten und hin und her hasteten, als hofften sie, zwischen Dornengestrüpp und Brombeerbüschen jemanden aufzuspüren. Ich hielt an, ließ die Scheinwerfer aufblitzen und hupte. Beim Anblick meiner Beifahrerin schrie die eine erleichtert auf. »Oh, Gott sei Dank! Judith!«

Judith? Was war denn aus Marianne geworden?

Die Frau kam näher und fing an zu reden, während ich noch die Scheibe herunterkurbelte. Laut Namensschild an ihrer ausladenden Büste hörte sie auf den Namen Barbara. Sie war klein und pummelig und ein wenig außer Atem. »Vielen, vielen Dank! Wo haben Sie sie denn gefunden?«

»Nicht weit von hier«, antwortete ich, als Judith-Marianne unterstützt von der zweiten Schwester aus dem Transporter kletterte. Die Frau war jünger und größer als ihre Kollegin. Ihr streng zurückgekämmtes Haar gab eine hohe, blasse Stirn frei. »Geht sie denn öfter spazieren?«

»Ständig, die Arme! Sie will unbedingt zurück nach Hause … Oxford«, fügte die Schwester im Flüsterton hinzu.

Ich hatte zwar keine Ahnung, wie weit es genau von Ashburton nach Oxford war, doch sicher ein gutes Stück.

Ich schaute ihr nach, als sie davonging, ohne mich und EB eines Blickes zu würdigen. Sie hatte die Pflegerin untergehakt, und die beiden plauderten vergnügt miteinander. »Sie scheint sich hier recht wohlzufühlen.«

»Oh, sie ist ein Schatz«, erwiderte Barbara. »Ich möchte mich herzlich bei Ihnen bedanken … äh …«

»Juno.«

»Juno«, wiederholte sie. Dann zögerte sie kurz, runzelte die Stirn und presste die Lippen zusammen. »Ich … äh … unser Chef weiß nicht, dass sie schon wieder ausgebüxt ist. Wir möchten nicht, dass sie in ihrem Zimmer eingesperrt wird. Deshalb frage ich mich, ob …«

»Ich werde schweigen wie ein Grab.« Schließlich kannte ich den Leiter von Oakdene nicht und hatte ganz sicher nicht vor, die Pferde scheu zu machen.

»Danke«, keuchte sie, drehte sich um und eilte Judith-Marianne und ihrer Kollegin hinterher.

»Im Leben passieren manchmal die merkwürdigsten Dinge«, erklärte ich einem verdatterten EB, blickte ihnen noch einmal nach und setzte dann meinen Weg in die Stadt fort.

Ich traf eine halbe Stunde zu spät im *Old Nick's* ein, weil ich noch einen Abstecher nach Hause gemacht hatte, um meinen Anrufbeantworter abzuhören. Ich wollte wissen, ob Elaine sich gemeldet hatte. Vielleicht hatte sie mich ja mobil nicht erreicht, denn im Dartmoor ist das Netz miserabel, und das ist noch freundlich formuliert.

Aber niemand hatte angerufen. Ich wusste nicht, ob EB vor dem Spaziergang heute Morgen gefüttert worden war oder ob er noch auf sein Frühstück wartete, deshalb hielt ich beim Bäcker in der West Street und kaufte ihm ein extragroßes Würstchen im Schlafrock.

Old Nick's hat erst seit zwei Monaten geöffnet. Der Laden hatte Mr. Nickolai gehört, einem meiner betagten Kunden, der in der Wohnung darüber gelebt hatte. Er war Antiquitätenhändler gewesen. Leider hatte der alte Nick auch einen Hang zum Kriminellen gehabt, was letztlich zu seiner Ermordung führte. Mich hatte er zu seiner Alleinerbin bestimmt, warum, ist mir bis heute ein Rätsel. Vermutlich fand er, dass ich es verdient hatte. Eine Auffassung, die einige Mitglieder seiner Familie nicht teilen.

Wie dem auch sei, jedenfalls ist *Old Nick's* inzwischen nicht mehr der schäbige, heruntergekommene Trödlerladen von früher. Alles ist frisch hellgrün gestrichen, und der Name des Ladens erstrahlt in goldenen Buchstaben auf dem Schild über der Tür. Wenn ich meinen Wagen vor der Tür parke, kann ich mich bei diesem Anblick eines kleinen Anflugs von Stolz nicht erwehren, und ich danke jedes Mal im Geiste Brian, ein Cousin meiner Mutter und mein einziger noch lebender Verwandter, dem ich das Geld für die Renovierung verdanke.

Leider hätte alles Geld der Welt nicht gereicht, um *Old Nick's* wie durch Zauberhand von der Shadow Lane in die North Street oder die East Street zu verlegen, wo an Laufkundschaft kein Mangel herrscht. Das Städtchen Ashburton gehört zu den vier Zinnstädten im Dartmoor, wo früher das vor Ort abgebaute Zinn gestempelt und zu Münzen geprägt wurde. Die Einwohner sind stolz auf die Geschichte des Ortes, auch wenn er früher mal als Hort der Trunksucht galt. Inzwischen jedoch hat er sich in eine Touristenattraktion verwandelt, und es gibt mehr Antiquitätenläden als Pubs. Nur dass *Old Nick's* sich leider immobil fernab vom Schuss befindet. Da die Shadow Lane ansonsten nur einen Münzwaschsalon und ein Bestattungsinstitut zu bieten hat, verirrt sich kaum ein Tourist hierher. Außerdem neigen Menschen, die keine Waschmaschine besitzen, normalerweise auch nicht zum Kauf von Kunstgegenständen und Antiquitäten. Und wer sich erst einmal in die Hände eines Bestatters begeben musste, gehört naturgemäß auch nicht zu meiner Zielgruppe. Dennoch hatte ich voller Hoffnung ein Sandwichbrett an der Straßenecke aufgestellt, um möglichen Kunden den Weg zu weisen: *Old Nick's: Kunstgewerbe, Bücher, Antiquitäten, Raritäten aller Art.*

Als Nick mir den Laden vermachte, stand ich noch vor einem anderen Problem: Ich war bereits Unternehmerin. Ein Vermögen scheffele ich zwar nicht unbedingt damit, doch es reicht, um Leib und Seele beisammenzuhalten: – *Juno Browne, Haushaltsgöttin – Haus und Garten, Hausmeisterdienst, Pflege, Haussitting, Haustierhüten, Hundeausführen. Gerne auch kleine Aufträge.* So lautet jedenfalls die stolze Aufschrift seitlich an meinem Transporter. Ich will mein Geschäft nicht aufgeben, einige meiner Kundinnen sind mir zu sehr ans Herz gewachsen, und ich könnte mir das auch gar nicht leisten. Solange der Laden nicht genügend abwirft – und bis dahin wird es vermutlich noch eine ganze Weile dauern –, ist daran im Traum nicht zu denken. Mein Sortiment setzt sich hauptsächlich aus Krimskrams zusammen, und der Erlös ist bis jetzt nur ein Taschengeld, während die Fixkosten das Geld verschlingen, das ich eigentlich zum Leben brauche.

Das Vernünftigste – abgesehen von der Lösung, die gesamte Immobilie zu verkaufen und das Geld einzustreichen – wäre es, meine Mietwohnung bei Adam und Kate zu kündigen und die leeren Räumlichkeiten über dem Laden zu beziehen. Aber das bringe ich einfach noch nicht über mich. Ich bin zwar nicht unbedingt zimperlich, aber es widerstrebt mir, am Ort von Nicks Ermordung zu wohnen. Wenigstens solange es nicht unbedingt sein muss.

Bei meiner Ankunft brannte im Laden Licht, Pat war damit beschäftigt, das breite Fensterbrett mit ihren Arbeiten zu dekorieren. Sie winkte mir zu. Ich ließ EB voran in den Laden trotten. Er lief auf sie zu und unterzog ihre Turnschuhe einer eingehenden Inspektion. Pat betreibt mit ihrer Schwester und ihrem Schwager einen Gnadenhof für heimatlose Haus- und Nutztiere, weshalb die auf ihren Schuhen abgespeicherten Informationen für einen Hund vermutlich von höchstem Interesse sind.

Ich war erstaunt, sie zu sehen. »Ich dachte, Sophie sperrt heute auf.«

»Eigentlich war sie auch dran.« Pat bückte sich, um EB zu tätscheln, der ihre Schnürsenkel beschnüffelte. »Aber sie haben ihr eine Schicht in der Dartmoor Lodge angeboten. Also habe ich ihr vorgeschlagen, mit ihr zu tauschen. Mir macht es nichts aus.«

Sophie und Pat kümmern sich abwechselnd um den Laden und zahlen im Gegenzug keine Miete an mich. Auf diese Weise kommen sie in den Genuss einer kostenlosen Verkaufsfläche für ihre wundervollen Arbeiten, während ich meinen Betrieb weiterführen kann. Der Haken dabei ist, dass ich nichts daran verdiene.

Ich habe den Laden in mehrere vermietbare Einheiten unterteilt, in der Hoffnung, verschiedene Händler unter einem Dach zu vereinen. Sophie und Pat besetzen den vorderen Teil, dahinter kommen zwei weitere Verkaufsflächen. Mein Reich befindet sich ganz hinten im ehemaligen Lagerraum. Ein Schild im Flur weist darauf hin: *Sammlerstücke, Antiquitäten, Raritäten* – eine beschönigende Bezeichnung für ein paar wackelige Möbelstücke und ein wenig billigen Nippes.

Ich hatte nur einen einzigen zahlenden Mieter, und zwar Gavin, der in jenem Moment auf seinem Fahrrad am Schaufenster vorbeizischte. Mit seinem windschnittigen Helm und der Rennfahrerbekleidung sah er aus wie eine in Lycra gehüllte Libelle auf Rädern. Keine Ahnung, warum er sich anzog, als wolle er bei der Tour de France mitstrampeln, denn er wohnte nur fünf Minuten entfernt. Was war denn nur so schlimm an Hosenklammern fürs Fahrrad?

Bei seinem Anblick verdrehte Pat die Augen. »Er treibt Sophie in die Raserei«, raunte sie.

Da Gavin sein Rad immer in der Gasse seitlich des Ladens ankettete, würde es mindestens fünf Minuten dauern, bis er hier aufkreuzte. Trotzdem flüsterte ich ebenfalls. »Womit denn?«

»Er ... du weißt schon ... steht irgendwie auf sie«, erwiderte sie leise. »Er lässt sie einfach nicht in Ruhe, rückt ihr ständig auf die Pelle und schaut ihr bei der Arbeit über die Schulter.«

Sophie malt nicht gern im Laden, weil die Kunden dazu neigen, sie dabei zu beobachten, was sie aus dem Konzept bringt. Sie ist zwar bereit, es zu dulden, wenn sie dadurch etwas verkauft, kann es aber nicht leiden, wenn jemand zu lange herumlungert, ihr zu nah kommt oder zu viel redet. Gavin erfüllte alle drei Punkte auf dieser Liste.

Ich verstand durchaus, warum er sie anziehend fand. Sophie ist fünfundzwanzig, würde mit ihrer kindlichen Arglosigkeit jedoch auch als siebzehn durchgehen. Ein verlassenes Seehundbaby auf einer Eisscholle hätte einen nicht herzerweichender aus großen braunen Augen anschauen können als Sophie Child. Der Blick wirkt sogar bei mir, verdammt. Ein armer Junge wie Gavin war also absolut chancenlos. Gavin, neunzehn, hatte die emotionale Reife eines Elfjährigen und war ihr schlichtweg nicht gewachsen.

Ich betrachtete das aktuelle Kunstwerk auf Sophies Schreibtisch. Das dicke Aquarellpapier war an den Ecken festgesteckt. Es handelte sich um eine ihrer Heckendarstellungen: eine Trockenmauer, die rauen, bemoosten Steine sichtbar durch das zarte Blattwerk von Wildblumen. Ein Teil des Papiers war noch weiß und unbemalt.

Seinen albernen Helm in der Hand, schlaksig und mit Brille auf der Nase, erschien Gavin in der Tür. Als EB ein leises Kläffen ausstieß, verzog er das Gesicht. Gavin war kein Hundefreund. »Wo ist Sophie?«, lautete seine erste Frage.

»Guten Morgen, Gavin. Und wie geht es dir heute?«, antwortete ich grinsend.

»Kommt sie heute nicht?« Dem armen Kleinen stand die Enttäuschung ins Gesicht geschrieben.

»Erst später. Sie hat Frühstücksdienst in der Dartmoor Lodge.«

»Ich kapiere nicht, warum sie sich damit abgibt und ihr Talent vergeudet«, verkündete er herablassend.

»Sie muss von etwas leben, Gavin«, teilte Pat ihm schonungslos mit. »Nicht jeder kann von Mamas und Papas Konto abheben.«

Er errötete leicht und verdrückte sich leise brummelnd durch die Tür hinten im Laden und die Treppe hinauf, um sich umzuziehen. Auf dem Treppenabsatz gibt es ein Bad, das früher zu Nicks Wohnung gehört hat. Seine ehemalige Küche benutzen wir jetzt als Teeküche.

»Jetzt zieht er sich eine halbe Stunde lang um«, lästerte Pat. »Und dann kommt er mit einer einzigen Tasse Kaffee zurück, wart's nur ab. Nie bietet er an, für uns auch welchen zu kochen.«

Zum Warten fehlte mir leider die Zeit, denn ich musste mich um meine Kundschaft kümmern. »Hör zu, Pat. Ich möchte EB nur ungern im Auto lassen. Darf ich ihn dir aufs Auge drücken? Ich könnte ihn auch in die Küche sperren, falls dir das lieber ist.« Aber EB hatte es sich bereits neben ihrem Stuhl gemütlich gemacht. Ich reichte ihr die fettfleckige Tüte mit seinem Frühstück.

Die Brownlows waren ein Ärzteehepaar mit drei halbwüchsigen Kindern und einer lässigen, ja geradezu waghalsigen Einstellung, was Sicherheit und Hygiene anging. Ich konnte nur hoffen, dass sich diese Haltung auf ihr Zuhause beschränkte und nicht auch die Praxis betraf. Die Hälfte der vereinbarten zwei Stunden verbrachte ich damit, das Geschirr zu spülen – die Spülmaschine war bereits voll –, um die Arbeitsflächen freizulegen, die zu putzen ich eigentlich bezahlt wurde. Nachdem ich die braune Kruste aus einer Sauciere gekratzt und die rosafarbenen Glasurspritzer, zurückgeblieben von einer Backorgie, beseitigt hatte, konnte ich endlich die meiner Zuwendung harrende Küchenzeile und den Boden in Angriff nehmen. Zu guter Letzt war die Küche blitzblank – vorübergehend zumindest. Nun hatte ich, bevor ich weitermusste, gerade noch Zeit, nach Maisie zu schauen und mich zu vergewissern, dass ihr Pflegedienst da gewesen war, um ihr beim Waschen und Anziehen zu helfen, ihre Bettwäsche zu wechseln und die schmutzige in den Wäschekorb zu stopfen. Anschließend bügelte ich eine Stunde lang Hemden bei Simon, dem Steuerberater, der in Sachen Kragen sehr pingelig war, und kurz vor zwölf Uhr mittags war ich wieder im *Old Nick's*.

Offenbar war Sophie inzwischen eingetroffen, denn ihre Jacke und Tasche hingen an der Stuhllehne. Allerdings fehlte von ihr selbst jede Spur. Gavin saß, hinter einer seiner Graphic Novels verbunkert, in seinem Abteil am Schreibtisch. Pat zählte hochkonzentriert die Maschen auf ihrer Stricknadel. Die beiden sprachen kein Wort. Es herrschte, gelinde gesagt, dicke Luft.

Als EB auf mich zutrippelte, um mich zu begrüßen, klickten seine Krallen auf dem Parkett.

»Wo ist Sophie?«, fragte ich.

»Oben.« Pat erdolchte Gavin mit Blicken. »Sie versucht, ihr Bild zu retten.«

Ich schaute noch einmal in Gavins Richtung. Er hatte verdächtig rote Ohren. Dann ging ich die Treppe hinauf in die Küche. Sophie stand an der Spüle, hatte ihr Bild auf einer der Arbeitsflächen ausgebreitet und tupfte es vorsichtig mit einem Schwamm ab.

»Was ist passiert?«

»Gavin, dieser Blödmann«, erwiderte sie, ohne den Kopf zu heben. »Er wollte mir einen Kaffee bringen. Ich habe gesagt, dass ich keinen will. Da hat er die Tasse auf meinen Tisch gestellt und sie prompt mit dem Ärmel umgestoßen.«

»Ist das Bild kaputt?«

»Ich hatte ein paar Stellen schon grundiert«, meinte sie und zeigte auf die weißen, noch nicht ausgemalten Stängel von Wiesenkerbel. »Deshalb waren sie geschützt. Aber einen Teil des Hintergrunds muss ich neu malen.«

»Oh, Soph, du hattest so viel Zeit reingesteckt! Was hast du zu ihm gesagt?«

»Nicht viel. Das war auch nicht nötig.« Sie kicherte. »Pat hat ihn ordentlich zur Schnecke gemacht.« Sie schob ihre große, rot geränderte Brille hoch. »Tja, du kennst sie ja.«

Pat ist zwar einer der nachsichtigsten und gutmütigsten Menschen, die mir je untergekommen sind, doch Gavin stand bei ihr auf der schwarzen Liste. »Hoffentlich setzt sie ihm nicht zu sehr zu. Ich möchte nicht, dass er geht. Ich brauche nämlich die Miete.«

»Heute ist offenbar nicht mein Glückstag.« Sophie betupfte ein winzige Blüte mit dem Zipfel eines Stücks Küchenrolle. »Eigentlich hätte ich ein paar Sachen ins neue Kulturzentrum in Dartmeet bringen sollen. Alles ist schon fertig gepackt.« Sie bedachte mich mit einem traurigen Blick aus dunklen Augen. »Aber jetzt muss ich absagen. Ich weiß nicht, wie ich hinkommen soll.«

»Warum?«

»Mum musste zur Arbeit und brauchte das Auto.«

»Ich fahre dich.« Die Worte waren heraus, bevor ich darüber nachgedacht hatte.

Sophie musterte mich weiter seelenvoll. »Musst du heute Nachmittag denn nicht arbeiten?«

»Ich habe Ricky und Morris versprochen, ihnen zu helfen, aber die haben bestimmt nichts dagegen, dass ich das verschiebe. Ich rufe sie an.«

Nicks altes Telefon stand noch einsatzbereit im Wohnzimmer auf dem Fußboden. Ansonsten war der Raum, wie auch das Schlafzimmer, leer. Die Möbel waren ausgeräumt, die Wände gestrichen, die Dielen abgeschliffen und lackiert, und in die Decke waren neue Punktstrahler eingelassen. Die Wohnung wartete nur darauf, von Mietern bezogen zu werden. Oder von mir. Pat vertrat die Ansicht, dass es in der Wohnung spukte. Zumindest versuchte sie, das Gavin weiszumachen, um ihn zu ärgern. Obwohl ich ziemlich sicher bin, dass ich nicht an Gespenster glaube, gelang es mir nicht, die Räume zu betreten, ohne dabei an Nick zu denken, sein leises Lachen zu hören und seine funkelnden blauen Augen zu sehen. Nachdem ich den Anruf erledigt hatte, ging ich wieder in den Laden.

»Gavin«, rief Pat aus, als ich eintrat. »Was solltest du Juno noch mal unbedingt ausrichten?«

Er blickte von seiner Lektüre auf und kehrte mit sichtlicher Anstrengung in die Wirklichkeit zurück. »Was?«

»Was war gestern los?«, beharrte Pat.

»Äh … ja«, antwortete er und starrte ratlos durch seine Brillengläser, als krame er in seinem Gedächtnis. »Eine Frau war da und hat sich nach einem Ladenabteil erkundigt.«

»Spitze!« Die Aussicht auf zusätzliche Mieteinnahmen munterte mich sofort auf. »In welcher Branche ist sie denn?«

Er zuckte die Achseln. »Keinen Schimmer. Ich habe ihr gesagt, dass sie wiederkommen muss, wenn du da bist.«

»Und hast du ihre Telefonnummer notiert?«

»Nein … sorry«, fügte er im Tonfall eines Menschen hinzu, den die Sache eigentlich nicht die Bohne interessiert, und wandte sich wieder seinem Buch zu.

»Nun, falls sie sich noch einmal blicken lässt oder ein anderer Interessent aufkreuzt, könntest du wenigstens so gütig sein, dir die Kontaktdaten aufzuschreiben. Ich muss diese Verkaufsflächen vermieten.«

»Oh? Ja, natürlich.«

»Ach, und übrigens«, fügte ich, in den Raum gewandt, hinzu, »waren in meiner Geldschatulle gestern Abend achtzehn Pfund mehr. Offenbar hat jemand etwas von meinen Sachen verkauft. Wisst ihr vielleicht, worum es sich gehandelt haben könnte?«

»Das war ich.« Gavins Verlegenheit steigerte sich. »Du hast so ein Silberding verkauft … ein abgerundetes Messer, Elfenbeingriff, so ähnlich wie … äh, ein Apfelausstecher.«

»Das war der Weichkäselöffel«, teilte ich ihm mit. »Es stand auf dem Etikett.« Eigentlich wollte ich ihm keine Vorträge halten, scheiterte jedoch kläglich mit diesem Vorsatz. »Darum beschriften wir hier alles, Gavin. Damit wir den Überblick darüber behalten, was wir verkaufen. Beim nächsten Mal notiere bitte alles in dem Buch auf der Theke. Deshalb liegt es nämlich da.« Wenn sich alle an das System hielten, war es eigentlich ziemlich einfach. Der arme Gavin. Wenn ich geahnt hätte, welch schreckliches Schicksal ihm bevorstand, ich hätte hoffentlich mehr Geduld mit ihm gehabt. Bestimmt hätte ich größeres Verständnis für seine abgrundtiefe Teilnahmslosigkeit, seine Trägheit und seine völlige Charmefreiheit aufgebracht. Vielleicht aber auch nicht.

Nachdem wir Sophies Bilder im Transporter verstaut hatten, scheuchten wir EB hinein. Eigentlich hätte er lieber vorne gesessen, doch von Hunden kriegt Sophie Asthma. Auch wenn EBs Mama sicher empört darauf hingewiesen hätte, dass Zwergschnauzer grundsätzlich nicht haaren. Dennoch achtete ich darauf, dass Sophie ihren Inhalator einsteckte. Wir hatten keines ihrer großen Heckengemälde dabei, sondern nur einige Miniaturen, reizende Studien, die Vögel, Bienen, Libellen und Amphibien zeigten. Zusätzlich zu den Kartons mit diesen Arbeiten hatten wir noch eine Mappe mit Drucken ihrer großformatigeren Bilder eingepackt. Auf mein Drängen hin hatte Sophie außerdem angefangen, Tierporträts zu malen, doch bis jetzt war EB ihr einziger Auftrag.

Wir nahmen die Straße nach Buckland. Sobald wir den bewaldeten Hügel zur Kirche hinauffuhren und sich Ackerland unter einem weiten blauen Himmel erstreckte, verkündete ein nervtötendes Piepsen, dass mein Smartphone unter die Lebenden zurückgekehrt war. Ein dumpfes Summen verriet mir, dass gerade jemand anrief. »Das ist bestimmt Elaine. Kannst du mal nachschauen?«

Bis es Sophie gelungen war, das Telefon aus den Tiefen meiner Tasche hervorzukramen, war bereits die Mailbox angesprungen. Sie lauschte, während ich in eine Auffahrt auswich, um ein landwirtschaftliches Fahrzeug auf der engen Straße vorbeizulassen – eine gewaltige Maschine mit stacheligen Armen, vor dem Führerhaus zusammengefaltet wie die Klauen einer Gottesanbeterin. Das Ding wurde wahrscheinlich bei der Heuernte eingesetzt. Offenbar hatten die hiesigen Farmer wegen der langen Trockenperiode ein zweites Mal mähen können.

»Alan geht es gut«, meldete Sophie, das Smartphone am Ohr, als die Reifen des Fahrzeugs mit dem tiefen Profil an meinem Fenster vorbeirollten und mir den Außenspiegel verbogen. »Sie haben ihm einen Stent eingesetzt, und er muss ein paar Tage im Krankenhaus bleiben. Elaine ist zu Hause. Du kannst EB zurückbringen, wann es dir passt.«

»Schickst du ihr eine SMS, dass ich in einer oder zwei Stunden da bin?«

Sie nickte, und ihre Daumen setzten sich in Bewegung.

EB und ich ließen Sophie bei der Ansammlung alter Bauernhäuser aus Stein zurück, die inzwischen das neue Kulturzentrum beherbergten, und unternahmen noch einen Spaziergang. Am Ende der Straße setzten wir uns auf ein Mäuerchen und blickten über die Stoppelfelder, auf denen verstreut goldene kreisrunde Heuballen lagen. In der Ferne schichtete eine Maschine die Ballen zu einem Stapel und wickelte sie in schwarze Plastikfolie, um sie einzulagern, etwas, das man im September normalerweise nicht zu Gesicht bekam.

Zurück im Kulturzentrum, warteten wir in dem blitzblanken neuen Café auf Sophie und testeten den Apfel-Streuselkuchen. Zwanzig Minuten später erschien sie, ein breites Grinsen auf dem Gesicht, in ihren Händen nur noch die Mappe.

»Sie nehmen alle meine Bilder«, verkündete sie beglückt. »In Kommission.«

Zur Feier des Tages wollte ich ihr einen Tee spendieren, doch sie lehnte ab, und wir beschlossen aufzubrechen. Ich setzte EB hinten in den Transporter, ihre Mappe wollte Sophie allerdings bei sich behalten. Und so fuhren wir los Richtung Heimat.

»Dadurch wird dein Sortiment im Laden kleiner«, meinte ich, nachdem wir über ein Kuhgitter geholpert waren und in die Straße einbogen, die über das Moor nach Hause führt. Der trockene Sommerwind hatte das Gras am Straßenrand verdorren lassen, und auch die Blätter der verkrüppelten Weißdornbüsche waren bereits welk und vergilbt. »Das heißt, dass du fleißig den Pinsel schwingen musst.«

Sie blickte mich verstohlen von der Seite an. »Offen gestanden hätten sie gern ein paar hiesige Landschaften gehabt.«

Ich seufzte auf. »Predige ich dir das nicht ständig?« Ich nahm die Hand vom Lenkrad und wies auf das prachtvolle weite Moor ringsum und einen schartigen *Tor* aus Granit, der sich wie eine Burgruine in der Ferne erhob. »Hiesige Landschaften verkaufen sich gut!«

Sie schaltete das Radio ein, ohne auf meine Bemerkung einzugehen.

»Mal im Ernst, Sophie. Was ist denn so schlimm daran, Buckland Church oder Hound Tor zu malen?«

»Das machen doch alle«, tat sie meinen Vorschlag ab. Diese Debatte führten wir immer mal wieder. »Findest du nicht auch, dass es irgendwie verbrannt riecht?«

»Wechsle jetzt nicht das Thema. Was hältst du von ein paar Ansichten von Ashburton? Ich habe hübsche Fotos vom Friedhof von St. Andrews im Schnee. Ja, jetzt rieche ich es!« Der Brandgeruch war unverkennbar, und das Wageninnere füllte sich rasch mit blauem Qualm. »Ich fahre links ran.« Kaum hatte ich es an den Straßenrand geschafft, als schon winzige, leuchtende Flammen unter dem Armaturenbrett hervorzüngelten. Sophie versuchte vergeblich, sie mit den Fingern auszudrücken.

»Raus!«, befahl ich und stellte den Motor ab. »Sofort raus!«

Sie hatte bereits die Beifahrertür geöffnet und presste die Mappe an ihre Brust. Heißer schwarzer Rauch quoll unter dem Armaturenbrett heraus. Mir blieb gerade noch Zeit, meine Tasche aus dem Fußraum zu bergen. Mit angehaltenem Atem holte ich die Wagenpapiere aus dem Handschuhfach. »Ruf die Feuerwehr!«, stieß ich hustend hervor. »Ich rette EB.«

2

Für mich ist der Moment, als ich am Griff der Hecktür des Transporters zog und dieser sich nicht bewegen ließ, einer der schlimmsten meines bisherigen Lebens. Der Türgriff hatte bis jetzt doch noch nie geklemmt! Ich rüttelte daran. Er rührte sich nicht. Ich warf mich mit aller Kraft dagegen. Nichts. Drinnen im Transporter bellte EB aus voller Kehle, um mich dringend darauf hinzuweisen, dass es allmählich brenzlig wurde.

»Alles gut, EB!«, rief ich. Doch das stimmte nicht. Ich zerrte an dem Griff und stemmte zur Unterstützung einen Fuß an die Türklappe daneben. Der Qualm vom Motorblock waberte auf mich zu, wälzte sich über das Wagendach, stieg mir in die Augen und brachte mich zum Husten. Vermutlich war drinnen schon alles verraucht. Verzweifelt hielt ich Ausschau nach einem Stock oder sonst etwas, das ich als Hebel benutzen konnte. Hinter mir hörte ich Sophie ins Telefon schreien.

Im Straßengraben lag ein faustgroßer Granitbrocken. Ich nahm ihn in beide Händen und drosch damit auf den Griff ein. Zwecklos. Drinnen scharrte EB mit den Krallen an der Tür und flehte winselnd um Befreiung. Ich hastete zum Führerhaus des Transporters. Würde ich es schaffen, hineinzuklettern, das Gitter hinter dem Fahrersitz herauszureißen und ihn so in Sicherheit zu bringen? Aus den offenen Türen quoll beißender schwarzer Qualm. Er raubte mir die Sicht und sorgte dafür, dass ich keine Luft mehr bekam. Unter der Motorhaube schossen orangefarbene Flammen hervor. Die Luft darüber flirrte in der Hitze. Über allem lag der beißende Gestank von brodelndem Öl, schmorendem Plastik und kochenden Chemikalien. Es wurde immer heißer. Wann kam endlich die Rettung? In Ashburton hatten wir zwar eine freiwillige Feuerwehr, doch bis alle Mitglieder zusammengetrommelt waren, würde es für den armen EB zu spät sein. Der Motor gab einen Knall von sich, die Motorhaube sprang auf, und Flammen und Funken schossen empor und drohten, die gesamte Umgebung in Brand zu setzen. Aber das war mir egal. Ich dachte einzig und allein an EB.

Wieder versuchte ich es mit dem Stein und schwang ihn hoch über dem Kopf. Ich hörte ein schreckliches Röcheln, als EB nach Luft rang. Lass ihn nicht verbrennen, flüsterte ich irgendeinem Gott zu, der möglicherweise gerade zuhörte. *Bitte lass ihn nicht verbrennen.* Als ich den Stein auf den Türgriff knallte, fuhr mir eine Schockwelle durch den Arm. Sophie rannte kreischend auf der Straße hin und her. Wieder schwang ich den Stein. Im nächsten Moment nahm ich undeutlich eine Stimme wahr, die mir befahl, Platz zu machen. Ich achtete nicht auf sie. Doch plötzlich wurde ich beiseitegestoßen, und eine Hand, die einen Fäustel hielt, versetzte dem Griff einen gewaltigen Schlag. Die Tür sprang auf, und Qualm waberte hinaus, als jemand EBs schlaffen kleinen Körper aus dem Wagen zog und ihn zum Straßenrand trug. Ich folgte wie eine Schlafwandlerin.

Wenige Meter hinter uns parkte ein Jeep Cherokee mit weit aufgerissenen Türen. Offenbar hatte Sophie ihn angehalten. Der Fahrer legte EB im Gras ab. Ein älterer Mann in einer ausgebeulten Tweedjacke und mit einer Schlägermütze auf dem Kopf näherte sich, einen Feuerlöscher im Anschlag, meinem lodernden Auto.

»Er ist nicht tot?« Ich kniete mich neben EB.

EBs Retter rieb dem Hund die pelzige Brust. »Komm schon, Kleiner«, sagte er immer wieder aufmunternd. »Komm schon.«

Aber EB regte sich nicht.

»EB, bitte!«, flehte ich, obwohl es zwecklos war.

In der Ferne kündigten Sirenen das Eintreffen der Feuerwehr an. Kurz darauf war der Löschwagen da und stoppte mit blinkendem Blaulicht und quietschenden Bremsen. Plötzlich wimmelte die Straße von Männern mit gelben Helmen und klobigen Stiefeln, die Schläuche ausrollten. Zu spät für meinen Transporter.

»Wir haben einen Verletzten, richtig?« Ein junger Feuerwehrmann kauerte sich an den Straßenrand. »Ed, bring mir den Sauerstoff, beeil dich!«, rief er über die Schulter gewandt.

»Der Sauerstoff« entpuppte sich als mobiles Beatmungsgerät von der Größe einer Taucherflasche. Der Feuerwehrmann legte EB eine Plastikmaske an und öffnete das Ventil. Nach einigen Momenten, in denen mir fast das Herz stehen blieb, zuckte EBs Köpfchen, und er kehrte keuchend und hustend zurück zu den Lebenden.

»Oh, Gott sei Dank!«, jubelte ich, als er endlich den Kopf hob. Der Feuerwehrmann verabreichte EB noch ein paar tiefe Atemzüge Sauerstoff und entfernte dann die Maske, denn inzwischen versuchte der Patient bereits, sie mit den Pfoten loszuwerden.

»Der ist bald wieder fit«, versicherte er mir und griff nach seinem Gerät. Ich nahm EB auf den Schoß, streichelte ihn und rieb die Nase an seinem nach Rauch riechenden Fell.

»Und jetzt die Nächste bitte!«, verkündete der Feuerwehrmann vergnügt. Erst dann blickte ich mich nach Sophie um. Sie war auf der mit Gras bewachsenen Böschung zusammengesackt. Ihr Gesicht war leichenblass, und sie schwebte ernsthaft in Gefahr, sich mit ihrem Inhalator selbst eine Überdosis zu verabreichen.

»Oh, Soph!« EB wie ein Baby in den Armen, hastete ich zu ihr hinüber. »Ist alles in Ordnung?«

»Der Tank explodiert doch nicht, oder?«, japste sie, als der Transporter rülpsend eine schwarze Qualmwolke ausstieß.

»Anders, als die Ihnen im Film weismachen wollen, explodieren Tanks nur äußerst selten«, belehrte sie der Feuerwehrmann leicht tadelnd, während er ihr die Sauerstoffmaske anlegte.

Ich sah mich nach unserem Retter um. Doch der stand neben seinem Jeep und blaffte Befehle in sein Smartphone. Sein Begleiter, der ältere Mann mit Schlägermütze und Feuerlöscher, verharrte respektvoll an seiner Seite. Sein Verhalten hatte etwas Unterwürfiges an sich. Offenbar war der jüngere Mann der Chef.

Also setzte ich mich an den Straßenrand und beobachtete, wie die Helden von der Feuerwehr sich die Zeit damit vertrieben, die geschwärzte, schwelende Hülle, die einst mein Wagen gewesen war, mit Wasser abzuspritzen. Zischend und brodelnd stieg Dampf auf, und schimmernde Rinnsale flossen von der Straße ins Gras.

»Hoffentlich sind Sie versichert!«, witzelte einer der Feuerwehrleute.

Natürlich war ich versichert: Fremdverschulden, Feuer und Diebstahl. Nur dass die Versicherung mir für die Rostlaube keine Unsummen bezahlen würde. Die Kiste hatte höchstens Schrottwert, und die Beschriftung hatte mehr gekostet als das Fahrzeug selbst, eine Investition, die sich inzwischen in einen leprös-blasigen Ausschlag auf verkohltem, zerbeultem Metall verwandelt hatte.

Der Feuerwehrmann mit dem Sauerstoffgerät, der, wie er uns mitteilte, Andy hieß, war inzwischen mit Sophie fertig.

»Muss sie ins Krankenhaus?«

»Alles bestens«, keuchte sie beschwichtigend. »Außerdem weigere ich mich, stundenlang in der Notaufnahme rumzusitzen, um mir dann anhören zu müssen, dass ich nach Hause gehen und mich hinlegen soll.«

Andy wies mit der Maske auf mich.

»Die brauche ich nicht.«

»Lassen Sie mich das beurteilen«, beharrte er.

»Juno, du siehst zum Fürchten aus«, fügte Sophie ernst hinzu.

Erst als ich den kühlen, reinen Sauerstoff einatmete, wurde mir klar, wie sehr mir von all dem beißenden Qualm Brust und Kehle schmerzten. Ich musste husten. Andy wies mich an, ruhig zu bleiben und tief Luft zu holen. Während ich dasaß und gehorsam atmete, ging er los und kehrte mit einer Dose zurück, deren Inhalt er EB auf die Fußballen sprühte. »Der Boden des Transporters war bestimmt heiß«, erklärte er, die Untertreibung des Jahrhunderts. »Das wird seine Pfoten kühlen.«

Sophie legte mir den Arm um die Schultern und drückte mich an sich. »Das mit deinem Auto tut mir so leid. Was machst du jetzt?«

Ich konnte ihr nicht antworten, weil ich es nicht wusste. Ich wusste ja nicht einmal, wie ich uns drei nach Hause bringen sollte. Die Feuerwehrleute hatten offenbar ihre Pflicht getan und rollten ihre Schläuche zusammen.

»Nun, es hätte schlimmer kommen können.« Ich hustete. »Wenn es auf dem Hinweg und nicht auf dem Rückweg passiert wäre, wären deine schönen Bilder jetzt auch weg.«

»Wir haben EB da rausgeholt.« Lächelnd kraulte Sophie ihn hinter den Ohren. »Das ist das Wichtigste.«

»Tja, jemand hat es zumindest getan.« EB kauerte sich ziemlich bedrückt und verängstigt auf meinem Schoß zusammen und leckte mir die Hand.

»Hallo, meine Damen!«, rief da eine vergnügte Stimme, worauf wir aufblickten. Vor uns auf der Straße ragte die hochgewachsene Gestalt von EBs Retter auf. »Ist alles in Ordnung?«

»Ja, und zwar nur Ihretwegen«, erwiderte ich. »Ich weiß gar nicht, wie ich Ihnen danken soll. Ich …«

Er unterbrach mich mit einer Handbewegung. »Keine Ursache. Damen und Not und so weiter.«

Er kauerte sich neben uns und streichelte EB den Kopf. »Wie geht es dem kleinen Burschen?« Zum ersten Mal hatte ich Gelegenheit, ihn mir richtig anzuschauen. Er war jünger, als ich gedacht hatte, also ungefähr in meinem Alter. Außerdem hatte er kurzes blondes Haar, lebhafte blaue Augen und ein einnehmendes Lächeln. Offen gestanden fand ich ihn ziemlich scharf.

»Der nächste Schritt ist folgender«, sprach er weiter wie ein Offizier, der seine Soldaten in einen Einsatz schickt. »Ich habe eine Abschleppfirma angerufen. Sie kommen mit einem Wagen, der Ihren Transporter wegschafft. Zumindest das, was davon übrig ist«, fügte er grinsend hinzu. »Sie können ihn in der hiesigen Werkstatt abstellen, bis der Schadensermittler Ihrer Versicherung einen Blick daraufwirft. Moss« – er wies auf den Mann mit der Schlägerkappe – »wird hier warten, bis der Abschleppwagen kommt.«

Moss wirkte nicht sehr begeistert, war aber offenbar weisungsgebunden. »Sir«, murmelte er.

»Unterdessen werde ich die Damen nach Hause fahren«, verkündete unser Held.

»Wir wohnen in Ashburton.«

»Überhaupt kein Problem«, beteuerte er.

»Nun, vielen Dank, Mr. …«

»Jamie.« Er hielt mir eine große Hand hin. »Jamie Westershall.«

Wir schüttelten ihm die Hand und stellten uns vor. Dann standen wir alle auf. Ich hatte noch immer EB auf dem Arm, der winselte, als ich ihn absetzen wollte.

»Ich fürchte, ich muss erst einen Abstecher nach Hause machen«, warnte uns Jamie beim Einsteigen. »Hoffentlich bereitet Ihnen das keine Umstände.«

Unter lautem Türenknallen kletterten die Feuerwehrleute in ihr Löschfahrzeug. Als wir losfuhren, stand Moss missmutig auf der Straße neben dem qualmenden, verkohlten Blechhaufen, der einmal mein Stolz und meine Freude gewesen war.

»Äh, und wie kommt Moss jetzt nach Hause?« Sophie drehte sich nach ihm um.

»Oh, keine Ahnung«, antwortete Jamie wegwerfend. »Ihm fällt schon etwas ein.« Beim Fahren zückte er sein Smartphone, ohne auf die Straßenverkehrsordnung zu achten. »Danny!«, rief er nach einigen Sekunden. »James hier. Sind Sie noch auf der Home Farm? Sie packen gerade zusammen? Prima! Wie haben wir uns geschlagen? Alles paletti? Keine Befunde? Das sind aber tolle Nachrichten. Passen Sie auf. Könnten Sie zu mir nach Hause kommen, wenn Sie fertig sind? Ich habe hier einen kleinen Verletzten und würde mich freuen, wenn Sie ihn sich rasch anschauen würden. Geht das? Wunderbar!« Er legte auf. »Mein Tierarzt«, erklärte er und steckte das Telefon wieder ein. »Er hat gerade die Herde auf TB untersucht.«

»Sind Sie Farmer?«, erkundigte sich Sophie.

»Tja, wir haben einige Farmen auf unserem Land. Ich bin eher so eine Art Farm-Manager.«

Links von uns erstreckten sich die Wälder von Holne Chase. Rechts reichten das kurze Gras und die Granitfelsen der Moorlandschaft bis zum Horizont. Schwarznasenschafe weideten zwischen den immer noch gelb blühenden Ginsterbüschen. Wir passierten einen Feldweg, der zu einer Farm führte.

Danach fuhren wir an einer hohen Steinmauer entlang, die rings um einen Forst verlief. Die majestätischen Kronen von Eichen, Birken und Hainbuchen ragten über den Rand der Mauer. Plötzlich bog der Jeep zwischen zwei hohe steinerne Torpfosten ein. Als wir vorbeisausten, erhaschte ich kurz einen Blick auf eine Inschrift, die mich bis heute erschaudern lässt: *Moorworthy House*.

3

Das riesige viktorianische Gutshaus, das wir schließlich nach einer Fahrt durch einen viele Hektar großen Park erreichten, erhob sich vor uns wie die Kulisse eines Horrorfilms: hohe Kamine, steil geneigte Dächer, Wasserspeier, die von hohen Giebeln auf uns herabstierten, und Balkone mit steinernen Balustraden. Alles wirkte zusammengewürfelt und für das Auge verwirrend.

»Schauderhafte alte Falle, richtig?«, meinte Jamie gut gelaunt, als wir mit weit offenen Mündern hinstarrten.

»Gehört dieses Haus Ihnen?« Sophie schnappte nach Luft.

»Ich fürchte, ja.« Er grinste. »Ich sollte jemanden dafür bezahlen, dass er den Kasten abfackelt. Hier entlang, meine Damen.« Wir folgten ihm durch einen Türbogen in eine geräumige Vorhalle. An den mit Eiche vertäfelten Wänden prangten Geweihe und die ausgestopften Köpfe von mit Stoßzähnen und fletschenden Gebissen bewehrten Lebewesen. Es wirkte nicht unbedingt anheimelnd.

»Mrs. Johnson!«, rief Jamie und marschierte weiter vor uns her. Seine Stimme hallte von den Wänden wider. »Mrs. Johnson? Hallo! Ist jemand zu Hause?«

Ehrfürchtig gaffend wie Touristinnen und von den Mitgliedern der Ahnengalerie missbilligend beäugt, trotteten wir hinter ihm her. Eine breite, geschwungene Treppe mit reich verzierten Geländern führte nach oben. Durch ein hohes Buntglasfenster strömte rosafarbenes, grünes und goldenes Licht herein. Von der Decke baumelte ein Messingkronleuchter, so groß wie ein Wagenrad, und in einer Kurve auf der Treppe lauerte eine Ritterrüstung.

»Glaubst du, hier spukt es?«, flüsterte Sophie.

Wie auf ein Stichwort erschien aus dem Nichts lautlos und geistgleich eine Frau. Sie war dunkelhaarig und trug einen eleganten dunkelblauen Rock und eine cremefarbene Bluse, die dennoch wie Dienstkleidung wirkten.

»Ach, Johnny!«, rief Jamie ihr gut gelaunt zu. »Sind mein Onkel oder meine Schwester zu Hause?«

»Miss Emma ist unten in den Stallungen, Sir«, erwiderte die Frau mit leiser Stimme. »Aber ich glaube, Mr. Sandy ist in der Bibliothek.«

»Aha, dann werde ich den alten Knaben mal aufscheuchen! Diese bedauernswerten Damen«, er wies auf Sophie und mich, »hatten einen Unfall. Ihr Wagen hat Feuer gefangen. Ob Sie vielleicht so gut sein könnten, uns im Salon Tee zu servieren?«

»Natürlich, Sir.« Mit hochgezogenen Brauen und einem Lächeln, das ihre Augen nicht erreichte, wandte sie sich an uns. »Bitte kommen Sie.« Vermutlich war sie die Hausdame oder vielleicht eine Sekretärin. Ich konnte sie nicht richtig einordnen. »Möchten Sie sich zuerst in der Gästetoilette frisch machen?« Ihr Ton duldete keinen Widerspruch. »Wenn Sie fertig sind: Der Salon ist hier drüben.« Als sie den Flur entlang wies und uns die Tür zur Gästetoilette aufhielt, blieb uns nichts anderes übrig, als einzutreten.

Meiner Schätzung nach war die Gästetoilette größer als meine ganze Wohnung. Dunkle Holzvertäfelungen gingen in rosafarbenen Marmor über, mit dem der Boden und die Wände gefliest waren. An den nebeneinander angeordneten Waschbecken waren gewaltige goldene Hähne angebracht und darüber schwere Spiegel mit vergoldeten Rahmen.

Beim Anblick meines Spiegelbilds überkam mich oft das Bedürfnis, laut loszuschreien, allerdings ließ mich dieses Mal nicht meine kaum zu bändigende rote Lockenmähne vor Entsetzen zurückweichen. Mein Gesicht war von Ruß verschmiert. Nur zwei weiße Spuren wiesen darauf hin, welchen Weg die Tränen aus meinen rot geränderten Augen über meine Wangen genommen hatten. Kein Wunder, dass Mrs. Johnson mich so nicht in ihrem Salon haben wollte.

Ich drückte Sophie EB in die Hand, ließ das Becken volllaufen und wusch mir das Gesicht mit der bereitliegenden teuer duftenden Handseife. »Mein Gott, ich rieche wie ein Bückling!«, jammerte ich, während ich kräftig nachspülte.

»Du bist gut durchgeräuchert worden.« Sophie füllte das Becken daneben. Ich nahm ein schneeweißes Handtuch von dem säuberlich aufgeschichteten Stapel in einem Korb und rubbelte mir damit das Gesicht ab. Nun war es nicht mehr schneeweiß. Unterdessen trank EB durstig aus Sophies Waschbecken.

»Der arme Kleine!« Als ich fertig war, nahm ich ihn wieder auf den Arm. Wasser tropfte ihm aus dem Bart, und seine Augenbrauen zuckten ängstlich.

Ich betrachtete unsere Spiegelbilder. Sophie und ich sind die absoluten Gegensätze. Sie ist klein und zierlich und hat glattes, dunkles Haar. Ich hingegen bin groß und, nun, »stattlich« ist ein Wort, das ich in diesem Zusammenhang schon häufiger gehört habe. Wenn ich neben Sophie stehe, fühle ich mich immer wie eine Walküre. »Meinst du, ich bin jetzt salonfähig?«, fragte ich.

Sophie verzog das Gesicht. »Hast du einen Kamm da?«

»Durch diese Haare ist nur ein Durchkommen, wenn sie nass sind.«

Sie seufzte auf. »Dann muss es eben so gehen.«

Wir fanden den Weg in den Salon. Allerdings erst, nachdem wir zunächst die falsche Tür geöffnet hatten, hinter der sich ein mehrere Quadratkilometer großer langer Raum mit vergoldeten Spiegeln und auf Hochglanz poliertem Parkettboden erstreckte. Eindeutig ein Ballsaal. »Gütiger Himmel!«, stieß Sophie ehrfürchtig hervor.

Der Salon war geräumig und rüschig mobliert. Drei Sofas waren vor einem verschnörkelten Kamin angeordnet, in den mühelos eine ganze Kutsche gepasst hätte. Dazu gab es einige Sessel, einen Konzertflügel und Glastüren, die auf eine breite Terrasse führten. Auf verschiedenen Tischchen waren Blumengestecke und Fotos in silbernen Rahmen arrangiert. Porzellanfigürchen schmückten den Kaminsims. Ölgemälde, die Szenen aus der Antike zeigten, prangten an den Wänden. Von einem Fernseher fehlte jede Spur.

»Meinst du, wir sind in eine Zeitmaschine geraten?«, fragte Sophie. »In welchem Jahrzehnt befinden wir uns?«

»In der Ära von Agatha Christie, denke ich.«

Ich schlenderte hinaus auf die Terrasse, die durch eine Balustrade vom Garten abgetrennt war. In regelmäßigen Abständen zierten sie steinerne Gefäße, aus denen üppig blühende Hängepflanzen quollen. Vor mir reichte eine riesige Rasenfläche bis in die Ferne, wo ich die schroffen Umrisse eines felsigen Hügels ausmachen konnte. Ich hatte keine Ahnung, um welchen es sich handelte, zu häufig waren wir nach dem Verlassen der Hauptstraße abgebogen. Ich drehte mich zum Haus um.

Von hinten sah es gar nicht so schauderhaft aus. Der Großteil der Granitfassade war mit einer uralten Glyzinie bewachsen, deren Äste, so dick wie Schiffstaue, auf viele Lebensjahre hinwiesen. Die Pflanze wucherte fast bis zu den Fenstern im dritten Stock hinauf und hatte sicher schon ein Jahrhundert auf dem Buckel. Schade, dass ich nicht im Mai hier gewesen war, wenn dicke blaue Blütentrauben sich wie ein Wasserfall über die Hauswand ergossen.

Das leise Klicken der Zimmertür und das Klirren von Porzellan kündigten das Eintreffen von Mrs. Johnson und unserem Tee an. Sie stellte das Tablett auf einen Tisch vor dem Kamin.

»Mr. Jamie bittet Sie, ihn einen Moment zu entschuldigen«, beschied sie uns, während sie sich aufrichtete. »Aber er ist gleich bei Ihnen.«

Ich setzte EB vorsichtig auf den Kaminvorleger, wo er sich gemütlich ausstreckte. Ich hatte schon befürchtet, Mrs. Johnson würde sich verpflichtet fühlen, uns Gesellschaft zu leisten, doch zu meiner Erleichterung steuerte sie auf die Tür zu.

»Ich glaube, Sie haben jetzt alles, was Sie brauchen, meine Damen. Falls Sie sonst noch etwas wünschen, müssen Sie nur läuten.« Sie wies zuerst auf das voll beladene Tablett, dann auf einen Klingelknopf in der Ecke und verschwand.

»Findest du sie nicht auch ein bisschen gruselig?«, flüsterte Sophie, sobald sie draußen war.

»Definitiv.« Ich nickte. Dann betrachtete ich die silberne Teekanne, die Tassen und Untertassen aus hauchdünnem Porzellan und den Teller mit Keksen und gebuttertem Teekuchen auf dem Tablett. »Sie hat etwas von Mrs. Danvers in *Rebecca*.«

Ich drehte einen der zarten Teller um und warf einen Blick auf den Herstellerstempel. »Spode«, teilte ich Sophie mit, während ich Tee einschenkte und ihr eine Tasse reichte. »Zerbrich um Himmels willen bloß nichts.« Ich steckte EB einen Keks zu. Die Würstchen im Schlafrock heute Morgen hatten zwar seiner Figur schon geschadet, doch was die belebende Wirkung von Keksen angeht, bin ich Spezialistin. Und tatsächlich machte er gleich einen viel muntereren Eindruck.

Sophie und ich fielen über den gebutterten Teekuchen her wie zwei verhungernde Raubmöwen. Wenn man uns unserem Schicksal überlassen hätte, hätten wir vermutlich das ganze Ding verputzt. Aber wir mussten unser undamenhaftes Betragen zügeln, denn wieder öffnete sich die Tür, und eine aufgesetzt fröhliche Stimme wehte aus dem Flur herein.

»Nanu«, verkündete sie. »Wie ich höre, haben wir Besuch. Zwei reizende Damen.«

Der Mann, der eintrat, trug einen dunklen Blazer mit gelbem Halstuch. Er war etwa Mitte sechzig, und seine von blauen Äderchen durchzogene Nase und sein gerötetes Gesicht verrieten deutlich, dass er kein Kind von Traurigkeit war. Einen kläglichen Rest silbergrauen Haars hatte er so über seine Glatze gekämmt, dass die Spitzen in einer kleinen Aufwärtsbiegung über dem linken Ohr endeten. Er blieb stehen und musterte uns durch halb geschlossene Lider. »Sehr erfreut!« Mit ausgestreckter Hand kam er auf uns zu. »Nein, bitte behalten Sie Platz. Ich bin Jamies berühmt-berüchtigter Onkel Sandy«, erklärte er uns stolz. »Wie geht es Ihnen?« Seine Hand war glatt und hellhäutig, die Nägel manikürt. Eindeutig nicht die Hand eines Farmers. Er tätschelte EB höflich, der sich zu seiner Schande danebenbenahm und ihn anknurrte.

Ich war schockiert. Das passte so gar nicht zu ihm. »EB! Wo sind deine Manieren?« So ganz verdenken konnte ich es ihm allerdings nicht. Irgendwas an diesem Mann war nicht ganz koscher, aber ich konnte nicht sagen, was. Jedenfalls empfand ich ihn als ein wenig unangenehm, so als hafte ihm ein Hauch von Fäulnis an.

Er setzte sich aufs Sofa. »Ebee?«, wiederholte er mit leicht hochgezogenen Brauen.

»EB«, verbesserte ich ihn. »Seine Initialen.«

»Und wofür stehen die?«

»Das ist geheim, Sie müssen raten.«

»Juno rückt einfach nicht damit heraus«, beschwerte Sophie sich bitterlich. »Ich rätsele schon seit zwei Jahren.«

Ich wechselte das Thema. »Ein ausgesprochen interessantes Haus.«

»Es gehört nicht mir, meine Liebe«, erwiderte er und blies die Wangen auf. »Es war das meines älteren Bruders, der den

Titel geerbt hat. Jamie ist sein Nachkomme, nicht dass ich ihn darum beneide. Ein zerfallender Haufen aus Erbschaftssteuern und Hausschwamm, mehr kann man über den alten Kasten nicht sagen.« Er lachte in sich hinein. »Ich habe schon vor Jahren seinem Vater gepredigt, dass er es an die staatliche Denkmalbehörde verkaufen soll. Aber er wollte ja nicht hören. Doch Jamie ist ein vernünftiger Junge«, fügte er hinzu und tippte sich an die Nase. »Er wird eine gute Partie machen.«

Ich sah Sophie an. Wir wussten beide nicht, ob das ein Scherz sein sollte. Unterdessen hatte Onkel Sandy begonnen, in Sophies Mappe zu blättern, die sie aufs Sofa gelegt hatte. »Ich muss sagen«, stellte er fest, während er die Reproduktionen ihrer Bilder musterte, »dass das ausgezeichnete Arbeiten sind.« Er wandte sich an mich. »Sind das Ihre?«

Ich wies auf Sophie.

»Wirklich?« Er schien überrascht. »Und Sie haben das ganz allein gemalt?«

Ich zog den Hut vor Sophie, die bemerkenswert gelassen reagierte. Allerdings war sie es gewöhnt, dass die Leute sie für einen Teenager hielten.

»Ach herrje!«, rief er beim Anblick von EBs Porträt aus und wies auf den Hund, der noch immer auf dem Kaminvorleger saß. »Das ist der kleine Kerl, wie er leibt und lebt!«

In diesem Moment kam eine junge Frau von der Terrasse aus hereinmarschiert. Im ersten Moment überlegte ich, ob sie die gute Partie war, die Jamie angeblich machen würde. Doch die Ähnlichkeit mit ihrem Bruder war unverkennbar.

»Emma!«, begrüßte Onkel Sandy sie lässig. »Wie war das Dressurreiten?«

»Miserabel!«, schimpfte sie, ohne ihn eines Blickes zu würdigen, und schleuderte im Vorbeigehen ihren Reithelm auf einen Sessel. Sie ging zu einem Tisch, wo mehrere Karaffen aufgereiht waren, und schenkte sich etwas ein, das für mich nach Gin aussah. Ein bisschen früh am Tag, dachte ich. »Digby hat rumgezickt, das Scheißvieh!«

Aha! Offenbar waren wir doch nicht bei Agatha Christie gelandet.

Emma war hinreißend schön: schlank mit schimmerndem blondem Haar, das sie in einen eleganten Nackenknoten verschlungen trug. Bekleidet war sie mit einer hautengen Reithose, einem auf Figur geschnitteten schwarzen Sakko und einer weißen Halsbinde um ihren Schwanenhals. Als sie sich, das Glas in der Hand, zu uns umdrehte, nahm sie unsere Anwesenheit zum ersten Mal zur Kenntnis. Sie starrte Sophie und mich an, als hätte sie uns an der Sohle ihres Reitstiefels klebend eingeschleppt. Ihr Onkel stellte uns rasch vor und erklärte den Grund unseres Hierseins. Sie schwieg mit hochmütiger Miene, offenbar empfand sie uns als störend. »Schau dir das an, Em«, sprach ihr Onkel weiter und zeigte ihr das Foto von EBs Porträt. »Das ist der kleine Bursche da. Hat Sophie, das liebe Mädchen, ihn nicht ausgezeichnet getroffen?«

Sie beugte sich über seine Schulter, um einen Blick darauf zu werfen. »Sieht ihm wirklich sehr ähnlich«, räumte sie widerstrebend ein. Dann kehrte sie uns allen den Rücken zu, ging, ihren Drink immer noch in der Hand, vor den Terrassentüren auf und ab und schaute mürrisch hinaus. Sie war so launisch und gereizt wie ein Vollblüter.

»Ein Jammer, dass Old Thunderer nicht mehr lebt«, schwatzte Sandy weiter. Ihr schlechtes Benehmen schien ihn nicht weiter zu überraschen. »Ich hätte ihn nur zu gern porträtieren lassen.«

Bevor wir uns erkundigen konnten, wer »Old Thunderer« war, kam Jamie herein. Ihm folgte der Tierarzt, der sich sofort neben EB auf den Kaminvorleger kauerte, ihm das Herz abhörte und ihn für kerngesund erklärte. »Er hat ein paar Brandblasen an den Pfoten«, meinte er zu mir. »Sie sollten einen oder zwei Tage lang nicht mit ihm Gassi gehen.« In dieser Hinsicht besteht keine Gefahr, dachte ich traurig. Inzwischen fragte ich mich, wie ich am nächsten Morgen die Meute überhaupt ausführen sollte, denn nun hatte ich ja keinen Transporter mehr, um die Hunde abzuholen.

Kurz darauf verabschiedeten wir uns. Onkel Sandy verlieh der Hoffnung Ausdruck, uns bald wiederzusehen, während Emma uns die kalte Schulter zeigte, sich noch einen Gin eingoss und wieder hinaus auf die Terrasse stolzierte. »Wir veranstalten nächste Woche ein Herbstfest«, teilte er uns mit. »Warum kommen Sie Mädchen nicht auch? Das wäre doch ein Spaß, was?«

Wir logen skrupellos und versprachen, es uns zu überlegen. Dann folgten wir Jamie hinaus zu dem wartenden Cherokee. »Jamie ist ein echtes Sahneschnittchen«, flüsterte Sophie mir unterwegs zu.

»Ja, aber verguck dich nicht in ihn«, mahnte ich leise. »Er macht ja eine gute Partie.«

»Wer mag die Glückliche wohl sein?«

»Und ahnt das arme Mädchen, dass er sie nur des Geldes wegen heiratet?«

»Es könnte ja *mehr* als nur Geld dahinterstecken«, wandte Sophie großmütig ein. »Außerdem spielt es sowieso keine Rolle«, fügte sie seufzend hinzu. »Für mich interessieren sich nur Perverse.«

»Vergiss Gavin nicht«, hielt ich ihr vor Augen, was mir einen finsteren Blick eintrug.

Ich schlug vor, dass sie sich auf der Heimfahrt nach vorne zu Jamie setzte, damit EB und ich hinten mehr Platz hätten. »Ihr Garten ist ja riesengroß«, merkte sie an, als wir über das Grundstück fuhren. »Der Rasen ist mindestens zwei Kilometer lang.«

Er grinste. »Das ist eine optische Täuschung. Hüten Sie sich vor dem Ha-Ha.«

»Ha-Ha?«

»Ein versenkter trockener Graben«, erklärte er. »Man sieht ihn erst, wenn man am Rand steht. Dann ist es aber zu spät. In viktorianischer Zeit war das ein beliebtes Element der Gartengestaltung, um einen weiten Blick zu bekommen. Ha-Has hießen die Dinger deshalb, weil es so furchtbar komisch war, wenn die Gäste hineinstürzten. Seltsam, was manche Leute lustig finden.«

»Damals gab es noch kein Fernsehen«, wandte ich ein.

Jamie lachte auf. Er plauderte weiter, schilderte uns ausführlich, wie groß die Ländereien von Westershall waren, wie viele Hektar sie umfassten und wie viele Farmen es hier gab, die offenbar hauptsächlich von Pächtern bewirtschaftet wurden. Das Grundstück, auf dem das Haus stand, grenzte auf der einen Seite an einen dichten Wald – die alten Eichen und Buchen, die wir vorhin gesehen hatten. Eine lange Mauer trennte das Waldstück von der Straße. »In einer Woche oder so, wenn sich die Blätter verfärben, wird das ein idyllischer Spazierweg«, merkte ich an.

»Durch einen Teil davon verläuft ein kleiner Fußpfad, doch das meiste ist leider eingezäunt. Naturschutzgebiet«, erläuterte Jamie. »Seltene Fledermäuse. Also dürfen hier auf keinen Fall Leute herumlaufen und sie aufscheuchen. Ich kenne mich nicht gut mit Fledermäusen aus.« Er erschauderte leicht. »Um die Viecher mache ich lieber einen Bogen. Aber unter dem Wald gibt es auch noch jede Menge Bergwerksstollen. Ein weiterer Grund, warum sich niemand dort herumtreiben soll. Zu gefährlich.«

Inzwischen hatten wir die Einfahrt hinter uns und waren wieder auf der Straße, auch wenn wir uns laut Jamie noch auf den Ländereien von Westershall befanden. Wir waren noch nicht weit gekommen, als er plötzlich laut fluchend auf die Bremse trat. »Schauen Sie sich diesen verdammten Dreck an!«, rief er empört. »Eine Schande ist das!«

Der Dreck, den wir uns anschauen sollten, bedeckte einen schmalen Feldweg. Überall war Müll verstreut: Plastikverpackungen, kaputte Pappkartons, aus denen der Inhalt lugte, und wie schmutziges Konfetti ringsum verteilte und in den Hecken hängen gebliebene Papierfetzen. Ein Stück weiter lag ein zerschlissenes Sofa mit herausquellender Schaumstoffpolsterung auf der Seite. Darum herum scharten sich Holzabfälle und Ölfässer. »Zum Teufel mit diesen Umweltsäuen!« Wutentbrannt sprang Jamie aus dem Auto und befahl uns, sitzen zu bleiben, während er die Sache in Augenschein nahm. Kopfschüttelnd kehrte er zurück.

»Passiert das hier oft?«, fragte ich. Am Ende meiner Straße gab es eine kleine Brachfläche, und die wurde häufig als wilde Müllkippe missbraucht. Allerdings handelte es sich meist nur um einzelne Gegenstände wie eine alte Mikrowelle oder einen Einkaufswagen, nicht um solche Mengen.

»Jedes Jahr wird es schlimmer.« Jamie startete den Motor. »Solche Schweine! Wenn ich die in die Finger kriege, müssen sie sich warm anziehen.«

»Unternimmt die Polizei denn nichts?«

Er lachte höhnisch auf. »Natürlich erstatten wir Anzeige. Aber inzwischen hat es überhandgenommen, und die Polizei verfügt nicht über genug Leute.« Sein Zorn war nicht zu überhören, deshalb hielten Sophie und ich für die nächsten Minuten lieber den Mund.

»Schade, dass sie die Heuballen in schwarze Plastikfolie verpacken«, merkte Sophie beiläufig an, als wir an einem Stapel am Rand eines Feldes vorbeikamen. »Es sieht scheußlich aus.«

»Die werden eingelagert.« Jamie klang noch immer aufgebracht. »Wahrscheinlich gehören Sie zu den Leuten, die wollen, dass es auf dem Land romantisch zugeht.«

»Die Käufer meiner Bilder wollen das«, antwortete sie geradeheraus. »Die möchten sich keine schwarzen Plastikrollen anschauen, sondern altmodische Heuballen, aufgestapelt auf Holzkarren und mit rotwangigen Kindern obendrauf.«

»Und wäre ein Mähdrescher auf einem Ihrer Bilder zulässig?«

»Ganz sicher nicht.«

»Was ist mit einem alten Traktor?«, hakte er nach. »Einem antiken John Deere zum Beispiel?«

Sophie überlegte einen Moment. »Nur wenn er verrostet ist«, verkündete sie schließlich.

Jamie legte laut lachend den Kopf in den Nacken. Die beiden verstehen sich ausgezeichnet, dachte ich. Ein Jammer, dass er eine gute Partie machen würde.

4

»Spinnst du eigentlich total, jetzt erst aufzukreuzen?«, ätzte Ricky. »Du kommst anderhalb Tage zu spät.«

»Mein Transporter ist ausgebrannt, und beinahe wäre ein Hund drin gebraten worden.«

Kurz starrte er mich argwöhnisch aus blauen Augen an, als sei er nicht sicher, ob ich ihn veräppeln wollte. Dann packte er mich am Arm, zog mich ins Haus und zerrte mich an Stapeln aus Pappkartons vorbei über den gemusterten Marmorboden ins Frühstückszimmer.

»Maurice!«, brüllte er die Treppe hinauf. »Beweg deinen Hintern hierher! Das musst du dir anhören! Ich koche Tee. Setz dich.« Er bugsierte mich auf einen Stuhl am Frühstückstisch. »Und sag kein Wort mehr, bis Morris da ist.«

Ich gehorchte. Während ich stumm dasaß, beäugte ich lüstern Morris' stolz auf der Kommode zur Schau gestellte Teekannensammlung und wünschte mir, wenigstens eine davon in meinem Laden verkaufen zu können.

Ricky und Morris bewohnen ein hübsches georgianisches Haus, zwar nicht so palastähnlich wie Moorworthy, aber groß genug, um die zwei und ihren aus einigen Tausend Theaterkostümen bestehenden Fundus zu beherbergen – die beiden betreiben einen Kostümverleih. Die Kartons in der Vorhalle waren voller Uniformen aus dem Ersten Weltkrieg, die sie an eine Filmproduktion verkauft hatten. Ständig jammern sie herum, dass sie sich zur Ruhe setzen wollen und ihren gewaltigen Bestand an Kostümen ausdünnen. Der Verkauf der

Uniformen war zumindest mal ein Anfang. Deshalb hätte ich auch gestern erscheinen sollen, um ihnen beim Verpacken zu helfen.

Morris kam herein. Er war die Treppe hinuntergehastet und darum ein wenig erhitzt. Er und Ricky sind ebenso gegensätzlich wie Sophie und ich. Ricky ist hochgewachsen und hat ein von stahlgrauen Locken umrahmtes, etwas verlebtes, aber markantes und attraktives Gesicht. Morris ist klein, dicklich, kahl und trägt eine kleine goldgeränderte Brille auf der Nasenspitze. Die beiden sind ein Paar, seit sie sich in ihrer Jugend als Mitglieder des Tanzensembles am Theater kennengelernt haben.

»Was ist passiert?«, keuchte Morris nun.

Während sie sich mit Teekochen beschäftigten und Morris einen selbst gebackenen Schokoladenkuchen zutage förderte, schilderte ich meine Abenteuer.

»Moorworthy House? Da waren wir schon mal!«, rief Ricky. »Wir haben vor ein paar Jahren dort ein Konzert gegeben, richtig, Maurice?« Er und Morris traten als das Gesangsduo *Die Giftspritze* auf, für gewöhnlich, um Spenden für wohltätige Zwecke zu sammeln. »In ein paar Wochen sind wir wieder dort.«

Morris nickte. »Stimmt. Aber du hättest uns anrufen sollen, Juno.« Tadelnd musterte er mich durch seine Brillengläser. »Dann hätten wir dich abgeholt. Du hättest nicht zu Fuß hier raufmarschieren müssen.«

Eigentlich hatte ich mich abends noch bei ihnen melden wollen, war aber irgendwie drüber weggekommen. Jamie hatte uns netterweise erst zu Elaine gefahren und gewartet, bis ich EB abgeliefert und mich nach dem Befinden ihres Bruders erkundigt hatte. Er wäre sogar bereit gewesen, Sophie und mich nach Hause zu bringen, doch wir fanden, dass wir ihn schon genug in Anspruch genommen hatten, und ließen uns am Laden absetzen.

Im *Old Nick's* brannte noch Licht. Pat war allein und räumte auf.

»Ist Gavin schon weg?«, fragte ich der Form halber, denn die Antwort lag auf der Hand.

Sie schnaubte verächtlich. »Er ist vor einer halben Stunde gegangen.«

Als wir ihr von unserem aufregenden Nachmittag erzählten, schnappte sie an den richtigen Stellen nach Luft oder verzog entsetzt das Gesicht. »Und was war bei dir los?«, erkundigte ich mich schließlich. »Kundschaft?«

Sie schüttelte den Kopf. »Kein Mensch, der was gekauft hätte. Aber der gruselige Typ war wieder da.«

»Welcher gruselige Typ?«

»Ich glaube, Juno ist ihm noch nicht begegnet«, meinte Sophie zu Pat. »Er war nie gleichzeitig mit ihr hier.«

»Was für ein Typ?«, beharrte ich. »Und warum ist er gruselig?«

»Er kreuzt nur auf, wenn Gavin da ist«, erklärte sie. »Kaufen tut er nie was. Er hängt einfach nur ab. Zusammen mit Gavin.«

»Er drückt sich herum«, ergänzte Pat mit einem verschwörerischen Nicken. »Außerdem schleicht er sich an. Man bemerkt ihn erst, wenn er direkt hinter einem steht.«

»Ist er also ein Freund von Gavin?«

»Wir sind nicht sicher«, erwiderte Sophie. »Gavin verhält sich echt klemmig, wenn er da ist. Sie tuscheln miteinander. Jedenfalls wäre es Gavin offenbar lieber, wir würden diesen Typen gar nicht erst zu Gesicht kriegen.«

»Heute Nachmittag hat er tatsächlich versucht, mich loszuwerden«, fügte Pat in dramatischem Ton hinzu. »›Warum gehst du nicht rauf und machst eine Teepause, Pat?‹, hat er zu mir gesagt. ›Ich passe auf den Laden auf.‹ Aber ich habe mich nicht von der Stelle gerührt. Die beiden lasse ich nicht allein hier unten. Der Himmel weiß, was die alles anstellen!«

»Hat der gruselige Typ schon mal versucht, etwas zu stehlen?«

Pats Blick wurde argwöhnisch. »Nein, aber ich traue ihm nicht über den Weg.«

»Habt ihr Gavin denn nicht gefragt, wer er ist?«

»Genau das ist es ja. Er rückt nicht damit raus«, meinte Sophie. »Wenn man eine Antwort von ihm verlangt, wechselt er das Thema.«

»Und wie sieht der Mann aus?«

Sie runzelte nachdenklich die Stirn. »Klein und irgendwie wieselartig.«

»Verschlagen«, ergänzte Pat.

Anhand dieser Beschreibung würde ich ihn kaum identifizieren können. Fest stand nur, dass ich ihm noch nie über den Weg gelaufen war. Eigentlich wunderte es mich nicht, dass Gavin seltsame Freunde hatte. »Lasst uns nach Hause gehen, Mädels«, seufzte ich. »Es war ein langer Tag.« Pat fuhr uns beide nach Hause.

Meine Wohnung befindet sich in der oberen Etage eines verfallenen viktorianischen Hauses. Das Bad verfügt leider nicht über eine richtige Dusche, also verbrachte ich eine Weile in der alten emaillierten Badewanne, wo ich meine Haare zig Mal wusch, um den Rauchgeruch herauszukriegen. Anschließend kuschelte ich mich in meinen Morgenmantel und machte es mir mit einer Tasse Tee auf dem Sofa gemütlich. Die Reste im Kühlschrank hätten zwar ein ganz passables Abendessen abgegeben, doch nach den ganzen Keksen und dem Teekuchen war mir nicht recht danach. Das war höchst ungewöhnlich für mich, denn üblicherweise habe ich einen ausgesprochen gesegneten Appetit. Allerdings bin ich keine gute Köchin, weshalb Adam und Kate, meine Vermieter, über mein leibliches Wohl wachen. Sie sind Inhaber eines vegetarischen Cafés namens *Sunflowers* und sehr großzügig, was Reste betrifft. Häufig hinterlegen sie Frischhaltedosen und in Folie gewickelte Päckchen auf dem Tisch im Treppenhaus neben meiner Tür wie Opfergaben an eine gefräßige Gottheit. Folge ist, dass ich nur selten auf ein Gemüse-Samosa oder eine Portion Bohnenauflauf verzichten muss. Und so lasse ich mich als begeisterte Anhängerin einer ausgewogenen Ernährung von Kate und Adam mit gesunden Köstlichkeiten verwöhnen, während Ricky und Morris für die Esssünden zuständig sind und mich reichlich mit Kuchen versorgen. Zum Glück nehme ich davon nicht zu. Ricky lästert zwar dauernd, mich zu füttern sei, wie Lebensmittel in ein schwarzes Loch zu werfen, aber der wahre Grund ist, dass ich einfach zu viel schufte. An diesem Abend jedoch hatte ich keine Lust auf Essen. Es gab Dringenderes, über das ich mir Gedanken machen musste.

Am nächsten Tag stand wie jeden Morgen ein Spaziergang mit der Meute auf dem Programm. Freitags waren die Hunde normalerweise nur zu fünft. EB würde auch nicht mit von der Partie sein, denn der sollte ja ein paar Tage lang zu Hause bleiben, um seine Pfoten zu schonen. Von den restlichen vier konnte ich zwei mühelos abholen, sie wohnten in Laufnähe zu Ashburtons Stadtzentrum. Die anderen lebten weiter entfernt und mussten mit dem Auto eingesammelt werden. Ich rief ihre Herrchen und Frauen an und erklärte ihnen, was passiert war. Dann setzte ich mich mit meinem Terminkalender hin, um mir zu überlegen, was ich am nächsten Tag auch ohne fahrbaren Untersatz erledigen konnte. Zum Glück stand das Wochenende vor der Tür, doch spätestens Montag brauchte ich ein neues Auto. Ich konnte es mir nicht leisten, auf die Versicherung zu warten.

Einige niederschmetternde Stunden verbrachte ich damit, die Preise für gebrauchte Transporter im Internet zu vergleichen. Irgendwann war ich so frustriert, dass ich vor lauter Verzweiflung eine Banane aß. Natürlich hätte ich Brian, den Cousin meiner Mutter, in Südkorea um Geld bitten können, doch der hatte sich ja schon bei der Finanzierung der Renovierung des Ladens sehr großzügig gezeigt, Geld, das ich ihm irgendwann zurückzahlen wollte. Der Gedanke, ihn noch einmal anzuschnorren, war mir einfach zu peinlich.

Als ich mich am Nachmittag den Hügel hinauf zu Ricky und Morris schleppte, hatte ich bereits den Großteil des Vormittags der Aufgabe gewidmet, den Abfluss von Maisies Spülbecken frei zu kriegen. Sie schwor Stein und Bein, absolut unschuldig an der Verstopfung zu sein. Danach ging ich – Jacko, ihren Terrier des Grauens, an der Leine – ins Dorf, um ihre Einkäufe zu erledigen. Ich weigere mich, Jacko zusammen mit der Meute auszuführen, weil er nicht die Spur von Benehmen besitzt. Wie immer knurrte er sämtlichen Hunden, denen wir unterwegs begegneten, Unflätigkeiten zu und schnappte nach allem, was sich ihm auf Bissweite näherte.

Ich machte mit ihm einen Umweg entlang des Pfads, der hinter dem Friedhof von St. Andrew's eine Kurve beschreibt. Auf der einen Seite überwuchert Efeu uralte, in seltsamen Winkeln geneigte Grabsteine mit vom Zahn der Zeit benagten Inschriften. Auf der anderen Seite liegt ein Spielplatz mit bunt lackierten Turngeräten und den geschwungenen Betonkurven der neuen Skater-Anlage. Es ist, als verlaufe dieser Weg zwischen Ashburtons Vergangenheit und seiner Zukunft.

Der Pfad führte mich zu einem kleinen Gewerbegebiet. Mir war eingefallen, dass ich dort neulich einen Transporter mit einem Schild »Zu verkaufen« hinter der Frontscheibe gesehen hatte. Er stand noch da, ein kleiner weißer Peugeot Partner. »500 Pfund VB« lautete der weitere Text auf dem Zettel. Es war ein älteres Modell, groß genug, um hinten die Meute unterzubringen oder Sachen zu transportieren. Außerdem hatten die Hecktüren im Gegensatz zu meinem alten Transporter Fenster, was bedeutete, dass ich nach hinten freie Sicht hatte und die Hunde hinausschauen konnten. Ich notierte mir die Nummer des Verkäufers, um ihn später anzurufen, und brachte Jacko wieder nach Hause.

»Und geht es dem kleinen EB gut?«, erkundigte sich Morris, während er mir ein Stück von dem Schokoladenkuchen abschnitt.

»Bestens.« Ich hatte am Morgen Elaine angerufen, um mich nach dem Befinden der beiden Patienten zu erkundigen.

»Und du, Juno?« Er musterte mich besorgt. »Ist mit dir auch alles in Ordnung?«

Ich hatte mir ein paar versengte Haarspitzen abschneiden müssen, war aber ansonsten unversehrt.

Ricky zündete sich eine Zigarette an und schlenderte zur offenen Tür, um den Rauch in den Garten zu pusten. »Du weißt, dass wir dich überallhin bringen würden, falls du einen Chauffeur brauchst, Prinzessin.«

»Danke, aber ich habe mich für morgen mit dem Verkäufer des Peugeots verabredet. Also bin ich bald hoffentlich wieder mobil.«

Morris warf Ricky einen verstohlenen Blick zu. »Weißt du was, Juno, wir hatten eine Idee.«

»Richtig.« Ricky kehrte an den Tisch zurück und klopfte aufgeregt mit den Fingern auf die Tischplatte. »Und sie ist einfach genial!«

Ich stöhnte auf. Mit den genialen Ideen der beiden habe ich so meine Erfahrungen.

»Wir mieten ein Abteil in deinem Laden.« Sie grinsten mich breit an und warteten auf meine Reaktion.

»Nein, das werdet ihr nicht tun.«

Enttäuschung malte sich auf ihre Gesichter.

»Das ist nämlich nur ein Vorwand, um mich finanziell zu unterstützen«, fuhr ich fort. »Das ist zwar schrecklich lieb von euch, doch ich will so was nicht.«

»Aber wir haben so viele Sachen, die wir loswerden wollen«, beteuerte Morris. »Vintage-Klamotten aus den Sechzigern und Siebzigern, die für Theaterproduktionen kaum gebraucht werden.«

»Wunderschöne Stücke«, ergänzte Ricky. »Alles sehr gut verkäuflich.«

»Dann verkauft sie doch im Internet. Da verdient ihr mehr.«

»Das ist uns zu lästig«, entgegnete er knapp. »Und lass uns den Tatsachen ins Gesicht schauen: Du hast momentan kaum etwas im Angebot. Dein Teil des Ladens ist halb leer!«

Damit hatte er leider recht. In meinem Hinterzimmer herrschte gähnende Leere. Meine wenigen Waren hatte ich so verteilt, dass sie möglichst viel Platz einnahmen. Das Problem war, dass ich weder die Mittel noch die Zeit hatte, um mich auf die Suche nach Nachschub zu machen. Deshalb verbrachte ich zu viele Abende am Laptop, wo ich Online-Auktionen nach Gegenständen durchforstete, die mein Budget nicht sprengten.

»Aber ihr zahlt keine Miete an mich«, beharrte ich.

»Womit wir nicht die Einzigen wären«, entgegnete Ricky. »Du überlässt Beatrix Potter ihr Abteil kostenfrei.«

»Sophie braucht eine Chance, sich einen Namen zu machen, ohne dass sie ihr ganzes Geld für Miete ausgibt«, wandte ich ein. »Sie kann sich ja kaum Pinsel leisten. Außerdem haben wir vereinbart, ihre Situation an Weihnachten neu zu bewerten. Und Pat verkauft ihre Arbeiten, um Geld für die Tiere zu verdienen. Alles, was ich von ihr verlangen würde, müsste sie bei denen abknapsen.«

»Juno, mein Schatz, es ist nicht deine Aufgabe, die Probleme der ganzen Welt zu lösen«, verkündete Morris. Ricky nickte heftig.

Das mussten ausgerechnet die zwei sagen! Sie versuchen nämlich ständig, meine Probleme zu lösen. Als Ricky mit der Hand, die die Zigarette hielt, auf mich deutete, zog diese eine Rauchfahne hinter sich her. »Das ist typisch für dich, du Dummerchen, und damit bringst du dich regelmäßig in Schwierigkeiten.« Er inhalierte kräftig, wie um seine Aussage zu untermauern.

Ich hielt den Zeitpunkt für gekommen, sie von meinen Fehlern abzulenken. Schließlich war es eine gute Idee, die Vintage-Kleidung zu verkaufen. Der Laden konnte dadurch nur gewinnen. »Was haltet ihr davon?«, meinte ich. »Ich nehme die Kleider in Kommission, stelle sie in meinem Bereich aus und verkaufe sie, und von euch nehme ich eine Provision.«

Dieser Kompromiss schien sie zu besänftigen. Sie erörterten den Vorschlag noch eine Weile und stimmten am Ende, wenn auch widerwillig, zu. »Aber ihr müsst jedes Teil auszeichnen«, warnte ich sie. »Ich habe keine Ahnung von den Preisen.«

Morris klatschte in die Hände wie ein aufgeregtes Kind. »Wir erledigen das mit den Kleidern heute Nachmittag.«

»Nein«, widersprach ich streng. »Ich bin hier, um euch beim Zusammenpacken der Uniformen zu helfen.«

»Gut, dann fangen wir damit an.« Ricky erhob sich und löschte seine Zigarette im Spülbecken. »Je schneller wir damit fertig sind, desto früher geht der Spaß los.«

5

Schon der Donnerstag war wegen der Begegnung mit Judith-Marianne und des flammenden Auto-Infernos ein seltsamer Tag gewesen. Den Samstag konnte man hingegen nur noch als surreal bezeichnen. Eigentlich fing der Tag ganz gut an. Am Morgen unternahm ich eine Probefahrt mit dem weißen Transporter. Die Reifen waren zwar neu, und er hatte noch TÜV für ein Jahr, aber er hatte auch schon einige Kilometer auf dem Tacho. Es gelang mir, ihn auf 450 Pfund runterzuhandeln, und so wurde ich zur Herrin des *Weißen Blitzes*. Vielleicht war ein neutrales Fahrzeug ja gar keine schlechte Idee. Vor gar nicht allzu langer Zeit hatte es die Beschriftung auf meinem gelben Transporter unliebsamen Zeitgenossen nämlich sehr erleichtert, mich aufzuspüren, was mich fast das Leben gekostet hätte. Jedenfalls schüttelte ich dem Verkäufer die Hand und versprach, ihm gleich am nächsten Morgen das Geld zu bringen. Dann würde der *Weiße Blitz* endgültig mir gehören.

Als ich im *Old Nick's* ankam, parkte draußen ein weitaus kostspieligeres Gefährt, und zwar ein nagelneuer pastellblauer Mazda MX5 mit Faltverdeck und cremefarbener Lederausstattung. Er blockierte den Großteil des Gehwegs. Ich zwängte mich daran vorbei und schaffte es mit knapper Not ins Haus. Drinnen traf ich Sophie an, die mit keiner anderen als der reizenden Emma, Schwester von Jamie, ins Gespräch vertieft war. Vermutlich wusste sie von ihrem Bruder, wo sie uns finden konnte. Sie trug ein Sommerkleid, und golden schimmerndes Haar umfloss ihre glatten, gebräunten Schultern. Offenbar hatte ihr Auftauchen Gavin in eine ehrfürchtige Schockstarre versetzt, denn er schien nicht in der Lage, den Mund zu schließen.

»Also kriegen Sie das hin?«, fragte sie Sophie, als ich eintrat. »Ich nehme an, dass Sie mit einem Foto als Vorlage arbeiten können.«

Sophie blätterte einen dicken Stapel Fotos durch. »Oh ja«, erwiderte sie nickend. »Überhaupt kein Problem.« Lächelnd hielt sie mir ein Foto hin. »Das ist Old Thunderer«, erklärte sie. »Ein Schottisches Hochlandrind. Ist er nicht ein Prachtkerl?«

»Hallo, Emma.« Ich nahm das Foto von Sophie entgegen. Old Thunderer war mit seiner dichten braunen Lockenmähne und den ausladenden, gefährlich wirkenden Hörnern ein sehr beeindruckender Anblick. Ein Auge spähte finster unter dem langen Fell hervor in die Kamera.

»Hat Jamie eine Herde davon?«, erkundigte ich mich. Im Moor sah man häufig weidende Hochlandrinder, eingeführt aus Schottland, weil sie robust genug waren, um dem Wetter im Dartmoor zu trotzen. Mir persönlich waren Red-Ruby-Devon-Rinder oder Süd-Devon-Rinder eigentlich lieber, doch es stand mir als Importgewächs nicht zu, über nicht heimische Arten zu urteilen.

»Nein, Thunderer gehörte Sandy und war eigentlich ein Haustier.« Das letzte Wort sprach Emma beinahe verächtlich aus. »Natürlich hat er eine Menge Preisträger gezeugt«, fügte sie der Fairness halber hinzu. »Sandy hat am 29. Oktober Geburtstag, deshalb dachten Jamie und ich, dass das ein wundervolles Überraschungsgeschenk wäre. Sie schaffen es doch bis dahin, oder?«

»Natürlich«, antwortete Sophie fröhlich und offenbar fest entschlossen, Emmas Arroganz an sich abperlen zu lassen. »Wie groß soll das Porträt denn werden?«

Ein Stoßgebet, Sophie möge sich nicht zu billig verkaufen, auf den Lippen, ließ ich die beiden allein. Pat hängte gerade ihre eigenen Bilder auf und tapezierte die Wand hinter sich mit Ausdrucken, die ihre neuesten Findelkinder auf der Honeysuckle Farm zeigten. Unterdessen brach ich Emmas Zauberbann und riss den schmachtenden Gavin aus seinen Tagträumen, indem ich unter seiner Nase mit den Fingern schnippte.

»Fang bloß nicht an zu sabbern«, raunte ich, worauf er rot anlief und sich wieder über seine Zeitung beugte.

Ich spähte ihm über die Schulter: *Batmans Tod.* Ich hätte mir denken können, dass er nichts Vernünftiges las.

Gavin war eine Enttäuschung für mich. Vielleicht ging er mir ja deshalb so auf die Nerven. Als er sein Abteil mietete – offen gestanden hatten es Mr. und Mrs. Hall für ihn getan –, hatten wir eigentlich vereinbart, dass er dort ihre Sammlung antiquarischer Bücher anbieten würde, was ich eine tolle Idee fand. Es gab in Ashburton nämlich nur einen Buchladen, der sich fast ausschließlich auf alte Comichefte und Graphic Novels spezialisiert hatte. Es war ein wundervoller Laden, der von schön gestalteten und illustrierten Bänden nur so strotzte. Ich hatte einmal ein hübsches Buch als Geburtstagsgeschenk für Sophie dort gekauft. Gavin war Stammkunde, nicht etwa, weil er eine Schwäche für Grafikdesign hatte, sondern wegen seines Faibles für Superhelden.

Im *Old Nick's* verbrachte er die meiste Zeit damit, Geschichten über mythische Reiche und die Abenteuer von Kriegerköniginnen zu lesen, anstatt seine Arbeit zu machen, also seine Bücherecke einzurichten. Wir hatten in Ashburton zwar auch eine kleine Bibliothek, die aber nicht für jeden etwas im Angebot hatte. Deshalb hatte ich auf antiquarische Bücher als Publikumsmagnet gehofft und eigentlich Werke von allgemeinem Interesse erwartet. Doch leider hatte Gavin keine große Lust, sich mit dem Geschmack seiner potenziellen Kundschaft zu befassen. Mit seiner Sammlung aus billigen und abgegriffenen Comics, die meisten aus dubiosen Internetquellen, konnte er sicher keinen Hund hinter dem Ofen hervorlocken. Bestimmt hatten seine Eltern ihn nur gezwungen, ein Abteil im Laden zu mieten, um ihn weg von seinem Computer aus seiner düsteren Zimmergruft ins Sonnenlicht zu zerren.

Bis zu einem gewissen Grad konnte ich seine mangelnde Begeisterung sogar nachvollziehen. Die Büchersammlung der Halls bestand nämlich aus Werken, wie sie sogar in Sozialkaufhäusern irgendwann ausgemistet werden: alte und überholte Kochbücher, vergilbte Taschenbücher, der Großteil davon kitschige Arztromane, einige trockene wissenschaftliche Bände aus Mr. Halls Studentenzeit und vom Zeitgeschehen überholte Atlanten. Eigentlich hatten sie nur ihren Speicher aufgeräumt. Ich hatte Gavin angeboten, mit ihm den Markt in Newton Abbot zu besuchen, damit er sich anschauen konnte, wie erfolgreiche Buchhändler ihre Ware zur Schau stellten, aber er hatte keine Lust. Seufzend betrachtete ich seine halb vollen Regale, denn der Großteil seines Bestands befand sich noch in Kartons.

»Gibt es hier vielleicht eine Toilette, die ich benutzen könnte?«, holte Emmas Stimme mich in die Wirklichkeit zurück. Sie und Sophie hatten eine Vereinbarung getroffen, und nach Sophies breitem Grinsen zu urteilen, war sie sehr zufrieden mit dem Ergebnis. Ich war gerade auf dem Weg nach oben, und so zeigte ich Emma das Badezimmer auf dem Treppenabsatz. Dann ging ich hinauf in die Küche. Ich hatte Nicks alten Herd durch eine Mikrowelle und einen Toaster ersetzt, mehr brauchten wir nicht. Gavin hatte versucht, mich zur Anschaffung eines teuren Kaffeevollautomaten zu überreden, aber wenn er Luxuskaffee wollte, musste er ihn sich schon selbst kaufen. Als ich die Milch aus Nicks antikem Kühlschrank holte, hörte ich die Badezimmertür knallen. Ich schaute aus der Küche und die Treppe hinunter und rief der davoneilenden Emma einen Abschiedsgruß zu. Sie antwortete nicht. Stattdessen hielt sie sich nur laut schniefend die Nase. Eine Sommergrippe oder Heuschnupfen?, fragte ich mich in meiner Naivität. Oder bedrückte sie etwas? Ich ging selbst ins Bad.

Ich verriegelte die Tür und wollte gerade den Klodeckel hochklappen, als ich eine glitzernde Substanz darauf bemerkte. Ich bückte mich und betrachtete die Linie aus sehr feinen weißen Kristallen. Besonders stach mir ins Auge, wie gerade diese Linie war. Also machte ich Licht, ging in die Hocke und schaute genauer hin, denn ich wollte absolut sicher sein. Und tatsächlich: Da war ein Muster aus winzigen Schnittspuren auf der Plastikoberfläche des Klodeckels. Ich öffnete den Treteimer unter dem Waschbecken, und siehe da, es lagen eine Rasierklinge und ein kleiner Papierzylinder darin, anscheinend hatte Emma eine von Sophies Visitenkarten zusammengerollt. Und ein Ende davon hatte sie sich dann in ihr widerliches Näschen gesteckt, da war ich ganz sicher.

Die lodernde Wut, die aus den Tiefen meiner Fußsohlen in mir aufstieg, war so heftig, dass ich mich am Waschbeckenrand festhalten musste. Wie konnte sie es wagen? Wie konnte diese miese Luxuszicke die Frechheit besitzen, Drogen bei mir einzuschmuggeln und in meinem Laden dem Rauschgiftkonsum zu frönen? Hinzu kam, dass sie es in ihrer geringschätzigen Haltung gegenüber ihren Mitmenschen nicht für nötig hielt, die Beweise zu vernichten. Es war ihr schlichtweg egal, ob es jemand merkte. Vor Zorn hatte ich so weiche Knie, dass ich mich auf den Badewannenrand setzen musste. Meine Mutter war mit dreiundzwanzig an einer Überdosis gestorben, das gehörte zu dem Wenigen, was ich über sie wusste. Inzwischen war ich älter, als sie es geworden war. Vermutlich war es diese Vergeudung eines Lebens, die mich so wütend machte. Ob Jamie über Emmas Angewohnheit im Bilde war? Es geht dich nichts an, ermahnte ich mich entschlossen. *Misch dich nicht ein.* Nur dass die feine Dame in diesen Minuten zugedröhnt mit ihrem kleinen Sportwagen in Ashburton herumkurvte. Kurzfristig spielte ich sogar mit dem Gedanken, die Polizei anzurufen und sie anzuzeigen. Doch nach einer Weile hatte ich mich wieder beruhigt. Ich wischte die Spuren ihres schmutzigen Geheimnisses weg, beförderte den Lappen in den Abfall und beschloss, mit niemandem über die Sache zu sprechen. Insbesondere nicht mit den Menschen unten im Laden. Sophie feierte bestimmt den neuen Auftrag. Ich wollte ihr die Freude nicht verderben.

Doch als ich nach unten kam, herrschte alles andere als Festtagsstimmung. Was war da los?

»Ich sage doch, dass sie ihn genommen haben muss!«, beteuerte Sophie mit lauter Stimme. »Er lag genau hier auf meinem Schreibtisch, und jetzt ist er weg!« Gavin kroch auf allen vieren herum und suchte etwas auf dem Boden.

»Was ist passiert?«

»Sophie hat ihren Inhalator verloren«, erklärte Pat.

»Ich habe ihn nicht verloren«, protestierte Sophie. »Er war hier auf dem Schreibtisch. Sonst war niemand im Laden.« Sie verdrehte die Augen. »Es ist ja nicht so, als ob die Kundschaft sich hier auf die Füße treten würde.«

»Nun, ich habe gesehen, wie das feine Dämchen die Hand in die Tasche gesteckt hat«, räumte Pat ein. »Kurz bevor sie raus ist.«

»Aber warum sollte sie so etwas tun?«, wandte Gavin ein, richtete sich auf und klopfte sich die Hände ab. »Wozu stiehlt jemand einen Inhalator mit einem Asthmamittel?«

Mir war sofort sonnenklar, warum. Ich hatte nicht den geringsten Zweifel daran, dass Emma nicht nur Gin in sich hineinkippte, Koks schnupfte, auf dem Rücken ihres Pferdes oder im Sportwagen herumjagte und auch sonst keinen schnellen Kick ausließ. Offenbar war ihr jedes Mittel recht, um wild und gefährlich zu leben.

Kaum zwei Stunden nach Emmas Aufbruch – inzwischen war ein einziger Kunde erschienen, hatte sich umgeschaut und war wieder gegangen, ohne etwas zu kaufen – kreuzte Jamie höchstpersönlich auf. Im Gegensatz zu seiner Schwester war er geradezu ein Ausbund von Charme, erkundigte sich nach unserem und EBs Befinden, stellte sich Pat und Gavin vor, bewunderte Pats Auslage und stellte ihr Fragen zu ihrem Gnadenhof. Wir erzählten zwar von Emmas Besuch, doch ich sprach ihn nicht auf das Koks an. Auch der Inhalator wurde nicht erwähnt. Sophie hatte ihre Mum angerufen, und die hatte bereits Ersatz von zu Hause vorbeigebracht.

»Das Porträt war ihre Idee«, gab Jamie zu. »Allerdings bin ich nicht deswegen hier. Ich will nicht lange um den heißen Brei herumreden«, fügte er in weltmännischem Ton hinzu, parkte sein Hinterteil an der Kante von Sophies Schreibtisch und verschränkte die Arme. »Ich hatte gehofft, Sie könnten mir aus der Patsche helfen.«

»Wir versuchen unser Bestes«, beteuerte ich. Wie hätten wir EBs attraktivem Retter etwas abschlagen können?

»Heute in einer Woche findet bei uns ein Fest statt. Ich habe gehört, dass Sandy mit Ihnen darüber gesprochen hat. Nun, es ist eher so etwas wie ein kleiner herbstlicher Jahrmarkt. Wir veranstalten jedes Jahr einen, um Spenden für Rettungsboote oder einen anderen wohltätigen Zweck zu sammeln. Dieses Jahr ist das Geld für den Luftrettungsdienst bestimmt. Das Übliche, Sie kennen das ja. Reiterspiele, Hundeausstellung, Bierzelt und so weiter. Außerdem haben wir immer ein Kunstgewerbezelt. Die Künstlergemeinschaft von Dartmoor richtet immer eine fantastische Ausstellung aus. Leider hat es dieses Jahr ein Missverständnis wegen der Termine gegeben, und jetzt kommen sie nicht, weil sie sich schon anderweitig verpflichtet haben …«

»… was heißt, dass Ihr Kunstgewerbezelt jetzt leer ist«, beendete ich den Satz.

»Genau. Ziemlich peinlich, die Sache. Also haben Sandy und ich uns gefragt, ob Sie nicht vielleicht Ihre Arbeiten ausstellen könnten. Sie natürlich auch«, wandte er sich an Pat und Gavin.

»Also, ich bin nicht direkt kunstgewerblich tätig«, warnte ich ihn. »Ich handle mit Antiquitäten und Sammlerstücken.«

»Ausgezeichnet. Sandy hat ein paar Freunde in der Antiquitätenbranche. Die könnten wir auch einladen. Und falls Sie sonst noch jemanden kennen, der …«

Er bemerkte, dass Sophie und ich einen Blick wechselten. »Selbstverständlich würden wir auf die üblichen Standgebühren verzichten. Schließlich würden Sie uns einen Gefallen tun. Sollten die Geschäfte an diesem Tag laufen, könnten Sie möglicherweise in Erwägung ziehen, eine kleine Summe für den guten Zweck zu spenden.«

»Tja, wenn das so ist …«

»Prima. Sie kommen also?«, fragte er und drehte sich um die eigene Achse, damit wir uns alle gemeint fühlten.

»Ich komme«, verkündete Gavin sofort.

»Dann ist es abgemacht. Ich kann Ihnen gar nicht sagen, wie erleichtert ich bin. Gibt es Neues von Ihrem Wagen, Juno?«, wandte er sich an mich. »War der Versicherungsmensch schon da?«

Ich erklärte ihm, dass ich noch auf den Schadensregulierer wartete, während die Autowerkstatt im Dorf meinem ausgebrannten Wrack Asyl gewährte. Und auch, dass ich mir schon einen neuen fahrbaren Untersatz organisiert hatte.

Er zog die Augenbraue hoch. »Ach?«

»Einen Peugeot Partner«, teilte ich ihm mit.

»Wunderbar.« Erfreut über seine erfolgreiche Mission, schritt er so schnell von dannen, wie er gekommen war.

Darauf folgte eine kurze Debatte mit Gavin, der darauf beharrte, seine Comicsammlung mitzubringen, um sie auf dem Herbstfest zu verkaufen. Sosehr ich ihm auch klarzumachen versuchte, wie wenig sich sein Sortiment für diesen Anlass eignete, blieb er stur und war wild entschlossen mitzukommen.

»Ich kapiere nicht, warum sich meine Comics schlechter verkaufen sollten als Pats Strickschafe oder Junos alter Kram«, beschwerte er sich.

»Es ist ein ländliches Volksfest, keine Fantasy Convention, Gavin«, sagte ich und konnte mir nicht verkneifen, mit den Augen zu rollen. »Für so ein Publikum passen andere Bücher besser. Die würdest du vermutlich eher loswerden.«

»Gavins Vorschlag hat etwas für sich«, meinte Sophie widerstrebend. »Es werden Familien dort sein, und viele Kinder mögen Comics.«

»Die da sind nichts für Kinder!« Pat griff nach dem Fantasyroman, den Gavin gerade gelesen hatte.

»*Das Schwert der Virangha*«, rief sie aus. »Schaut euch die Frau auf dem Cover an. Die hat ja nur einen Eisenbikini am Leib.«

»Weil sie eine Kriegerkönigin ist«, beteuerte Gavin hastig, während sich verräterische Röte auf seinen Wangen ausbreitete. »Das ist eine Rüstung.«

»Wenn die so in die Schlacht zieht, dürften ihre Siegeschancen nicht sehr hoch sein«, fuhr Pat gnadenlos fort. »Nächste Station Evaskostüm.«

Gavin entriss ihr den Comic. »Mr. Westershall hat mich ebenfalls eingeladen, also komme ich mit. Außerdem könnt ihr mich nicht daran hindern«, fügte er schmollend hinzu.

»Ich glaube, wir vergessen da etwas«, unterbrach ich, bevor die Feindseligkeiten weiter hochkochen konnten. »Wenn wir alle nächsten Samstag hinfahren, wer passt dann auf den Laden auf?«

Missmutiges Schweigen. Es war offensichtlich, dass sich niemand freiwillig für die Stallwache melden würde. Doch ebenso offensichtlich war es, dass es keine gute Idee war, den Laden an einem Samstag zu schließen. Wenn das schöne Herbstwetter anhielt, würde es in Ashburton von Touristen wimmeln.

Die Stille wurde vom schrillen Bimmeln des Glöckchens über der Ladentür durchbrochen. Ricky und Morris kämpften sich über die Schwelle, beladen mit einem Gegenstand, bei dem es sich auf den ersten Blick um die beiden Hälften einer zerteilten, nackten Frauenleiche zu handeln schien, der sich allerdings auf den zweiten als Schaufensterpuppe erwies. »Das ist Mavis«, verkündeten die beiden im Chor. »Wo sollen wir sie hinstellen?«

Ich deutete in Richtung meines Abteils im Lagerraum. Dann wandte ich mich grinsend an die anderen. »Wir gehen auf den Ball, Cinderella«, versprach ich und folgte dann meinen beiden Feenköniginnen, um ein bisschen Überzeugungsarbeit zu leisten.

Am Sonntagmorgen wurde ich endlich Eigentümerin des *Weißen Blitzes* und unternahm mit ihm eine Ausfahrt auf der A38 nach Newton Abbot, eine große Marktstadt, wo es in Hülle und Fülle all das gibt, was in Ashburton so kläglich fehlt. Wie zum Beispiel Supermärkte, Sozialkaufhäuser und Essen to go. Die Art von Stadt, die in Reiseführern als »geschäftig« beschrieben wird. Tausende von Touristen werden Jahr für Jahr durch den dortigen Bahnhof geschleust: Umsteigen in Newton Abbot nach Totnes und Plymouth. Oder nach Dawlish, Teignmouth und an die wunderschöne Englische Riviera. Außerdem ist die Stadt berühmt für ihre Rennbahn, die an den Wochenenden, wenn keine Rennen stattfinden, Schauplatz eines gewaltigen Flohmarkts ist.

Ehrlich gesagt habe ich nicht den geringsten Schimmer von Antiquitäten, deshalb besteht meine einzige Chance, Geld zu verdienen, darin, billig bei Leuten zu kaufen, die noch ahnungsloser sind als ich, und Flohmärkte sind dafür genau das geeignete Pflaster. Ich erwarb ein halbes Kaffeeservice aus den 60ern, einen Milchkrug aus bunter Torquay-Keramik, einige scheußliche Stücke aus weiß glasiertem Porzellan, die aber begehrte Sammlerstücke sind, eine kippbare Schreibunterlage aus Sandelholz mit kaputtem Scharnier, einige bunte Glasperlenketten, aus denen Pat Ohrringe basteln konnte, und außerdem einen gusseisernen Stiefelkratzer, ein altes Schätzchen, für das reiche Leute, die denkmalgeschützte Häuser renovieren, absurde Preise zu zahlen bereit sind. Zu guter Letzt investierte ich in einen Karton mit relativ unversehrten Taschenbüchern, in der Hoffnung, Gavin Vernunft beibringen und ihn dazu überreden zu können, sie bei sich ins Regal zu stellen.

Als ich gerade gehen wollte, entdeckte ich eine Pappschachtel voller alter Lichtschalter. Der Verkäufer war erstaunt über mein Interesse, es handle sich doch nur um nutzlosen Kram, den er in seiner Garage gefunden habe, meinte er. Ja, viele davon bestanden aus Plastik, waren defekt und würden auch tatsächlich im Müll landen. Doch als ich dem Mann vergnügt fünf Pfund überreichte und ihm fröhlich vorschwindelte, mein Partner sei Elektriker und sammle alte Schalter, verzog er leicht zweifelnd das Gesicht. Offenbar war er gerade auf den Gedanken gekommen, dass er den Inhalt der Schachtel genauer hätte untersuchen sollen, aber dafür war es jetzt zu spät.

Drei der Schalter waren aus Bakelit, was einen Gegenstand per se zum Sammlerobjekt macht. Vier weitere stammten aus der edwardianischen Epoche und waren mit Messingabdeckungen in einem hübschen Muschelmuster versehen. Der Händler in Ashburton, der sich auf die Rettung antiker Bauelemente spezialisiert hat, würde begeistert sein. Er hatte auch den viktorianischen Kamin in Nicks ehemaligem Wohnzimmer ausgebaut. Ich werde nie vergessen, wie überrascht er war, dass ich so ein altes, schönes Original loswerden wollte. Aber das Zimmer war kein Wohnzimmer mehr, und in einem Verkaufsraum war ein Kaminsims überflüssig. Außerdem musste ich bei seinem Anblick immer daran denken, dass Nick genau dort ermordet worden war.

Der Tag endete mit einem weiteren seltsamen Ereignis. Ich wollte gerade zu Bett gehen, als mir einfiel, dass ich schon den ganzen Tag in den Tiefen meiner Tasche eine Geburtstagskarte mit mir herumschleppte. Maisie hatte mich damit beauftragt, sie bei einer Freundin, die gestern Geburtstag gehabt hatte, in den Briefkasten zu werfen. Von schlechtem Gewissen geplagt, stieg ich also abermals in meinen Transporter und fuhr zu der kleinen, abseits gelegenen Wohnsiedlung, wo diese Freundin lebte. Den Wagen stellte ich auf dem Parkplatz hinter dem Rathaus ab. In Ashburton ist sogar der Parkplatz malerisch: umgeben von alten Steinmauern, gesäumt von Bäumen und mit einer steilen Anhöhe dahinter, auf der Schafe grasen.

Nach dem Einwerfen der Karte kehrte ich zurück zum Parkplatz. Es muss kurz vor Mitternacht gewesen sein, alles war still und dunkel. In einer Ecke parkte ein Auto, das mir vorher gar nicht aufgefallen war. Der Kofferraum stand offen, und das Innere war erleuchtet. Eine Frau machte sich dort an etwas zu schaffen, während ein kleines, beigefarbenes Geschöpf auf mich zugetrottet kam. Eine Katze, eine dieser mageren, langbeinigen orientalischen Rassen. Sie trug ein Geschirr mit einer ausziehbaren Leine daran. Als ich mich bückte, um die Katze zu streicheln, miaute sie zutraulich. Orientalische Katzen sind sehr gesprächig und unterhalten sich gern. »Hallo«, sagte ich. »Wer bist du denn?«

Die Frau klappte den Kofferraum zu, griff nach der Leine und schlenderte auf mich zu. Sie war schlank, groß und trug eine Cordhose und eine Steppweste. Ihr Haar – in der Dunkelheit konnte ich nicht genau erkennen, ob es blond oder grau war – hatte sie zu einem französischen Zopf geflochten. Ich schätzte sie auf Ende sechzig. »Er heißt Toby«, teilte sie mir in kultiviertem, aber nicht unfreundlichem Ton mit. »Er soll sich ein bisschen die Beine vertreten.«

Ich erkundigte mich, ob er ein Siamkater sei, eine Rasse, von der ich weiß, dass sie rasch lernt, an der Leine zu gehen.

»Ja, ein Lilac Point.« Sie hob den Kater hoch. »Jetzt müssen wir aber los.«

Obwohl ich einige Meter vom Auto entfernt stand, konnte ich erkennen, dass sich auf der Rückbank Bettzeug türmte. Ob sie und der Kater wohl im Auto übernachteten? »Müssen Sie noch weit?«, fragte ich.

»Ja. Gute Nacht«, sagte sie höflich, offenbar war das Gespräch für sie damit beendet.

»Gute Nacht«, erwiderte ich und ging zu meinem Transporter.

Auch sie wandte sich zu ihrem Auto um, setzte den Kater hinten auf das Bettzeug und nahm auf dem Fahrersitz Platz. Als ich den Parkplatz verließ, hatte sich ihr Wagen noch immer nicht von der Stelle gerührt. Die Frau saß reglos da. Ich hatte den Eindruck, dass sie warten wollte, bis ich weg war, bevor sie sich auf den Weg machte.

Auf der Flucht, dachte ich. *Sie und ihr Kater sind auf der Flucht.* Ich konnte nicht aufhören, an die beiden zu denken, bis ich endlich einschlief.

Es war der Nachmittag vor dem Herbstfest auf Gut Moorworthy, ich war mit Gavin allein im Laden und sortierte gerade im Lagerraum die Stücke, die ich dorthin mitnehmen wollte. War es die Mühe wert, eine geriffelte Schale aus bernsteinfarben schimmerndem, geflammtem Glas einzupacken? Und zu riskieren, dass sie unterwegs zerbrach? Ich beschloss, es zu wagen, und wickelte sie gerade sorgfältig in Luftpolsterfolie, als das Klingeln des Ladenglöckchens Besuch ankündigte.

Ich beeilte mich nicht, denn ich wusste ja, dass Gavin an seinem Platz saß. Allerdings war er so in einen seiner Fantasy-Comics vertieft, dass das Bimmeln womöglich nicht in sein Bewusstsein gedrungen war. Im nächsten Moment jedoch hörte ich seine Stimme. »Ich habe dir doch gesagt, dass du nicht mehr herkommen sollst«, sagte er laut.

Die Antwort fiel zu leise aus, als dass ich sie hätte verstehen können. Neugierig pirschte ich mich auf den Flur hinaus und spähte in den Laden. Der Mann, der zischend auf Gavin einredete, entsprach genau Sophies und Pats Beschreibung, also wieselähnlich und mager. Er trug Jeans und eine abgewetzte Jeansjacke und hatte schütteres, über den Schädel gekämmtes Haar, das seine gerötete, schuppige Kopfhaut nicht verbergen konnte. Auch sein Hals und seine Hände waren mit einem schuppigen Ekzem bedeckt, offenbar litt er an einer scheußlichen Hautkrankheit. Er war älter als Gavin und strahlte trotz seines schäbigen Äußeren etwas Bedrohliches aus, das mich an einen Kleinkriminellen denken ließ. Ich konnte nicht verstehen, was er sagte, doch ich begriff plötzlich, dass er nicht absichtlich tuschelte, sondern eine hauchige, dünne Stimme hatte, sodass nur Geflüster über seine Lippen kam. Wenn Schlangen hätten sprechen können, sie hätten vermutlich genau so geklungen.

»Ich habe Nein gesagt.« Gavins Stimme war schrill vor Furcht.

»Irgendwelche Probleme?« Ich schlenderte in den Laden, wo ich unschuldig lächelnd vor dem Besucher stehen blieb. »Möchte der Herr etwas kaufen?«

Ein unsteter Blick streifte mich, der Mann nuschelte etwas und huschte hinaus, ohne die Ladentür hinter sich zuzumachen. Ich folgte ihm, schloss die Tür und drehte mich zu Gavin um, der ziemlich blass um die Nase war und wirkte, als sei ihm übel. »Wer war das?«

»Niemand«, murmelte er, konnte mir dabei aber nicht in die Augen schauen. »Nur so ein fieser Typ.«

»Hat der fiese Typ auch einen Namen?«

»Croaker, so nennt er sich jedenfalls.«

Ich verschränkte die Arme. »Und du möchtest mir nicht erklären, was da gerade los war?«

Er schüttelte den Kopf. »Nichts … es ist nichts.« Er lief feuerrot an. »So ein blödes Arschloch halt.« In einem ganz offensichtlichen Versuch, sein Unbehagen zu überspielen, fing er hektisch an, in seinem Abteil herumzuräumen und Comics in einen Karton zu stopfen.

»Wenn er dich belästigt, können wir die Polizei verständigen. Du brauchst dir so was nicht …«

»Nein, nein, ich kläre das. Wirklich, Juno. Ich sorge dafür, dass er sich hier nicht mehr blicken lässt.«

»Gav, falls du irgendwelche Schwierigkeiten hast …«

»Ich habe keine Schwierigkeiten!« Er starrte mich an und reckte trotzig das Kinn. »Alles ist gut. Wirklich.«

»Okay.« Ich breitete schicksalsergeben die Hände aus. »Aber du kannst ihm von mir ausrichten, dass ich die Polizei hole, wenn er noch mal hier aufkreuzt und Ärger macht.«

»Ich habe dir doch gesagt, dass ich mich um ihn kümmere.«

Ich zweifelte sehr an Gavins Fähigkeiten, mit dem fiesen Mr. Croaker fertigzuwerden, aber ich beließ es erst mal dabei. Allerdings war ich ziemlich sicher, dass das nicht meine letzte Begegnung mit diesem Menschen gewesen war.

6

Auf der Fahrt nach Moorworthy House fragte ich mich mehr als einmal, ob es wirklich klug gewesen war, Ricky und Morris mit der Aufsicht über *Old Nick's* zu beauftragen. Nicht dass ich den beiden den Umgang mit Kundschaft oder Geld nicht zutraute. Es war eher ihre Neigung, allem ihren Stempel aufzudrücken, die mir Sorgen machte. Meine Sachen konnten sie von mir aus nach Herzenslust umräumen, was sie in der letzten Woche auch schon ausgiebig getan hatten, irgendwo mussten sie mit dem Kleiderständer und immer mehr Klamotten, die sie ankarrten, ja hin. Doch wenn sie sich an Sophies oder Pats Waren vergriffen, würde das sicher nicht auf Beifall stoßen. Allerdings war Sophies Sortiment nach dem Besuch im Kulturzentrum praktisch auf null geschrumpft, weshalb sie die Woche damit verbracht hatte, wie am Fließband Aquarelle mit Ansichten von Dartmoor und lustige Tierzeichnungen anzufertigen, um sie auf dem Herbstfest zu verkaufen. Die Zeit hatte nicht mehr gereicht, die Bilder rahmen zu lassen. Sie konnte sie nur noch aufziehen und in Zellophanfolie wickeln.

Sie fuhr mit mir im *Weißen Blitz*, Pat hatte sich edelmütig bereit erklärt, Gavin und seine Kartons mit Comics in ihrem alten Kombi mitzunehmen. Wir trafen lange vor ihnen ein. Sogar ziemlich lange, denn Gavin war zur verabredeten Zeit nicht startklar gewesen und hatte erst aus dem Bett geholt werden müssen, während Pat wartend mit den Fingern aufs Lenkrad trommelte.

Schauplatz des Herbstfestes war die riesige Rasenfläche hinter dem Haus. Für Reiterspiele, Hundeschau und Viehausstellung hatte man eine Manege aufgebaut. Ein Bierzelt und Pavillons, die Arrangements aus Blumen und Gemüse beherbergten, wetteiferten mit Ständen, wo es Käse aus einheimischer Produktion, Cider, Honig und sogar Dartmoor-Gin und Schokolade zu kaufen gab. In einem anderen Bereich warb ein Kasperletheater um junge Zuschauer. Eine Hüpfburg und bunte Heliumballons, die wie ein riesiger Strauß über einer Kinderschminkbude schwebten, gab es auch.

Das Kunstgewerbezelt befand sich ganz in der Nähe des Hauses, in meinen Augen ein Vorteil, denn die Verpflegungsausgabe fand im Ballsaal statt. Die Terrassentüren standen offen, davor waren Gartentische und Stühle aufgestellt worden. Gut, die Chemieklos hatte man am anderen Ende des Geländes platziert, aber man kann im Leben eben nicht alles haben.

Auf Jamies Bitte hin hatte ich bei meinen Händlerkollegen herumgefragt, ob sie nicht etwas zur Bestückung der leeren Stände beitragen wollten. Tom und Vicky Smithson aus Exeter fanden die Idee großartig, und als Sophie und ich das Zelt erreichten, waren sie gerade dabei, ihren Tisch aufzubauen. Ihr Warenangebot war meinem natürlich haushoch überlegen und bestand aus hauchzarten Porzellanobjekten und kleinen, auf Hochglanz polierten Silberornamenten. Neidisch beäugte ich die Ansammlung von hübschen Menagen und Schnupftabakdosen. Tom und Vicky waren schon lange im Antiquitätengeschäft und kannten sich aus. Ich wünschte, ich hätte dasselbe von mir behaupten können. Ich hatte zwar angefangen, mich mit der Materie zu beschäftigen, als ich bei Nick arbeitete, war damit jedoch bislang nicht sehr weit gekommen.

Nachdem Sophie und ich unsere Kartons ausgepackt hatten, parkte ich den Transporter auf einem nahe gelegenen Feld und trottete zurück zum Zelt. Der Himmel über mir war strahlend blau, und die Luft erwärmte sich bereits. Der ideale Tag für ein solches Gartenfest. *Vorsicht, Ha-Ha*, warnte ein handgemaltes Schild ein Stück weiter die Besucher. Die Baumkronen im Wald hatten mittlerweile einen tieferen Goldton angenommen, der Sommer war wohl bald endgültig vorbei. In wenigen kurzen Wochen würden wir die Uhren zurückstellen, und dann war es aus mit sonnigen, langen Nachmittagen wie dem, der nun vor uns lag.

Ich machte an einer Bude halt, die frisch gepressten Apfelsaft feilbot, nippte an dem angebotenen Pröbchen und plauderte mit dem jungen Paar, das sie betrieb. Früher war Devon berühmt für seine Apfelplantagen gewesen, und die zwei besaßen eine davon gleich am Stadtrand von Lustleigh. Begeistert erzählten sie mir von der Wiederentdeckung alter Sorten, die hübsche Namen wie Sweet Coppin, Fair Maid of Devon, Pig's Nose und Hangy Down trugen. Außerdem verkauften die zwei Schweinswürstchen mit Apfel, Apfelchutney in Gläsern und Apfelkuchen mit einem Klacks Rahm. Heroisch widerstand ich der Versuchung. Es war zu früh am Tag, um zu sündigen, außerdem musste ich zurück. Also begnügte ich mich mit einer Wurstprobe an einem Spießchen und ging weiter.

Inzwischen hatte sich das Zelt gefüllt. Ich hatte noch kaum begonnen, meine Sachen auszubreiten, als Onkel Sandy in Begleitung eines mit ihm befreundeten Antiquitätenhändlers erschien. Ich hörte, wie Vicky Smithson, die ihren Tisch rechts von mir hatte, leise aufseufzte. »Oh nein, bitte nicht Barty!«, murmelte sie. Ich reckte den Hals, um einen Blick auf Sandys Kumpan zu erhaschen, einen Herrn mit gerötetem Gesicht und einem Sakko im Gutsherrenstil. Sandy stellte ihn den anderen Händlern vor, und es wurde viel und brüllend gelacht. Ich wandte mich an Vicky. »Ein Freund von Ihnen?«

»Nicht unbedingt«, raunte sie. »Oh nein, er kommt her! Hat er etwa den Tisch neben meinem?« Mit einem erneuten

Aufstöhnen fasste sie mich am Arm. »Ganz gleich, was auch passiert, Sie müssen immer darauf achten, dass Sie nie mit ihm allein im Raum sind.«

Vicky war eine schlanke und attraktive Frau, schätzungsweise Mitte sechzig. Sie schenkte dem herannahenden Barty ein hinreißendes Lächeln und ließ sich schicksalsergeben von ihm in die Arme schließen. Dann machte sie ihn mit mir bekannt. »Eddie Bartholomew«, verkündete er und schwenkte meine Hand begeistert auf und nieder. »Aber alle nennen mich Barty.«

»Juno«, erwiderte ich so kühl wie möglich.

»Juno, was?« Er ließ einen lüsternen Blick über meinen Körper wandern. »Das passt!«

Zum Glück schleppte Sandy Barty weiter, nachdem er sich erkundigt hatte, ob wir mit unseren Tischen zufrieden seien, und so konnte ich mich wieder meinen Waren zuwenden.

Ich zog meine Jacke aus, denn es war schon recht warm und stickig im Zelt. Von einer Bonbonbude wehte der unangenehm süßliche Geruch selbst gemachter Karamellen herein. Jaulend und hustend sprang die Lautsprecheranlage an, und eine kernige Stimme listete die Ereignisse des Tages auf. Man stellte uns eine Darbietung von Dartmoors Majorettentruppe und einen Auftritt der Bovey-Blaskapelle in Aussicht. In meinem Schädel begann ein leichter Kopfschmerz warnend zu pochen. Es würde ein langer, heißer Tag werden.

Gavins Heftchen und Graphic Novels mochten mir als wenig geeignet für ein Herbstfest erscheinen, doch wie ich zugeben musste, entpuppte sich Bartys Sortiment als noch um einiges unpassender: Waffen und Militaria.

Gut, einige Menschen hegen eben eine unerklärliche Schwäche für Orden und Kriegsandenken, aber für meinen Geschmack lagen auf seinem Tisch viel zu viele lebensgefährliche

Mordinstrumente herum, sodass mir wegen der zahlreichen Kinder hier leicht mulmig wurde. Eines dieser Kinder war Gavin, der seine Heftchen in zwei windschiefen Stapeln auf den Tisch geworfen und diesen dann für den Rest des Tages sich selbst überließ, offenbar in der Annahme, dass Pat sich schon darum kümmern würde. Eine Ewigkeit verbrachte er damit, Bartys Waffenangebot zu sichten. Als er zurückkehrte, hatte er ein kurzes Krummschwert mit tödlich scharfer Klinge und noch mörderischer wirkender Spitze in der Hand.

»Hast du das etwa gekauft?«, fragte ich entsetzt.

»Aber klar doch!« Er steckte das Schwert zurück in die Scheide, um es dann voller Elan mit einem metallischen Zischen wieder herauszuziehen und damit in der Luft herumzufuchteln. »Das Schwert der Virangha!«, rief er stolz aus.

»Hör auf damit«, schimpfte Pat. »Sonst stichst du noch jemandem ein Auge aus!« Inzwischen war das Zelt viel zu gut gefüllt, um so wüst mit einer todbringenden Waffe zu hantieren.

»Räum es irgendwohin, wo es keinen Schaden anrichten kann, Gavin!«, befahl ich. »Warum schließt du es nicht in den Kombi ein?«

»Gute Idee«, stimmte er sofort zu. Die Scheide im Gürtel seiner Jeans steckend, stolzierte er davon. Es war das letzte Mal, dass ich ihn sah.

Während seiner Abwesenheit verkaufte Pat zwei seiner Comics für ihn. Noch besser war, dass sie selbst auch guten Umsatz machte und einige Paare von ihren selbst gebastelten Ohrringen und ein paar gestrickte Kuscheltiere und Türstopper in Tierform loswurde. Sie hat ein echtes Talent dafür, Tiere mit lustigen Gesichtern zu basteln, und so fanden ein stirnrunzelnder Mops und drei ganz besonders dümmlich aussehende Schafe neue Besitzer, bevor ich auch nur ein Stück an den Mann oder die Frau bringen konnte. Unterdessen machte

Sophie mit ihren Aquarellen und Grußkarten gute Umsätze. Außerdem stießen ihre Gemälde mit den Hecken auf großen Anklang, auch wenn sie ein wenig zu teuer waren, um sie kurz entschlossen zu erwerben. Sie verkaufte zwar keines, doch vier Interessenten ließen sich ihre Visitenkarte geben.

Ich hätte mich gefreut, wenn ich nur halb so viel Erfolg gehabt hätte. Aber ich wurde nur eine Patronenschachtel aus Messing – ausgerechnet an Barty –, ein paar Glasbroschen und den Stiefelkratzer los. Leider konnte ich einer Haarnadel mit Perlmuttknauf am Stand von einem von Sandys Kumpeln nicht widerstehen, was meinen mageren Gewinn beinahe verschlang.

Da es im Laufe des Nachmittags so heiß im Zelt wurde, dass es kaum noch auszuhalten war, wechselten wir uns ab, um zu flüchten und in der frischen Luft über das Herbstfest zu schlendern. Weil ich mich nicht für kleine Mädchen, die auf dicken Ponys über Strohballen sprangen, und noch weniger für miniberockte, Stäbe wirbelnde Teenager erwärmen konnte, kehrte ich der Manege den Rücken und steuerte auf das Haus zu. Hier traf ich Vicky an, die sich offenbar schon eine Weile vor mir verdrückt hatte und sich nun auf der Terrasse einen Tee gönnte. Ich teilte eine Kanne Earl Grey und einen Teller Appetithäppchen mit ihr.

»Gab es Probleme mit dem grässlichen Barty?«, erkundigte ich mich.

»Nicht wirklich. Zum Glück hat Tom die Rolle des Puffers übernommen.«

Während wir dasaßen, die im Sonnenschein umherwimmelnden Menschen beobachteten und froh waren, eine Weile Abstand zu ihnen zu haben, erschien Jamie mit einer jungen Frau am Arm, die er uns als seine Verlobte vorstellte.

Jessica wirkte sympathisch. Sie hatte seidiges braunes Haar und eindeutig bessere Manieren als ihre zukünftige Schwägerin. Allerdings schien sie ein wenig schüchtern zu sein und klammerte sich an Jamie, den sie offenbar anhimmelte. Ich war fassungslos, dass er so ein nettes Mädchen nur des Geldes wegen heiraten wollte, und versuchte, mir diese englische Rose in späteren Jahren auszumalen: als Herrin von Moorworthy House und elegante Gastgeberin mit Twinset und Perlenkette. Und dennoch hatte sie etwas an sich, das nicht richtig hierherpasste. Ihr hübsches Blümchenkleid war zwar angemessen für ein Gartenfest, doch irgendwie stach sie aus diesen hochherrschaftlichen Kreisen heraus. Anders als Emma war sie anscheinend nicht in Wachsjacke und Reitstiefeln geboren worden.

»Ist Emma nicht hier?«, fragte ich ihn, nachdem wir eine Weile geplaudert hatten.

Jamie zuckte die Achseln. »Ach, die treibt sich irgendwo herum.«

Und stopfte sich bestimmt irgendwelche bösen Sachen in die Nase.

Besorgt erkundigte er sich, ob wir uns auch wirklich amüsierten oder den Besuch des Gartenfests womöglich bereuten, doch wir versicherten ihm, alles sei in Ordnung, worauf er loszog, um irgendetwas zu erledigen. Jessica ließ er zurück, damit sie mit uns eine Tasse Tee trank.

Meine Vermutung entpuppte sich als richtig. Sie entstammte nicht dem Landadel, sondern lebte in London, wo sie als Privatsekretärin arbeitete. Als ich fragte, wie sie und Jamie sich kennengelernt hätten, erzählte sie, sie seien sich bei einer Firmenveranstaltung begegnet. Offenbar hatte Sandy früher mit ihrem Vater zusammengearbeitet, der ein Pharmaunternehmen besaß. »Wahrscheinlich haben Sie noch nie davon gehört«, fügte sie schüchtern hinzu. »Dravizax.«

Sie hatte recht, das hatte ich nicht. Für mich klang der Name wie etwas aus Gavins Graphic Novels.

Jamie kehrte zurück, um Jessica abzuholen, es war Zeit für die beiden, den struppigsten Hund des Tages zu prämieren. Vicky schlenderte in Richtung Zelt. Bevor ich mich auch auf den Weg dorthin machte, stattete ich dem Klo einen Besuch ab, ein Fußmarsch, der mich ans andere Ende des Gartens führte. Auf dem Rückweg bemerkte ich Emma. Sie hielt einen unruhig tänzelnden Rotfuchs am Zaumzeug fest und war mit einem Mann, den ich als Moss erkannte, in ein ernstes Gespräch vertieft. Ich hatte keine große Lust, sie zu begrüßen, also schlüpfte ich unbemerkt an ihnen vorbei und kehrte für den Rest des Nachmittags in die stickige Leinwandhöhle namens Zelt zurück.

Die letzte Preisverleihung war vorbei, die Blaskapelle hatte ihren Schlussakkord geschmettert, die Menschenmassen zerstreuten sich, und wir packten zusammen, um nach Hause zu fahren. Barty und seine Freunde waren schon fort. Vicky war fast fertig und Tom losgegangen, um das Auto zu holen.

»Wo ist Gavin?«, fragte Sophie plötzlich.

Schlagartig wurde mir klar, dass ich ihn schon seit Stunden nicht gesehen hatte. Sein Tisch war unbemannt, so wie schon den Großteil des Tages. Er hatte sich überhaupt nicht darum gekümmert, also warum hatte er nur so unbedingt mitkommen wollen? Pat schüttelte den Kopf. »Wenn er nicht bald da ist und zu packen anfängt, fahre ich ohne ihn los.«

»Als ich ihn zuletzt gesehen habe, wollte er sein dämliches Schwert ins Auto bringen.«

»Das konnte er gar nicht. Dazu hätte er meinen Autoschlüssel gebraucht, und er hat mich nicht darum gebeten. Nicht dass ich diesem Schwachkopf meinen Schlüssel anvertraut hätte«, fügte sie hinzu. »Wahrscheinlich hätte er ihn irgendwo auf der Wiese auf Nimmerwiedersehen fallen gelassen.«

»Dann ist er sicher gleich zurück.« Sophie stapelte in Luftpolsterfolie gewickelte Bilder ordentlich in einen Karton. »Sogar ihm muss aufgefallen sein, dass die Fete aus ist. Wir könnten ihn ja anrufen.«

Warum war ich nicht selbst darauf gekommen? Zu meiner Entschuldigung muss ich erwähnen, dass ich den Luxus, Empfang zu haben, nicht gewöhnt bin, weshalb diese Lösung ziemlich weit unten auf meiner Liste der Möglichkeiten steht. Nach einer Weile begann Gavins Smartphone zu klingeln, und zwar bei uns im Zelt. Pat beugte sich hinter seinen Tisch, wo seine Jacke von der Stuhllehne gerutscht war, und förderte das läutende Gerät zutage.

»Blödmann«, verkündete ich und drückte den Anruf weg.

»Alles klar, Mädels?« Inzwischen war Tom zurück, um mit dem Aufladen zu beginnen.

»Offenbar haben wir Gavin verloren. Er wollte sich umschauen, aber das ist schon Stunden her.«

»Soll ich ihn mal suchen gehen?«

»Ach, bemühen Sie sich nicht. Weit kann er ja nicht sein.« Noch während ich das aussprach, wurde mir klar, dass es nicht stimmte. Gavin konnte überall und nirgendwo stecken. Vielleicht hatte er beschlossen, das Haus zu erkunden, obwohl es mit Ausnahme des Ballsaals für die Öffentlichkeit tabu war. Oder er war spazieren gegangen und hatte sich verirrt. Alles war möglich.

»Ich werfe mal einen Blick ins Bierzelt, nicht dass er betrunken in der Ecke liegt«, schlug Tom grinsend vor. »Und wenn ich schon mal dabei bin, sehe ich auch im Herrenklo nach.«

»Vielen Dank, Tom, das ist nett von Ihnen.«

Da Vicky fertig und bis zu Toms Rückkehr zur Untätigkeit verdammt war, erbot sie sich, Gavins Comics in ihren Kartons zu verstauen. Pat und ich gingen unsere Autos holen, während

Sophie die Stellung hielt, nur für den Fall, dass der Verschollene aufkreuzen sollte. Schließlich wollten wir nicht, dass er gleich wieder verschwand.

Als wir die Wiese überquerten, wo die Autos parkten, sah ich eine inzwischen bekannte Gestalt auf uns zukommen. Nicht Gavin, sondern Moss. Bis jetzt hatte ich noch nie ein Wort mit dem Mann gewechselt und war ihm – bis auf die kurze Szene mit Emma vorhin – nicht mehr begegnet, seit wir ihn am Straßenrand neben meinem ausgebrannten Transporter zurückgelassen hatten. Jetzt war eine gute Gelegenheit, mich dafür zu bedanken, dass er auf den Abschleppwagen gewartet und den Transport in die Werkstatt beaufsichtigt hatte. »Mr. Moss!«, rief ich.

Bei meinem Anblick blieb er stehen und starrte mich aus hellblauen Augen voller Entsetzen an.

»Mr. Moss«, begann ich. »Ich wollte mich nur dafür bedanken …«

Er kehrte mir den Rücken zu und marschierte in entgegengesetzter Richtung davon. Als ich noch einmal seinen Namen rief, wurde er schneller. Seine gestrafften Schultern und seine immer länger werdenden Schritte verrieten mir überdeutlich, dass er nicht mit mir reden wollte. »Gut, dann eben nicht, du blöder, alter Muffkopf!«, murmelte ich. Man kann niemanden zu seinem Glück zwingen.

Von Gavin fehlte auch weiterhin jede Spur. Toms Suchaktion war gescheitert, und inzwischen verluden er und Vicky ihre Sachen. Pat hatte alles im Wagen verstaut. Nun lehnte sie mit entnervter Miene an ihrem Kombi.

»Du brauchst nicht weiter hier zu warten«, meinte ich zu ihr. »Gavins Kartons passen in meinen Transporter, und er kann auch mit Sophie und mir nach Hause fahren.«

»Ich bleibe noch ein bisschen«, antwortete sie. Doch nachdem sie eine Weile herumgestanden und ungeduldig an ihrem

Schlüsselbund herumgenestelt hatte, ließ sie sich überreden, und wir packten seine Kartons in den *Weißen Blitz* um. »Nehmt besser auch seinen Rucksack mit«, sagte sie und reichte ihn uns. »Keine Ahnung, warum er ihn dabeihat. Das Ding stand den ganzen Tag im Auto.«

Als Pats Wagen über das Gras davonrollte, begannen Sophie und ich den *Weißen Blitz* zu beladen. Inzwischen war das Zelt beinahe menschenleer. Die Tische waren kahl. Nur hier und da lag eine vergessene Plastiktüte oder das Einwickelpapier von einem Sandwich herum. »Dieser Typ geht mir ja so was von auf den Wecker«, murmelte ich und knallte die Türen des Transporters zu.

»Ich möchte Sie nur ungern allein lassen.« Tom kam näher und schaute auf die Uhr. Es war kurz vor sieben. Zwar würde es noch eine Weile hell bleiben, doch die Sonne sank bereits, und der Himmel über dem Moor schimmerte bläulich und rosa. »Irgendwas ist da eindeutig faul.«

»Das muss nicht sein. Ich würde es Gavin durchaus zutrauen, dass er nach Hause getrampt ist, falls es ihm zu langweilig wurde.« Allerdings machte ich mir langsam Sorgen. Außerdem ärgerte es mich, dass die kleine Nervensäge so vielen Leuten Umstände bereitete.

»Schauen wir mal, ob wir die Organisatoren finden«, sagte Tom. »Sie sind bestimmt irgendwo in der Nähe.«

Wir teilten uns auf. Sophie und ich wollten zum Haus gehen, um Jamie zu suchen. Unterdessen würde Tom die übrigen Zelte abklappern und die Freiwilligen, die gerade den Müll einsammelten, nach Gavin fragen. Vickys Aufgabe war, bei den Autos Wache zu halten und uns anzurufen, falls Gavin auftauchte.

Wir trafen Mrs. Johnson und einige Damen im Ballsaal an. Das Gebäck war bis auf das letzte Teilchen verputzt, und sie räumten gerade das Teegeschirr weg. Wir beschrieben Gavin und schilderten unsere missliche Lage. Mrs. Johnson sagte, sie habe ihn nicht getroffen, und beteuerte – das Gesicht so unbeweglich wie ihre steif gestärkte Schürze –, dass es ohnehin niemandem gelungen sein könne, sich an ihr und den anderen Helferinnen vorbei ins Haus zu schmuggeln. Am besten sollten wir uns an Mr. Jamie wenden, der sicher im Salon zu finden sei. Der schnellste Weg dorthin führe, wie sie spitz hinzufügte, zurück nach draußen und über die Terrasse.

Als wir die Balustrade passierten, wehte uns der abendliche Duft der Blumen in die Nase. Noch ehe wir die offenen Türen zum Salon erreichten, hörten wir Jamies laute, zornige Stimme. »Am helllichten Tag?«, brüllte er jemanden an. »Obwohl es hier nur so von Leuten wimmelt? Wie bescheuert kann man denn sein?« Ob er wohl Emma dabei erwischt hatte, wie sie Koks aus einem Futtersack schnupfte? Jedenfalls war es kein günstiger Moment, ihn anzusprechen. Wir trollten uns in den Garten.

»Im Wald ist er ganz sicher nicht.« Vor uns erhoben sich die Bäume. Ihr Geäst erinnerte an ein dunkles Gitternetz, hinter dem die Sonne erstrahlte wie flüssiges Gold.

Sophie verzog das Gesicht. »Der ist doch eingezäunt, richtig?«

»Hat Jamie nicht von einem Pfad geredet, der zum Teil zugänglich ist?« In dem Zaun, der den Rasen von den Bäumen trennte, befand sich ein Tor. Als wir näher kamen, bemerkten wir ein Schild: *Bitte auf dem Weg bleiben.* Ich schob das Tor auf.

Sophie war unschlüssig. »Meinst du, das ist eine gute Idee?«

»Ja, meine ich. Womöglich ist er dort reingegangen und hat sich den Knöchel verstaucht.«

Mit einem leisen Klicken fiel das Tor hinter uns zu. Unter den Bäumen war es still, und es dämmerte allmählich. Ich rief nach Gavin, aber niemand antwortete. Ich hörte nur ein hektisches Rascheln im toten Laub. Offenbar hatte ich irgendein kleines Tier aufgeschreckt. Direkt vor uns erstreckte sich der Pfad. Er war breit genug, um nebeneinanderher zu gehen. Kahle Erde, bestreut mit frischem Rindenmulch. Ein heller Streifen, der sich vom umliegenden Gebüsch abhob. Der Weg war ordentlich instand gehalten, nirgendwo Wurzeln oder Steine, über die man hätte stolpern können. Die untergehende Sonne schickte ihre letzten Lichtstrahlen in die Dunkelheit. Schimmernde Schnaken tanzten in ihrem ersterbenden Schein. Wir marschierten weiter und blieben zweimal stehen, um nach Gavin zu rufen.

Der Pfad beschrieb eine Kurve um einen hohen Zaun, der uns den Weg versperrte. Am Maschendraht angebrachte Schilder warnten vor Strafanzeige bei unbefugtem Betreten. Wir folgten dem Pfad noch etwa hundert Meter, bis er plötzlich am Maschendrahtzaun endete. Wir konnten nicht mehr weiter. Sophie seufzte auf. »Hier ist er nicht.«

Ich spähte durch den Zaun in den Wald. Der Untergrund fiel jäh ab. Baumstämme ragten in seltsamen Winkeln aus der steilen, steinigen Böschung.

»Du glaubst doch nicht, dass er über den Zaun geklettert ist?«, fragte Sophie.

Ich schaute nach oben. Der Zaun wurde von rasiermesserscharfem Nato-Draht gekrönt. »Ich kann mir nicht vorstellen, dass er das geschafft hätte.«

»Am besten kehren wir um.« Die zunehmende Dunkelheit behagte Sophie gar nicht. Sie klang ängstlich. Etwas Schwarzes flatterte über uns in den Bäumen. Ob ein Vogel oder eine Fledermaus, konnte ich nicht feststellen, denn die schwirrenden Stakkatobewegungen waren einfach zu schnell.

Wir machten uns auf den Rückweg. Die Schatten wurden dichter und verwandelten die wuchernden grünen Pflanzen in eine düstere Masse. Etwa fünfzig Meter entfernt vom Pfad stach mir plötzlich ein heller Schimmer ins Auge. Vor langer Zeit war hier eine Eiche umgestürzt, ein uralter Baum von gewaltigem Umfang, dessen knorrige Wurzeln nun frei lagen. Nach oben stützte ihn seine ausladende Krone, sie hatte verhindert, dass der gefallene Stamm friedlich auf dem Boden seine letzte Ruhe fand. Winzige Farne wuchsen aus den bemoosten Ästen. Und über den schräg liegenden Stamm ragte etwas Weißes. »Bleib hier, Soph.«

Doch als ich mich durch das Unterholz kämpfte, kam sie mir nach. »Wo willst du hin?«

»Bleib hier«, wiederholte ich. Es brachte nichts, wenn wir beide im Gestrüpp herumtrampelten. Ich tastete mich zwischen Schösslingen und Farnen hindurch, die beim Weitergehen meine Oberschenkel streiften. Selbst im Zwielicht erkannte ich, dass jemand vor mir hier gewesen war. Ich folgte der Spur aus abgebrochenen Zweigen und zerknickten Ästchen. Mit jedem Schritt wuchs meine unheilvolle Vorahnung. Und einige Meter weiter erhielt ich Gewissheit: Es handelte sich um die Sohle eines Turnschuhs, eines weißen, wie Gavin sie trug.

»Gavin?«

Keine Antwort. Von der anderen Seite des Baums wehte kein Stöhnen und Ächzen zu mir heran. Ich sah keine Bewegung des Turnschuhs oder des in einer Jeans steckenden Beins, das ich beim Näherkommen erkannte. Alles war totenstill. Ich beugte mich über den umgestürzten Baum. Gavin lag bäuchlings da. Mein erster Gedanke war, dass er sich das Genick gebrochen hatte. Vielleicht hatte er versucht, über den Baumstamm zu springen, und war dabei mit dem Fuß hängen geblieben und hingefallen. »Sophie!«, schrie ich. »Ruf einen Krankenwagen. Und dann läufst du zum Haus und holst Jamie.«

»Hast du ihn gefunden?«

Ich hielt mich an den verschlungenen Efeuranken fest, die sich an die Rinde klammerten, kletterte über den Stamm und zog mich auf die andere Seite. Ich hörte Sophies raschelnde Schritte, als sie eilig näher kam. »Bleib zurück, Soph!« Ich kniete mich neben Gavin, berührte sanft seinen Hals und tastete nach dem Puls.

Auf Zehenspitzen stehend, blickte Sophie über den Baumstamm. »Ist er tot?«, fragte sie mit zitternder Stimme.

»Ich glaube schon.« Ich roch Blut. Der grasige Boden unter ihm war klebrig. Vorsichtig drehte ich ihn um und hörte, wie Sophie nach Luft schnappte. Gavin war tatsächlich tot. Seine Augen starrten ins Leere. Ein Eichenblatt klebte an seiner bleichen Wange. Und das Schwert der Virangha ragte ihm aus der Brust, das Heft umklammert von seinen Händen.

7

Man mag es Pech nennen, doch Gavin war bereits der dritte Tote, über den ich innerhalb eines knappen Jahres gestolpert war. Möglicherweise war das ja der Grund für Detective Inspector Fords langen, nachdenklichen Blick, mit dem er mich musterte, ehe er das Wort ergriff. »Wir scheinen uns stets unter bedauerlichen Umständen zu begegnen, Miss Browne.«

»Richtig«, lautete meine wenig geistreiche Antwort. Wir saßen, einander gegenüber und einen Schreibtisch aus schimmerndem Mahagoni zwischen uns, in der Bibliothek von Moorworthy House. Draußen war es dunkel, und der Raum wurde von Lampen erhellt. Die schweren Brokatvorhänge vor den Fenstern waren geschlossen. Nur das gleichmäßige Ticken einer Uhr war zu hören. Im Nebenzimmer wurde Sophie von Detective Constable DeVille, der Assistentin des Inspectors, vernommen.

»Also, Juno, schildern Sie mir in Ihren eigenen Worten, was geschehen ist. Fangen wir damit an, woher Sie den Verstorbenen kennen.«

Ich erklärte ihm, dass Gavin eine Verkaufsfläche im *Old Nick's* gemietet habe. Wir alle seien gemeinsam zum Herbstfest gefahren. Gavin habe unbedingt mitkommen wollen. Hier habe er das Schwert gekauft und sei im Anschluss daran spurlos verschwunden. »Ich dachte, er wollte das Ding zum Auto bringen.«

»Und Sie sagen, er hat die Waffe hier auf dem Herbstfest erworben?« Der Inspector zog die Augenbraue hoch. »Von wem?«

»Der Mann heißt Eddie Bartholomew. Ich bin ihm noch nie zuvor begegnet. Er ist ein Freund von Onkel … von Mr. Sandy Westershall.«

Der Inspector notierte sich die Namen. »Wissen Sie, ob Mr. Bartholomew noch hier ist?«

»Alle waren fort, bis auf Tom und Vicky … Mr. und Mrs. Smithson. Sie sind geblieben, um uns bei der Suche nach Gavin zu helfen. Sie warten doch nicht etwa noch?«

»Wir haben ihre vorläufigen Aussagen aufgenommen und sie dann nach Hause geschickt. Jemand wird sie morgen gründlicher befragen.« Der Inspector lächelte. »Juno, erzählen Sie mir ein bisschen mehr über Gavin. Können Sie sich vorstellen, wie … wie es zu diesem schrecklichen Ereignis gekommen ist?«

»Im Laden war er recht still und las meistens. Er war ein großer Fan von diesem Fantasy-Zeug … Superhelden … ich möchte ihn ja nicht als Dummkopf hinstellen«, fügte ich verlegen hinzu. »Eigentlich war er sehr intelligent, aber … leicht zu beeindrucken … unreif, würde ich sagen. Ich kann mir gut vorstellen, dass er im Wald herumgerannt ist und mit dieser grässlichen Waffe herumgefuchtelt hat. Womöglich hat er sich selbst erstochen.« Ich ertappte mich dabei, dass ich am Deckel eines silbernen Tintenfasses nestelte, und hielt inne. »Tut mir leid, aber er hat Unfälle magisch angezogen.«

»Nichts für ungut.« Der Inspector lächelte. »Ich wollte Ihre aufrichtige Meinung hören. Also hatte er, soweit Ihnen bekannt ist, an diesem Tag mit niemandem Streit?«

»Nun, wie ich schon sagte, habe ich nicht viel mitbekommen …« Ich hielt inne. »Soll das etwa heißen, dass er von jemandem erstochen worden ist?«

Der Inspector breitete beinahe schicksalsergeben die Hände aus. »Es würde mich sehr wundern, wenn es sich hier um etwas anderes als um einen höchst sonderbaren und tragischen

Unfall handelt«, meinte er Anteil nehmend. »Allerdings muss ich in alle Richtungen ermitteln und darf Fremdverschulden deshalb nicht ausschließen.«

Plötzlich wurde mir flau im Magen. Vermutlich sah ich ein wenig käsig aus, denn der Inspector hielt inne, um mich zu fragen, ob ich mich nicht wohlfühlte. Als ich ihm versicherte, dass alles in bester Ordnung sei, fuhr er fort.

»Ein Jammer, dass so viele Leute das Fest bereits verlassen hatten, als die Leiche des bedauernswerten jungen Mannes gefunden wurde. Mr. Westershall wird für uns eine Liste der Standbetreiber erstellen, und wir werden sie alle vernehmen. Darüber hinaus bleibt uns nur, über die Medien einen Appell an die Besucher zu richten, sich bei uns zu melden. Es waren heute Hunderte von Menschen hier. Einige erinnern sich vielleicht an Gavin und haben beobachtet, wie er in den Wald ging.«

Ich malte mir aus, wie er da gelegen hatte, ganz allein, blutend, verängstigt und nicht in der Lage, um Hilfe zu rufen. »Glauben Sie, wenn man ihn früher gefunden hätte …«

Der Inspector schüttelte den Kopf. »Wir müssen den Bericht der Gerichtsmedizin abwarten, aber ich bin sicher, dass er sofort tot war.«

Sofort? Bedeutete das, dass Gavin nie, nicht einmal einen flüchtigen Moment lang, geahnt hatte, dass er sterben würde? Ich blinzelte die Tränen weg, die mir in die Augen traten. »Seine armen Eltern wissen noch nichts, oder? Wer wird sie benachrichtigen?«

»Zerbrechen Sie sich darüber nicht den Kopf, Juno«, versuchte der Inspector mich zu beruhigen. »Das können Sie getrost uns überlassen.« Er erhob sich, offenbar war ich entlassen. »Und wenn Ihnen sonst noch etwas einfällt …«

»Offen gestanden ist da wirklich noch etwas. Es ist gestern passiert.« Ich schilderte den Besuch des Mannes namens Croaker und was Gavin über ihn gesagt hatte.

»Croaker?«, wiederholte der Inspector und zog überrascht die blonden Augenbrauen hoch. »Ted Croaker der Schleicher?«

Dieser Spitzname war mir zwar neu, aber ich beschrieb den Mann, so gut ich konnte. Der Inspector nickte. »Kennen Sie ihn?«, erkundigte ich mich.

»Ein ganz besonders unerfreulicher Vertreter der Gattung Knastbruder. Allerdings nicht gewalttätig. Wir haben ihn für ein paar Jahre weggesperrt, weil er Ecstasy-Tabletten vor der Schule verkauft hat.« Kurz hielt er inne. »Hat Gavin vielleicht Drogen genommen?«

»Nein!« Allein schon die Vorstellung schockierte mich. Gavin hatte zwar oft gewirkt, als lebte er in einer Fantasiewelt, doch das war ein völlig anderes Thema. Ich hatte ihn nie high erlebt. Soweit ich wusste, trank er nicht mal Alkohol.

»Jedenfalls danke ich Ihnen. Das ist ein nützlicher Hinweis.« Der Inspector erhob sich und geleitete mich zur Tür. »Wir werden ein Wörtchen mit Mr. Croaker reden.«

Als ich aus der Bibliothek kam, tigerte Jamie in der Vorhalle auf und ab. Er trat auf mich zu und umarmte mich fest. »Mein Gott, Juno, wie entsetzlich! Sie Arme. Bestimmt war es ein schwerer Schock, ihn so aufzufinden.«

»Mr. Westershall«, rief ihm der Inspector von der Tür aus zu.

»Ja, einen Moment, Inspector«, erwiderte Jamie. »Juno, Sophie ist bei Jess im Salon und wartet auf Sie. Bitte gehen Sie und lassen Sie sich von Jess etwas zu trinken geben.«

Sophie hatte offenbar geweint. Sie war leichenblass, und ihre dunklen Augen wirkten in ihrem Gesichtchen riesig. Schluchzend klammerte sie sich an mich. Obwohl ich auch am liebsten losgeheult hätte, fühlte ich mich wie eine große Schwester verpflichtet, mich zusammenzureißen. Jessica, die wegen der Ereignisse offensichtlich verstört war, machte ihre

Sache als Trösterin ausgezeichnet. Von Emma fehlte jede Spur.

»Oder möchten Sie etwas Stärkeres?«, schlug Jess vor.

»Lieber nicht. Ich muss noch fahren.«

Ich war ihr zwar dankbar für den Tee, hatte aber, ebenso wie Sophie, keine große Lust, länger zu bleiben. Moorworthy House hatte seinen schrulligen Charme verloren. Schweigend fuhren wir nach Hause. Nachdem wir stundenlang von Polizisten, Sanitätern und unzähligen Fragen auf Trab gehalten worden waren, meldete sich nun der Schock, und wir waren zu benommen, um zu sprechen.

»Es ist entsetzlich«, brachte Sophie nur heraus. »Der arme Gavin.«

Der *Weiße Blitz* rumpelte über das Viehgitter. Der Wald zu beiden Seiten lichtete sich, und bald waren wir in der freien Moorlandschaft unterwegs. Die Nacht um uns herum war pechschwarz. Die winzigen goldenen Pünktchen einer Ansiedlung in der Ferne waren die einzige Lichtquelle weit und breit. Die Kegel unserer Scheinwerfer strichen über die Straße vor uns und fielen auf das weiße Hinterteil eines Schafs, das sich mitten auf dem dunklen Asphalt ausruhte. Ich bremste ab. Das Schaf rappelte sich behäbig auf und trottete vor uns her zu einer Gruppe von Artgenossen, struppige helle Umrisse, die sich in den Schutz der Granitfelsen am Straßenrand duckten.

Ständig hatte ich Gavins Gesicht vor Augen. Den Moment, unmittelbar nachdem ich ihn umgedreht hatte. Mit dem an seiner Wange klebenden Eichenblatt und den in den Himmel starrenden blauen Augen hatte er so kindlich gewirkt. Bis jetzt war mir nie aufgefallen, dass er blaue Augen hatte.

»Sophie«, begann ich nachdenklich, als wir in die Ashburton Road einbogen. »Hast du Gavin je ohne Brille gesehen?

Kannst du dich an eine Situation erinnern, in der er sie nicht auf der Nase hatte?«

Sie überlegte. »Er war sehr kurzsichtig«, antwortete sie langsam. »Er hat mir erzählt, er hätte es einmal mit Kontaktlinsen versucht, doch er sei damit nicht zurechtgekommen. Nein, ohne Brille habe ich ihn nie gesehen.«

»Nein«, stimmte ich zu, während ich weitergrübelte. »Ich auch nicht.«

Als wir ankamen, war das Abladen unserer Sachen das Letzte, wonach uns der Sinn stand. Es war schon spät, und wir wollten beide nur noch nach Hause. Doch da wir unser irdisches Hab und Gut nicht über Nacht im *Weißen Blitz* lassen wollten, parkte ich vorm Laden. Als wir die Türen des Transporters öffneten, hatten wir zuerst Gavins Rucksack, seine Jacke und die Kartons mit seinen Comics vor Augen. Wir wussten nicht, was wir damit machen sollten, also stellten wir alles erst mal auf seinen Tisch. Beim Ablegen der Jacke ertastete ich die harten Umrisse von Gavins Smartphone in der Jackentasche. »Vielleicht braucht die Polizei das Ding ja«, meinte ich und holte es heraus. »Gleich morgen früh rufe ich Inspector Ford an und sage ihm, dass ich es habe. Morgen ist Sonntag«, fügte ich gähnend hinzu. »Ich komme rein und sortiere die Sachen.«

Sophie erbot sich, mir dabei zu helfen. »Sagst du Pat Bescheid?«, erkundigte sie sich besorgt. »Sie hat noch keine Ahnung, was passiert ist.«

»Ja, aber erst morgen.« Ich rieb mir das Gesicht.

Schlagartig war ich todmüde. »Sie soll sich erst mal ausschlafen.«

Als ich nach Hause kam, war es dunkel im Haus. Adam und Kate lagen schon im Bett, schließlich öffnete das *Sunflowers* bereits zum Frühstück, und das mit Ausnahme der Wintermonate auch am Sonntag. Ich schlich mich die Treppe hinauf und betrat meine stille, menschenleere Wohnung. An Tagen wie diesem war es sicher schön, zu jemandem zu gehören. Jemanden zu haben, der einen daheim erwartete.

Noch ehe ich im Wohnzimmer Licht machte, bemerkte ich, dass das rote Lämpchen am Anrufbeantworter blinkte. Ich drückte auf den Knopf, wusste jedoch bereits, von wem die Nachricht stammte. Sicher brannten Ricky und Morris schon darauf, mir von ihrem Tag im Laden zu berichten, platzten vor Neugier darauf, wie es auf dem Gartenfest gelaufen war, und machten sich Sorgen, weil ich mich noch immer nicht bei ihnen gemeldet hatte.

Mir war klar, dass ich sie trotz der späten Stunde anrufen konnte – aber sie würden dann alles bis ins kleinste Detail erfahren wollen, und ich war nicht sicher, ob ich diesem Ansturm von Fragen gewachsen war. Vielleicht war es doch das Beste, niemanden zu haben, der von mir verlangte, Rede und Antwort zu stehen. Kurz dachte ich darüber nach, dass es in Südkorea, wo Brian im diplomatischen Dienst war, jetzt Frühstückszeit war. Sicher war er schon auf den Beinen. Aber er hatte schon genug um die Ohren und ich wollte nicht, dass er sich Sorgen um mich machte.

Zu müde, um mich ins Bett zu schleppen, ließ ich mich aufs Sofa fallen. Ich fühle mich so ausgelaugt, als habe mir jemand das Blut bis auf den letzten Liter abgezapft. Ein zartes Zirpen, gefolgt von einem leisen Poltern, aus dem Schlafzimmer verriet mir, dass Bill auf dem Bett gelegen hatte und es offenbar leid war, auf mich zu warten. Sein schwarzer Körper schlängelte sich geschmeidig um die offene Tür herum, und mit einem gewaltigen Satz sprang er mir auf den Schoß.

»Du bringst mich noch in Teufels Küche«, sagte ich leise zu ihm, »weil du ständig hier oben herumlungerst.« Bill ist nicht mein Kater, sondern der von Adam und Kate. Allerdings verbringt er seine Zeit lieber bei mir. Katzen sind nun mal so, sie suchen sich ihre Menschen selbst aus. Er blickte mich mit seinem einen grünen Auge an, stupste mit dem Köpfchen gegen meine Hand und rieb die Wange an mir, um mich als sein Eigentum zu markieren. Offenbar gehörte ich doch zu jemandem.

8

Nach einer kurzen, unruhigen Nacht wachte ich wie gerädert auf und rief Inspector Ford an, um ihm mitzuteilen, dass ich Gavins Smartphone hatte.

»Das haben wir schon gesucht.« Sein Tonfall war so müde wie der eines Mannes, der genauso wenig wie ich geschlafen hatte. »Gavins Vater war ganz sicher, dass er sein Smartphone dabeihatte.«

»Es war in seiner Jacke. Tut mir leid. Wir haben seine Sachen zusammengepackt, bevor wir wussten, was ihm zugestoßen war. Wie geht es Gavins Eltern?«

Der Inspector seufzte auf. »Wie zu erwarten. Sein Vater hat ihn letzte Nacht offiziell identifiziert.«

»Es muss schrecklich für sie sein.«

»Ja«, stimmte er bedrückt zu. »Ich schicke jemanden zu Ihnen, um das Telefon abzuholen.«

»Darf ich Sie etwas fragen?«

»Nur zu. Auch wenn ich Ihnen nicht versprechen kann, dass ich die Antwort kenne.«

»Als ich Gavin fand, trug er seine Brille nicht. Offenbar ist sie beim Sturz heruntergefallen. Haben Sie sie sichergestellt?«

»Nein. Aber weit weg kann sie ja nicht liegen. Auch wenn die Suche nach einer Brille auf einem Waldboden ist wie die Sache mit der sprichwörtlichen …«

»… Nadel im Heuhaufen.«

»Genau.« Er bedankte sich für meinen Anruf und verabschiedete sich.

Als Nächstes rief ich Pat an, die mir mit wachsendem Entsetzen zuhörte. Sie regte sich so schrecklich auf, dass ihre Stimme immer schriller wurde. Sie war überzeugt, dass sie die Schuld an der ganzen Sache trug, weil sie Gavin den Autoschlüssel nicht gegeben hatte, damit er das Schwert wegräumen konnte.

»So etwas darfst du nicht mal denken«, flehte ich sie an. »Meiner Ansicht nach hatte er nie vor, das Schwert ins Auto zu legen. Er ist allein in den Wald gegangen, um damit herumzuspielen und so zu tun, als wäre er Robin Hood oder so.« Pat schien zwar nicht überzeugt, beruhigte sich jedoch ein wenig. Sie hatte ihre Waren nach dem Fest mit nach Hause genommen und wollte in den Laden kommen, um alles wieder einzuräumen. Ich verabredete mich dort mit ihr.

Der Anruf bei Ricky und Morris erübrigte sich, denn ich hatte kaum aufgelegt, als es auch schon läutete. Rickys herrische Stimme bellte aus dem Hörer und verlangte zu erfahren, wie der gestrige Tag verlaufen war. Ich setzte an, Bericht zu erstatten, musste aber innehalten, damit er das Telefon für Morris auf Raumlautsprecher schalten konnte. Die beiden lauschten ebenso aufmerksam wie Pat, allerdings frei von Selbstvorwürfen. Außerdem unterbrachen sie mich ständig, um Fragen zu stellen, und sie wollten mich später im Laden besuchen. Als ich den Hörer auflegte, hatte ich den Verdacht, dass sich die ganze Welt an diesem Morgen im *Old Nick's* versammeln würde.

Pat war vor mir da. In ihren hellen Augen standen Tränen, und ihre Nase war gerötet. Obwohl sie eigentlich nicht der sentimentale Typ ist, ließ sie sich von mir fest in den Arm nehmen. Pat ist mager und durchtrainiert und besteht nur aus Haut und Knochen. Da sie nicht das kleinste Pölsterchen am Leibe hat, konnte ich spüren, wie das Herz in ihrer flachen Brust schlug.

»Wenn ich nur …«, begann sie verzweifelt mit zitternder Stimme.

»Lass das. Es war nicht deine Schuld. Gavin hätte das Schwert niemals kaufen sollen. Und Barty, dieser Idiot, hätte es ihm nicht verkaufen dürfen«, fügte ich zornig hinzu. »Solche Waffen sollte man überhaupt nicht verkaufen, insbesondere nicht an dämliche, naive Milchbubis wie Gavin.«

Pat war nicht überzeugt. Sie putzte sich die Nase. »Was machen wir jetzt mit seinen Sachen?«

»Wahrscheinlich sollten wir sie irgendwann seiner Familie bringen.« Ich tätschelte ihr den Arm. »Komm. Wir räumen sie erst mal aus dem Weg.« Wir verstauten Kartons und Rucksack außer Sichtweite auf dem Boden hinter Gavins Tisch. Ich hängte seine Jacke über die Stuhllehne, wodurch es aussah, als sei er nur kurz weg und würde gleich zurück sein.

Dann sortierten wir unsere eigenen Sachen. Es herrschte bedrücktes Schweigen, keine von uns wusste, was sie sagen sollte. Einander aufzuheitern erschien uns falsch, solange Gavin tot in der Pathologie des Krankenhauses lag. Doch plötzlich musste ich lachen und schlug mir im selben Moment schuldbewusst die Hand vor den Mund. »Was ist denn mit der passiert?«

So unvorstellbar es auch sein mochte, ich war wirklich so in meinem Leid versunken gewesen, dass ich sie gar nicht wahrgenommen hatte – weder heute noch bei meiner Stippvisite mit Sophie am Vorabend. Mavis, die Schaufensterpuppe, war vom Lagerraum in den Durchgang zum hinteren Teil des Ladens gewandert und versperrte nun einen Teil des Flurs. In den Armen hielt sie das Schild, das den Weg zu Antiquitäten und Sammlerstücken wies. Jemand hatte mit Filzstift das Wort *Vintage-Mode* hinzugefügt. Mavis trug ein gelbes Minikleid im Stil der 60er-Jahre mit einem Reißverschluss an der Vorderseite, eine lange schwarze Glatthaarperücke und einen Hippiehut. An ihrer Schulter baumelte eine Tasche aus Makramee, und auf ihrer Nase thronte eine riesige rosa Sonnenbrille.

»Sieht gut aus«, meinte Pat, nachdem wir Mavis eine Weile bewundert hatten.

»Ja, stimmt«, sagte ich und fragte mich, was Ricky und Morris während unserer Abwesenheit sonst noch angestellt haben mochten.

Als Sophie bleich und mit verquollenen Augen erschien, fielen wir einander traurig um den Hals. Obwohl Tränen in ihren dunklen Augen schimmerten, konnte sie sich beim Anblick von Mavis ein Schmunzeln nicht verkneifen. »Wie konnten wir sie gestern Abend übersehen?«, fragte ich sie. »Kommt, wir schauen uns den Rest an.« Wir gingen in meinen Lagerraum.

Der Raum war nicht wiederzuerkennen. Jemand hatte einen schwarzen spanischen Schal mit langen Fransen und Rosenmuster diagonal an der weißen Wand befestigt. Außerdem gab es hier nun eine dicht an dicht mit Kleidungsstücken behängte Kleiderstange, einen Hutständer und einen klappbaren Paravent aus Rattan.

»Das ist spitze!«, jubelte Sophie. »Jetzt kann man die Sachen auch anprobieren.« Sie schnappte sich eine weiße Ballonmütze vom Hutständer, stülpte sie sich in einem kecken Winkel auf den dunklen Haarschopf und betrachtete sich in dem von Ricky und Morris mitgebrachten Ganzkörperspiegel. An dem Paravent hing ein Regenmantel aus Plastik mit buntem, psychedelischem Muster. Darunter stand ordentlich ein Paar weißer, kniehoher Stiefel. Eine Schneiderpuppe präsentierte eine Federboa und einen Petticoat aus gestärktem Netzmaterial.

»Meine Mum hatte einen von diesen Dingern«, rief Pat aus und betastete die steifen Rüschen. »Ich habe ein altes Foto von ihr, mit Bienenkorbfrisur und riesigem Taftrock bei einer Tanzveranstaltung.«

Sophie hatte sich die weißen Stiefel gegriffen. Nun saß sie auf einem Hocker und krempelte ihre Jeans hoch. Ich blickte mich weiter um. Über meine Stehlampen waren hauchzarte Schals drapiert, und die Mitte des Raums dominierte ein ausgeklappter Ausziehtisch. Auf der dunklen, schimmernden Tischplatte lagen einige langschaftige Glacéhandschuhe ausgebreitet. Daneben entdeckte ich einen Zylinder, ein Opernglas und eine offene Keksdose voller Knöpfe. Ein Gartenkorb war mit Bändern, Kordeln und Fransenborten gefüllt, wie Morris sie beim Anfertigen von Theaterkostümen verwendete. Eingerollte Straußenfedern ragten aus einer Vase.

»Wie findest du es?«, ertönte plötzlich Rickys Stimme. Er und Morris standen, mit Einkaufstüten bepackt, auf der Schwelle.

»Wenn ich ehrlich sein soll, ein bisschen überwältigend«, erwiderte ich.

»Den Stil nennt man ›frühe Tussenepoche‹.« Er ließ die Tüten fallen und kam mit ausgebreiteten Armen auf mich zu. »Geht es dir gut, Liebelein?« Als er mich in eine Kaschmirumarmung schloss, stieg mir ein Duft-Potpourri aus Mentholzigaretten, Pfefferminzbonbons und Rasierwasser mit Zitrusnote in die Nase. Er ließ mich los und stürzte sich auf Sophie. Ich bemerkte, dass Morris unterdessen tröstend die Hand auf Pats Arm legte und beschwichtigend auf sie einredete.

Zuerst drehte sich das Gespräch um Gavin und darum, ob es wohl möglich war, dass er sich versehentlich selbst erstochen hatte. »Wenn einer so etwas fertigbringen konnte, dann er«, stellte Ricky schonungslos fest. »Weißt du noch, wie er als Kind in unserer Pantomime mitgewirkt hat, Maurice?«

Morris nickte bedrückt. Alle paar Jahre zeichneten er und Ricky für einen Pantomimeabend verantwortlich. »Das war *Dick Whittington*«, bestätigte er. »Er hat eine der Ratten gespielt. Mitten in der Tanzszene ist er über seine eigenen Füße gestolpert, und alle anderen sind umgekippt wie die Dominosteine.«

»Herrje, er war absolut unbegabt.« Ricky erschauderte. »Immer zwei Schritte zu spät dran.«

»Der arme Junge.« Morris blinzelte, nahm die runde, goldgeränderte Brille ab und polierte sie an seinem Hemd.

Sophie drohte wieder in Tränen auszubrechen, also wechselten wir das Thema und zwangen uns, uns so zu benehmen, als wäre nichts geschehen. Morris erbot sich, nach oben zu gehen und Tee zu kochen. Aus einer der Einkaufstüten förderte er einen in Folie gewickelten Backstein zutage. »Bananenbrot«, erklärte er. »Frisch gebacken.«

Ich liebe diesen Mann. »Und was ist in den vielen Tüten?«

»Noch mehr Sachen für den Laden.« Ricky zog ein schwarzes, aus dick mit Pailletten bestickten Stoffschichten bestehendes Kleid hervor.

»Das ist nicht aus den Sechzigern.« Ich nahm es ihm aus der Hand und hielt es hoch. »Sondern älter. Aus den Vierzigern, schätze ich. Außerdem ist es ein Original.«

»Genau das ist ja der springende Punkt«, entgegnete er. »Es ist eine Antiquität. Wir können es nicht verleihen, weil der Stoff zu mürbe ist. Er reißt, wenn man ihn nur schief anschaut. Außerdem hatten die Frauen damals weniger Oberweite. Heute würde es niemandem mehr passen, na ja, zumindest nicht den vollbusigen Damen, die man inzwischen überall sieht. Also verkaufst du es am besten.«

»Wenn du meinst ...« Zweifelnd hob ich das Kleid ans Licht, um es genauer zu betrachten.

»Mit diesen weißen Stiefeln ist es dasselbe«, fuhr Ricky fort. »In die kommt heute keine Frau mehr rein.«

»Was haben sie denn für eine Größe?«

»Es ist keine Frage der Schuhgröße, sondern eine des Wadenumfangs. Dünne Beine hatten die Mädels damals ... Ach, seht nur! Offenbar irre ich mich«, fügte er hinzu, als Sophie aufstand und triumphierend in den Stiefeln herumstolzierte. »Das Spinnenbeinchen hat den Reißverschluss zugekriegt. Aber schaut euch ihre Waden an.« Er wies mit dem Kopf auf Sophies Beine. »Kaum dicker als zwei Ketchupflaschen …«

Wir lachten, bis Morris mit einem Tablett erschien, das sich unter Teesachen und gebuttertem Bananenbrot förmlich bog. Doch schon im nächsten Moment durchschnitt eine Stimme wie ein eisiger Windhauch unsere gute Laune, und uns gefror das Lachen auf den Lippen.

»Na, amüsieren wir uns?«

Detective Constable DeVille, Inspector Fords Assistentin und von ihren Feinden Cruella genannt, war durch den Laden hereingekommen und stand nun auf der Schwelle des Lagerraums. Eigentlich war sie eine auffällig attraktive junge Frau mit einem schimmernden schwarzen Pagenkopf, einem fast unnatürlich blassen Gesicht und riesigen veilchenblauen Augen. Nur dass diese Schönheit von einem winzigen, abwärts gebogenen Mund zerstört wurde, der ihr ein dauerhaft missbilligendes Aussehen verlieh. Heute hatte sie offenbar ihren eigenen Assistenten mitgebracht, einen breitschultrigen Mann mit raspelkurz geschorenem braunem Haar und einem kräftigen Körperbau, was Bösewichte sicher abschreckte, sich mit ihm anzulegen. Er sah aus wie ein Rugbyspieler. Cruella stellte ihn als Detective Constable Dean Collins vor. Er begrüßte uns mit einem Nicken.

»Sie haben die Ladentür offen gelassen«, belehrte uns Constable DeVille in einem Tonfall, mit dem Schuldirektorinnen normalerweise unartige Zöglinge abkanzeln. »Außerdem stehen dort gut sichtbar drei Handtaschen.« Vermutlich hätte sie am liebsten hinzugefügt, dass es uns recht geschehen würde, wenn sie jemand klaute.

Niemand sagte etwas. Wir fühlten uns schlagartig ernüchtert, nicht wegen unserer unbewachten Handtaschen, sondern weil wir gelacht hatten. Wir waren bei einem diesen tragischen Umständen nicht angemessenen Benehmen ertappt worden. Schade, dass sie nicht eine halbe Stunde früher gekommen war, als wir noch geheult hatten wie die Schlosshunde.

»Wir wollten Gavins Smartphone abholen.«

»Es ist im Laden. Ich gebe es Ihnen.«

Die beiden Detectives folgten mir, und als ich das Smartphone aus Gavins Jackentasche fischte, hatte DeVille bereits einen Asservatenbeutel aus Plastik gezückt, in dem ich das Gerät versenkte. Inzwischen hatte Collins nach einem von Gavins Comicheften gegriffen und blätterte darin herum. Cruella spähte ihm mit finsterer Miene über die Schulter. »Hat er mit diesen Dingern gehandelt?«, wollte sie wissen und nahm sich ein anderes Heft.

»Weiß man schon mehr darüber, was Gavin zugestoßen ist?«, fragte ich.

»Wir halten uns noch alle Möglichkeiten offen.« Ihr Tonfall war eine Aufforderung, mich nicht in fremde Angelegenheiten einzumischen.

Doch so leicht ließ ich mich nicht abwimmeln. »Haben Sie seine Brille schon gefunden?«

DC Collins blickte von seinem Comic auf. »Die Spurensicherung hat sie heute Morgen auf dem Pfad entdeckt. Offenbar ist sie ihm heruntergefallen.«

In diesem Moment erschien Ricky in der Tür. Er hatte eine kurze weiße Kunstpelzjacke mit schwarzen Tupfen in der Hand. »Wissen Sie, Constable DeVille, darin würden Sie sensationell aussehen!«

Cruellas schwarze Augenbrauen schossen nach oben, und ihr Mündchen zitterte. Im ersten Moment schien sie unsicher, ob er sie auf den Arm nehmen wollte, denn die Anspielung auf

101 Dalmatiner konnte ihr unmöglich entgangen sein. Ich bemerkte ein Funkeln in den Augen ihres Kollegen. Er presste die Lippen zusammen, um ein Grinsen zu unterdrücken. Wenn sie doch nur gelacht und das Ganze als Scherz gesehen hätte. Aber stattdessen schleuderte sie zornig das Comicheft auf den Tisch. »Kommen Sie, Collins. Wir haben ja, was wir wollten.« Mit diesen Worten marschierte sie hinaus. Collins, der wirkte, als hätte er gern ein bisschen weitergeschmökert, legte den Comic weg und eilte ihr nach. Als er am Schaufenster vorbeikam, nickte er mir zu. Ich stellte fest, dass er schmunzelte.

Ich schloss hinter ihm ab, damit wir in Ruhe Tee trinken konnten.

»Mann, bist du gemein«, sagte ich auf dem Rückweg in den Lagerraum zu Ricky.

»Ist ja nicht meine Schuld, wenn sie so humorlos ist.« Seufzend betrachtete er die Kunstpelzjacke. »Das Traurige ist, dass sie darin wirklich sensationell aussehen würde.«

»Darf ich sie mal anprobieren?«, fragte Sophie, den Mund voll mit Bananenbrot. Sie trug noch immer Mütze und Stiefel.

»Zu groß für dich«, teilte Ricky ihr gnadenlos mit. »Aber du hast ja schon was gefunden.«

»Die Stiefel kann ich mir nicht leisten«, seufzte sie bedrückt und richtete ihre tragischen dunklen Augen auf ihn, bis sie meinen warnenden Blick auffing. »Dann muss ich eben darauf sparen«, fügte sie rasch hinzu, öffnete die Reißverschlüsse und schlüpfte hinaus.

»Ja, das musst du«, erwiderte Ricky trocken. »Doch die Mütze kannst du behalten.« Er zwinkerte ihr zu. »Du siehst spitze aus.«

»Oh, danke!« Sie wirbelte herum, um sich noch einmal im Spiegel zu bewundern.

»Ist dir eigentlich schon aufgefallen, dass wir gestern eines deiner Bilder verkauft haben, Sophie?«, fragte Morris zuckersüß.

»Nein!«, schrie sie auf. »Welches?«

»Schau doch ins Kassenbuch«, schlug Ricky vor, worauf sie hinaus in den Laden stürmte. Unterdessen hatte Pat am Tisch Platz genommen, wählte bedächtig Borten aus dem Korb aus und legte sie ordentlich vor sich hin.

»Sind diese Bänder nicht sehr wertvoll?«, erkundigte ich mich bei Morris, während ich sie beobachtete. »Brauchst du sie nicht für deine Kostüme?«

»Ich habe Unmengen von diesem Zeug«, versicherte er. »Das sind nur Reste.«

»Ich wollte ohnehin schon lange ein Wort mit dir reden, Pat«, begann Ricky Unheil verkündend, worauf sie innehielt und den Kopf hob. »Deine Landschaftsdioramen …«

»Was stimmt nicht damit?«, fragte sie argwöhnisch.

»Du verkaufst sie zu billig.«

Ich jubelte innerlich, denn das predigte ich Pat schon seit Ewigkeiten. Ihre Landschaftsdioramen bestanden aus Filz und Wolle und stellten idyllische Szenen mit Feldern und Hütten, ergänzt von gestrickten Bäumen und wolligen Schafen, dar. Jedes Schaubild wurde von winzigen als Schäfer und Farmer eingekleideten Figürchen bevölkert und war in einem Glaskasten untergebracht. »Für so ein Ding brauchst du sicher viele Stunden«, fügte Morris hinzu.

»Wenn sie zu teuer sind, kauft sie niemand«, entgegnete Pat.

»Das Gleiche passiert, wenn du sie zu billig abgibst«, wandte Ricky ein. »Für die meisten Leute ist günstig gleich Ramsch. Sie schätzen deine Arbeit nicht wert, wenn du selbst es nicht tust«, ahmte er ihren Devon-Akzent nach.

Pat schüttelte den Kopf. »Schau, ich habe gestern eines davon verkauft«, fuhr Ricky fort. »Dabei habe ich fünfzehn

Pfund auf den Preis aufgeschlagen. Der Kunde ist zufrieden damit von dannen gezogen.«

Pat, die Ricky im Verdacht hatte, sie zu veräppeln, sobald er den Mund aufmachte, lief Sophie hinterher in den Laden, um den Wahrheitsgehalt seiner Worte im Kassenbuch zu überprüfen.

»Hast du für mich auch was verkauft?«, fragte ich voller Hoffnung.

»Nein, tut mir leid!«

»Hör nicht auf ihn, Juno«, sagte Morris hastig. »Wir haben zwei Kerzenleuchter aus Messing und einen wirklich hübschen Teller mit Zierschleife an den Mann gebracht.«

Sophie kehrte mit freudig gerötetem Gesicht zurück. Eines ihrer teuersten Gemälde, eine herbstliche Hecke, hatte einen neuen Besitzer gefunden. »Wer hat es denn gekauft?«, wollte sie wissen.

Ricky zuckte die Achseln. »Ach, zwei alte Schachteln.«

»Sie sagten, sie hätten genau den richtigen Platz dafür«, fügte Morris hinzu.

Etwas an Rickys hochgezogenen Schultern und an Morris' selbstgefälligem Grinsen sorgte dafür, dass in mir der Argwohn zuckte wie der Schwanz eines Kätzchens. Ich beugte mich zu ihm hinüber. »Dieser richtige Platz befindet sich nicht zufällig über dem Kamin in eurem Wohnzimmer?«, raunte ich.

Morris legte den Finger an die Lippen. »Mach es ihr nicht kaputt«, flüsterte er, als Sophie wieder in den Laden stürmte, um ein Bild auszusuchen, das sie stattdessen an der Wand präsentieren konnte. »Es ist im Musikzimmer«, gestand er, sobald sie draußen war.

»Ich werde doch wohl nicht auch den Zierteller dort vorfinden, oder?«

»Sei nicht albern«, rügte er mich und tätschelte mir die Hand. »Der ist im Gästeklo.«

Später, viel später, als ich allein in meiner Wohnung war und, die Füße hochgelegt und meinen Terminkalender offen auf dem Schoß, auf dem Sofa saß, während das Radio leise dudelte, fiel mir die Brille wieder ein. Eigentlich hätte ich mich mit meiner Arbeit befassen und die Ladendienste für die nächste Woche neu einteilen müssen. Ohne Gavin klafften im Plan noch mehrere Lücken. Zum Glück würde Sophie mit dem Bullenporträt für Sandy Westershalls Geburtstag anfangen und deshalb die meiste Zeit über im Laden sein. Wenigstens hoffte ich das. Sie hatte im Laufe des Nachmittags nämlich verkündet, dass sie nach Gavins tragischem Schicksal keine Lust mehr dazu verspürte. Ricky hatte ihr streng ins Gewissen geredet, sie könne es sich nicht leisten, sich diese Gelegenheit entgehen zu lassen. Ich konnte sie verstehen. Auch ich hatte kein Bedürfnis, nach Moorworthy House zurückzukehren oder auch nur daran zu denken. Aber sie würde sich zusammennehmen und ihre Gefühle beiseiteschieben müssen. Geschäft ist Geschäft.

Pat hatte letzte Woche mehr als genug Zeit im *Old Nick's* abgesessen, und ich wusste, dass sie auf der Honeysuckle Farm gebraucht wurde. Allerdings hatte ich eine volle Arbeitswoche vor mir und keine Ahnung, wo ich die zusätzlichen Stunden im Laden unterbringen sollte. Meine Versuche, mit meinen Terminen zu jonglieren, wurden zudem von Bills Erscheinen durchkreuzt. Er sprang aufs Sofa und ließ sich auf dem Terminkalender nieder, sodass die Seiten völlig abgedeckt wurden. Meinen kurzen Vortrag zu dem Thema, wie wenig hilfreich das war, quittierte er damit, dass er die Schnurrmaschine anwarf, die Pfoten einklappte und sein eines Auge schloss.

Ich gab den Terminkalender auf, machte ebenfalls die Augen zu, lehnte mich zurück und lauschte Bills rhythmischem, leise knarzendem Schnurren. Die Sache mit den Brillen wollte mir nicht aus dem Kopf. Morris trug seine ständig, spähte jedoch meistens darüber hinweg und benutzte sie eigentlich nur zum Nähen und Lesen. Sophie hätte ihre eigentlich aufsetzen sollen, war jedoch zu eitel und behalf sich ohne, sofern es nicht wirklich nötig war. Nick hatte seine ausschließlich bei kleinteiligen Restaurierungsarbeiten eingesetzt. Gavin hingegen hatte seine immer auf der Nase gehabt. Ganz gleich ob im Laden oder auf dem Fahrrad, ich hatte ihn nie ohne Brille gesehen. Nie hatte er sie auf einem Tisch abgelegt oder sie zusammengeklappt in die Tasche gesteckt. Wegen seiner starken Kurzsichtigkeit hätte sich die Welt für ihn ansonsten vermutlich in einen bunten Nebel verwandelt. Wenn sie also heruntergefallen war, während er im Wald umhersprang und mit seinem albernen Schwert herumfuchtelte, wäre ihm schlagartig alles vor den Augen verschwommen. Hätte er sich da nicht sofort gebückt, um die Brille zu suchen? Er war auf sie angewiesen und hätte es ohne bestimmt keine fünfzig Meter weiter durch den Wald zu der Stelle geschafft, wo ich seine Leiche gefunden hatte. Es wäre ihm nichts anderes übrig geblieben, als innezuhalten. Außer er war vor etwas oder jemandem geflohen und um sein Leben gerannt.

9

Erst zur Ladenschlusszeit traf ich im *Old Nick's* ein, denn am Montag hatte ich immer besonders viel zu tun. Da EB sich inzwischen vollständig erholt hatte, musste ich fünf Hunde ausführen. Anschließend hatten Putzen und Einkaufen für Maisie und ein wahres Gebirge ungebügelter Hemden bei Simon, dem Steuerberater, auf dem Programm gestanden. Und den Nachmittag hatte ich damit verbracht, Mrs. Berkeley-Smythes Garten auf Vordermann zu bringen. Es war ein recht großer Garten, und ihr lag viel daran, dass alles tipptopp war, obwohl sie sich den Großteil des Jahres auf hoher See befand und nur selten zu Hause war, um ihn zu genießen. Ergebnis war, dass ich erst in den Laden gehetzt kam, als Sophie gerade den Mantel anzog, um zu gehen. Sie hatte einen ruhigen Tag ohne Kundschaft hinter sich. Allerdings hatte sie mit den ersten Skizzen für das Porträt von Old Thunderer begonnen. Bis auf einen Anruf von Vicky Smithson, die sich nach unserem Befinden erkundigen wollte, hatte sie den ganzen Tag mit keiner Menschenseele ein Wort gewechselt und freute sich schon auf einen Abend mit Freunden im Pub. Sie schlug mir zwar vor, mitzukommen, aber ich lehnte ab und erbot mich, den Laden abzuschließen. Nach der feindlichen Übernahme durch die Vintage-Mafia wollte ich meine Waren ein wenig umräumen.

Eine Stunde lang kramte ich im Lagerraum herum und schob Sachen hin und her, ohne wirklich etwas zu bewirken, bis ich es schließlich aufgab und beschloss, nach Hause zu fahren und einen weiteren spannenden Abend damit zu verbringen, Auktionen auf eBay zu verfolgen. Ich hatte ein Auge auf einige hübsche Abendhandtäschchen aus den 1920ern geworfen, doch leider war ich da nicht die Einzige. Bis in die frühen Morgenstunden aufzubleiben und zu versuchen, ein letztes Gebot abzugeben, nur um in der letzten Sekunde ausgebootet zu werden, war eine frustrierende Erfahrung. Allerdings stand neben den Handtaschen auch ein Sortiment Hutnadeln zum Verkauf, und zwar komplett mit zwei wunderschönen Hutnadelhaltern aus Porzellan, die ich unbedingt haben wollte. Also war wohl wieder eine Nacht vor dem Bildschirm angesagt.

Erst als ich die Lichter im Laden löschen wollte, bemerkte ich, dass sich draußen auf der Straße vor dem Laden jemand herumdrückte. Eine gebeugte Gestalt, die Hand um die Augen gewölbt, spähte durch das Schaufenster. Im ersten Moment dachte ich schon, dass ich Ted Croaker den Schleicher vor mir hatte, doch dann wurde mir klar, dass dieser Mann größer war. Das »Geschlossen«-Schild hing zwar in der Tür, aber als der Mann mich sah, begann er, am Türknauf zu rütteln.

»Tut mir leid, wir haben schon zu!«, rief ich laut, damit er mich durch die Tür hören konnte. Doch er begann, mit der Faust an die Scheibe zu schlagen. Er musste doch wissen, dass um diese Uhrzeit nicht mehr geöffnet war. Aber das wild entschlossene Hämmern an die Tür ging weiter, bis ich notgedrungen aufmachte. Endlich erkannte ich ihn, obwohl er seit unserer letzten Begegnung um hundert Jahre gealtert zu sein schien. Seine Züge waren eingefallen, die Augen lagen tief in den Höhlen. Es war das Gesicht eines Mannes, der sein einziges Kind verloren hatte.

»Mr. Hall«, stieß ich hervor, als die Tür offen war. »Bitte kommen Sie herein.«

»Verzeihung«, begann er mit bebender Stimme. »Ich hatte gar nicht erwartet, dass jemand hier ist … dann habe ich Licht gesehen ... ich habe mich nur gefragt, ob ich mit Ihnen reden kann.«

Völlig überrumpelt starrte ich ihn an.

»Waren Sie es, die meinen armen Sohn gefunden hat?«

»Ja«, erwiderte ich, um Geistesgegenwart bemüht. »Es tut mir so leid ... Hören Sie ... möchten Sie mit nach oben kommen? Wir könnten uns setzen ... ich koche uns einen Tee.«

Anstelle einer Antwort schaute er sich nur um, bis sein Blick an Gavins Jacke über der Stuhllehne hängen blieb. »Wie geht es Ihrer Frau?«, fragte ich in die Stille hinein.

Er riss sich von der Jacke los und sah mich aus stumpfen, glasigen Augen an. »Sie ... ihre Schwester ist gekommen. Sie ist jetzt bei ihr ...«, murmelte er wie ein Schlafwandler. Es klang, als liefen seine Gedanken in Zeitlupe ab.

Ich wusste nicht, was ich sagen sollte. Inzwischen hatte Mr. Hall nach einem Comic auf Gavins Tisch gegriffen, stierte hinein und blätterte beim Sprechen ziellos darin herum.

»Eigentlich hätte er anfangen sollen zu studieren. Er hat einen ausgezeichneten Schulabschluss gemacht, wissen Sie. Aber er fand nicht so recht Zugang zu Gleichaltrigen. Deshalb dachten seine Mutter und ich, dass er vielleicht ein wenig Erfahrung in der Welt sammeln sollte, bevor er an die Universität ... Doch jetzt frage ich mich, ob Gavin nicht besser ...« Seine Stimme brach, das Comicheft zitterte in seinen Händen.

»Bitte, Mr. Hall.« Ich tätschelte zögernd seinen Arm. »Am besten setzen Sie sich erst mal. Hier.« Als ich einen Stuhl hinter ihn rückte, sank er darauf, und der Comic fiel zu Boden. Ich hob das Heft auf. Gavins Vater schlug die Hände vors Gesicht und schluchzte so verzweifelt, dass seine Schultern bebten.

»Möchten Sie ein Glas Wasser?«, erkundigte ich mich, nachdem ich ihn eine Weile hatte weinen lassen.

Er blickte auf und wischte sich mit den Handballen die Tränen aus den Augen. »Nein, danke.« Er holte tief Luft und hatte sichtlich Mühe, sich zu fassen. »Ich möchte nur, dass Sie mir erzählen, was passiert ist.«

So schonend wie möglich schilderte ich ihm unseren Tag auf dem Herbstfest und wie ich Gavin – meiner Vermutung nach auf dem Weg zum Auto – zum letzten Mal gesehen hatte. Und dass Sophie und ich seine Leiche schließlich im Wald gefunden hatten.

»Und der Mann, der ihm diese furchtbare Waffe verkauft hat …« Er beugte sich vor, umklammerte so fest meine Handgelenke, dass ich zusammenzuckte, und blickte mich eindringlich an. »… weiß er, was meinem Sohn als Folge seines Handelns zugestoßen ist?«

»Das tut er ganz bestimmt«, erwiderte ich. Als ich vorsichtig seine Hand berührte, ließ er mich los und murmelte eine Entschuldigung. »Aber ich glaube, wenn Sie mehr darüber erfahren wollten, sollten Sie sich an Inspector Ford wenden.«

Wie auf ein Stichwort erhob er sich plötzlich und schaute sich verwirrt um, als könne er sich nicht erklären, warum er jetzt stand und wo er überhaupt war.

»Mr. Hall, falls ich sonst noch etwas für Sie tun kann …« Ich beendete den Satz nicht, wohl wissend, dass wir gar nichts tun können, um einen geliebten Menschen wieder lebendig zu machen.

Er tippte auf den Einband einer der Graphic Novels auf Gavins Tisch. »Ständig hat er nur dieses Zeug gelesen«, sagte er zornig. »Ich komme wieder und bringe die Sachen weg … irgendwann.«

»Keine Eile.« Ich nahm Gavins Jacke und hielt sie ihm hin. »Die möchten Sie sicher haben.«

Für einen Moment dachte ich, er würde die Jacke an sich drücken, sein Gesicht darin vergraben und den Geruch seines toten Sohnes einatmen. Wenn ich nicht vor ihm gestanden hätte, hätte er es vielleicht sogar getan. »Und da ist auch noch sein Rucksack.« Ich bückte mich und zog ihn unter dem Tisch hervor.

Mr. Hall schüttelte den Kopf. »Das ist nicht seiner.«

»Sind Sie sicher? Er hatte ihn auf dem Herbstfest bei sich. Er lag im Auto.«

»Der gehört nicht Gavin«, beteuerte er. »Sein Rucksack ist blau, nicht schwarz. Außerdem steht er in seinem Zimmer. Ich habe ihn erst heute Morgen ...« Wieder brach ihm die Stimme. »Danke, dass Sie mit mir gesprochen haben, Juno ...« Mit diesen Worten hastete er aus dem Laden, ohne die Tür hinter sich zu schließen. Das Glöckchen bimmelte. Im nächsten Moment war er fort und eilte die Shadow Lane hinunter, ehe ich ihm etwas nachrufen konnte. Der arme Mann.

Ich betrachtete den Rucksack in meinen Händen, stellte ihn auf den Tisch und öffnete die Klappe. Auf die Innenseite hatte jemand in ordentlichen Blockbuchstaben einen Namen und eine Adresse geschrieben: OLIVER KNOLLYS, 4 DAISON COTTAGES, ASHBURTON. Stirnrunzelnd fuhr ich die weißen Lettern mit dem Finger nach. Wer war Oliver Knollys, und was machte sein Rucksack bei Gavin?

Nach dem Gewicht zu urteilen, befand sich etwas darin. Ich beschloss, einen Blick zu riskieren, löste das Zugbändchen und spähte hinein. Der Gegenstand war dick in Luftpolsterfolie gehüllt. Als ich die oberste Schicht lüpfte, erkannte ich weißes Metall, mit Scharnieren zusammengeklappte Beine und winzige Propeller. Ein Spielzeughubschrauber? Ich nahm ihn heraus, um ihn gründlicher zu betrachten.

Ein Hubschrauber war es nicht. Ein Spielzeug vielleicht, aber wenn, dann ein ziemlich teures. Sorgfältig bettete ich das Ding wieder in sein Nest aus Luftpolsterfolie. Ich kannte Daison Cottages, denn ich kam jede Woche auf dem Weg zu den Brownlows daran vorbei. Ich hatte zwar keine Ahnung, was Gavin mit dem Inhalt von Mr. Knollys' Rucksack vorgehabt hatte, doch ich war entschlossen, das herauszufinden. Und der einzige Weg dazu war, das Flugobjekt zu seinem Besitzer zurückzubringen.

10

Bei den Daison Cottages handelte es sich nicht um hübsche kleine ländliche Anwesen, sondern um nach dem Krieg vom Staat errichtete Häuser für Arbeitskräfte in der Landwirtschaft. Wie bei allen Sozialbauten aus jener Zeit war die Bausubstanz äußerst solide, und die Gärten waren groß. Die vier Häuser standen ein Stück abseits an der Straße nach Owlacombe Cross. Eine niedrige Steinmauer trennte sie von den Bahngleisen, ringsum erstreckten sich Felder. Vermutlich waren sie irgendwann in der Thatcher-Ära aus der Sozialbindung gefallen und von den damaligen Bewohnern gekauft worden. Inzwischen hatten sie mehrfach die Besitzer gewechselt, und man hatte die unterschiedlichsten Verschönerungsmaßnahmen vorgenommen. Eines der vier ursprünglich identischen cremefarbenen Häuser war mittlerweise pistaziengrün, ein anderes rosa, was dem ganzen Ensemble die Optik einer Fürst-Pückler-Eisbombe verlieh. Dem dritten Häuschen, das mit seinem Vanillegelb zumindest annähernd noch in der Originalfarbe dastand, war zudem ein nicht sehr überzeugendes griechisch anmutendes Vordach gewachsen. Die blau lackierte Tür flankierten hängende Blumentöpfe. Im Vorgarten prangte eine ebenfalls blau gestrichene Schubkarre voller Petunien. Hübsch, aber leicht manieriert. Nur das letzte Haus, Nummer vier, schien sich seit damals überhaupt nicht verändert zu haben. Die Wände waren schmuddelig und ein wenig trist, die Haustür stumpfbraun, und sogar der an Betonpfeilern verankerte Maschendrahtzaun zwischen Garten und angrenzendem

Feld schien noch der originale zu sein. Hier also residierten die Knollys'.

Das Gartentor war verrostet und quietschte, als ich es aufschob. Ein rissiger betonierter Pfad führte zur Haustür. Die Rasenstückchen links und rechts hätten dringend gemäht werden müssen, und die struppigen Rosensträucher waren ins Kraut geschossen. Da auf mein Klingeln hin kein Laut zu hören war, betätigte ich sicherheitshalber den Messingtürklopfer, der die Form einer Elfe hatte. Als keiner dieser Versuche eine Reaktion im Inneren des Hauses auslöste, ging ich um das Gebäude herum zur Rückseite.

An der langen Seite des rechteckigen Gartens war eine Wäscheleine gespannt, an der sich ein einsames geblümtes Nachthemd lautlos in der Brise blähte. Die eine Hälfte des Gartens bestand aus einem großen Gemüsebeet mit einigen alten Frühbeeten, einer Wasserzisterne und einem verkrüppelten Apfelbaum. Ich hob einen heruntergefallenen Apfel auf. Er war hart wie eine Kastanie und knallgrün – vermutlich ein Kochapfel. Abgesehen von einigen Dahlien in desolatem Zustand bestand der Rest des Gartens aus Gras. Nur ganz am Ende hatte jemand ein kleines Stück Wildblumenwiese ausgesät. Ich schlenderte hin, um es mir anzusehen. Im Hochsommer hatten hier wahrscheinlich Mohn und Kornblumen leuchtend zwischen raschelnden Gräsern emporgeragt, während das Surren und Summen von Insekten die Luft erfüllte. Inzwischen war fast alles verblüht. Nur verfilzte braune Stängel und klappernde Samenschoten waren zurückgeblieben. Hinter dem Gartenzaun befand sich eine Koppel. Drei Ponys beobachteten mich und wedelten derweil mit ihren Schweifen.

Die Nachbarn mit der blauen Schubkarre hatten einen beeindruckenden Zaun errichtet, um die beiden Gärten voneinander zu trennen: in einem modernen Grünton gestrichene Latten, gekrönt von einem verschnörkelten Gitterwerk. Der

Zaun war ein klares Zeichen der Abgrenzung von den Bewohnern nebenan: *Wir haben mit diesem Pöbel nichts zu schaffen*, schien er zu sagen. Als ich zum Haus zurückkehren wollte, sprach der Zaun mich an.

»Kann ich Ihnen irgendwie weiterhelfen?«

Ich musste nah an das Gitterwerk herantreten und durch ein rautenförmiges Loch spähen, um die Sprecherin ausmachen zu können. Auf der anderen Seite erkannte ich den Ausschnitt eines Frauengesichts mit kurzen, gewellten braunen Haaren. »Sind Sie vom Sozialdienst?«, erkundigte sich die Frau.

Nun, ich wich der Frage aus, worauf sie, ihre eigenen Schlüsse ziehend, weiterredete. »Ich habe nämlich schon mehr als einmal bei Ihnen angerufen.«

»Oh?«

»Ich mache mir Sorgen um die alte Dame.«

»Mrs. Knollys?«, hakte ich nach.

»Sie wird nur von einem jungen Burschen versorgt, und der geht noch zur Schule. Den ganzen Tag ist er unterwegs, und dabei ist die arme Frau bettlägerig. Offen gestanden habe ich sie noch nie zu Gesicht bekommen.« Sie hielt inne und wartete offenbar auf eine Antwort.

»Aha!«, meinte ich. »Also gibt es keinen Mr. Knollys?«

Sie schüttelte den Kopf. »Nur Oliver.«

Offenbar war Oliver Knollys ein Schuljunge. »Ich fürchte, es ist heutzutage nicht ungewöhnlich, dass sich Kinder ganz allein um ihre Familie kümmern müssen.« Bedrückt schüttelte ich den Kopf.

»Bestimmt tut er sein Bestes, der liebe Kleine«, sprach die Nachbarin weiter. »Allerdings habe ich nie einen Arzt ins Haus gehen sehen, oder eine Gemeindeschwester oder einen Pflegedienst ... oder überhaupt jemanden.«

»Wohnen Sie schon lange hier?«

»Inzwischen achtzehn Monate.«

»Nun, ich bin hier, um mich mit Oliver zu unterhalten«, informierte ich sie im Tonfall eines Menschen, der ab jetzt alles in die Hand nehmen wird.

»Er ist noch nicht aus der Schule zurück.« Sie wirkte ein wenig pikiert, so als ob ich das eigentlich hätte wissen müssen.

»Wann kommt er denn nach Hause?«

»Gegen halb fünf.«

»Sie haben mir sehr geholfen, Mrs. …«

»Hardiman«, antwortete sie. »April Hardiman.«

»Sie haben mir sehr geholfen, Mrs. Hardiman. Ich komme wieder.«

»Und wie, sagten Sie, war noch mal Ihr Name?«, fragte sie.

Ich hatte gar nichts gesagt. Mist. »Juno«, erwiderte ich und lächelte sie an. »Juno Browne.«

Als ich am Gartentor war und mich umdrehte, um es zu schließen, stellte ich fest, dass Mrs. Hardiman mich durch ihr Wohnzimmerfenster beobachtete. Anscheinend war sie im Laufschritt ins Haus geeilt, um mich ungestört unter die Lupe nehmen zu können. Der rautenförmige Ausschnitt hatte ihr eindeutig nicht genügt. Ich winkte ihr fröhlich zu. Keine Ahnung, ob ich als Sozialarbeiterin überzeugend wirkte. Jedenfalls sehe ich immer ein wenig verschlampt aus, von daher passte es sicher.

Bis Oliver nach Hause kam, blieb mir eine Stunde. Ich hatte also genug Zeit, im *Old Nick's* vorbeizufahren, zu schauen, was der Umsatz machte, und in der Stadt ein paar Kleinigkeiten einzukaufen. Zum ersten Mal schaltete ich das Radio des *Weißen Blitzes* ein, bisher hatte ich mich das schlicht nicht getraut. Schließlich stand mir noch gut vor Augen, wozu das bei Sophies und meinem letzten Ausflug geführt hatte. Diesmal jedoch gab es keine Feuersbrunst, sondern nur die Lokalnachrichten. Im Gefängnis von Dartmoor hatte, wie mir die Nachrichtensprecherin mitteilte, ein Doppelmord stattgefunden. Außerdem war es zu einer Revolte gekommen, in deren Verlauf die Häftlinge ihre Zellen in Brand gesetzt hatten. Die Sprecherin fuhr fort, die Polizei habe die Suche nach Schuldigen im tragischen Todesfall des neunzehnjährigen Gavin Hall eingestellt, der am Wochenende seiner Stichverletzung erlegen sei. Die Todesumstände würden zwar als ungeklärt, jedoch nicht als verdächtig eingestuft. Als sie anfing, über das Wetter zu salbadern, drehte ich ihr den Saft ab.

Ich kehrte zurück in den Laden, begrüßte Sophie und Pat hastig und eilte dann nach oben. Im Wohnzimmer setzte ich mich auf die kahlen Dielenbretter und griff zu Nicks Telefon.

Leider hob nicht die Person ab, die ich hatte sprechen wollen. Stattdessen meldete sich Detective Constable DeVille, die mir mitteilte, Inspector Ford untersuche einen Doppelmord im Gefängnis. Was denn bitte so wichtig sei? Ein Gespräch mit ihr stand ganz sicher nicht auf meiner Wunschliste, deshalb bat ich sie, dem Inspector auszurichten, er möge mich zurückrufen. Am anderen Ende der Leitung wurde tief aufgeseufzt. Sie werde ihm die Botschaft übermitteln – sie ließ keinen Zweifel daran, dass sie mir damit einen gewaltigen Gefallen tat –, könne jedoch nicht versprechen, dass der Inspector in absehbarer Zukunft Zeit für mich haben würde. Er sei beschäftigt. Mit diesen Worten legte sie auf.

Ich war schon halb die Treppe hinunter, als das Telefon läutete. Ich rannte zurück und riss den Hörer von der Gabel. »Juno Browne?« Es war zwar eine Männerstimme, aber nicht die des Inspectors. »Hier spricht Detective Constable Collins. Sie haben gerade im Revier angerufen.«

Ich brauchte einen Moment, bis mir klar wurde, wen ich an der Strippe hatte: Detective Constable Collins, der solide gebaute Mann mit der zuverlässigen Ausstrahlung und dem Funkeln in den Augen. Der Assistent der Assistentin. Offenbar hatte er mein Telefonat mit Cruella belauscht. »Der Inspector ist sicher noch stundenlang unterwegs«, fuhr er fort. Er stammte eindeutig nicht aus Devon. Die kurz gehaltenen Vokale wiesen für mich eher auf Nordengland hin – gut, zumindest nördlich von Bristol. »Kann ich Ihnen vielleicht weiterhelfen, Miss Browne?« Im Klartext: Er war neugierig und wollte mich aushorchen. Aber egal, es war immer noch unterhaltsamer, mit ihm zu plaudern als mit Cruella. Ich fragte ihn, ob die Meldung im Radio korrekt gewesen sei. Wurde Gavins Tod wirklich als Unfall eingestuft?

»Nun, an der Waffe befinden sich keine Fingerabdrücke außer die von Gavin und Mr. Bartholomew, der sie ihm verkauft hat«, erklärte Collins geduldig. »Nichts weist auf eine Verfolgungsjagd oder darauf hin, dass jemand Gavin angegriffen oder ihn gejagt hätte. Eine Spur auf dem Baumstamm zeigt deutlich, wo er mit dem Fuß abgerutscht ist. Und ...« Er zögerte.

»Sprechen Sie weiter.«

»Der Pathologe bestätigt, dass der Einstichwinkel der Klinge ...«

»Gütiger Gott«, stöhnte ich auf.

»Verzeihung, aber Sie wollten es ja wissen. Soll ich fortfahren?«

»Ich bitte darum.«

»Also der Einstichwinkel zeigt deutlich, dass das Opfer sich die Verletzung selbst zugefügt hat. Beim Aufprall auf den Boden wurde die Klinge in seinen Körper getrieben.« Constable Collins gab mir einen Moment Zeit, das auf mich wirken zu lassen, und sprach dann weiter. »Sie haben ihn doch gefunden, Juno? Glauben Sie etwa nicht an einen Unfall?«

»Die Sache mit seiner Brille kommt mir komisch vor. Sie wurde so weit entfernt von der Leiche entdeckt. Ich kann mir nur schwer vorstellen, dass ein Mensch, der so blind wie Gavin ist, nach dem Verlust seiner Brille einfach weiterläuft, sofern er nicht von wilden Furien gehetzt wird.«

Nun war es Constable Collins, der eine Weile schweigend nachdachte. »Ich sorge dafür, dass der Detective Inspector von Ihrem Einwand erfährt«, beschied er mir schließlich.

Weiter würde ich nicht kommen, und es war, verdammt noch mal, ein ganzes Stück mehr, als ich bei Cruella DeVille jemals erreicht hätte. Wenigstens hatte er mir zugehört. Ich bedankte mich und legte auf. Dann ging ich die Treppe hinunter. Wenn ich mich nicht beeilte, würde ich den Schulbus verpassen.

Die meisten Jugendlichen in Ashburton besuchen das South Dartmoor College. Auf der Fahrt nach Owlacombe Cross begegnete ich mit Schuluniformen bekleideten Grüppchen, die nach Hause bummelten, wie eben nur Teenager bummeln können. Ich setzte meinen Weg den Hügel hinauf fort und folgte einer Straße, die sich zwischen überwucherten Hecken entlangschlängelte, bis ich plötzlich gezwungen war, scharf auf die Bremse zu treten. Vor mir versperrte ein verschlungenes Knäuel aus strampelnden Füßen und rudernden Armen den Weg. Das Opfer im Zentrum dieser Auseinandersetzung konnte ich zwar nicht erkennen, doch es war eindeutig zahlenmäßig unterlegen. Als ich auf die Hupe drückte, stob die Meute auseinander. Vier etwa vierzehnjährige Jungen rannten in unterschiedliche Richtungen davon. Zwei von ihnen krochen durch die nächstgelegene Hecke. Ich riss die Wagentür auf und schimpfte hinter ihnen her.

»Olly Nolly!«, leierten sie im Singsangton, während sie lachend die Flucht ergriffen. »Olly Nolly!«

Am Straßenrand lag, zusammengekrümmt wie ein Fötus, eine kleine magere Gestalt. Der Junge hatte die Knie schützend an die Brust gezogen und die Ellbogen angewinkelt. Sein

Gesicht konnte ich nicht sehen, er verbarg es hinter seiner Schultasche, die er sich an den Leib drückte. Aber ich konnte erkennen, dass er kurze, blonde Stoppelhaare und ein gerötetes Ohr hatte.

Ich beugte mich über ihn. »Die Luft ist rein. Sie sind weg.«

Vorsichtig bewegte er sich und entrollte sich wie ein kleiner Igel. Ein blaues Auge blickte mich argwöhnisch an. Ich hatte mir den Besitzer des Rucksacks älter vorgestellt. Oberstufe oder so. Allerdings bezweifelte ich nicht, dass der magere Junge die Person war, die ich suchte. Ich streckte die Hand aus, um ihm aufzuhelfen. »Oliver Knollys, wie ich annehme.«

11

Oliver Knollys hatte eine aufgeplatzte Lippe, einen Riss in der Hose, ein blutiges Knie und ein erblühendes Veilchen. Dennoch kostete es mich einige Überredungskunst, ihn dazu zu bringen, in meinen Transporter zu steigen und sich von mir die kurze Strecke nach Hause fahren zu lassen. Erst als ich ihm den Rucksack hinter dem Gitter zwischen Führerhaus und Ladefläche zeigte, war er bereit, auf dem Beifahrersitz Platz zu nehmen.

»Worum ging es denn gerade?«, erkundigte ich mich.

»Nichts.« Gespielt gleichmütig zog er die Schultern hoch. »Die Typen sind eben Idioten.«

»Belästigen sie dich oft?«

»Manchmal«, sagte er und tupfte sich Blut von der Lippe.

»Hast du jemandem erzählt, dass du schikaniert wirst?«

Er wich meinem Blick aus.

»Einem Lehrer?«, hakte ich nach.

Er lachte bitter auf. »Damit würde ich es nur noch schlimmer machen.«

»Deiner Großmutter vielleicht?«

Er erschrak sichtlich. »Woher wissen Sie von meiner Großmutter?«

Ich schilderte ihm meinen Versuch, ihm den Rucksack zurückzugeben, und mein Gespräch mit der Nachbarin.

»Diese neugierige blöde Kuh!« Er starrte mich an, und seine blauen Augen weiteten sich vor Entsetzen. »Sie sagen es doch niemandem, oder? Ich will nicht, dass Leute bei uns rumschnüffeln und meine Oma stressen.«

»Ich verrate nichts, wenn du es nicht willst.«

Oliver schien nicht überzeugt.

»Ehrenwort.«

Er verzog das Gesicht. »Wer sind Sie eigentlich?« Inzwischen waren wir vor seinem Haus angelangt.

»Ich heiße Juno und war eine Freundin von Gavin …«

Er senkte den Kopf. »Ich weiß, was mit ihm passiert ist«, erwiderte er und nestelte beklommen am Riemen seiner Schultasche herum. »Sie haben die ganze Schule versammelt und es uns erzählt.«

»Er war früher auch am South Dartmoor, richtig?«

»Dann haben sie uns einen Vortrag über den Umgang mit Messern gehalten.« Er öffnete die Tür des Transporters. »Kann ich jetzt meinen Rucksack haben?«

»Nein, noch nicht. Zuerst verarzten wir dich.«

Er erstarrte wie ein aufgeschrecktes Kaninchen. »Wollen Sie etwa mit reinkommen?«

»Wir werden deine Oma nicht stören«, versicherte ich ihm. »Sie braucht gar nicht mitzukriegen, dass ich im Haus bin.« Ich wies auf sein Spiegelbild im Rückspiegel. »Du möchtest doch bestimmt nicht, dass sie dich so sieht.«

»Gut, meinetwegen«, murmelte er und ging widerstrebend voran, den Vorgartenweg entlang zur Seite des Hauses. Die Schultasche hüpfte auf seiner Schulter. Ich trug seinen Rucksack. Er kramte den Schlüssel aus der Hosentasche und öffnete die Hintertür, die in eine große, quadratische Küche führte. In der Mitte stand ein blank gescheuerter Holztisch. An der Wand entdeckte ich einen altmodischen Gasofen, vor dem Kleidungsstücke an einem hölzernen Wäscheständer trockneten.

»Möchtest du dich nicht setzen, Oliver? Wir müssen den Dreck und den Kies aus deiner Wunde am Knie entfernen.«

»Nennen Sie mich Olly«, meinte er und krempelte sein Hosenbein hoch. »Nur die Lehrer sagen Oliver zu mir.«

Ich öffnete die Tür eines Kühlschranks, der beinahe so antik war wie der von Nick. »Habt ihr Eis da?« Ich nahm den Eiswürfelbereiter aus dem Kühlfach, kippte einen Teil des Inhalts in die Spüle, schnappte mir ein Taschentuch vom Wäscheständer und wickelte ein paar Eiswürfel hinein. Dann reichte ich Olly das Päckchen. »Halt das an deine Lippe.« Sie blutete zwar nicht mehr, schwoll jedoch ziemlich übel an. Ich fragte ihn nach einem Verbandskasten.

»Im Badezimmerschränkchen sind ein paar Sachen«, murmelte er. »Ich hole sie.«

»Sitzen bleiben«, befahl ich. »Ich finde es schon.«

»Oma schläft bestimmt«, wandte er besorgt ein.

»Ich bin mucksmäuschenstill, versprochen.«

»Ich mache ihr gleich ihr Abendessen«, sagte er und fügte spitz hinzu: »Wenn Sie weg sind.«

Inzwischen war ich ziemlich neugierig auf Ollys Oma. Er schien eine Todesangst davor zu haben, sie zu stören. Oder galt diese Todesangst seiner Großmutter selbst? Verhielt er sich überbehütend, oder war sie ein feuerspeiender Drache?

Ich schlich die Treppe hinauf. Die Tür von Ollys Zimmer stand offen. Sein Bett war ordentlich gemacht. Es wirkte wie das Zimmer eines viel jüngeren Kindes. Mittlerweile war ihm die Thunderbird-Tapete sicher peinlich, denn er hatte den Großteil davon mit Filmplakaten überdeckt. Ich lauschte vor der Tür der Großmutter. Sie war geschlossen, und von drinnen war kein Mucks zu hören. Kein leise laufender Fernseher, kein Radio und auch keine fragende Stimme, offenbar schlief sie wirklich. Das Bad war rosafarben gefliest. Das kleine Fenster war mit einem Rüschenvorhang versehen, auf dem Fensterbrett stand eine umhäkelte Klorolle. Über dem Waschbecken hing ein Badezimmerschränkchen mit fleckigem Spiegel. Bewaffnet mit einer Schere, Watte, Pflastern und einer Flasche TCP-Desinfektionsmittel, kam ich wieder nach unten.

In meiner Abwesenheit hatte Olly sich den Rucksack gegriffen und überprüfte den Inhalt. Eine Wolke aus Luftpolsterfolie lag auf dem Tisch. Wenige Zentimeter darüber surrten leise vier kleine Rotoren. Die Drohne schwebte auf der Stelle wie eine riesige Libelle.

»Funktioniert sie noch?« Eigentlich mochte ich Drohnen nicht. Ich fand sie einfach nur nervig. Allerdings hatte ich noch nie eine so aus der Nähe gesehen und war jetzt doch fasziniert. Ollys Finger betätigten die Fernbedienung. Ganz langsam stieg die Drohne in die Höhe. Olly ließ sie einen Moment unter der Decke der Küche kreisen und schließlich punktgenau auf dem Tisch landen.

»Die war bestimmt ganz schön teuer«, sagte ich.

Er schüttelte den Kopf. »Ich habe sie selbst gebaut.«

»Du hast sie gebaut?« Ich schob die Luftpolsterfolie ein bisschen zur Seite, um meine Sachen abzulegen.

»Das ist nicht schwierig«, teilte er mir achselzuckend mit. »Die Teile habe ich aus dem Internet.«

»Ein Bausatz?« Ich kniete mich vor ihn und begann, vorsichtig sein blutiges Knie abzutupfen. »Tut mir leid, das brennt jetzt ein bisschen.«

»Ja, aber ein paar der Teile waren Schrott. Ich musste sie modifizieren.«

»Möchtest du das später mal beruflich machen? Etwas mit Elektronik?«

»Nein! Ich werde Koch!« Er beobachtete, wie ich den Kies aus der Wunde pflückte. Während ich die Zähne zusammenbiss, nahm er das Prozedere ziemlich ungerührt hin. »Haben Sie einen Freund?«

Aktuell gab es keinen Mann in meinem Leben. Männer neigten nämlich leider dazu, mich ermorden zu wollen. »Offen gestanden wäre da gerade eine Stelle frei. Möchtest du dich bewerben?«

Grinsend schüttelte er den Kopf und errötete leicht. »Für Mädchen bin ich noch zu jung.«

»Wie alt bist du denn?«

»Vierzehn. Aber ich sehe jünger aus, oder? Das sagen die Leute ständig.«

Er war noch ein Kind, und der Vulkanausbruch der Hormone hatte noch nicht stattgefunden, stand allerdings unmittelbar bevor. Seine Haut war rein, seine Wangen waren so weich wie die eines Mädchens, und seine Stimme klang hoch und knabenhaft. Ein magerer Elfenjunge mit Igelfrisur und abstehenden Ohren. Er hatte etwas Altmodisches, beinahe aus der Zeit Gefallenes an sich. Vielleicht lag es ja daran, dass er mit seiner Großmutter allein lebte und sie versorgte. Ich schaute mich um. Die Küche war sauber, die Wäsche ordentlich aufgehängt. Im Kühlschrank hatte ich die Reste einer Kartoffelpastete in einem Emailleschälchen entdeckt. Verglichen mit ihm hatte ich in Sachen Haushalt allen Grund, vor Scham im Erdboden zu versinken. Dass der Kleine ohne fremde Hilfe zurechtkommen musste, rührte mich sehr. »Unterstützt dich jemand mit deiner Oma? Du weißt, dass du ein Anrecht auf staatliche Hilfe hast?«

»Wir brauchen keine Hilfe«, entgegnete er trotzig. »Außerdem mag Oma keine Leute im Haus. Vielen Dank, aber Sie müssen jetzt gehen. Ich muss Abendessen für Oma machen.«

»Ich wollte dir ein paar Fragen über Gavin stellen. Jetzt mach nicht so ein verängstigtes Gesicht. Warum siehst du nicht nach deiner Oma und vergewisserst dich, dass alles mit ihr in Ordnung ist? Vielleicht möchte sie ja eine Tasse Tee.«

Widerstrebend stimmte er zu und humpelte nach oben. Ich hörte, wie er an die Tür klopfte und leise rief.

Die Tür öffnete und schloss sich, während ich die blutige Watte wegwarf. Kurz darauf kehrte Olly zurück.

»Sie kann noch ein paar Minuten warten. Die meiste Zeit schläft sie oder sieht fern«, erklärte er. »Ich lasse ihr Brote und eine Thermoskanne mit Tee zum Mittagessen da, bevor ich in die Schule gehe. Die richtige Mahlzeit gibt es dann am Abend.«

»Was fehlt ihr denn?«, erkundigte ich mich.

»Sie ist eben alt.«

Das Alter ist zwar keine Krankheit, aber ich beschloss, nicht weiter nachzuhaken. Außerdem konnte sie mit einem erst vierzehnjährigen Enkel noch gar nicht so alt sein. »Ich halte dich nicht lange auf«, versprach ich. »Kanntest du Gavin aus der Schule?«

»Nicht wirklich. Das heißt, ich kannte ihn vom Sehen, er war Schülersprecher. Aber er war viele Jahrgänge über mir und hat letztes Jahr seinen Abschluss gemacht.«

»Aber wart ihr Freunde?«

»Er war in Ordnung.« Plötzlich begannen seine Augen zu glänzen, und er wandte den Blick ab. »Es ist schlimm, was mit ihm passiert ist. Hat er wirklich nur mit einem Messer rumgefuchtelt?«

»Die Polizei glaubt das. Genau genommen war es ein Schwert. Er hatte es in der Hand, als er über einen umgestürzten Baumstamm gesprungen und ausgerutscht ist.«

Olly ließ das schweigend auf sich wirken. »Ich war irgendwann draußen auf dem Feld und habe meine Drohne fliegen lassen. Gav kam auf dem Rad vorbei und ist stehen geblieben, um zuzuschauen. Natürlich wollte er es auch mal probieren.« Er grinste. »Er hat sich mit der Fernbedienung voll blöd angestellt. Jedenfalls wollte er, dass ich mit ihm nach Moorworthy fahre und sie dort fliegen lasse.«

»Dort, wo das große Haus ist?«

»Genau.«

»Wann war das?«

Nachdenklich kratzte er sich an der Nase. »Vor ein paar Wochen, die Ferien hatten gerade angefangen. Ich habe ihm erklärt, dass wir die Drohne nicht über Privatbesitz fliegen lassen dürfen, weil das nicht erlaubt ist. Aber er sagte, er wolle sich nur mal im Wald umsehen.«

»Hat er auch gesagt, warum?«

Olly schaute zu Boden. Rosige Lider und blonde Wimpern verbargen seine Augen. »Nein.«

Er verheimlichte mir etwas, aber ich hielt es für klüger, ihn nicht unter Druck zu setzen. Schließlich wollte ich nicht, dass er dichtmachte. »Wie seid ihr dorthin gekommen? Gavin hatte keinen Führerschein.«

»Wir sind mit dem Rad bis nach Buckfast gefahren, wo der Pfad nach Holne Chase anfängt. Das letzte Stück sind wir zu Fuß gegangen. Gavin wollte, dass wir unsere Fahrräder im Wald verstecken. Vom Tor aus haben wir die Drohne dann über die lange Mauer und den Wald fliegen lassen. Aber wegen der vielen Bäume konnten wir kaum was sehen. Auch den Eingang zum Bergwerk nicht …«

»Er hat sich also für den Eingang zum Bergwerk interessiert?«

Olly nickte.

»Und wo wart ihr, als ihr das veranstaltet habt?«

»Auf der Wiese auf der anderen Straßenseite«, erwiderte er.

»Tut mir leid, Olly, aber ich habe keine Ahnung von Drohnen. Das da ist doch eine Kamera?« Sie war in der Mitte des Geräts befestigt, ein glänzendes schwarzes Auge dort, wo die vier Beine sich trafen. »Wie sieht man dasselbe, was die Kamera sieht?«

»Sie schickt Bilder an mein Smartphone. So konnten wir es uns anschauen.«

»Aha. Aber ihr habt nicht das entdeckt, was Gavin gesucht hat?«

»Der Wald wurde zu dicht. Gavin wollte, dass ich tiefer fliege. Zwischen den Bäumen hindurch. Aber das ist zu riskant. Also habe ich über einem Feld gewendet, bis der Typ mit der Knarre kam, und wir …«

»Hoppla!«, unterbrach ich ihn. »Was für ein Typ mit einer Knarre?«

»Wir haben die Drohne über einem Feld fliegen lassen, das noch zu Moorworthy gehört. Und da stand er und hat mit einem Gewehr direkt auf uns gezielt. Bestimmt hat er die Drohne über den Bäumen bemerkt. Er wollte sie runterschießen. Möchten Sie mal sehen?«

»Hast du den Film noch auf dem Smartphone?«

»Ich habe ihn auf meinen Laptop runtergeladen. Kommen Sie.« Von plötzlicher Begeisterung beflügelt, lief er durch die Küche ins Wohnzimmer. Ich folgte ihm und setzte mich an den Tisch, während er seinen Laptop hochfuhr und begann, Passwörter und andere geheimnisvolle Dinge einzutippen. Im Wohnzimmer herrschte die unwirtliche Stimmung eines Raums, der nicht oft genutzt wird. Tapeten und Vorhänge stammten aus den Sechzigern. Bis auf einige Porzellanfigürchen auf dem Fensterbrett und ein Klavier mit Notenständer gab es nichts Ungewöhnliches zu sehen. Nach einer Weile drehte Olly den Laptop so, dass ich Sicht auf den Bildschirm hatte.

Zuerst erkannte ich nur Grashalme aus der Insektenperspektive, bis die Drohne sich in die Luft erhob und allmählich der holperige, mit Gesteinsbrocken bedeckte Moorboden in Sicht kam. Gavin, mit Brille auf der Nase, winkte grinsend in die Kamera. Er schien wirklich Spaß zu haben. Der Anblick ging mir ans Herz. Ich hatte ihn nie so ausgelassen erlebt. Die Drohne überquerte das graue Band der Straße und die Mauer, flog weiter und streifte beinahe die Baumwipfel. Danach konnte ich nur noch ein undurchdringliches grünes Blätterdach ausmachen. »Der Eingang zum Bergwerk ist irgendwo da unten«, erklärte Olly. »Aber wir konnten ihn nicht sehen … also habe ich die Drohne gewendet … und hier ist er!«

Im nächsten Moment blickte ich in das Gesicht eines Mannes, der eine ausgebeulte Tweedjacke und eine Schlägermütze trug und mit erhobener Flinte direkt auf die Drohne zielte. »Das ist Moss!«

»Kennen Sie ihn?«

»Man könnte sagen, dass ich ihm schon mal begegnet bin.«

»Ich habe sofort auf *home* gedrückt.« Es war, als beschleunigte der Film. Der hastige Rückweg führte über die Mauer und die Straße, bis die Drohne im Gras landete. »Das ist ein Knopf, der sie auf schnellstem Weg zum Ausgangspunkt zurückholt«, erklärte Olly stolz. »Ich dachte, der Typ würde uns gleich vom Himmel schießen.«

»Einige Leute sind zu allem bereit, um ihre Privatsphäre zu schützen«, meinte ich.

»Ich hatte Gavin gewarnt, dass man einen Mindestabstand von fünfzig Metern zu Privatbesitz halten muss. Aber man darf trotzdem nicht einfach auf Leute schießen. Auch nicht bei unbefugtem Betreten.«

»Ich weiß nicht, ob dieses Gesetz auch für Drohnen gilt.«

»Ich habe nicht von der Drohne geredet.«

Ich starrte ihn entgeistert an. »Soll das etwa heißen, er hat auf *euch* geschossen?«

Ollys Miene war todernst. »Wir haben gerade zusammengepackt und hatten die Drohne schon wieder in den Rucksack gesteckt, als wir jemanden rumschreien gehört haben. Und da kam schon der Typ mit der Knarre fuchtelnd und brüllend auf uns zu. Wir sind losgerannt. Und da hat er über unsere Köpfe hinweggeballert.«

Während unserer kurzen Zusammentreffen hatte Moss auf mich den Eindruck eines etwas verschrobenen und ziemlich wortkargen Menschen gemacht. Doch mit einer Flinte auf zwei Jungen zu schießen, wenn auch nur in die Luft, um sie zu vergraulen, weckte in mir den Verdacht, dass er offenbar eine Schraube locker hatte. »Und was habt ihr zwei dann gemacht?«

»Wir sind weitergerannt. Irgendwann haben wir uns im Wald versteckt. Wir mussten eine Ewigkeit warten, bis wir sicher sein konnten, dass die Luft rein und der Typ weg war.« Er grinste schief. »Und danach mussten wir noch nach Hause radeln. Wir waren total erledigt.«

»Habt ihr jemandem erzählt, was passiert ist?«

»Der Polizei, meinen Sie?« Er schüttelte den Kopf. »Ich wollte nicht, dass jemand herkommt und Fragen stellt. Meine Oma …«

»Ja, ich verstehe. Aber warum warst du nach diesem Vorfall einverstanden, Gavin am Tag des Herbstfests die Drohne zu leihen?«

»Geliehen soll ich sie ihm haben?«, höhnte er. »Er wollte unbedingt wieder dorthin, und ich sollte mitkommen. Aber am Samstagvormittag probt das Schulorchester. Ich verpasse doch keine Probe, nur um zu einer doofen Gartenparty zu gehen.«

Ich deutete auf den Notenständer. »Du bist also Musiker?«

Er zuckte die Achseln. »Nicht wirklich. Eigentlich wollte ich Klarinette spielen, aber als ich mich fürs Orchester beworben habe, sagten sie, Klarinetten hätten sie schon genug. Sie bräuchten jemanden für das Fagott. Da es sonst niemand spielen wollte, habe ich gemeint, ich könnte es ja mal versuchen. Es macht mir Spaß. Es klingt irgendwie traurig.«

»Ja, tut es.« Ich hätte ihn gerne einmal spielen gehört. »Jetzt aber zurück zu Gavin …«

»Er hat sie geklaut, wie krank ist das denn?«, stieß Olly empört hervor. »Als ich am Freitagabend aus der Schule kam, war er hier gewesen. Anscheinend hat er mein Versteck für den Ersatzschlüssel gefunden. Er hat mir einen Zettel hingelegt, auf dem stand, es täte ihm leid, aber er würde gut auf die Drohne aufpassen und sie ganz bestimmt am Sonntag zurückbringen. Ich dachte, wenn er sie im Wald fliegen lässt, knallt sie bestimmt gegen einen Baum und geht kaputt.«

»Und du hast nicht versucht, sie dir zurückzuholen?«

»Ich habe keine Ahnung, wo er wohnt. Ja, ich weiß, dass eines der tollen Häuser in der Druid Road seinen Eltern gehört, aber die genaue Adresse kenne ich nicht. Als er am Sonntag nicht aufgekreuzt ist, habe ich probiert, ihn anzurufen. Ich wollte es nach der Schule noch mal versuchen, doch dann haben sie uns gesagt, dass er tot ist, und …« Seine Stimme erstarb.

»Er hat die Drohne am Samstag nicht fliegen lassen«, erwiderte ich. »Sie lag den ganzen Tag in einem abgeschlossenen Auto. Vielleicht hat er es sich anders überlegt, nachdem er selbst im Wald gewesen war … Olly …«, ich zögerte, »… du kannst dir wirklich keinen Grund denken, warum er so dringend wieder zum Moorworthy House wollte? Hat er dir nichts erzählt?«

Er schaute zu Boden und kratzte wortlos an einer schorfigen Stelle an seinem Finger herum.

»Es ist wirklich wichtig, Olly.«

Er konnte mir nicht in die Augen sehen. »Ich will keinen Ärger kriegen.«

»Das wirst du auch nicht. Ehrenwort. Die Sache ist nur, dass ich nicht sicher bin, ob Gavins Tod wirklich ein Unfall war.«

»Ich habe doch schon gesagt, dass ich nichts weiß.« Nun starrte er mich geradewegs an und reckte trotzig sein spitzes, kleines Kinn. »Ich möchte, dass Sie jetzt gehen.«

»Olly …«

»Ich möchte, dass Sie jetzt gehen«, wiederholte er starrsinnig und klappte den Laptop zu. »Ich muss Abendessen für meine Oma machen.«

Mir ist klar, wie ich mich eigentlich hätte verhalten sollen. Die richtige Reaktion wäre gewesen, sofort Inspector Ford anzurufen und zu melden, dass Moss seine Mitmenschen mit einer Flinte bedrohte. Ich hätte Olly enttäuschen und alles weitererzählen müssen, was er mir anvertraut hatte. Ein Zwischenfall mit einer Schusswaffe war Sache der Polizei. Allerdings hatte ich das Gefühl, dass Ollys Oma über Polizisten im Haus nicht erfreut gewesen wäre. Außerdem musste ich Ollys Vertrauen gewinnen. Er wusste, warum Gavin so unbedingt in den Wald zurückkehren und den Eingang zum Bergwerk von Moorworthy hatte finden wollen. Und so schwieg ich, selbst als mich der Inspector an jenem Abend anrief, und ließ somit eine ideale Gelegenheit verstreichen.

Sobald ich zu Hause war, holte ich eine Karte von Dartmoor heraus und breitete sie, sehr zur Freude von Bill, der sich sofort mitten darauf niederließ, auf dem Küchentisch aus. Ich hatte ihn zwar am Morgen aus der Wohnung ausgesperrt, doch es war ihm wie immer gelungen, sich wieder hineinzuschmuggeln. Wahrscheinlich hatte er sich die Mäuse in den Kinderbüchern von Beatrix Potter zum Beispiel genommen und unterhielt hinter der Wandvertäfelung ein geheimes Tunnelsystem. Außerdem war das Eindringen in meine Wohnung derzeit für ihn ohnehin ein Kinderspiel, denn mein Badezimmerfenster klemmte schon seit Monaten und stand deshalb etwa zwanzig Zentimeter weit offen, wodurch mehr frische Luft hereinwehte, als mir angenehm war. Insbesondere dann, wenn ich nackt und nass dastand. Ständig beschwerte ich mich bei Adam, der ein ums andere Mal versprach, sich darum zu kümmern. Doch die Gewichtsschnüre waren kaputt, und er konnte das offenbar nicht selbst reparieren, weshalb ich bezweifelte, dass in absehbarer Zukunft etwas passieren würde.

Obwohl Bills pelziger Körper mir die freie Sicht auf die Höhenschichtlinien nahm, entdeckte ich die Straße nach Moorworthy und fuhr sie mit dem Finger nach bis zum Haus. Der Wald war als grüner Keil eingezeichnet, dessen spitzes Ende sich offenbar dort befand, wo Sophie und ich ihn durch das kleine Tor auf dem Grundstück betreten hatten. Der Fußweg war nur dann als dünne, gestrichelte Linie zu erkennen, wenn ich die Augen zusammenkniff, bis es wehtat. Inzwischen war er mit einem Zaun abgesperrt, doch ursprünglich hatte er sicher direkt durch den Wald geführt. Er verschwand ein Stück unter Bills Bäuchlein und kam unweit einer Farm ganz in der Nähe wieder zum Vorschein. In dem grünen Waldumriss prangte die Inschrift »Moorworthy Mine – außer Betrieb«. Das Farmhaus trug die Beschriftung »Applecote Farm – unbewohnt«. Der Fußpfad führte weg von der Farm und über die Felder bis zum »Applecote Pit – außer Betrieb«. Meiner Schätzung nach betrug die Entfernung zwischen den beiden aufgegebenen Bergwerksschächten nicht mehr als anderthalb Kilometer.

Das Telefon läutete. Es war Inspector Ford, der mich vorwarnen wollte. Die Leichenbeschauerin werde sich mit mir in Verbindung setzen, um mir einige Fragen zum Thema Gavin zu stellen.

»Muss ich bei der Verhandlung aussagen?«

»Nicht notwendigerweise. Allerdings wird sie mehr über die Umstände wissen wollen, unter denen Sie Gavins Leiche gefunden haben.« Es war nett, dass er mich persönlich anrief. Andere Polizisten hätten damit vermutlich einen ihrer Untergebenen beauftragt. »Collins hat mir gesagt, sie hätten Zweifel wegen Gavins Brille?«

Er lauschte höflich, als ich ihm meine Theorie erläuterte, dass Gavin sicher verfolgt worden war. »Darauf gibt es keine Hinweise«, entgegnete er. »Natürlich ist es vom forensischen Standpunkt aus nicht sehr hilfreich, dass so viele Besucher des Herbstfests im Laufe des Nachmittags die Idee hatten, das Wäldchen zu erkunden. Einige der Gäste haben sich bei uns gemeldet, aber niemand hat Gavin gesehen oder etwas Seltsames bemerkt.«

Das war verständlich, denn auch ich wäre nicht auf ihn gestoßen, wenn ich nicht ausdrücklich nach ihm gesucht hätte.

»Oh ... entschuldigen Sie einen Moment.« Offenbar hatte der Inspector sich vom Hörer weggedreht, denn seine Stimme klang ein wenig gedämpft. Ich hörte, wie er jemandem etwas zurief. »Dale! Wo ist Collins?«

»In Elternzeit, Sir«, antwortete eine fröhliche Stimme.

»Hat die etwa schon angefangen?«

»Gestern Nacht, Sir. Ein kleines Mädchen. Mutter und Kind sind wohlauf.«

»Wunderbar. Was ist mit ...«

»Blumen für die Mutter, Sir, und ein Geschenk für das Baby. Alles bereit.«

»Danke, Constable ... Entschuldigen Sie«, wandte er sich wieder an mich.

Es bestand kein Grund, sich zu entschuldigen. Ich war nämlich höchst interessiert. Also war Detective Constable Collins jetzt ein frischgebackener Daddy. Wie süß. Ich hoffte nur, dass das Baby optisch nach seiner Mutter geraten war.

»Die Spurensicherung konnte den Weg nachvollziehen, den Gavin genommen hat«, sprach der Inspector weiter. »Und zwar nachdem er den Hauptpfad verlassen hatte. Das ließ sich anhand der Farne und anderer Pflanzen erkennen, die mit einem scharfen Gegenstand, irgendeiner Klinge, abgeschnitten und nicht nur abgeknickt wurden. Das unterstützt Ihre Vermutung, dass er in den Wald gegangen ist, um mit seinem Schwert zu spielen.«

»Er hat damit das Unterholz abgemäht?«

»Sieht danach aus.«

»Nur so zum Spaß?«

»Nun, einen Weg bahnen musste er sich nicht«, meinte der Inspector spöttisch. »Schließlich sind wir hier nicht in einem tropischen Regenwald, sondern in England.«

Also hatte Gavin nur herumgealbert. Ich konnte mir vorstellen, wie er den Helden markiert und unschuldige Pflanzen geköpft hatte. Allmählich bekam ich das Gefühl, dass ich mich lächerlich machte.

»Und selbst wenn wir einmal annehmen, dass es sich um Mord handelt«, fuhr der Inspector fort. »Warum sollte jemand Gavin Hall umbringen wollen?«

Diese Frage hatte ich mir auch schon unzählige Male gestellt. »Hat die Untersuchung seines Smartphones etwas ergeben?«

»Bis jetzt haben wir nichts Verdächtiges entdeckt«, erwiderte er. »Nur einen ziemlich sonderbaren Chat zum Thema Batman.«

Ich stöhnte innerlich auf. »Gavin war ganz versessen auf Superhelden … Was ist mit dem komischen Typen, der bei mir im Laden war … irgendein Schleicher soundso.«

»Ted Croaker der Schleicher? Ja, den würden wir noch immer gern vernehmen, um zu erfahren, in welchem Verhältnis er zu Gavin stand. Nur dass er wie vom Erdboden verschluckt ist. Wir können ihn nirgendwo finden.«

»Tja, falls er wieder im Laden aufkreuzt …«

»Dann melden Sie sich bitte bei uns. Also viel Glück mit der Leichenbeschauerin, Juno.«

Nun wäre der richtige Moment gewesen, dem Inspector von dem Zwischenfall mit Moss und der Flinte zu berichten.

Doch ich blieb stumm und ließ ihn auflegen. Dann hängte ich ebenfalls ein, schob Bill beiseite und faltete die Karte zusammen. Noch immer hatte ich keine Ahnung, warum Gavin so unbedingt mit auf das Gartenfest in Moorworthy House hatte kommen wollen. Wieso hatte er vor einigen Wochen mit Ollys Drohne nach dem Eingang zum Bergwerk gesucht? Und zwar zu einer Zeit, als die Existenz dieses Bergwerks scheinbar für niemanden eine Rolle gespielt hatte. Allerdings war ich überzeugt, dass Olly die Antwort darauf sehr wohl kannte. Er würde schon noch mit der Sprache herausrücken.

12

Als ich am nächsten Morgen bei Maisie eintraf, kam ich zu spät, um eine Sintflut zu verhindern. Sobald ich die Haustür aufgemacht hatte, schlug mir der Geruch von heißer, nasser Wäsche entgegen.

»Die Waschmaschine!«, rief sie verzweifelt. Sie stand mitten in der Küche. Rings um ihre Plüschpantoffeln breitete sich eine Pfütze aus warmer Seifenlauge aus. Jacko kostete ein Schlückchen, überlegte es sich jedoch rasch anders.

»Sie haben schon wieder versucht, die Tür mit Gewalt zu öffnen, richtig?« Das Bullauge der Waschmaschine stand weit offen. Wasser rann über das Dichtungsgummi. Die Wäsche lag in einem klatschnassen Haufen auf dem Boden. Mit Nachdruck schob ich Maisie aus der Bahn des drohenden Tsunamis. »Am besten setzen Sie sich hin, während ich mich darum kümmere.«

»Sie wollte einfach meine Wäsche nicht rausrücken«, jammerte sie theatralisch und tapste hinüber zu ihrem Sessel. »Ich dachte, sie wäre fertig, aber die Tür ging nicht auf.«

Ich watete durch die Pfütze und schaltete die Maschine ab. Das rote Lämpchen hörte auf zu blinken.

»Sie haben schon wieder das Programm verstellt«, teilte ich ihr mit und wies auf den Regler. »Wir wissen doch, dass wir das da nicht benutzen. Ich habe den einzigen Knopf, den Sie brauchen, mit Ihrem roten Nagellack angepinselt, schon vergessen? Sonst sollen Sie doch nichts anfassen.«

Ihr Gesicht rötete sich vor Empörung. »Ich habe überhaupt nichts angefasst!« Mit ihren vierundneunzig Jahren konnte

Maisie noch so unverfroren lügen wie ein keckes Schulmädchen.

»Dann muss es wohl Jacko gewesen sein.« Ich stopfte ihre nassen Sachen in einen Eimer und griff nach dem Wischmopp.

»Ich habe unserer Janet doch gesagt, dass ich diese Waschmaschine nicht will«, schmollte Maisie.

»Unsere Janet« war ihre Tochter, die im Norden von England wohnte. Sie hatte ihrer Mutter eine neue Waschmaschine gekauft, nachdem die Vorgängerin den Heldentod gestorben war. »Ich wollte genau so eine wie die alte.«

»Ich weiß«, bemitleidete ich sie, während ich weiterwischte. »Aber die werden nicht mehr hergestellt, Maisie. Sie haben schon wieder die Verriegelung kaputt gemacht. Jetzt muss ein Handwerker kommen und sie in Ordnung bringen. Rufen Sie ihn an.« Ich nahm den Eimer mit der Wäsche. »Ich wringe die hier aus und hänge sie auf die Leine. Und betreten sie bloß nicht den nassen Boden«, warnte ich sie. »Sonst rutschen Sie noch aus.«

Ich schleppte den Eimer erst ins Bad und dann in den Garten. Nasse Wäsche wiegt eine Menge. Während ich jedes Kleidungsstück mit Wäscheklammern an der Leine befestigte, musste ich plötzlich an Olly und das einsame geblümte Nachthemd denken, das da im Wind wehte.

»Kennen Sie eine Familie namens Knollys, Maisie?«, fragte ich, als ich wieder im Haus war. »Sie wohnen oben in Owlacombe.«

»Ich war mit einem Fred Knollys in der Schule.« Inzwischen saß sie, wohlbehalten und die Füße auf einen Schemel gestützt, auf dem Sofa und legte demonstratives Wohlverhalten an den Tag. »Der ist schon seit Jahren tot. Er war verheiratet mit … wie hieß sie noch mal?«

»Ich habe einen kleinen Jungen namens Knollys kennengelernt«, erzählte ich ihr und setzte mich. »Olly Knollys heißt er.«

Plötzlich lachte Maisie auf und klatschte vergnügt in die Hände. »Dolly Knolly, so haben wir sie genannt! Ihr richtiger Name war Dorothy.« Sie runzelte die Stirn. »Lebt sie noch? Sie müsste in meinem Alter sein.«

»Olly hat nur seine Großmutter, aber die ist sicher jünger als Sie.«

Maisie schüttelte mit der Gewissheit eines Menschen, der sich zwar noch ganz genau an früher, allerdings nicht mehr an gestern erinnern kann, den Kopf. »Nein. Sie hatte keinen Enkel. Dafür aber eine Enkelin, und die hat nichts getaugt.« Missbilligend rollte sie mit den Augen. »Und diese Enkelin hatte ein Baby … lassen Sie mich nachdenken. Ja, er hat sich umgebracht.«

»Wer? Fred?«

»Nein, nicht Fred!« Sie schnaubte, als sei ich nicht ganz richtig im Kopf. »Der Sohn! Gleich fällt mir sein Name wieder ein. Selbstmord. So ein Trara. Der Vikar hat verlangt, dass er in einer Ecke des Kirchhofs beerdigt wurde. Vergessen Sie nicht, es waren damals andere Zeiten.«

»Reden wir hier von Olivers Vater?«

Maisie blickte mich verständnislos an. »Wer ist Oliver?«

Allmählich bereute ich, dieses Gespräch angefangen zu haben. »Der Enkel.«

»Nein! Ich habe doch gesagt, dass es keinen Enkel gab. Nur ein Mädchen.«

Nach einer Weile strich ich die Segel. Der Familienstammbaum der Knollys' überforderte mich.

Aber zum Glück gab es auch noch andere Menschen, die ich fragen konnte. Ich würde mich noch an diesem Nachmittag mit ihnen treffen.

Als ich um die Mittagszeit im *Old Nick's* eintraf, wurde ich von Jamie Westershall erwartet. Hinter Sophie stehend, bewunderte er ihre Fortschritte bei ihrem Porträt von Old Thunderer. Der prachtvolle Schädel des Bullen erhob sich aus dem dicken weißen Aquarellpapier wie ein Geist aus dem Nebel. Seine dunklen Augen starrten, seine rosigen Nüstern glänzten feucht. Hörner und Mähne waren noch nicht ausgemalt und existierten nur als hauchzarte Bleistiftstriche. Felder und Wälder waren eine dunstige grüne Fläche.

Die Art, wie Jamie sich über Sophies Schulter beugte, hatte beinahe etwas Besitzergreifendes an sich. Sie saß da und blickte lächelnd zu ihm auf. Allerdings neigt Sophie dazu, bei Männern Beschützerinstinkte zu wecken.

Ich löse offenbar nicht diese Wirkung aus, womöglich deshalb, weil ich groß genug bin, um den meisten Männern in die Augen zu schauen – und ihnen nötigenfalls ins Gesicht zu spucken. Als ich hereinkam, hoben die beiden den Kopf, und der magische Moment war zerstört.

»Ach, die hinreißende Juno!« Rasch trat Jamie auf mich zu, um mich zu umarmen. »Ich wollte nur schauen, wie es den Mädchen nach der schrecklichen Sache letztens so geht.« Er seufzte auf. »Ich mache mir große Vorwürfe«, fügte er bedrückt hinzu.

»Wieso denn das, um Himmels willen?« Für mich sah es immer mehr danach aus, als trage einzig und allein Gavin selbst die Schuld an dem Debakel.

»Eigentlich wollte ich den ganzen Wald schon vor Jahren einzäunen lassen, als wir die seltenen Fledermäuse in den alten Bergwerksstollen entdeckt haben. Doch dann haben einige Wandervereine wegen des Wegerechts durch den Wald ein Riesentheater veranstaltet, und schließlich haben wir den Kompromiss geschlossen, nur einen Teil abzusperren. Inzwischen bedauere ich, dass ich damals nicht hart geblieben bin.«

»Es ist nicht Ihre Schuld, Jamie«, versicherte Sophie feierlich. Sie klimperte mit den langen Wimpern und richtete einen strahlenden Blick aus dunklen Augen auf ihn.

»Nein, wirklich nicht«, bestätigte ich. »Gavin hätte nicht mit einer tödlichen Waffe herumfuchteln sollen. Laut Polizei war es ein klarer Unfall.«

»Natürlich war es ein Unfall!« Jamies Augen weiteten sich vor Erstaunen. »Was denn sonst? Aber hören Sie, das ist nur einer der Gründe, warum ich hier bin. Ich hoffe, dass wir Sie nicht endgültig aus Moorworthy House vergrault haben. Wie Sie ja wissen, ist das Porträt als Geburtstagsgeschenk für Sandy gedacht. Es ist ein runder Geburtstag, der alte Schwerenöter wird dieses Jahr siebzig. Deshalb veranstalten wir eine Party für ihn, und ich wäre überglücklich, wenn Sie, Sophie, als Künstlerin, ebenfalls dabei wären. Sie natürlich auch, Juno.«

Verdattert und unsicher sah Sophie mich an. »Das ist sehr nett von Ihnen«, sagte ich rasch, bevor sie Gelegenheit hatte, ihr Mündlein zu öffnen. Ich wusste, dass sie am liebsten einen Bogen um Moorworthy House gemacht hätte. Ich hingegen wollte verhindern, dass sie mir die Gelegenheit verdarb, mich noch einmal dort umzuschauen.

»Wir würden uns sehr freuen. Es könnte auch geschäftlich von Nutzen sein, Soph«, fügte ich hinzu. »Vielleicht kriegst du so ja einen neuen Auftrag.«

»Genau das dachte ich auch«, stimmte Jamie zu. »Also sind Sie dabei? Die Fete steigt am 29. Oktober.«

»Wir werden da sein«, versprach ich.

»Ausgezeichnet.« Er marschierte zur Tür.

»Übrigens«, rief ich ihm nach, »bin ich auf dem Herbstfest Mr. Moss begegnet. Ich wollte mich bei ihm dafür bedanken, dass er meinen Transporter in die Werkstatt gebracht hat, aber er hat mich nicht zu Wort kommen lassen.«

»Moss?« Jamie lachte auf. »Der ist ein komischer Kauz. Er arbeitet schon seit Jahren auf dem Gut. Glauben Sie mir, er macht sich nicht viel aus einem Dankeschön. Insbesondere dann nicht, wenn es von einer jungen Dame kommt. Vermutlich ist er vor Verlegenheit fast im Erdboden versunken. Der Mann kriegt kaum den Mund auf. Jetzt muss ich mich aber sputen«, meinte er nach einem Blick auf die Uhr. »Oh.« Er blieb in der offenen Tür stehen. »Jetzt hätte ich es fast vergessen. Es ist ein Kostümfest.«

»Irgendein besonderes Motto?«

»Ach, Mist, was war es noch mal? Emma hat es sich ausgedacht.« Stirnrunzelnd klopfte Jamie auf die Türkante. »Ha, jetzt fällt es mir ein!« Er schnippte mit den Fingern. »Legenden der Leinwand. Das ist doch kein Problem, oder?«

»Überhaupt nicht«, antwortete ich, als Sophie mich angrinste. »Klingt prima.«

Der Herbst war schließlich doch noch gekommen. Die bronzefarbenen Baumwipfel in der Ferne schimmerten in einem matten Goldton, und die Ahornbäume warfen rostrote Laubbüschel ab, die auf den Gehwegen landeten. Überall roch es nach Kaminfeuern, und jeder Windstoß drohte mit einem schmerzhaften Bombardement aus Kastanien in grünen, stacheligen Schalen. Doch am meisten wurde mir der Wechsel der Jahreszeit dadurch bewusst, dass die Temperatur des durch mein Badezimmerfenster hereinwehenden Lufthauchs zunehmend sank. Also ging ich gleich nach meiner Rückkehr vom *Old Nick's* ins *Sunflowers*, um mal wieder mit Adam, meinem Vermieter, zu sprechen. Schon beim Überqueren der Straße erkannte ich durch das Fenster seine bärtige Gestalt. Als er mich bemerkte, versuchte er, sich hinter der Theke zu verstecken.

Da sonst niemand im Café war, nahm ich kein Blatt vor den Mund. »Meine Mitteilung an dich besteht aus einem einzigen Wort, Adam«, verkündete ich, während er missmutig neben der Kuchenvitrine herumlungerte. »Badezimmerfenster.«

Entschuldigend hob er die Hände. »Ich weiß, Juno. Tut mir leid. Ich kümmere mich darum.«

Ich erinnerte ihn daran, dass ich diesen Satz schon öfter gehört hatte. »Im *Ashburton Magazine* inseriert ein Typ, der Schiebefenster repariert. Soll ich ihn einfach anrufen und dir die Rechnung geben?«

»Nein, ich erledige das«, beharrte er. »Ehrenwort.«

»Diese Woche?«

Er seufzte auf und rieb sich müde das Gesicht. »Diese Woche«, versprach er widerwillig.

»Danke.« Als ich mich zum Gehen wandte, hielt er mich zurück.

»Kannst du mir einen Gefallen tun?« Er senkte die Stimme. »Kate ist nämlich nicht da.« Er wies auf einen unbesetzten Tisch, wo, aufgeschlagen beim Kreuzworträtsel, die *Times* lag. Über der Stuhllehne hing eine wattierte Damenjacke. »Die Frau ist vor einer guten halben Stunde auf die Toilette verschwunden. Könntest du nicht mal reinschauen und dich vergewissern, dass ihr nicht etwa schlecht geworden ist?«

»Vielleicht hat sie sich ja zum Fenster rausgezwängt«, entgegnete ich grinsend. »Sie hat die Zeche geprellt und dir als Anzahlung ihre Jacke dagelassen.«

»Tolle Idee! Sie hatte nur einen Kaffee.«

Ich marschierte zur Damentoilette und öffnete vorsichtig die Tür einen Spaltbreit. In dem winzigen Vorraum, wo sich das Waschbecken befand, stand eine Frau, die ich auf Anhieb wiedererkannte. Ich hatte sie nur ein Mal gesehen, und das bei Nacht auf einem schummrig beleuchteten Parkplatz. Dennoch erinnerte ich mich gut an sie. Bei Tageslicht war ihr Gesicht noch beeindruckender. Sie hatte große, klug dreinblickende Augen, hohe Wangenknochen und eine schmale, leicht vorspringende Nase. Ihr Haar war eher blond als grau. Im Moment war sie offenbar damit beschäftigt, es aufzustecken, denn sie hatte die Arme erhoben und eine Haarnadel zwischen die Lippen geklemmt. Am Waschbeckenrand stand ein Kulturbeutel, aus dem eine Zahnbürste ragte. Daneben lagen ein rosafarbenes Handtuch und ein kleines Täschchen mit Reißverschluss, das vermutlich Schminksachen enthielt. Es roch nach teurem Parfüm.

»Verzeihung.« Ich tat, als müsse ich auf die Toilette, und schob mich an ihr vorbei. Als ich die Tür hinter mir schloss, lächelte sie mir freundlich zu. Falls sie mich auch erkannt hatte, ließ sie sich das nicht anmerken. Während ich den Riegel vorschob, hörte ich, wie sie hastig ihren Kulturbeutel schloss und ihre Utensilien zusammensuchte. Ich beschloss, die Toilette zu benutzen, wenn ich schon einmal da war. Als ich wieder herauskam, war die geheimnisvolle Frau fort. Im Café stellte ich fest, dass die wattierte Jacke nicht mehr über dem Stuhl hing. Adam sammelte die drei Pfundmünzen ein, die sie für den Kaffee auf die Theke gelegt hatte, bevor sie ging.

»Also war alles in Ordnung?«, erkundigte er sich. »Sie hatte es plötzlich ziemlich eilig.«

»Sie hat sich nur frisch gemacht.« Ich runzelte die Stirn. Ich wäre jede Wette eingegangen, dass sie so schnell verschwunden war, weil sie mich erkannt und keine Lust auf ein Gespräch hatte. Wer putzte denn seine Zähne und frisierte sich auf der engen Toilette eines Cafés? Nur Menschen, die keinen Zugang zu geeigneteren sanitären Anlagen hatten. Die schicke Lederhandtasche und das teure Parfüm wiesen darauf hin, dass sie nicht aus armen Verhältnissen kam. War diese elegante, seriös wirkende Frau tatsächlich obdachlos? Und warum trieb sie sich in Ashburton herum? Es wurde immer merkwürdiger. Meine Neugier war geweckt.

»Wahrscheinlich möchtest du jetzt einen Kaffee«, bot Adam mir ungnädig an.

»Nur wenn er nichts kostet«, erwiderte ich mit einem strahlenden Lächeln. »Und dazu hätte ich gern noch einen Haferkeks mit Rosinen.«

Er murmelte etwas Unverständliches und wandte sich zur Kaffeemaschine um.

13

»Also klappt alles mit den Kostümen für Sophie und mich wegen dieser Party?«

»Wir werden bestimmt ein paar alte Lumpen für euch auftreiben«, meinte Ricky, die Zigarette zwischen die Lippen geklemmt, als er sich an den Tisch im Frühstückszimmer setzte.

»Nachdem ich eine Stunde auf einer wackeligen Leiter verbracht und euren Speicher nach einer Kiste mit Gamaschen durchsucht habe, die deiner festen Überzeugung nach dort oben sein musste, allerdings dann doch im Gästezimmer stand, erwarte ich von euch das volle Programm.«

»Keine Sorge, Juno.« Morris reichte mir eine Tasse Tee. »Vertrau uns. Ihr werdet die Ballköniginnen sein.«

»Das will ich doch wohl hoffen«, antwortete ich und nahm mir einen Keks.

»Nichts Neues wegen des armen Gavin?«, erkundigte er sich.

Da ich mit vollem Mund nicht antworten konnte, schüttelte ich nur den Kopf.

»Dann ist die Polizei bestimmt überzeugt, dass es ein Unfall war«, stellte Ricky fest.

»Nun, es muss noch eine gerichtliche Untersuchung stattfinden, aber ja, ich denke schon.«

Eine Weile herrschte meditatives Schweigen, während wir unseren Tee tranken und vor uns hin kauten. Rickys Zigarette lag unberührt im Aschenbecher.

»Ihr kennt nicht zufällig einen Typen namens Ted Croaker der Schleicher?«, fragte ich.

Sie hatten noch nie von ihm gehört. Allerdings gab es auch Kreise, in denen nicht einmal Ricky und Morris verkehrten. Natürlich musste ich ihnen nun erklären, was es mit diesem Menschen auf sich hatte.

»Du glaubst doch nicht, dass er etwas mit Gavins Tod zu tun hat?«

»Nicht sehr wahrscheinlich«, räumte ich ein. »Außer er wusste, dass Gavin zu dem Fest wollte, und ist ihm in den Wald gefolgt. Aber laut Inspector Ford ist Croaker nur ein Kleindealer und nicht gewalttätig.«

Morris schüttelte feierlich den Kopf. »Das weiß man nie, vor allem nicht, wenn Drogen im Spiel sind.«

»Interessant, dass ihr bald zu dieser Party ins Moorworthy House eingeladen seid«, merkte Ricky an. »Maurice und ich sollen nämlich demnächst dort ein Konzert geben.«

»Du hast erzählt, dass ihr schon mal da aufgetreten seid.«

»Sogar öfter«, meinte Morris. »Benefizveranstaltungen.«

Ricky lachte höhnisch auf. »Dabei könnten sie selbst ein paar Spenden gebrauchen. Die Bude kracht ihnen bald über dem Kopf zusammen. Hausschwamm. Ein neuer Dachstuhl muss her. Das habe ich von dem Alten.«

»Jamies Onkel?«, hakte ich nach.

Er nickte. »Bei denen herrscht absolute Ebbe in der Kasse.«

»Das merkt man ihnen gar nicht an.«

»So ist er nun mal, der Landadel«, spöttelte Ricky und griff nach seiner Zigarette. »Pelzmantel, aber kein Höschen drunter. Sie haben uns mal im ganzen Haus rumgeführt, richtig, Maurice? Im Erdgeschoss herrscht ja eine wahre Pracht, aber je höher man kommt, desto schäbiger wird es.«

Morris nickte. »Die haben ein echtes Problem mit Feuchtigkeit. In einem der Schlafzimmer war die Decke total verschimmelt.«

»Redet nicht von schimmligen Decken, da solltet ihr euch erst mal meine Küche anschauen.« Noch ein Thema, das ich dringend mit Adam erörtern musste. Tapfer widerstand ich der Versuchung, noch einen Keks aus der Packung zu pflücken, mit der Morris mir vor der Nase herumwedelte. »Eigentlich wollte ich euch etwas fragen. Ich habe einen jungen Freund von Gavin kennengelernt. Olly Knollys. Seid ihr je jemandem begegnet, der so heißt?«

Morris nahm die Brille ab und begann, sie mit einem Zipfel des Tischtuchs zu putzen. Nachdenklich verzog er das Gesicht. »Der Name sagt mir etwas.«

»Aber klar doch!« Ricky stupste ihn mit der Hand an, welche die Zigarette hielt, als wolle er ihn wecken. Plötzlich fühlte ich mich wie Alice bei der Teeparty. Ricky war der verrückte Hutmacher und Morris der Siebenschläfer. »Abigail! Unsere Prinzessin Jasmine!«

»Prinzessin Jasmine?«

»Wir haben *Aladin und die Wunderlampe* inszeniert«, erklärte Ricky. »Abigail Knollys hat die Prinzessin gespielt. Erst siebzehn war sie …«

»Ein hübsches Mädchen«, unterbrach Morris und schüttelte traurig den Kopf. »Wirklich ein hübsches Mädchen.«

»Es hat einen Riesenaufstand gegeben, als wir die Rolle mit ihr besetzt haben. Einige Leute fanden nämlich, dass sie ein schlechtes Beispiel für die Jugend sei. Sie hatte sich ein Jahr zuvor schwängern lassen und einen kleinen Jungen zur Welt gebracht. Sie selbst ging noch zur Schule, in die sechste Klasse, und wollte nicht verraten, wer der Vater war.«

»Wann war das?«

Ricky zuckte die Achseln. »Vor zehn Jahren?« Er warf Morris einen um Bestätigung heischenden Blick zu. »Zwölf?

Wie dem auch sei. Das arme Mädchen hatte nie Gelegenheit aufzutreten, denn als sie und ihre Mum nach Exeter gefahren sind, um Weihnachtseinkäufe zu machen, sind sie bei einer Massenkarambolage auf der A38 ums Leben gekommen.«

»Wenig später hat ihr Vater sich umgebracht«, fügte Morris bedrückt hinzu. »Wahrscheinlich hat er den Tod seiner Frau und seiner Tochter nicht verkraftet.«

»Also«, fasste ich zusammen, »hat der kleine Junge, der vermutlich Olly ist, innerhalb kurzer Zeit seine Mutter und beide Großeltern verloren. Sein Vater ist unbekannt. Wer hat sich dann um ihn gekümmert?«

»Seine Urgroßmutter«, erwiderte er. »Dorothy.«

»Dolly Knolly?«

Morris kicherte in sich hinein. »So wurde sie genannt.«

Ricky runzelte zweifelnd die Stirn. »Lebt die überhaupt noch? Sie muss über neunzig sein.«

Das bedeutete, dass Ollys Oma in Wahrheit seine Urgroßmutter war. Mindestens neunzig Jahre alt, bettlägerig und den ganzen Tag allein, während er in der Schule war. Die Nachbarin hatte allen Grund, sich Sorgen zu machen.

Ich schaute auf die Uhr. Olly war noch nicht zu Hause. Aber wenn Gavin das Versteck des Ersatzschlüssels gefunden hatte, würde ich das bestimmt auch schaffen.

Er lag unter einer kleinen Schildkröte aus Stein im Garten hinter dem Haus. Nicht unbedingt das originellste Versteck. Zum Glück hatte Gavin den Schlüssel zurückgelegt, nachdem er sich die Drohne ausgeliehen hatte. Ich hatte den Transporter ein Stück die Straße hinunter geparkt, wo ihn sicher niemand bemerken würde. Danach war ich, unbeobachtet von Ollys Nachbarin, den Pfad entlanggepirscht. An der Leine wehte Wäsche. Ein anderes Nachthemd, diesmal rosafarben, und eine voluminöse geblümte Unterhose. Außerdem zwei Schulhemden und graue Socken. Offenbar hatte Olly gewaschen. Als ich den Schlüssel ins Schloss steckte, drehte er sich mit einem wohltönenden Klick.

Ich trat in die Küche und blickte mich um. Auf dem Abtropfbrett entdeckte ich eine auf dem Kopf stehende Müslischale und einen Löffel. Ansonsten hatte sich nichts verändert. Im Haus herrschte Grabesstille. Kein Geräusch, ja, nicht einmal das Ticken einer Uhr war zu hören. Eine seltsame Stimmung. Leise öffnete ich die Tür zum Flur und dann die, die ins Wohnzimmer führte. Die Vorhänge waren offen, doch die schmutzigen Stores vor den Fenstern ließen das hereinströmende Licht grau erscheinen. Auf dem Notenständer lagen Noten. Auf dem Boden befand sich ein aufgeklappter, mit rotem Plüsch ausgeschlagener Instrumentenkoffer. Die Einzelteile des zerlegten Fagotts waren ordentlich in die passenden Fächer sortiert. Drohne und Laptop hatte Olly offenbar weggeräumt. Mir fielen einige Familienfotos auf dem Kaminsims auf, und ich ging hin, um sie mir genauer anzuschauen. Ein hübsches blondes Mädchen mit einem Baby im Arm lächelte mir entgegen. Sie wurde von einem Mann und einer Frau, vermutlich ihre Eltern, flankiert. Da war auch ein Foto von einer Frau in einer geblümten Kittelschürze mit einem Waschkorb auf der Hüfte. Sie hatte kräftige, sonnengebräunte Arme und dichtes, stahlgraues Haar, das aussah, als hätte sie es mit einer Gartenschere selbst gestutzt. Eine einzelne Haarspange hielt es ihr aus der Stirn. Kühl blickte sie in die Kamera, ein strenges Gesicht, allerdings auch mit einem leicht schalkhaften Ausdruck. Konnte das Dolly Knollys sein?, fragte ich mich. Ollys Oma? Nun, es war an der Zeit, dass ich die alte Dame kennenlernte. Ich fühlte mich ein bisschen wie in Bates Motel in *Psycho*, als ich lautlos die Treppe hinaufstieg. Vor der geschlossenen Schlafzimmertür zögerte ich kurz, bevor ich Mrs. Knollys' Namen rief und anklopfte.

Eine Viertelstunde später kam Olly nach Hause. Als er mich am Küchentisch sitzen sah, erstarrte er und wurde kreidebleich.

»Was machen Sie hier?« Seine Stimme wurde schrill vor Angst. »Sie können nicht einfach …« Sein Blick huschte an mir vorbei zur Treppe. »Meine Oma …«

»Du hast keine Oma, Olly«, teilte ich ihm klipp und klar mit. »Ihre Wäsche an die Leine zu hängen, war zwar ein schlauer Schachzug, aber in ihrem Zimmer hat schon seit einer Ewigkeit niemand mehr geschlafen.« Das Bett war abgezogen, die Decken gefaltet, das Zimmer kalt und unbewohnt. Allerdings hatte ich das bereits gewusst, bevor ich die Tür geöffnet hatte. Den ganzen Weg die Treppe hinauf hatte ich gespürt, dass in diesem Haus kein Leben herrschte. Unter diesem Dach atmete niemand außer mir.

Er stand wie angewurzelt da und starrte mich an. Seine blauen Augen waren vor Entsetzen geweitet, und ihm blieb der Mund offen stehen.

»In diesem Haus ist keiner bis auf dich, Olly«, fuhr ich gnadenlos fort. »Deine Oma ist tot. Und ich will wissen, was du mit ihrer Leiche gemacht hast.«

14

Ich hatte nicht damit gerechnet, dass er in Ohnmacht fallen würde. Eher hatte ich Herumgeschreie, einen Angriff oder Flucht erwartet. Doch dass der Junge bewusstlos auf dem Küchenboden zusammensacken würde, hätte ich nie gedacht.

Der Zustand dauerte nicht lange an. Schon im nächsten Moment kam er wieder zu sich und ließ sich von mir auf einen Küchenstuhl helfen. Ich hatte ein schlechtes Gewissen. Meine dämliche Frage, wo er seine Großmutter vergraben hatte, war nur ein Scherz gewesen. Ich hatte angenommen, dass sie gut versorgt irgendwo in einem Pflegeheim lebte. »Tief durchatmen«, wies ich ihn an, holte ihm ein Glas Wasser und stellte es vor ihn hin. Er warf mir über den Tisch hinweg finstere Blicke zu. Immer noch war er weiß wie ein Leintuch und zitterte am ganzen Leibe.

»In ein Kinderheim gehe ich nicht!«, beharrte er mit Tränen in den Augen. »Auf gar keinen Fall. Dann laufe ich weg!«

»Schon gut«, erwiderte ich besänftigend. »Du brauchst dich nicht zu fürchten.«

»Warum haben Sie sich überhaupt eingemischt? Ich habe Sie nicht darum gebeten.«

»Olly, du kannst nicht ganz allein hier wohnen. Dazu bist du noch nicht alt genug.« Ich fragte mich, wie er es bloß geschafft hatte, durch die Maschen zu schlüpfen. Als seine Großmutter ins Heim gekommen war, musste doch jemandem beim Jugendamt aufgefallen sein, dass es sonst niemanden gab, der sich um ihn kümmerte.

»Sie hatten kein Recht, in mein Haus einzubrechen …«

»Hör mir zu, Olly. Meine Mum ist gestorben, als ich noch ein Baby war, genauso wie deine. Ich erinnere mich nicht mehr an sie. Ich war selbst eine Weile im Heim …«

»War es schlimm?«

»Ich weiß nicht mehr viel aus dieser Zeit«, räumte ich ein. »Aber ich bin sicher, dass mir nichts Schreckliches passiert ist. Allerdings weiß ich auch, dass ich nie wieder zurückgewollt hätte, als ich erst einmal von dort weg war. Damit möchte ich dir nur klarmachen, dass ich dich verstehe. Du kannst mir vertrauen.«

Er betrachtete mich schweigend und mit großen Augen wie ein verängstigtes Tier. Ich befürchtete, dass er jeden Moment losrennen würde. »Und was war bei Ihnen los?«, wollte er wissen.

»Meine Mutter ist an einer Überdosis Drogen gestorben. Damals muss ich zwei oder drei gewesen sein. Wie ich schon sagte, erinnere ich mich kaum an etwas. Nach einer Weile hat ein Cousin meiner Mutter mich aufgespürt und auf ein Internat geschickt.«

»Internat?«, wiederholte er entsetzt.

»Er war Diplomat im Fernen Osten – das ist er immer noch. Doch die Ferien habe ich in Devon bei einer anderen Verwandten namens Cordelia verbracht … Aber jetzt geht es nicht um mich, Olly. Warum erzählst du mir nicht alles?«

Er schluckte nervös und brauchte ein wenig Zeit, um sich zu sammeln. »Als Opa starb … als er sich umgebracht hat … haben nur noch Oma und ich hier gewohnt. Es ging uns gut. Wir haben aufeinander aufgepasst und sonst niemanden gebraucht. Dann ist Oma krank geworden …« Er brach ab und starrte auf die Tischplatte.

»Ist sie in einem Seniorenheim?«, hakte ich mit leiser, sanfter Stimme nach, weil ich ihn nicht erschrecken wollte.

Er konnte mir nicht in die Augen schauen. Ich betrachtete seinen Scheitel, wo die Kopfhaut rosig durch die blonden Stoppeln schimmerte.

»Ist sie tot?«

Er nickte, den Blick weiter auf die Tischplatte gerichtet.

»Wann ist sie gestorben?«

»Letztes Jahr.« Seine Stimme war kaum lauter als ein Flüstern.

»Und seitdem wohnst du allein hier?«

Er schniefte.

»Ist sie im Krankenhaus gestorben?«

Er schüttelte den Kopf. »Hier.«

»Als der Arzt kam«, begann ich, immer noch bemüht, herauszufinden, wo der Fehler passiert war, »ist ihm da nicht aufgefallen, dass du allein im Haus bist?«

Olly murmelte etwas.

»Wie bitte?«

Er sah mich an und wischte sich mit dem Handrücken glitzernde Tränen weg. »Sie ist im Garten begraben.« Er begann bitterlich zu weinen. Ich kramte ein Taschentuch aus der Tasche meiner Jeans, reichte es ihm und wartete darauf, dass sein Schluchzen nachließ. Doch er weinte hemmungslos weiter, ein Dammbruch unterdrückter Trauer, der minutenlang andauerte. Ab und zu gab ich ihm Stücke von der Küchenrolle neben dem Spülbecken, doch sosehr der arme Junge auch versuchte, Luft zu holen und sich zu beruhigen, es fing immer wieder von vorne an. »Sie wollte nicht auf den Friedhof«, stieß er hervor. »Nicht nach der Sache mit Opa … Sie wollte in ihrem eigenen Garten begraben werden … nahe beim Pferch und bei den Ponys … sie hat sie immer mit Karotten gefüttert …«

»Olly.« Ich schnappte nach Luft, als bei mir endlich der Groschen fiel. »Soll das heißen, dass du sie begraben hast und niemand von ihrem Tod weiß?«

Er nickte und unterdrückte ein erneutes Aufschluchzen. »Bitte verraten Sie mich nicht! Die stecken mich ins Heim. Ich will nicht in ein Heim!«

Ich lehnte mich zurück und starrte ihn mit offenem Mund an. »Aber wie hast du das bloß geschafft? Du warst doch höchstens … was … zwölf oder dreizehn? Hattest du Hilfe?«

»Die neugierige Frau von nebenan war nicht da. Im Urlaub. Deshalb konnte ich graben, ohne dass mich jemand gesehen hat. Es hat den ganzen Tag gedauert. Ich habe nämlich richtig gegraben, wissen Sie, sehr tief.«

»Ist sie in irgendetwas eingepackt?«, erkundigte ich mich entgeistert.

»Ich habe sie in ihre Daunendecke gewickelt und sie in der Schubkarre hingeschoben. Außerdem habe ich ihr ein Kissen mitgegeben und ihr ihre Halskette umgelegt. Dazu habe ich ihr einen Blumenstrauß und ihr Gebetbuch in die Hände getan. Und noch mehr Sachen, die sie gemocht hat … so wie bei den Gräbern in den Geschichtssendungen im Fernsehen, wo sie den Toten Schwerter und Töpfe und so mitgeben. Ich habe Fotos von Oma und Opa genommen, und einen alten Teddy, der früher Mum gehört hat. Zu guter Letzt habe ich eine Überdecke über sie gebreitet, alles mit Erde zugeschüttet und Wildblumen darauf ausgesät. Ich dachte, das würde ihr gefallen. Wildblumen sind gut für die Bienen. Sie hat sich große Sorgen um die Bienen gemacht …« Er hielt inne, blickte mich an und wartete auf eine Antwort. Doch es hatte mir die Sprache verschlagen. »Das war ein Verbrechen, oder?«, fragte er mit klagend erhobener Stimme. »Dass ich sie im Garten begraben habe?«

»Nun …« Endlich fand ich meine Stimme wieder. »Ich glaube nicht, dass es bei uns ein Gesetz gibt, das verbietet, jemanden in seinem Garten zu begraben, wenn er das will. Aber … jeder Todesfall muss amtlich registriert werden. Ein Arzt muss den Totenschein unterschreiben, auf dem steht, woran derjenige gestorben ist. Und wenn es stimmt, dass sonst niemand davon weiß …« Seufzend blies ich die Wangen auf. »Woran ist sie denn nun gestorben?«

»Als ich ihr eines Morgens den Tee nach oben gebracht habe, ist sie einfach nicht aufgewacht. Sie lag schon seit Wochen im Bett. Zu müde zum Aufstehen, sagte sie. Sie wollte keinen Arzt und hat mir verboten, einen anzurufen.«

»Und du bist absolut sicher, dass sie tot war?«

»Natürlich war sie das!«, rief er empört aus. »Zwei Tage lang hat sie eiskalt im Bett gelegen, während ich darauf gewartet habe, dass die alte Kuh von nebenan endlich in Urlaub fährt!«

»Und seitdem«, sprach ich weiter, nur um mich zu vergewissern, »wohnst du hier allein und tust so, als würde sie noch leben. Und keiner ahnt etwas?«

»Ich will nicht ins Heim gesteckt werden. Die Alte von nebenan würde sofort das Jugendamt alarmieren, wenn sie es wüsste.«

»Aber du kannst nicht für immer so weitermachen!«

»Nur bis ich achtzehn bin«, teilte er mir in aller Unschuld mit. »Dann können sie mich nicht mehr ins Heim stecken.«

»Keine Ahnung, wie du es überhaupt so lang geschafft hast«, meinte ich kopfschüttelnd. Ich konnte nicht fassen, dass es ihm gelungen war, sein Geheimnis über ein Jahr zu bewahren, ohne dass es Probleme gegeben hatte. Er hatte unglaubliches Glück gehabt.

»Ich mache keinen Ärger. Ich schwänze nie die Schule. Ich erledige immer meine Hausaufgaben«, erklärte er mir feierlich. »Ich liefere denen einfach keinen Anlass, herzukommen und Fragen zu stellen. Und ich ernähre mich gesund, wie Oma es mir beigebracht hat …«

»Aber wie kriegst du das finanziell hin? Was ist mit den Rechnungen?«

»Ach, ich habe schon vor Jahren angefangen, Omas Unterschrift zu fälschen«, erwiderte er ungerührt und mit einem Anflug von Stolz in der Stimme. »Sie wollte das so«, fügte er hastig hinzu, »weil sie so schlechte Augen hatte. Sie konnte nicht mehr genug sehen, um zu schreiben. Natürlich hat sie sich geweigert, zum Optiker zu gehen. Also habe ich alle Schecks, die Formulare für die Schule und so weiter unterschrieben. Irgendwann haben wir alle Rechnungen, Abbuchungen und die Grundsteuer auf Onlinebanking umgestellt. Ein Klacks. Ich habe auf dem Laptop alles für sie eingerichtet.«

»Und Bargeld?«, hakte ich nach.

»Opa hat mir sein Geld hinterlassen. Das hole ich mir auf der Post. Ich habe ein eigenes Konto.«

»Und die Rente von deiner Oma?«

Er errötete bis zu den Ohrenspitzen. »Nun, die konnte ich ja schlecht stoppen, oder? Da hätte ich ja sagen müssen, dass sie tot ist … Ich gebe das Geld nicht für Schrott aus und bin sehr sparsam. Nur für Essen …«

»Und das Fagott?«

»Das gehört nicht mir, sondern dem Schulorchester«, verteidigte er sich.

»Und der Laptop und die Drohne?«

»Ich werde doch wohl noch Weihnachtsgeschenke kriegen dürfen!«, rief er entrüstet.

»Das ist Betrug, Olly.«

Er biss sich auf die Lippe. »Jetzt komme ich in Schwierigkeiten, richtig?«

»Vielleicht ein bisschen«, erwiderte ich ausweichend. »Und du hast keine anderen Verwandten?«

Er schüttelte den Kopf. »Oma hat mir in ihrem Testament das Haus vermacht. Sonst gab es niemanden, dem sie es hätte vererben können.«

»Hast du eine Kopie des Testaments irgendwo sicher aufbewahrt?«

»Ja. Das Haus gehört mir.«

»Tja, das stimmt nicht ganz.«

Der Blick aus seinen hellen Augen war argwöhnisch. »Was meinen Sie damit?«

»Wenn deine Oma nicht offiziell tot ist, kann sie dir auch nichts vererben. Nach dem Tod eines Menschen muss sein Testament von Anwälten gesichtet werden, das nennt man Testamentseröffnung. Nur dass sie eben nicht als tot gilt, solange es keinen Totenschein gibt. Verstehst du das?«

»Und was mache ich jetzt?«

»Ich weiß nicht«, gab ich etwas hilflos zu.

»Die werden Oma doch nicht wieder ausgraben, oder?«, erkundigte er sich besorgt. »Das heißt, falls es jemand rausfindet.«

»Selbstverständlich werden sie das! Man muss eine Autopsie durchführen, um sicherzustellen, dass es eine natürliche Todesursache war.«

»Verraten Sie mich?«

»Nein. Nein, ich sage nichts«, versprach ich ihm nach einer kurzen Bedenkzeit. »Ich gebe dir mein Wort.«

Er atmete auf. »Danke.«

»Aber«, fügte ich hinzu und beugte mich über den Tisch, »mein Schweigen hat einen Preis.«

Voller Angst riss er die Augen auf. »Das ist Erpressung.«

»Ganz richtig«, bestätigte ich. »Erstens wirst du mir alles erzählen, was du über Gavin weißt. Warum wollte er sich das Bergwerk auf den Ländereien von Moorworthy anschauen? Und behaupte jetzt nicht, du hättest keine Ahnung, denn das glaube ich dir nicht.«

Zögernd biss Olly sich wieder auf die Lippe. »Er hat gesagt, ein Freund von ihm sei dort gestorben … vor etwa einem Jahr. Er sei von irgendeinem Felsen abgestürzt.«

»Im Wald?«

»Er war nachts über den Zaun geklettert, obwohl es verboten ist.«

»Hat er dir gesagt, wie dieser Freund hieß?«

»Gavin hat ihn nur Ben genannt«, antwortete er achselzuckend. »Ich weiß nicht, woher er ihn kannte. Aber an unserer Schule war er nicht.«

»Und er hat nicht erklärt, was Ben dort wollte?«

»Nein, hat er nicht. Allerdings hat er nicht geglaubt, dass es ein Absturz war. Er war sicher, dass ihn jemand runtergestoßen hat.«

Ich ließ das auf mich wirken. Plötzlich stand Olly auf, zog eine Küchenschublade auf, holte etwas heraus und warf es vor mich auf den Tisch. »Und das da gehört mir nicht.«

Ich griff nach der Drahtschere.

»Die war in einer Außentasche des Rucksacks«, sprach er weiter. »Bestimmt ist sie von Gav.«

Prüfend drückte ich die Griffe der Drahtschere zusammen. Falls Gavin vorgehabt hatte, ein Loch in den Drahtzaun im Wald zu schneiden, hätte er ein stabileres Werkzeug gebraucht. Ich bezweifelte, dass diese Schere ausgereicht hätte. Nachdem ich sie einen Moment betrachtet hatte, holte ich Ollys Ersatzschlüssel aus meiner Gesäßtasche.

»Den da behalte ich.«

»Warum?«, fragte er empört.

»Weil du mich brauchst. Deine Nachbarin macht sich große Sorgen um dich und deine Oma. Als ich mit ihr geredet habe, war sie kurz davor, das Jugendamt zu verständigen. Keine Panik!«, fügte ich hinzu, als ich das Entsetzen in seinem Blick bemerkte. »Sie hat mich für eine Sozialarbeiterin gehalten. Und in diesem Glauben wollen wir sie auch lassen. Wenn sie mich kommen und gehen sieht, während du in der Schule bist, wird sie denken, dass ich mich um deine Oma kümmere, und sich keine Sorgen machen.« Ich seufzte auf. »Irgendwie werde ich die Zeit finden, diese Woche ein paarmal vorbeizuschauen, und dafür sorgen, dass sie mich dabei beobachtet. Dann ist sie sicher beruhigt.«

Olly musterte mich lange und forschend. »Warum helfen Sie mir?«

»Weil du mir helfen wirst, Olly. Welche Reichweite hat denn deine Drohne?«

»Mit vollem Akku eine halbe Stunde.«

»Dann lad sie vor dem Wochenende auf. Du und ich fahren nach Gut Moorworthy und schauen uns dort noch einmal um.«

15

Manche Menschen denken, dass es sich beim Dartmoor um eine vom Menschen unberührte, jungfräuliche Wildnis handelt. Doch schon seit der Bronzezeit werden hier Zinn, Kupfer, Silber und Granit abgebaut. Im Laufe der Jahrhunderte hat man die gewaltigen Eichenwälder gerodet, Schneisen in die Landschaft geschlagen und sie wieder geflickt, bis sie von Rissen und Narben durchzogen war. Der Bergbau hat Kerben im Boden hinterlassen, lange, tiefe Rinnen, und weil darin Ginsterbüsche, Gestrüpp, Dornensträucher, Farne und Nesseln wuchern, seit die Erzvorräte ausgebeutet sind, kann man sie von oben nur schwer ausmachen. Außer mithilfe einer Drohne natürlich, insbesondere dann, wenn die aufgelassenen Bergwerke, wie das von Moorworthy, mitten im Wald liegen.

Das heißt nicht, dass ich eine große Freundin von Bergwerken wäre. Dunkle Gruben im Boden, ob natürlichen Ursprungs oder von Menschenhand geschaffen, können mich nicht in Begeisterung versetzen. Vor einigen Jahren war ich mit einem Freund beim Höhlenklettern in der Pridhamsleigh Cavern ganz in der Nähe gewesen. Bis zur Haupthöhle war die Strecke verhältnismäßig einfach zu bewältigen, wenn auch ziemlich schlammig. Doch keine zehn Pferde hätten mich dazu gebracht, mich weiter in die Tiefen vorzuwagen. Und keiner seiner Versuche, es mir schmackhaft zu machen, mich durch schmale Felsspalten zu zwängen oder durch Teiche voll eiskaltem schwarzem Wasser zu tauchen, hatte mich vom Gegenteil überzeugen können. Ja, ich weiß selbst, dass das Heulen und Kreischen dort unten vom Wind und nicht von den Seelen verschmachteter Höhlenkletterer erzeugt wird, doch ich traue dem Frieden nicht so recht.

Nein, mein einziges Interesse an den Bergwerken von Moorworthy bestand darin, herauszufinden, was Gavin im Schilde geführt hatte.

Obwohl ich zu gerne seine Eltern angerufen hätte, um mich zu erkundigen, ob sie etwas über den Tod seines Freundes Ben wussten, wollte ich sie nicht in ihrer Trauer stören. Außerdem hätte ich keine Antwort parat gehabt, wenn sie nachgehakt hätten, was diese Frage sollte.

Am Donnerstag gelang es mir, mich loszueisen und Ollys Haus einen Besuch abzustatten. Ich parkte auf der Böschung vor dem Haus der Nachbarin und winkte ihr freundlich zu, als sie mich bemerkte. Den Hausbesitzer selbst bekam ich nicht zu Gesicht, denn der war in der Schule. Als ich das Haus durch die Hintertür betrat, wanderte mein Blick automatisch hinüber zum anderen Ende des Gartens, wo Dolly Knolly friedlich inmitten von zeremoniellen Grabbeigaben und unter einer Decke aus Blumen ruhte.

Ich ging hin und spähte über die Hecke zu dem Feld dahinter. Es war ein idyllisches Fleckchen Erde, eingebettet zwischen Felder, die bis zu einem Birkenhain auf einem Hügel reichten. Ich hörte die Rufe von Krähen und hin und wieder aus der Ferne das Blöken eines Schafes. Ich konnte verstehen, warum Dolly lieber hier, wo sie so lange gewohnt hatte, hatte begraben werden wollen und nicht auf dem Friedhof in der Stadt. Die Ponys kamen angetrottet, reckten die Köpfe über die Hecke, spähten unter ihren langen Mähnen hervor und blickten mich erwartungsvoll an. Als ich sie mit Falläpfeln aus Dollys Garten fütterte, streiften die weichen Haare rings um ihre Nüstern meine Handflächen.

Ich hielt mich etwa eine halbe Stunde lang im Haus auf und nutzte die Zeit, um gründlich herumzuschnüffeln. Offenbar hatte Olly das vorausgeahnt, denn er hatte sein Zimmer und das seiner Oma abgeschlossen. Es gab noch ein drittes Schlafzimmer, ausgestattet mit einem Doppelbett und einer Kommode, doch die Schubladen waren leer geräumt.

Da ich schon einmal hier war, nahm ich die schmutzigen Stores im Wohnzimmer ab, steckte sie in die Waschmaschine und hinterließ Olly einen Zettel mit der Anweisung, sie feucht aufzuhängen, wenn er nach Hause kam.

Olly war ein außergewöhnlicher Junge. Die meisten Vierzehnjährigen hätten, ausgestattet mit genügend Geld und der Aufsicht Erwachsener ledig, inzwischen in einer Müllhalde gelebt. Auf einem Berg aus Coladosen und Pizzakartons thronend, hätten sie die Schule geschwänzt, ihr ganzes Geld für Computerspiele ausgegeben, über die Stränge geschlagen und Drogen genommen. Aber nicht Olly. Als ich mir sein blitzblankes Haus und seine fein säuberlich an dem alten Wäscheständer auf Kleiderbügeln aufgehängten Hemden ansah, hätte ich um ihn und wegen seines wohlgeordneten und einsamen jungen Lebens weinen können.

Seine Todesangst vor dem Jugendamt stammte offenbar daher, dass die unerschrockene Dolly ihm mit dem Heim gedroht hatte, falls er sich danebenbenehmen sollte. Die Fernsehberichte über die schrecklichen Missstände, denen Kinder in einigen dieser Einrichtungen ausgesetzt waren, hatten wahrscheinlich das ihre dazu beigetragen. Inzwischen wurde sein ganzes Leben von der Furcht beherrscht, auch nur einen falschen Schritt zu machen und ertappt zu werden. In der Schule hatte er keine Freunde. Er wagte weder, jemanden zu sich einzuladen, damit sein Geheimnis nicht entdeckt wurde, noch, andere zu besuchen, denn deren Eltern hätten ja Fragen stellen können. Kontakt zu Gleichaltrigen schien er nur im

Schulorchester zu pflegen, das einmal im Monat probte. Wochenenden und Ferien verbrachte er mutterseelenallein. Und dennoch legte er nicht die Spur von Selbstmitleid an den Tag. Er boxte sich einfach durch. Allerdings tat ihm dieses Leben nicht gut – er lernte zu lügen und sich einzuigeln. Was Olly jetzt brauchte, war ein Erwachsener, der für ihn sorgte. Aber woher nehmen und nicht stehlen?

Am nächsten Morgen erhielt ich einen Anruf von der Leichenbeschauerin. Sie war eine zurückhaltende Frau namens Mrs. Drew, die mich bat, sie in ihrem Büro aufzusuchen. Das bedeutete, dass ich nach Plymouth fahren musste. Zum Glück hatte sie noch am selben Nachmittag einen Termin frei, was mir gut passte, weil ich es möglichst schnell hinter mich bringen wollte. Das lag unter anderem daran, dass ich mich nicht unbedingt auf dieses Gespräch freute. Außerdem war Plymouth mir einfach zu groß und zu laut, und es gab dort für meinen Geschmack zu viel Beton und zu viele Autos. Je früher ich die Sache abhakte, desto besser.

Mrs. Drew war sehr reizend, Anteil nehmend und taktvoll, denn schließlich hatte ich ja eine, wie sie es ausdrückte, traumatische Erfahrung gemacht. Sie forderte mich auf, ihr in meinen eigenen Worten zu schildern, wie ich Gavin aufgefunden hatte, und hörte mir zu, ohne mich zu unterbrechen. Danach bat sie mich, einige Einzelheiten noch einmal mit ihr durchzugehen. Außerdem hatte die Polizei sie mit Fotos und kleinen Zeichnungen vom Fundort ausgestattet, welche die genaue Lage von Gavins Leiche zeigten. Sie fragte, ob diese meine Erinnerung korrekt wiedergäben. Ich bejahte, ohne die Themen Drohnen und Drahtscheren anzuschneiden. Dann teilte sie mir mit, sie werde sich bei mir melden. Ich würde wohl bei der Verhandlung aussagen müssen – allerdings vermutlich erst in einigen Monaten. Dann müsse ich nichts weiter tun, als dem Gericht genau dasselbe zu schildern wie ihr.

»Bis jetzt deutet alles darauf hin, dass es sich bei diesem tragischen Tod um einen Unfall handelt«, meinte sie. »Das Vorhandensein einer Waffe wirft natürlich Fragen auf, doch den Indizien zufolge hat das Opfer sich die Verletzungen offenbar selbst zugefügt. Dennoch könnte ich den Geschworenen empfehlen, auf einen Todesfall unter ungeklärten Umständen zu erkennen.«

»Ich verstehe.«

»Die Ausstellung eines Totenscheins kann erst nach der Verhandlung erfolgen«, erklärte sie beinahe entschuldigend. »Doch meiner Überzeugung nach würde eine weitere Untersuchung von Gavins Leiche keine zusätzlichen Hinweise ergeben. Deshalb werde ich eine Freigabe des Leichnams verfügen, damit die Eltern ihren Sohn beerdigen können.«

»Das wird ihnen sicher ein Trost sein«, erwiderte ich, worauf sie lächelte.

Und damit ist dann die Sache erledigt, dachte ich bedauernd, als ich die Treppe vor ihrem Büro hinunterging. Tod durch Unfall, ungeklärte Umstände, was machte das für einen Unterschied? Man würde die Akte zuklappen und ordentlich wegräumen. Ermittlungen abgeschlossen. Fall aufgeklärt.

16

Am Samstagvormittag nach der Orchesterprobe sammelte ich Olly ein und fuhr ihn samt seinem Fagott zu den Daison Cottages, um die Drohne zu holen. Der Tag war wunderschön, der Himmel klar und blau, sodass wir freie Sicht haben würden. Inzwischen war es kurz vor Mittag, deshalb machten wir in Holne Station, wo ich ihn in der Gemeindegaststätte zu Eiern mit Pommes einlud. Wie der einzige Laden in dem winzigen Dorf wurde auch das Lokal von einer Bürgerinitiative betrieben.

Als wir das Tor zum Moorworthy House erreichten, fuhr ich weiter, denn ich wollte den *Weißen Blitz* so parken, dass man ihn von der Straße aus nicht sah. Doch noch ehe ich eine geeignete Stelle entdeckte, waren wir gezwungen, hinter einem rumpelnden Ungetüm von einem Lastwagen auf Schritttempo herunterzubremsen. Der Laster war bis zum Anschlag mit in schwarze Plastikfolie gewickelte Silageballen beladen. Auf seinem schlingernden Heck prangte die Aufschrift »Moss and Pike«. Irgendein Witzbold hatte mit dem Finger »Wasch mich« darunter in den Staub geschrieben. Etwa anderthalb Kilometer weit holperten wir hinter dem Lastwagen her.

»Das Ding stinkt!«, beschwerte sich Olly und hielt sich die Nase zu.

»Das ist Silage«, erklärte ich ihm. »Die gärt. Wenn du gären würdest, würdest du auch stinken.«

Er schüttelte den Kopf. »Silage riecht nicht so eklig.«

Wie ich zugeben musste, waren die Dünste, die uns vom Heck des Lasters entgegenwaberten, ganz besonders übel riechend. Die gelegentlichen schwarzen Rauchrülpser, die aus dem Auspuff quollen, machten die Sache nicht besser. Um Abstand zu dem Qualm zu gewinnen, bog ich scharf nach rechts in einen Waldweg ein, der plötzlich von der Straße abging. Der *Weiße Blitz* kam mit einem schmatzenden Geräusch im von der Sonne beschienen Morast unter einigen Buchen zum Stehen. »Hier müsste es passen.«

Wir stiegen aus und marschierten durch den Wald, bis wir freies Gelände erreichten. Das Moor erstreckte sich bis zum Horizont. Mit dem Ende des Sommers waren auch die violetten Blüten des Heidekrauts verschwunden. Die grünen Wedel der Farne verfärbten sich rostrot. Olly kniete sich ins Gras, um seine Drohne startklar zu machen, und verband sein Telefon mit der Fernbedienung, damit wir dasselbe sehen konnten wie die Kamera. Als er die Drohne einschaltete, leuchteten an allen vier Rotoren rote Lämpchen auf. Ein Birnchen in der Mitte strahlte grün. »Fertig!«, rief er. Begleitet von einem leisen Surren, stieg die Drohne auf wie ein riesiges Insekt.

Ich hatte eine Karte parat und wies in die Richtung, in die Olly die Drohne steuern sollte. »Über die Straße«, sagte ich. »Und dann runter zur Farm.«

Er schickte die Drohne weit in den blauen Himmel empor, bis sie kaum größer wirkte als ein Spatz. Die winzigen roten Lämpchen blinkten. Ich kauerte mich hinter ihn und beobachtete über seine Schulter hinweg den Bildschirm, als die Drohne über die Straße und das Feld gegenüber flog. Die Hecke erschien als gewundene, dunkelgrüne Linie.

»Schau!« In seiner Aufregung vergaß Olly die Formalitäten. »Da ist der stinkende alte Laster, dem wir gerade gefolgt sind!«

Wir hatten freie Sicht auf das Ungetüm und seine Ladung aus schwarzen Plastikballen.

Der Lastwagen war in den Weg zur Applecote Farm eingebogen. »Was will er denn da?«

Olly ließ die Drohne sinken, um besser sehen zu können. »Ich dachte, du hättest gesagt, dass das keine Farm mehr ist.«

»Es wird dort keine Landwirtschaft mehr betrieben. Aber das ist kein Grund, warum man keine Silage einlagern sollte.«

Er kicherte. »Die schnappen wir uns!« Ehe ich ihn aufhalten konnte, schoss die Drohne vorwärts, ging an der Frontseite des Lasters in den Sinkflug und schwebte dicht vor der Windschutzscheibe. Der Fahrer und sein Beifahrer, beides vierschrötige Männer, der Fahrer mit einer grünen Strickmütze auf dem Kopf, schnappten erschrocken nach Luft.

Das lag ganz und gar nicht in meiner Absicht. »Keine gute Idee, Olly.«

Er kippte die Drohne ein Stück und ließ sie steigen. Seine Finger bedienten geschickt die beiden Steuerungshebel. Die Drohne flitzte über die Kamine und das alte Schieferdach des Farmhauses hinweg. Auf dem Hof parkte ein Motorrad, und vor den Türen eines Kuhstalls hatte sich eine kleine Menschengruppe versammelt. Olly steuerte die Drohne ein Stück tiefer, um besser sehen zu können, ohne dass ich ihn dazu auffordern musste.

Drei Männer waren ins Gespräch vertieft. Einer trug Filzhut und Lammfelljacke, einer hatte eine Schlägermütze auf dem Kopf, und der Besitzer des Motorrades war mit einer Lederkombi und einem schwarzen Helm bekleidet. Der Laster stoppte rumpelnd neben ihnen. Der Fahrer wies mit dem Arm in den Himmel und rief etwas, worauf die anderen die Köpfe hoben, die Drohne bemerkten und mit den Fingern darauf zeigten. Der Fahrer drohte mit der Faust. Offenbar gefiel es ihnen gar nicht, dass sie jemand beobachtete.

»Wir sollten besser abhauen«, meinte ich zu Olly.

Er ließ die Drohne eine Kurve fliegen. Als wir wieder über der Farm kreisten, bemerkten wir, dass der Motorradfahrer zu seinem Fahrzeug hastete und in den Sattel sprang. Olly drückte auf *home*, worauf die Drohne wie ein zu seinem Herrn zurückkehrender Jagdfalke über die Straße sauste und elegant im Gras landete.

Nachdem Olly sie aufgehoben hatte, rannten wir so schnell wie möglich zu den schützenden Bäumen, wo wir ein wenig atemlos in den *Weißen Blitz* stiegen. Es schien uns ratsam, die Suche nach Moorworthy Mine für heute aufzugeben und den Rückzug anzutreten. Während Olly sich damit abmühte, die Drohne in den Rucksack zu stopfen und diesen hinter seinem Sitz zu verstauen, rangierte ich hinaus auf die Straße. Dort wendete ich den Transporter und raste davon.

»Was, wenn die uns erwischen?«, fragte er, die Augen weit aufgerissen.

Ich zuckte die Achseln. »Wir fahren doch nur spazieren. Die haben keinen Grund zu glauben, dass die Drohne etwas mit uns zu tun hat.«

Wie sich zeigte, war ich mir meiner Sache ein klein wenig zu sicher gewesen, denn plötzlich tauchte das Motorrad dröhnend im Rückspiegel auf. Wie ein schimmerndes schwarzes Raubtier heftete es sich an unsere Fersen und wurde erst langsamer, als es beinahe unsere hintere Stoßstange berührte. Dann scherte es aus und brauste neben uns her, sodass der Fahrer den behelmten Kopf wenden und uns einer gründlichen Musterung unterziehen konnte. Das verspiegelte Visier seines Helms verbarg sein Gesicht.

»Das ist eine Harley Davidson!«, hauchte Olly und bewunderte ehrfürchtig das elegante, PS-starke Gefährt.

Ich beschleunigte. Das Motorrad überholte, scherte vor uns ein und wurde langsamer, sodass wir abbremsen mussten. Weil es mitten auf der Straße fuhr, konnten wir nicht vorbei. Die Straße war schmal und wurde auf beiden Seiten von hohen grünen Hecken gesäumt. Also blieb uns nichts anderes übrig, als den nächsten knappen Kilometer hinter dem Motorrad zu bleiben.

Ich hörte das Rumpeln des Lasters, bevor ich ihn sah. Er nahte von hinten, und seine Front füllte gewaltig und bedrohlich den gesamten Rückspiegel aus. Kurz konnte ich einen Blick auf den Fahrer erhaschen, auf sein gerötetes Mondgesicht und die grüne Strickmütze, die er wie einen Eierwärmer über den Kopf gestülpt hatte. Dann waren da nur noch die verchromte Barriere einer Stoßstange und die gefletschten Zähne des Kühlergrills. Sie nahmen das gesamte Heckfenster ein, als das Monstrum sich grollend näherte. Wir saßen in der Falle. Dicht vor uns fuhr das Motorrad in gleichmäßigem Tempo, links und rechts erhoben sich die Hecken. Der Laster rempelte uns an und schubste uns sanft weiter.

»Was machen die da?«, rief Olly entsetzt aus.

»Die wollen uns nur einschüchtern. Uns Angst einjagen.« Oder uns vielleicht sogar umbringen, fügte ich in Gedanken hinzu. Es war eine einsame Straße, die sich ausgezeichnet dazu eignete, einen Unfall zu inszenieren. Wieder rempelte der Laster uns an, diesmal fester, sodass wir nach vorne geschleudert wurden und auf unseren Sitzen hin und her schwankten wie Crashtest-Dummies. Olly starrte mich an. Er war kreidebleich geworden. »Gut festhalten!«, rief ich. Vom Heck des *Weißen Blitzes* ertönte ein hässliches Knirschen, als wir erneut touchiert wurden.

»Idioten! Das Auto habe ich eben erst gekauft!« Als ich versuchte, das Motorrad zu umrunden, schlug der Fahrer einen Zickzackkurs ein, sodass wir nicht vorbeikonnten, und verhinderte somit unsere Flucht.

Der Laster blieb ein Stück zurück, offenbar um noch einmal

richtig Anlauf zu nehmen und uns den Rest zu geben. »Jetzt reicht's!«, zischte ich mit zusammengebissenen Zähnen und gab kräftig Gas. Wir streiften des hintere Rad der Harley, sodass die Maschine zur Seite kippte. Funken sprühten, als das Schutzblech über den Asphalt scharrte. Der Fahrer rutschte auf dem Rücken ein Stück weiter, bis er mit rudernden Armen in der Hecke landete. Der Lastwagen musste bremsen, um ihn nicht zu überfahren. Seine gewaltigen Reifen rollten holpernd über das Hinterrad der auf dem Boden liegenden Harley. Während wir davonrasten, kam der Laster schleudernd schräg auf der Straße zum Stehen. Das Führerhaus rauschte in die Hecke.

Olly jubelte laut und boxte triumphierend in die Luft. An der nächsten Abzweigung bog ich ab. Die Straße war so schmal, dass die Hecken die Seiten des Transporters streiften. Hierher konnte der Laster uns unmöglich folgen. Nach den Schlaglöchern und Rillen und dem in der Mitte wachsenden Gras zu urteilen, wurde dieser Weg nicht häufig benutzt, und ich hatte keine Ahnung, wohin er führte.

»Du glaubst doch nicht, dass wir ihn totgefahren haben, oder?«, fragte Olly, während eine Brombeerranke gegen die Windschutzscheibe schnalzte. »Den Motorradfahrer, meine ich.«

»Wahrscheinlich nicht. Erstens war er nicht sehr schnell.« Und zweitens war er im Gebüsch gelandet, was den Aufprall sicher gedämpft hatte. Wenn er gegen eine Steinmauer geflogen wäre, hätte die Sache vermutlich anders ausgesehen. »Aber weißt du was?«, fügte ich hinzu, während der leidgeprüfte *Weiße Blitz* die holperige Straße entlangratterte. »Im Moment ist mir das scheißegal.«

Wohlbehalten in Ollys Küche angekommen, sahen wir uns den von der Drohne aufgenommenen Film an und beobachteten das Gespräch der Männer auf dem Hof des Farmhauses.

Das Gesicht des Mannes mit dem Filzhut konnten wir nicht erkennen, doch der hochgewachsene, schlaksige Kerl in ausgebeultem Tweed und mit Schlägermütze war eindeutig Moss. Außerdem hatte schließlich sein Name – mit noch einem anderen – auf dem Laster gestanden, und das konnte doch unmöglich ein Zufall sein. Was also führten Moss und seine Freunde im Schilde? Fest stand, dass es ihnen gar nicht gefiel, von einer Drohne ausspioniert zu werden. Ihr Unbehagen war sogar so groß, dass sie bereit waren, lebensgefährliche Spielchen zu treiben, um uns zu vergraulen. Sie hätten uns umbringen können. Ganz sicher planten sie nichts Gutes. Und ganz gleich, was es war, die Applecote Farm befand sich auf Jamie Westershalls Land. Gehörte er auch zu der Bande? War er der maskierte Motorradfahrer?

Die Vorstellung behagte mir gar nicht. Doch ganz gleich, wer der Mann auch gewesen sein mochte, er hatte sich Olly und mich gründlich anschauen können.

»Erzähl mal«, begann ich, als Olly eine dampfende Tasse Kakao vor mir auf den Tisch stellte und sich wieder setzte. »Wie war das, als du mit Gavin unterwegs warst, um die Drohne fliegen zu lassen? Ist Moss – das ist der alte Typ mit der Flinte – da so dicht an euch rangekommen, dass er eure Gesichter hätte sehen können? Hat er, als er euch verfolgt hat, Gavin so aus der Nähe gesehen, dass er ihn wiedererkannt hätte?«

Olly überlegte schweigend. »Kann sein«, sagte er schließlich. »Gav hat sich dauernd umgedreht, um festzustellen, ob er uns noch nachläuft. Warum?«

»Ich frage mich nur, ob Moss Gavin erkannt hätte, wenn er ihm auf dem Fest in Moorworthy wiederbegegnet wäre.« Wäre er ihm in diesem Fall womöglich in den Wald gefolgt, um ihn zu töten?

»Fahren wir wieder da hin?«, fragte Olly aufgeregt. Mit ein

wenig zeitlichem und räumlichem Abstand erschien ihm das Ganze offenbar wie ein spannendes Abenteuer.

»*Wir* fahren überhaupt nirgendwohin.« Es war viel zu gefährlich. Nicht einmal ich war so leichtsinnig, einen vierzehnjährigen Jungen einer Verbrecherbande auszusetzen, die keine Skrupel hatte, uns von der Straße zu drängen. Wie es aussah, hatte der *Weiße Blitz* einiges abgekriegt. Die Hecktüren waren ziemlich verbeult, und ich wollte nicht, dass Olly das gleiche Schicksal ereilte. »Vielleicht muss ich die Polizei verständigen, und du solltest den Ball flach halten, schon vergessen?«

»Ach ja, richtig.« Er wirkte enttäuscht, widersprach jedoch nicht.

»Aber wir lassen die Drohne wieder fliegen«, fügte ich hinzu, um ihn aufzumuntern. »Allerdings dort, wo es weniger riskant ist.«

»Morgen?«, fragte er voller Hoffnung.

»Tut mir leid, morgen kann ich nicht. Ich muss arbeiten.«

»Morgen ist aber doch Sonntag«, wandte er ein.

»Tja, für Sünder gibt es keinen Ruhetag. Und was machst du sonntags so?«

Er zuckte die Achseln. »Hausaufgaben«, murmelte er bedrückt. »Aber ich habe nur Geschichte auf, und das ist erst am Dienstag fällig.« Er betrachtete seine Hände und begann, an der Nagelhaut eines Fingers herumzukratzen. »Ich könnte ja das Gemüsebeet jäten. Ich baue nämlich Grünkohl an. Der ist gesund. Oma hat immer Weißkohl gepflanzt. Sie mochte keinen Grünkohl.«

»Bestimmt vermisst du sie.«

»Wir haben viel gelacht. Manchmal gehe ich raus in den Garten und rede mit ihr. Du weißt schon, ich erzähle ihr, was ich so mache und was los ist.« Er warf mir einen verlegenen Blick zu. »Blöd, oder?«

»Überhaupt nicht. Ich finde, dass du mit ihr reden sollst,

wann immer du willst. Aber fühlst du dich nicht einsam, so ganz allein hier?«

»Nicht wirklich. Ich mag andere Leute nicht so … Oh, du bist in Ordnung«, fügte er gnädig hinzu.

»Danke.« Ich hatte Mühe, mir nicht anmerken zu lassen, wie sehr mich das Kompliment rührte. »Ich habe einen Vorschlag: Morgen früh hole ich dich ab und bringe dich zur Honeysuckle Farm, das ist eine Tierauffangstation. Dort werden immer Helfer gebraucht. Du hast Tiere doch gern, oder?«

»Ja!« Seine betrübte Miene hellte sich auf. »Hast du Hunger? Ich habe gestern Brombeeren aus der Hecke gepflückt und einen Streuselkuchen gebacken. Möchtest du welchen?«

Was für eine Frage! Er holte einen Teller aus dem Kühlschrank und stellte ihn in die Backröhre des Gasherds. »Es dauert ein bisschen, bis er warm ist, ich habe keine Mikrowelle.«

»Darf ich raten? Deine Oma hatte was gegen Mikrowellen?«

Er nickte grinsend.

»Hat deine Oma dir das Kochen beigebracht?«

»Wir haben immer zusammen gekocht, auch als ich noch ganz klein war. Im letzten Jahr habe ich das Kochen dann allein erledigt. Aber sie mochte keine ausgefallenen Sachen. Ausländische Gerichte hat sie grundsätzlich nicht gegessen, nicht einmal Spaghetti.«

»Muss ziemlich frustrierend sein, wenn man mal Küchenchef werden will.«

»Nun, das steht noch nicht fest.« Nachdenklich kratzte er sich am Nasenflügel. »Ich kann mich nicht entscheiden. Vielleicht werde ich ja auch Fagottist. Es ist ziemlich schwierig rauszukriegen, was man mit seinem Leben machen will.«

»Da hast du ganz recht. Ich bin bis heute nicht dahintergekommen.«

»Ich könnte auch Wissenschaftler werden. Ich kann nämlich tun, was ich will.« Er grinste selbstgefällig. »Weil ich ein Genie bin und am selben Tag Geburtstag habe wie Albert Einstein.«

Einen kurzen Moment lang verstand ich, warum die anderen Jungen ihn so oft verprügelten.

Nur für den Fall, dass Sie sich das jetzt fragen: Albert Einstein wurde am 14. März geboren. Also war er vom Sternzeichen her ein Fisch. So wie Olly. Wie Sophie. Wie Morris. Wie Cordelia. Ich werde von Fischen verfolgt, diesen romantischen, fantasievollen, einfühlsamen, verträumten, chaotischen, empfindlichen, anstrengenden und grauenhaft nervtötenden Geschöpfen. Ich hingegen gehöre der organisierten, praktisch veranlagten, geerdeten, ausgeglichenen und vernünftigen Spezies der Steinböcke an.

Und als Steinbock interessiere ich mich natürlich nicht die Bohne für Astrologie. Ich kenne mich nur ein wenig damit aus, weil ich sie in meiner Kindheit und Jugend dank einer schicksalhaften Osmose in mich aufgesogen habe. Meine tragischerweise viel zu früh verstorbene Verwandte Cordelia war eine wahrhaft weise Frau. Sie war Astrologin in Totnes, wo sie in einem kleinen Ladenlokal Horoskope erstellte.

Und so lag ich in den frühen Morgenstunden, wenn anständige Steinböcke eigentlich schlafen sollten, wach und grübelte über Gavin nach. Er war auch ein Fisch gewesen, darauf wäre ich jede Wette eingegangen. Die Frage, was ihm an jenem Tag zugestoßen sein mochte, ließ mir keine Ruhe. Was, wenn er zu Pats Auto gegangen war, um das Schwert hineinzulegen und den Rucksack mit der Drohne und der Drahtschere zu holen, weil er ein Loch in den Zaun schneiden wollte? Und dann hatte er das Auto abgeschlossen vorgefunden. Was hatte er getan? Er war nicht zurückgekommen, um Pat um den Schlüssel zu bitten. Hatte er sich zu einem Erkundungsgang in den Wald entschlossen, um einen anderen Eingang zu suchen? Oder hatte er nur so mit dem Schwert herumgespielt? Waren er und Moss einander irgendwann in dieser Zeit über den Weg gelaufen? Hatte Moss ihn angegriffen und gejagt, worauf Gavin in sein Schwert gestürzt war? Oder hatte Gavin es einfach grundlos mit der Angst zu tun bekommen und war losgerannt?

Im nächsten Moment sprang Bill auf mein Kopfkissen und begann, verführerisch schnurrend in meinen Haaren zu wühlen. Keine Ahnung, wie er hereingekommen war, denn Adam hatte es endlich geschafft, mein Badezimmerfenster zu reparieren, und es war zu. Nachdem ich eine Weile Bills heiser zirpendem Gutenachtlied gelauscht hatte, entwand ich ihm meine Haare, damit ich mich umdrehen konnte. Als ich einschlief, hatte ich immer noch keine Antworten auf meine vielen Fragen gefunden. Ich träumte von Dolly Knollys, wie sie friedlich in ihrem Bett aus Erde ruhte. Über sich Borretsch und Wachsblumen, Klatschmohn, Ackerrade und Mädesüß. Und darüber flatterten die Schmetterlinge.

17

Ich hatte versprochen, am Sonntag beim Ausstaffieren der dicken Elfen zu helfen. Irgendwann während der Woche hatten Ricky und Morris, die sich gerade an einem Tisch vor dem Old Library Café die Sonne auf den Pelz scheinen ließen, mich beim Abarbeiten meiner Erledigungen erspäht und angefangen, mir Peinlichkeiten wie »Hallöchen!« und »Schatzilein!« zuzurufen, um meine Aufmerksamkeit zu erregen. Weil es zwecklos war, die beiden zu ignorieren, hatte ich mich zu ihnen gesetzt und auf einen Kaffee einladen und anwerben lassen, sie am Sonntag bei einer unerwarteten Kostümbestellung zu unterstützen.

Aber als Erstes lieferte ich Olly auf der Honeysuckle Farm ab. Leider ist es dort nicht so idyllisch, wie der Name vermuten lässt, denn vor einigen Jahren hatte irgendein Schwachkopf die geniale Eingebung, das alte Farmhaus aus dem siebzehnten Jahrhundert abzureißen und an seine Stelle einen Bungalow aus Beton zu setzen. Eine Scheune und ein paar andere alte Nebengebäude stehen zwar noch, doch das Ergebnis ist alles andere als malerisch. Das ist leider auch der Grund, warum viele Besucher schon am Tor enttäuscht kehrtmachen. Die Tiere werden zwar liebevoll gefüttert und umsorgt, und die Gehege und Koppeln sind blitzblank, doch für gewöhnlich erwarten Ausflügler von einer Tierschutzfarm eben ein Café, einen Andenkenladen, ausreichend Parkplätze und ordentliche Toiletten. Alles Dinge, für die man investieren müsste, wozu man wiederum Geld braucht. Und genau das ist es, was

Pat, ihre Schwester Sue und ihr Schwager Ken, die ihr Leben der Versorgung verletzter Wildtiere, ungewollter Haustiere und ausgemusterter Nutztiere widmen, nicht haben und wahrscheinlich niemals haben werden. Deshalb stellten sie das Eintreffen eines arbeitsfähigen jungen Helfers, der keine Bezahlung verlangte, trotz ihrer Überraschung nicht weiter infrage. Nachdem ich Olly mit allen bekannt gemacht hatte, fuhr ich los. Im Rückspiegel sah ich noch, wie er in einem Paar viel zu großer Gummistiefel über den Hof stapfte. Er musste rennen, um mit Ken Schritt zu halten. Ich hatte versprochen, ihn abzuholen, sobald ich mit den Elfen fertig war.

Zunächst jedoch machte ich einen kleinen Umweg. Ich wendete den Transporter und fuhr über den Hügel nach Buckland, vorbei an den reizenden strohgedeckten Häuschen und der Kirche weiter nach Holne Chase und zum Gut Moorworthy. Die Wolken vom frühen Morgen hatten sich verzogen. Nun war der Himmel klar, und die Mondsichel hob sich wie eine Kreideskizze vom strahlenden Blau ab.

Ich hatte meinen Rucksack gepackt und ihn zusammen mit Wanderstiefeln, Karten, Kompass und Fernglas in den Transporter geräumt. Ich plante zwar keine ausgedehnte Wanderung, war aber im Moor nie ohne Ausrüstung unterwegs. Nachdem ich das beeindruckende Tor von Moorworthy House hinter mir gelassen hatte, stoppte ich einen knappen Kilometer weiter an der Einmündung des Pfades, der zur Applecote Farm führte.

Das Tor war geschlossen. Es bestand aus einem mit Stacheldraht umwickelten Stahlgestänge und war mit einem schweren Vorhängeschloss an einer dicken Kette gesichert. »Privatbesitz. Betreten verboten«, verkündete ein Schild, nur für den Fall, dass man ganz besonders begriffsstutzig sein sollte. Der Pfad war breit genug für einen Traktor oder einen Lastwagen. Ein einfacher Feldweg, der vermutlich den Großteil des Jahres schlammig, aber nun, nach dem langen, heißen Sommer, staubtrocken war. Er erstreckte sich in schnurgerader Linie bis zur Farm. Ich konnte die steinernen Kamine des Farmhauses, das Dach und die Fenster in der oberen Etage erkennen. Aus einem Schornstein quoll eine graue Rauchfahne, sehr seltsam für eine Farm, die doch angeblich verlassen war.

Ich hätte zwar ganz langsam und vorsichtig über das Tor klettern können, aber von den Fenstern im ersten Stock hatte man den Pfad gut im Blick, und ich wollte nicht riskieren, dass mich jemand entdeckte. Also begnügte ich mich damit, die Gitterstäbe sacht mit den Fingern zu umfassen und das Tor mit meinem Gewicht leicht ins Schwanken zu bringen. Das metallische Klappern erfüllte mich mit ein wenig Genugtuung. Dann stieg ich wieder ein und fuhr weiter.

Einige Kilometer die Straße hinauf stoppte ich erneut auf einer kleinen Kiesfläche am Straßenrand. Ich zog dicke Socken an und schnürte meine Wanderstiefel. Es war ein angenehmes Gefühl, das schwere, klobige Schuhwerk an den Füßen zu spüren und zu hören, wie der Kies unter meinen Sohlen knirschte. Ein hölzerner Wegweiser zeigte über das Moor, doch ich nahm den Weg zurück, den ich gekommen war. In Richtung Moorworthy.

Ich verließ die Straße, marschierte über das kurze Gras, tastete mich zwischen wie Dinosaurierknochen verstreuten Felsen hindurch, folgte einem Reitweg durch Ginster- und knorrige Weißdornbüsche und sprang über einen kleinen Bach. Mein Ziel war eine steile Anhöhe, auf deren Kuppe ein Geröllhaufen aufragte. Die Luft war frisch, und als ich den Gipfel erreichte, atmete ich schwerer, als angebracht gewesen wäre.

Es war ein optimaler Aussichtspunkt, höher gelegen als die verkrüppelten, von lippenstiftroten Beerenbüscheln strotzenden Ebereschen und die sich ebenfalls unter Beeren biegenden

Schwarzdornsträucher mit ihren messerscharfen Dornen. Deshalb hatte ich freie Sicht auf die offene Moorlandschaft, die schroffen *Tors* und die in der Ferne blau schimmernden Hügel. Ich parkte meinen Hintern auf einem Felsen und schaute durch mein Fernglas. Es war ziemlich stark und dennoch klein und kompakt, sodass man es mühelos in die Tasche stecken konnte. Ein teures Geschenk von Brian. Ich ließ den Blick von links nach rechts schweifen, bis ich das Gesuchte gefunden hatte.

Von der Straße aus war sie nicht zu erkennen, doch aus dieser Perspektive hob sie sich als dunkle, gezackte, von Hecken gekrönte Linie von der Landschaft ab: die Grenzböschung zwischen der Applecote Farm und der umliegenden Heide. Sicher war der Wall vor mehr als hundert Jahren aufgeschüttet worden, um zu verhindern, dass sich wertvolle Milchkühe oder Fleischrinder ins Moor verirrten.

Die Böschung umschloss die Farm so undurchdringlich wie eine Mauer. Nur dass Mauern eigentlich immer Schwachstellen aufweisen, die einem das Eindringen ermöglichen. Vielleicht würde ich ja eine Art Hintertür finden, eine Möglichkeit, mich unbemerkt auf die Ländereien von Moorworthy zu schleichen und mich gründlich auf der Applecote Farm und in der Moorworthy Mine umzuschauen, um herauszukriegen, was dort gespielt wurde.

Das musste allerdings noch warten. Den heutigen Tag hatte ich Ricky und Morris versprochen, und ich war schon zu spät dran. Also kehrte ich um und hastete den Weg zurück zur Straße, wo ich meinen Transporter geparkt hatte.

Als ich mich der Stelle näherte, erkannte ich, dass dahinter ein Jeep angehalten hatte. Jemand schlenderte höchst interessiert um meinen Wagen herum, begutachtete den Blechschaden und rüttelte an den Türen. Mein Fernglas hatte ich blöderweise schon im Rucksack verstaut, weshalb ich nur undeutlich eine Gestalt mit Schlägermütze ausmachen konnte, die in den Jeep stieg und davonfuhr. Dennoch war ich sicher, dass es Moss gewesen war.

Ich wartete eine Weile, bevor ich losfuhr, denn ich wollte ihn auf keinen Fall einholen. An der Abzweigung zur Applecote Farm ging ich vom Gas. Das Tor stand offen, und ich konnte einen Blick auf das Heck des Silage-Lasters erhaschen, der gerade den Pfad entlangrumpelte.

»Die DOs wollen *Jolanthe* aufführen«, erklärte Rick, als ich ankam.

Die *Dartmoor Operatic Society*, in eingeweihten Kreisen nur »die DOs« genannt, war ausgesprochen beliebt, widmete sie sich doch mit Hingabe den Werken von Gilbert and Sullivan. Doch obwohl die Mitglieder noch ausgezeichnet bei Stimme waren, war der Großteil von ihnen inzwischen zu alt, um noch als Gondoliere, Pirat oder Schulmädchen durchzugehen. Laut Ricky hätten sie sich längst in die »DON'Ts« umtaufen und sich umorientieren sollen. Er konnte das Lästern eben einfach nicht lassen.

»Normalerweise leihen die sich doch keine Kostüme bei euch, oder?«, fragte ich. Die DOs bezog ihre Garderobe schon seit Jahren bei einem auf Gilbert and Sullivan spezialisierten Kostümverleih in London.

»Nein, aber sie sind mit den Sachen unzufrieden, die man ihnen geschickt hat.«

»Nun, die Kostüme für die Männer sind in Ordnung«, ergänzte Morris, der gerade mit einem Plastikbehälter voller zusammengerollter Borten hereinkam. »Die Damen sind das Problem.«

»Insbesondere die Elfen«, fuhr Ricky mit spitzbübisch funkelnden Augen fort und hielt ein Beispiel für die gelieferten Kostüme hoch.

»Oh!«, rief ich aus. »Die haben Kostüme für richtige Elfen geschickt!« Offenbar war dem Londoner Kostümverleih entgangen, dass es bei den DOs keine Elfe unter fünfzig gab. Das winzige, zarte und an manchen Stellen durchsichtige Fähnchen in Rickys Händen hätte einem zierlichen jungen Geschöpf sicher gut gestanden, kam allerdings angesichts der wabbeligen Oberarme und zellulitiszerdellten Oberschenkel der Damen des Ensembles von DOs nicht infrage.

»Sie waren ganz und gar nicht erfreut«, fuhr Ricky fort. »Und deshalb haben sie uns um Hilfe gebeten.«

»Wie viele Elfen sind es?«

»Zwanzig.«

»Wir können in dieser Zeit unmöglich nagelneue Kostüme für sie nähen.« Morris setzte sich und nahm den Deckel vom Behälter. »Deshalb haben wir überlegt, was wir schon in größeren Chargen auf Lager haben. Zuerst hatten wir an die Ballkleider aus *Cinderella* gedacht, aber …« Er schüttelte den Kopf, und seine Mundwinkel bogen sich traurig nach unten. Offenbar war diese Idee gescheitert.

»Als Nächstes haben wir mit den viktorianischen Nachthemden geliebäugelt, von denen wir Dutzende dahaben«, sprach Ricky weiter. »Der Plan war, Flügel dranzuheften. Aber das hat eher nach Engeln bei einem bescheuerten Krippenspiel in der Schule ausgesehen als nach Elfen …«

»Und dann ist uns eingefallen …«

»Und *dann* ist uns eingefallen«, unterbrach Ricky gnadenlos, »dass es auch mit langen Petticoats klappen müsste. Von denen haben wir Hunderte. Wir könnten jeden mit einer hübschen weißen Bluse kombinieren und dazu Schärpen nähen, die man sich um die Taille bindet …«

»Bunte Schärpen«, fiel Morris ihm ins Wort.

»Bunte Schärpen. Und Flügel. Und die Petticoats und Blusen werden mit Blumen und Bändern besetzt.«

»Vielleicht reicht die Zeit ja auch noch für Häubchen«, fügte Morris hinzu. »Damit würden sie sehr hübsch und züchtig aussehen.«

»Natürlich wird die Hälfte von ihnen die Brille aufbehalten und damit alles verderben«, ergänzte Ricky. »Aber wenigstens würde man sich nicht mehr fühlen wie in einem Rentnerporno.«

»Und was soll ich tun?«

Morris schob mir den Behälter mit Borten hin. »Du verarbeitest die Borten bitte zu Blumen, Juno. Wir brauchen Hunderte davon.« Er betrachtete mich über den Rand seiner Lesebrille hinweg. »Du weißt doch noch, wie man Blumen macht, oder?«

Ja, das tat ich. Also bastelte ich den ganzen Tag, unterbrochen von Tee und Gebäck, rosafarbene Borten, blaue Borten, violette Borten, zitronengelbe Borten, rote Borten und auch sonst alle Borten in sämtlichen erdenklichen Farben zu Blumen zusammen. Unterdessen fertigte Ricky aus einem kräftig gestärkten Netzmaterial Flügel an, und Morris ließ die Nähmaschine rattern, um Schärpen herzustellen.

Die beiden redeten nicht viel – also nicht viel für ihre Verhältnisse. Zum Glück für mich, denn ich wollte mich nicht in ein Gespräch über Olly verwickeln lassen. Aber sie stellten keine Fragen, vielleicht hatten sie unsere Unterhaltung über seine Familie schon wieder vergessen. Auch meinen gestrigen Zusammenstoß mit den Herren Moss und Pike erwähnte ich nicht. Ich hatte mir zwar eine traurige Geschichte zurechtgelegt, um die Schäden am Transporter zu erklären, doch der parkte ziemlich weit hinten in der Auffahrt, sodass ihnen bislang nichts aufgefallen war. So stichelte ich mehr oder weniger schweigend vor mich hin, bis mir die Finger wehtaten.

Die zwei erkundigten sich auch nicht nach dem Laden oder ob ich etwas von ihren Vintage-Sachen losgeworden war.

Offen gestanden hätte ich das auch gar nicht beantworten können, denn ich hatte schon die ganze Woche kaum einen Fuß ins *Old Nick's* gesetzt. Sophie hielt die Stellung. Aber inzwischen war das Porträt von Old Thunderer fertig, und sie wollte einen Tag freinehmen, was hieß, dass morgen mein Typ gefragt war.

Als Morris mich abends zum Essen einlud, lehnte ich ab. Ich musste ja noch Olly abholen.

Der Junge platzte fast vor Mitteilungsbedürfnis und wollte mir unbedingt alles über die Frettchen, Igel, Enten, Babyeulen, Esel und die anderen Tiere erzählen, bei deren Versorgung er geholfen hatte.

»Wusstest du, dass sie sogar ein Lama haben?«, sprudelte er aufgeregt hervor. »Sie haben es einfach eines Morgens angebunden am Tor gefunden und keine Ahnung, woher es kommt. Jedenfalls ist es ein weibliches Lama, weshalb sie es mit Bam-a-lam in eine Koppel sperren konnten. Ihn stört es nicht. Bam-a-lam ist ein Widder«, erklärte er. »Ken sagt, er ist ein alter Mistkerl, der alles anrempelt, was sich bewegt.«

»Oh, Bam-a-lam kenne ich.« Er war ein Schwarznasenschaf mit ganz besonders beeindruckenden Hörnern, das mir schon mehr als einmal sehr nützlich gewesen war. Ein Hund, der auf den dummen Gedanken kam, Schafe hetzen zu wollen, musste nur eine halbe Stunde mit Bam-a-lam in einem Pferch verbringen, um seine Meinung von Grund auf zu ändern.

Ollie förderte eine zerknitterte Papiertüte aus der Hosentasche zutage und fing an, ein ziemlich derangiert wirkendes Sandwich zu benagen.

»Warum hast du das nicht zu Mittag gegessen?«

»Weil es etwas Warmes gab«, verkündete er genüsslich. »Hühnchen, Erbsen mit Karotten, Bratkartoffeln und Kohl. Pat hat gekocht. Und zum Nachtisch Apfelkuchen mit Eiscreme.«

Ich versuchte, nicht an die marokkanische Tajine zu denken, deren würziger Duft mir den ganzen Tag in die Nase gestiegen war, während sie langsam in Morris' Backrohr vor sich hin köchelte. Und auf die ich verzichtet hatte, um Olly abzuholen. Ganz zu schweigen von dem dazugehörigen Glas Rotwein. »Möchtest du wieder hin?«, erkundigte ich mich.

»Ken sagt, ich kann jederzeit kommen. Also werde ich in den Ferien jeden Tag hingehen.« Er lachte auf. »Da ist es ganz bestimmt spannender als auf dem langweiligen Lanzarote.«

Ob einer seiner Mitschüler mit diesem Reiseziel geprahlt hatte? Als ich ihn bei den Daison Cottages aussteigen ließ, winkte er mir fröhlich zu und hüpfte den Gartenweg hinauf. Ich war froh, dass er einen schönen Tag verbracht hatte. Während ich den *Weißen Blitz* Richtung Heimat steuerte, überlegte ich, was ich noch zum Abendessen im Kühlschrank hatte. Falls überhaupt etwas vorhanden war.

Das Glück war auf meiner Seite. Als ich nach Hause kam, erwarteten mich auf dem Tisch neben meiner Wohnungstür mehrere Opfergaben – zwei vielversprechende Plastikbehälter und drei interessant aussehende, in Folie gewickelte Objekte. Außerdem führte eine Leiter hinauf zur offenen Speicherluke. Ich hörte von oben Stimmen und polternde Schritte, weshalb ich am Fuße der Leiter stehen blieb und ein lautes »Hallo« nach oben schickte.

Kates kleines Gesicht erschien in der Luke, ihr schwarzer Zopf schwang zu mir hinunter wie der von Rapunzel. Ich bedankte mich für die Essensspenden.

»Vegetarisches Curry und Gemüsekuchen«, teilte sie mir mit. »Und ein bisschen Käsegebäck.«

»Fantastisch! Was macht ihr denn da oben?«

»Adam ist in Sorge wegen der Küchendecke. Dort, wo die Feuchtigkeit reinkommt. Er befürchtet, wir könnten den

Hausschwamm haben. Also hat er Roy, den Dachdecker, angerufen. Moment.« Sie kletterte die Leiter hinunter. »Geh hoch und schau es dir selbst an, während ich Kaffee für ihn koche.«

Wenn es denn unbedingt sein musste. Gehorsam stieg ich die Leiter hinauf und steckte Kopf und Schultern durch die Luke. Von Adam fehlte jede Spur. Nur ein magerer Mann in Latzhose war zu sehen. Offenbar Roy, der Dachdecker.

Bei meinem Anblick strahlte er übers ganze Gesicht und bleckte dabei biberähnliche Schneidezähne. »Hallo! Sie müssen die Dame in der oberen Wohnung sein.«

»Ja, bin ich.« Ich kletterte weiter in den Speicher.

»Tja, wie ich Kate schon erklärt habe, gibt es keinen Grund zur Sorge. Kein Hausschwamm. Das habe ich sofort gemerkt. Nur ein paar verrutschte Dachpfannen, und da hat es reingeregnet.«

»Na, das ist bestimmt eine gute Nachricht.« Ich verzog das Gesicht. »Nicht dass ich mich mit so was auskennen würde. Warum kriegt man von Feuchtigkeit Hausschwamm?«

»Nun, dazu ist ein bestimmter Grad an Feuchtigkeit nötig«, erklärte er. »Hausschwamm ist nämlich ein Pilz.«

»Aha.« Eigentlich interessierte mich das wirklich. Allerdings konnten Roys hohe Quäkstimme und seine nasale Sprechweise einem Zuhörer auch das spannendste Thema verleiden. Nach etwa einer Minute wurde mein Blick leer, und kurz darauf schaltete mein Verstand in den Sparmodus.

»Ich habe sofort erkannt, dass hier kein Hausschwamm ist, weil es keinen Staub gab«, dozierte er weiter. »Tja, damit meine ich keinen normalen Staub. Für Laien sieht er aus wie braunes Pulver, aber in Wahrheit handelt es sich um Pilzsporen …«

Wo blieb nur Kate mit seinem verdammten Kaffee? Wahrscheinlich trödelte sie absichtlich. Und so ließ ich etwa zwanzig Minuten lang Roys gelehrten Vortrag über mich ergehen. »Der Pilz entzieht dem Holz sämtliche Feuchtigkeit, verstehen Sie. Er frisst es geradezu von innen heraus auf …«

Als Kate endlich mit dem Kaffee aufkreuzte, wusste ich vermutlich alles über Hausschwamm, was es weltweit zu wissen gab.

»Ich habe erlebt, dass Balken nach einem einzigen Schlag mit dem Hammer zerbröselt sind …«, verkündete er gerade, als ihr Kopf in der Luke erschien. Das allerdings beinahe zu spät, denn mein Lebenswille war inzwischen nahezu erloschen.

Ich warf ihr einen finsteren Blick zu, worauf sie mich schuldbewusst ansah und Roy seinen Kaffee reichte.

»Man nennt ihn auch den öden Roy«, gab sie zu, als er schließlich weg war.

»Du hättest mich warnen können, bevor du mich zu ihm raufgelockt hast.«

»Tut mir leid, aber ich wusste, dass er mir bis in die Küche nachlaufen würde, wenn er niemanden zum Zutexten hat.«

»Wie, um alles in der Welt, hast du ihn dazu gebracht, an einem Sonntagabend hier aufzukreuzen?«

»Oh, er hat es freiwillig angeboten. Wahrscheinlich ist er einsam.«

»Das wundert mich nicht.«

»Entschuldige.«

»Ich verzeihe dir«, teilte ich ihr großmütig mit, während ich die milden Gaben vom Tisch einsammelte. »Aber nur wegen dieser Sachen hier.«

18

Am nächsten Morgen traf ich erst um zehn, also viel zu spät, im *Old Nick's* ein.

Was nicht weiter schlimm war, denn man konnte nicht direkt sagen, dass draußen die Kaufinteressenten Schlange standen. Wäre auch zu schön gewesen. Aber so wenig Lust ich auch hatte, den ganzen Tag mit dem Bedienen nicht vorhandener Kundschaft zu vergeuden, ich war nun einmal an der Reihe. Nicht zum ersten Mal verfluchte ich Nick, dass er mir den Laden vererbt hatte.

Doch als die Tür hinter mir zufiel und mich absolute Stille und völlige Ruhe umfingen, da erkannte ich, dass ein Tag im menschenleeren Laden genau das war, was ich jetzt brauchte. Ein Tag ohne Herumgehetze. Ein Tag, an dem ich nichts weiter zu tun brauchte, als dazusitzen und im wahrsten Sinne des Wortes Bilanz zu ziehen. Ich schaute mich um und atmete aus. Ich hatte gar nicht bemerkt, dass ich die Luft angehalten hatte.

Der Laden sah großartig aus. In Sophies Schaufenster stand das Porträt von Old Thunderer auf einer Staffelei. Es war ein wahres Meisterwerk. Beinahe glaubte man, die verfilzte Mähne des Bullen berühren, seinen heißen Atem spüren und ihn riechen zu können. Auch Pats Schaufenster machte etwas her. Weiche Strickschals in üppigen Herbstfarben waren in sanften Falten auf dem breiten Fensterbrett drapiert. Darüber hingen an einer Angelschnur kleine Kürbisse aus Filz und lustige Hexen auf Besen, die sie offenbar selbst gebastelt hatte. Eine

Spitzenidee. Sie hatte eindeutig mehr an Halloween als Umsatzbringer gedacht als ich. Selbst Mavis die Schaufensterpuppe trug einen Hexenhut. Ein Jammer, dass die Shadow Lane so weitab vom Schuss war, denn hier würde kaum jemand von so viel Talent und Erfindergeist Notiz nehmen.

Ich schloss die Tür ab und ging nach oben in die Küche, um mir einen Kaffee zu machen. Dann kehrte ich mit der Tasse zurück in den Laden, drehte das Schild in der Tür auf »Geöffnet« und setzte mich an die Theke, um einen längst überfälligen Blick ins Kassenbuch zu werfen und festzustellen, ob ich diese Woche etwas eingenommen hatte.

Mein Tag hatte nicht gut angefangen. Weil ich verschlafen hatte, war ich ohne Frühstück aus dem Haus geeilt, um die Hunde im Wald spazieren zu führen. Dabei war Schnitzel, der wurstförmige Dackel, im Unterholz verschwunden, und ich hatte eine halbe Stunde nach ihm suchen müssen. Als der freche kleine Schweinehund gnädigerweise wieder aufgekreuzt war, hatte er sich offenbar in Dachsscheiße gewälzt, sodass ich gezwungen gewesen war, ihn vor dem Nachhausebringen zu baden. Deshalb hatte ich die Hunde zu spät abgeliefert und damit eine der Frauchen verärgert, die einen Zahnarzttermin hatte und mir eine ordentliche Gardinenpredigt hielt.

Gerade hatte ich den letzten meiner vierbeinigen Schützlinge abgesetzt und fuhr, wild entschlossen, die verlorene Zeit aufzuholen, zurück in die Stadt, als ich plötzlich mit quietschenden Bremsen anhalten musste. Zwischen den struppigen Klumpen einer Kletterpflanze, die sich durch das gelb verfärbte Laub schlängelte, den eng gedrängten Büscheln aus grünen Efeublüten, über denen summend die Wespen kreisten, und all den anderen Dingen, deren Anblick man in einer herbstlichen Hecke eigentlich erwarten würde, hatte ich etwas Großes und

Blaues bemerkt, das hier eindeutig nicht hingehörte: Judith-Marianne im Morgenmantel hatte offenbar wieder versucht, aus dem Pflegeheim Oakdene auszubüxen, und sich dabei im Geäst verfangen.

Als ich ausstieg, versuchte sie, meine Aufmerksamkeit zu erregen, indem sie hilflos mit einer Hand wedelte, dem einzigen Körperteil, das nicht an den Dornenranken ringsum festhing. »Hilfe! Oh, Hilfe!«, jammerte sie leise. Ich musterte sie einen Moment und überlegte, was einfacher sein würde: sie nach draußen auf die Straße zu ziehen oder sie dorthin zurückzuschubsen, woher sie gekommen war, also in den Garten von Oakdene. Ich entschied mich für die erste Lösung. Vorsichtig griff ich durch die ineinander verschlungenen Ranken, wobei ich darauf achten musste, mich nicht an den messerscharfen Dornen zu verletzen.

»Wie dumm von mir!«, wiederholte sie ständig. »Wie dumm von mir!«

»Ja, da muss ich Ihnen recht geben.« Eine lange Brombeerranke, gespickt mit mörderischen Dornen und mit saftigen Beeren beladen, hatte sich in ihren flauschigen blauen Ärmel gebohrt. Als ich sie langsam löste, hinterließ sie einen violetten Schmierer. Judith-Marianne begann, leise vor sich hin zu singen. Dabei wiegte sie sich vor und zurück. Ihre blauen Augen starrten in eine Welt, die offenbar keine Berührungspunkte mit dem Hier und Jetzt aufwies. Es wäre um einiges leichter gewesen, wenn sie stillgehalten hätte, denn sobald ich eine Dornenranke entfernt hatte, verhakte sie sich schon in der nächsten.

Allmählich befürchtete ich, mein Rettungsversuch könnte sich als vergeblich erweisen und ich würde doch nicht umhinkommen, die Kavallerie rufen zu müssen, da erschien diese auch schon in Gestalt der kurvenreichen Pflegehelferin namens Barbara und ihrer Kollegin mit Pferdeschwanz, die übrigens

Camille hieß. In der Hoffnung, Judith-Marianne zu erwischen, bevor jemand ihr Verschwinden bemerkte, hasteten sie den Weg entlang. Mit vereinten Kräften gelang es uns, die Gefangene zu befreien und sie sanft aus der Hecke auf die Straße zu bugsieren.

»Dornröschen«, verkündete sie feierlich, als wir auf der Straße standen und ihr die Zweiglein und Blätterstückchen abpflückten, die ihren silberweißen Haarschopf krönten und an ihrem Morgenmantel klebten.

»Ja«, stimmte ich zu, während wir sie auf Verletzungen untersuchten. »Sie haben genauso ausgesehen wie Dornröschen. Festgehalten von Dornen.« Sie blickte mich zweifelnd an und kramte offenbar in ihrem löchrigen Gedächtnis, um mich einordnen zu können.

»Das ist Juno«, half ihr Barbara auf die Sprünge. »Wissen Sie noch? Sie hat Sie schon beim letzten Mal gefunden.«

»Gehen wir wieder ins Hotel?«, fragte Judith-Marianne unvermittelt.

Camille nahm sie am Arm. »Genau, wieder ins Hotel.« Sie hatte einen polnischen Akzent.

»Müssen wir uns zum Abendessen umkleiden?«

»Ja. Sie müssen sich anziehen. Aber vor dem Abendessen gibt es noch Frühstück«, erklärte Camille. »Es wartet ein leckeres Frühstück auf Sie.«

Bevor sie ihren gehorsamen Zögling zurück ins Heim geleiteten, drehte Barbara sich lächelnd zu mir um. »Sie haben ja einen anderen Transporter.«

»Ja, stimmt.« Seufzend betrachtete ich die eingedellten Türen und die verbeulte Stoßstange. »In letzter Zeit habe ich nicht viel Glück mit Autos.«

Ich saß also hinter der Ladentheke, arbeitete das Kassenbuch durch, schrieb meine Verkäufe heraus und addierte die Umsätze, was nicht viel Zeit in Anspruch nahm. Danach wiederholte ich das Ganze mit den für Ricky und Morris verkauften Vintage-Klamotten, was ein wenig länger dauerte. Ich kam zu dem Ergebnis, dass das ganze Geld in der Kassette Ricky, Morris und mir gehörte, denn Pat und Sophie hatten ihren Anteil vernünftigerweise schon herausgenommen. Also zählte ich ab, was Ricky und Morris zustand, und steckte den Rest ein.

Erst als ich nach meiner Umhängetasche griff und mich wunderte, dass sie so schwer war, fiel mir das Päckchen wieder ein, das ich am Morgen aus dem Haus stürmend vom Tisch im Treppenhaus geschnappt hatte. Es hatte ziemlich lange auf sich warten lassen, und jetzt fühlte ich mich wie ein Kind an Weihnachten, als ich den Luftpolsterumschlag aufriss und meine Hutnadeln und die beiden Hutnadelhalter aus Porzellan herausnahm, die ich bei eBay ergattert hatte. Mit den Handtaschen aus den 1920ern hatte ich leider weniger Glück gehabt. Sorgfältig untersuchte ich jede Hutnadel. Einige waren klein und zart, andere lang mit mörderischen Spitzen und schweren, dicken Knäufen. Sie waren zwar nicht sehr wertvoll, doch wenn ich sie einzeln verkaufte, brachten sie mehr ein, als ich dafür bezahlt hatte. Außerdem würden sie in ihrem Halter ziemlich viel hermachen. Allerdings musste ich ihnen zuerst eine ordentliche Abreibung mit einer Kinderzahnbürste verpassen und sie anschließend mit Silberpolitur bearbeiten. Mein Abend war also gerettet.

Da fiel mir ein, dass ich meinen Automechaniker noch anrufen musste. Dave war ein Tüftler der alten Sorte und ließ sich von nichts abschrecken. Meinen Transporter hatte er bereits zweimal durch die amtliche Untersuchung geschmuggelt. Also nicht den nun verbeulten, eingedellten *Weißen Blitz*, sondern seinen Vorgänger, das ausgebrannte Wrack. Ich erklärte, dass ich mit dem *Weißen Blitz* einen Unfall gehabt hätte.

»Momentan haben Sie offenbar eine Pechsträhne, was?«, stellte er fest.

Ja, stimmt, Dave, schön, dass Ihnen das auch schon aufgefallen ist. Der Mistkerl mit der grünen Mütze hatte mir ein Rücklicht zerdrückt und die Stoßstange eingebeult, außerdem waren noch die Hecktüren leicht verzogen und klemmten ein wenig. Da ich unter allen Umständen verhindern wollte, dass sich ein Erlebnis wie das mit EB wiederholte, musste ich sie reparieren lassen.

»Ich muss das selbst bezahlen«, klärte ich ihn auf. »Es ist kein Versicherungsfall.«

Das erinnerte Dave daran, dass der Schadensregulierer endlich in der Werkstatt aufgekreuzt war und mein ausgebranntes Wrack als Totalschaden eingestuft hatte. Eine Erkenntnis, auf die ich fast drei Wochen lang hatte warten müssen. Doch jetzt würde bald ein Scheck in der Post liegen.

Ich hatte einen Geistesblitz. »Dave, wissen Sie noch, wie das Abschleppunternehmen hieß, das meinen Transporter nach dem Brand hergebracht hat?«

»Klar, Moss and Pike.«

»Ist das eine hiesige Firma?«

Dave überlegte eine Weile. Ich hörte, wie im Hintergrund Metall auf Metall traf. Ein Radio dudelte, und jemand pfiff bei der Arbeit die Melodie mit. »Tja, es gibt eine Niederlassung in Moretonhampstead«, überschrie er das Getöse. »Aber die haben Filialen überall, glaube ich. Jedenfalls kann ich heute nichts für Ihren Transporter tun. Ich habe einen Eilauftrag, eine Harley, die es zerlegt hat.« Er kicherte schadenfroh. »Allerdings hat es sie nicht so schlimm erwischt wie den Fahrer.«

»Wirklich? Ein Freund von mir fährt so ein Motorrad«, log ich, ohne rot zu werden. »Sie können mir nicht vielleicht sagen, wie der Besitzer heißt?«

»Westershall.«

Ein eiskaltes, flaues Gefühl breitete sich in meinem Magen aus.

»Hören Sie, Juno, wir haben viel zu tun, ich muss jetzt auflegen. Bringen Sie Ihren Transporter morgen oder übermorgen vorbei. Ich schaue, was ich machen kann.«

»Danke, Dave«, verabschiedete ich mich. »Tschüss.«

Westershall. Mein benebelter Verstand versuchte, die grausige Möglichkeit zu verkraften, dass Jamie tatsächlich der Motorradfahrer gewesen war, der mich von der Straße hatte drängen wollen. Doch schon im nächsten Moment war meine Verwirrung komplett, denn draußen in der Shadow Lane stand kein anderer als Jamie höchstpersönlich und betrachtete das Porträt des Bullen im Schaufenster. Ich rang noch immer um Fassung, da kam er auch schon herein.

»Hallo, Juno«, begrüßte er mich und hielt verdattert inne. »Alles klar?«

»Äh ... ja ... bestens.«

»Sie wirken ein wenig durch den Wind.«

»Nein, es geht mir gut, danke.« Ich zwang mich zu einem Lächeln. »Und wie läuft es bei Ihnen?«

»Wunderbar.« Er machte ganz und gar nicht den Eindruck eines Menschen, der vor Kurzem in eine Hecke geschleudert worden oder in unsanften Kontakt mit einer harten Oberfläche gekommen war. Inzwischen starrte er auf meinen Kopf.

»Wissen Sie, dass Sie Zeug in den Haaren haben?«

»Zeug?« Ich hatte, seit ich im Laden war, nicht daran gedacht, in den Spiegel zu schauen. Nun hob ich die Hand und pflückte ein Zweiglein, an dem noch zwei Blätter hingen, aus meinen Locken. Nun, schließlich hatte ich eine alte Dame aus einer Hecke rausgezogen. Ich tastete nach weiteren Hinterlassenschaften. »Und was kann ich für Sie tun?«

Er wies mit dem Daumen in Richtung Fenster. »Das Porträt

ist eine Wucht. Der alte Sandy wird ganz aus dem Häuschen sein. Eigentlich wollte ich zu Sophie. Ist sie da?«

»Freier Tag. Kann ich Ihnen helfen?«

»Ich wollte sie fragen, ob sie das Bild für uns rahmen lassen könnte. Eigentlich wollte Emma sich darum kümmern, aber sie ist momentan ein wenig unpässlich.«

»Ist sie krank?«

»Ein bisschen lädiert«, erklärte er, ein recht starres Lächeln auf den Lippen. »Sie wurde von ihrem Pferd abgeworfen.«

Mir ging ein Licht auf. »Hoffentlich nichts Ernstes?«

»Hauptsächlich Kratzer und blaue Flecke. Sie hat sich zwar ordentlich den Hals verrenkt, aber gebrochen ist nichts.«

»Bis zur Party ist sie doch hoffentlich wieder auf dem Damm.« Ich bemühte mich nach Kräften um einen Anteil nehmenden Tonfall, was schwierig war, denn ich war unglaublich erleichtert. Offenbar war Emma nicht von ihrem Pferd, sondern von einem Stahlross abgeworfen worden – was bedeutete, dass Jamie nicht der Motorradfahrer gewesen war. Das flaue Gefühl in meinem Magen verschwand schlagartig.

»Ach, selbstverständlich«, erwiderte er vergnügt. »Es würde schon mehr als ein Sturz dazugehören, um sie von Sandys Geburtstagsparty fernzuhalten. Allerdings kann sie ein paar Tage lang nicht Auto fahren. Deshalb hatte ich gehofft, dass Sophie sich um den Bilderrahmen kümmern könnte. Ich fürchte, mir fehlt der Blick für so etwas.«

»Natürlich erledigt sie das gern. Ich rufe sie an.«

»Könnten Sie das tun, Juno? Ich habe es nämlich ziemlich eilig.«

»Überlassen Sie das nur mir.«

Er bedankte sich und wandte sich zum Gehen. Doch an der Ladentür drehte er sich noch einmal um, als sei ihm plötzlich etwas eingefallen. »Das ist doch Ihr Transporter da draußen auf der Straße, oder? Der weiße Peugeot?«

»... der mit dem fehlenden Rücklicht und der verbeulten Stoßstange? Ja, das ist meiner.«

Er nickte, als müsse er sich selbst etwas bestätigen. Im nächsten Moment biss er sich auf die Unterlippe, und ein seltsames Lächeln malte sich auf sein Gesicht. »Was ist denn passiert?«

Das eiskalte Gefühl in meinem Magen kehrte zurück. Sein Blick hatte etwas derart Eindringliches, dass mir sofort klar war, dass er diese Frage nicht aus reiner Höflichkeit stellte.

»Irgend so ein Idiot ist mir reingefahren«, antwortete ich nach einer kurzen Pause.

»Haben Sie sich das Kennzeichen notiert?«

»Nein«, erwiderte ich mit fester Stimme. »Ich hatte den Wagen geparkt.«

Er zog die Augenbrauen hoch. »Also gibt es keine Zeugen?«, erkundigte er sich lässig.

»Nein«, versicherte ich ihm. »Keine Zeugen.«

Immer noch geheimnisvoll lächelnd, verließ er den Laden. Was sollte ich davon halten?

Sobald er weg war, rief ich Sophie an, um ihr die Sache mit dem Bilderrahmen zu erklären.

»Hat Jamie Geld dagelassen?«, fragte sie. Als ich das verneinte, stöhnte sie in den Hörer. »Es wird ein Vermögen kosten. Ein Bild von diesem Format muss doppelt gefasst werden und braucht außerdem einen schweren Rahmen, damit es richtig zur Geltung kommt. Irgendwas dickes, vergoldetes.«

»Er wird dir das Geld doch wiedergeben.«

»Irgendwann. Aber bis dahin muss ich es vorstrecken. Der Typ, bei dem ich sonst meine Bilder rahmen lasse, ist im Urlaub. Das heißt, dass ich dafür nach Newton Abbot muss.«

Das trifft sich ja prima, dachte ich und erbot mich, sie hinzufahren. Was in Ashburton die Antiquitätenläden sind, sind in Newton Abbot nämlich die Sozialkaufhäuser. Während

Sophie eine Ewigkeit mit der Auswahl von Rahmen und Passepartout verbrachte, konnte ich mich dort umschauen, denn ich suchte nicht nur nach Ware für den Laden, sondern hoffte außerdem, eine Jeans ergattern zu können. Ich weigere mich nämlich, eine abstruse Summe für eine Hose hinzublättern, in der ich dann Fußböden scheuere und Hunde spazieren führe. Und dass ich Jeans mit extralangen Beinen brauche, macht die Angelegenheit noch teurer, weshalb ich gegen Schätzchen aus zweiter Hand nichts einzuwenden habe. Also versprach ich Sophie, am kommenden Nachmittag mit ihr hinzufahren, und stellte meinen Terminkalender noch einmal um.

Im nächsten Moment erschienen drei Damen im Laden, vermutlich der gewaltigste Kundenansturm, den er je erlebt hatte. Die nächste halbe Stunde beschäftigten sie sich damit, sich über dieses und jenes zu begeistern, bis sie schließlich mit zwei von Pats kleinen Hexen, einem Aquarell, das den Haytor darstellte, drei von Sophies Grußkarten und einem Paar selbst gemachter Ohrringe von dannen zogen.

Für einen Augenblick war ich ein bisschen neidisch, als ich die Ohrringe in Seidenpapier wickelte, denn ich hatte Pat beigebracht, wie man sie bastelte, und inzwischen verkaufte sie ziemlich viele davon. Ich hätte ein paar kleine und stetig hereintröpfelnde Umsätze auch gut gebrauchen können. Doch ich schob meine ungnädigen Gedanken beiseite. Schließlich gingen ihre Verkaufserlöse alle an die Tierauffangstation. Die Freude an der Arbeit selbst war ihr einziger Lohn, weshalb ich meinen inneren Neidhammel streng zurückpfiff.

Während die drei Damen sich umgeschaut hatten, hatte noch eine vierte Person zu Pats Schaufenster hereingespäht: die geheimnisvolle Frau vom Parkplatz. Heute sah sie nicht so tipptopp gepflegt aus wie bei unserer letzten Begegnung. Möglicherweise war es ihr ja nicht gelungen, sich auf der Toilette eines Cafés ein wenig herzurichten. Ihr Haar war nicht zu einem französischen Zopf geflochten, sondern hing ihr als Pferdeschwanz mit zippelig-unordentlichen Enden über die Schulter. Vielleicht lag es an dem verhältnismäßig kalten, kräftigen Wind, dass sie sich in ihre wattierte Jacke duckte und die Hände tief in die Taschen steckte. Offen gestanden wirkte sie heute eher wie eine Obdachlose als wie ein mysteriöses Wesen. Am liebsten wäre ich hinausgegangen, um sie anzusprechen, musste mich jedoch um meine durcheinanderschnatternden Kundinnen kümmern. Als ich das nächste Mal hinausblickte, war die Frau fort.

Inzwischen hatte ich einen Mordshunger, schließlich hatte ich noch nicht mal gefrühstückt, und es war beinahe Mittagszeit. Wo waren Ricky und Morris nur, wenn ich sie brauchte? Sonst brachten sie mir immer Kuchen vorbei. Ich lief nach oben in die Küche, in der Hoffnung, irgendwo noch einen Notvorrat zu entdecken. Im Schrank fand ich eine angebrochene Packung Hobnob-Kekse und im Kühlschrank ein paar Käseecken. Perfekt.

Ich nahm die Sachen mit nach unten und deponierte sie unter der Theke, um sie rasch verschwinden lassen zu können, wenn ein Kunde auftauchen sollte. Dann riss ich die dünne Silberfolie einer Käseecke auf und machte mir ein Hobnob-Sandwich.

Die Kundinnen hatten mich von meinen Überlegungen zum Thema Jamie abgelenkt. Ich war noch immer nicht sicher, wie ich unser Gespräch einstufen sollte. Wusste er, dass es mein Wagen war, der Emma vom Motorrad geholt hatte? Oder hegte er nur einen Verdacht? Wie mochte sie ihm den Unfall wohl geschildert haben? Hatte er mit seiner Frage nach möglichen Zeugen nur seine Schwester schützen wollen? Oder war sie eine Warnung an mich, den Mund zu halten? Und ganz gleich, was sie, Moss und der andere Mann auch auf der Applecote Farm getrieben hatten: Gehörte Jamie auch dazu? Mir wäre es anders lieber gewesen, doch ich hatte nun einmal keine Gewissheit.

Und so saß ich vor mich hin mampfend hinter der Theke, musterte Gavins Bücherregale und kam zu dem Schluss, dass sie schrecklich leer und deprimierend aussahen. Dagegen musste ich etwas unternehmen.

Ich klopfte mir die Krümel ab, holte den Karton mit Büchern, die ich auf dem Flohmarkt gekauft hatte, und stellte sie in ein freies Regal. Das sah zwar schon besser aus als zuvor, füllte das Regalbrett jedoch höchstens zu einem Viertel. Deshalb entschied ich, die Kartons mit Gavins Sachen nach Titeln zu durchsuchen, die zumindest einigermaßen verkäuflich waren. Ich öffnete also den ersten Karton und fing an, die Bücher herauszuheben. Ganz oben lag eine gefaltete Ausgabe der *Dartmoor Gazette. Batmans Tod – Fledermausmann tödlich verunglückt,* lautete die Schlagzeile. Das kam mir bekannt vor, und mir fiel wieder ein, dass Gavin den Artikel an dem Tag gelesen hatte, als Jamies Einladung zum Gartenfest kam. Ich warf die Zeitung beiseite.

Dann jedoch griff ich aus einem Impuls heraus wieder danach, faltete sie auseinander und begann zu lesen. *Batmans Tod – Fledermausmann tödlich verunglückt. Tragischer Zwischenfall in Fledermaushöhle*, hieß es weiter in dem eher sensationslüsternen als faktenlastigen Artikel. Ich las den Bericht zweimal durch.

In der heutigen gerichtlichen Untersuchung konnte nicht abschließend geklärt werden, was den Tod von Ben Luscombe aus Buckfast letztlich verursacht hat. Mr. Luscombes Leiche wurde im letzten November auf den Ländereien von Gut Moorworthy aufgefunden. Mr. Luscombe, 21, wurde am Fuß einer Gesteinsformation unweit eines aufgelassenen Bergwerksstollens entdeckt, der von den Einheimischen Moorworthy Pit genannt wird. Man glaubt, dass Mr. Luscombe als engagiertes Mitglied der Fledermausgesellschaft von Devon sich unbefugt Zugang zu dem Landbesitz verschafft hat, um eine Kolonie der seltenen Kleinen Hufeisennasen im nahe gelegenen Wald zu beobachten. Es wird angenommen, dass er sich in der Dunkelheit verirrt hat und tödlich gestürzt ist. Laut Autopsiebericht hatte er kurz zuvor Kokain konsumiert.

Jamie Westershall, der Eigentümer des Gutes, äußerte sich wie folgt: »Der Wald ist eingezäunt, um die seltenen Fledermausarten zu schützen. Mr. Luscombe ist unbefugt in dieses Schutzgebiet von besonderem wissenschaftlichen Interesse eingedrungen. Wir unterstützen die lokalen Fledermausgesellschaften zwar gerne im Rahmen des Landesweiten Fledermaus-Forschungsprogramms, müssen aber auf eine strikte Terminvergabe bestehen. Die alten Bergwerksstollen sind gefährlich. Tragischerweise hat Mr. Luscombe einen hohen Preis dafür bezahlt, dass er den Wald ohne Begleitung betreten hat. Wir bedauern seinen Tod. Unser Mitgefühl gilt seiner Familie.«

Mr. Alec Pedrick von der Devon-Fledermausgesellschaft würdigte Mr. Luscombe mit diesen Worten: »Ben war Umweltschützer mit Leib und Seele und hat für die Britische Fledermausgesellschaft und das Landesweite Fledermaus-Forschungsprogramm wertvolle Arbeit geleistet. Wir werden ihn sehr vermissen.«

Die Ausgabe stammte aus dem vorvergangenen Juni, was hieß, dass seit dem Zwischenfall über ein Jahr vergangen war. Als ich von der Zeitung aufblickte, konnte ich gerade noch sehen, wie die geheimnisvolle Frau mit einem riesigen Wäschesack bewaffnet am Schaufenster vorbeihuschte. Mir wurde klar, dass sie die letzte Stunde im Münzwaschsalon zwei Türen weiter verbracht haben musste. Und ich hatte ärgerlicherweise die Gelegenheit verpasst, mit ihr zu reden. Doch das spielte jetzt keine Rolle, denn da gab es jemanden, den ich noch viel dringender sprechen wollte. Ich förderte das Telefonbuch zutage, um die Nummer von Mr. Alec Pedrick nachzuschlagen.

19

Alec Pedrick, ein bärtiger Mann Mitte fünfzig, empfing mich freundlich in seinem kleinen Haus. Er wohnte in der Widecombe Road, gleich den Hügel hinauf in Richtung Buckland.

»Sehr nett von Ihnen, dass Sie so kurzfristig Zeit für mich hatten, Mr. Pedrick.« Ich war sofort nach Ladenschluss zu ihm gefahren. Es war angenehm, hinein ins Warme zu kommen, denn inzwischen war es kalt geworden, und Nebel stieg auf.

»Nennen Sie mich Alec.« Er bot mir Tee an, und ich folgte ihm in die Küche. Auf dem Weg dorthin kamen wir an zwei kleinen Kindern vorbei, die im Wohnzimmer auf dem Fußboden saßen und in den Fernseher starrten. »Ich passe nur auf die Enkel auf, bis ihre Mutter sie nach der Arbeit abholt«, erklärte er mir. »Also machen Sie mir überhaupt keine Umstände.« Lächelnd wartete er ab, bis das Teewasser kochte. »Und Sie sind eine Freundin von Gavin? Eine schlimme Sache war das«, fügte er mit einem Kopfschütteln hinzu. »Wirklich schlimm.«

Er wies auf einen Sessel neben einem Holzofen, in dem es organgefarben glühte. Ich setzte mich. Die Küche war gemütlich und mit Büchern vollgestellt, so als diente sie auch als Arbeitszimmer. »Ich wusste gar nicht, dass Gavin sich für Fledermäuse interessiert hat.«

»Tja, offen gestanden hat er das wahrscheinlich auch nicht«, meinte Alec und nahm mir gegenüber Platz. »Er ist nie der Gesellschaft beigetreten, hat Ben jedoch zwei- oder dreimal begleitet. Ein netter Junge, allerdings ein bisschen verträumt, fand ich.« Er lachte auf. »Das heißt, ihm kam es offenbar eher darauf an, nachts im Wald herumzuschleichen, als auf die Fledermäuse selbst. Unsere Aufgabe ist es, die Fledermäuse zu zählen, aber er redete immer nur von Dracula und Werwölfen und so weiter.«

»Typisch Gavin.«

Alec streckte die Beine in Richtung Ofen, überkreuzte die Knöchel und machte es sich bequem. »Wussten Sie, dass es in diesem Land achtzehn verschiedene Fledermausarten gibt und dass sechzehn davon in Devon vorkommen? Und in Devon lebt auch die größte Population der seltenen Kleinen Hufeisennase von ganz Westeuropa.«

»Und einige davon sind auf Gut Moorworthy zu Hause?«

Er nickte. »Im Moorworthy Pit existiert eine große Kolonie.«

»War das Bens Absicht? Wollte er die Kleinen Hufeisennasen dort zählen?«

»Nun, nicht unbedingt«, räumte er ein. »Über die Kleinen Hufeisennasen wissen wir schon seit Jahren gut Bescheid. Natürlich behalten wir die Anzahl auch weiter im Auge. Aber vor einigen Jahren wurden außerdem Mopsfledermäuse gesichtet. Und die sind wirklich selten.« Er reckte einen Finger in die Luft. »Eine bedrohte Art. Außerdem nisten sie nicht in Höhlen oder Bergwerksstollen, sondern in hohlen Bäumen.« Er stand auf, holte ein Buch aus dem Regal und blätterte darin herum, bis er auf ein Bild stieß. »Hier!« Er zeigte es mir. »Das ist eine Mopsfledermaus. Sehen Sie?«

Ich hatte Fledermäuse schon immer für hässliche kleine Kreaturen gehalten, und die Mopsfledermaus machte da keine Ausnahme. Sie hatte ein eingedrücktes, ledriges Gesicht wie ein Gorilla im Miniaturformat. »Und die gibt es in den Wäldern von Moorworthy?«

Alec nickte begeistert und nahm mir das Buch aus der Hand. »Sie lieben alte Bäume und dicht belaubte Waldgebiete. Ben wollte unbedingt eine Evaluierung des Gebiets durchführen …«

»Evaluierung?«, unterbrach ich ihn.

»Eigentlich nur ein Spaziergang«, erklärte er. »Man durchquert mit einem Aufnahmegerät eine Stunde lang ein bestimmtes Gebiet. Später kann man die Aufnahme analysieren und die vorhandenen Fledermausarten bestimmen. Bis dahin hatte die Fledermausgesellschaft immer freien Zutritt zu den Ländereien. Kein Problem. Doch kurz nach der Entdeckung der Mopsfledermäuse hat Mr. Westershall den Wald einzäunen lassen.«

»Wissen Sie, warum?«

Alec zuckte die Achseln. »Er sagte, es sei gefährlich. Irgendein alter, bis dahin unbekannter Schacht sei eingebrochen, und es sei seine Pflicht, die Bevölkerung zu schützen. Nun, dagegen ließ sich nichts einwenden, oder? Schließlich ist die öffentliche Sicherheit nichts, worüber man streiten könnte. Außerdem liegt das Gebiet auf seinem Land. Was sollten wir also tun? Aber Ben war ziemlich sauer. Er …« Ruckartig klappte er den Mund zu, als befürchte er, schon zu viel geredet zu haben. Als habe er Angst, seine Gefühle könnten ihn verraten. Er starrte in die Flammen.

»Ben ist wieder hingegangen?«, hakte ich nach. »In der Nacht, als er gestorben ist.«

Alec nickte. »Der Zeitungsartikel erwähnt nicht, dass er vor dem fraglichen Abend schon einmal aus dem Wald vertrieben worden war. Er ist im Schutz der Dunkelheit durch den Zaun gekrochen.« Trotz des traurigen Anlasses lachte er leise auf. »Er hatte eine Drahtschere dabei und wollte die Evaluierung unbedingt beenden. Er hat erzählt, er habe im alten Bergwergsstollen von Moorworthy Pit Licht gesehen. Aber dann hat ihn jemand bemerkt, und er musste sich dünnemachen.«

»Ist das mit dem Licht denn möglich? Der Schacht wird doch nicht mehr benutzt.«

»Schon seit hundert Jahren nicht mehr«, bestätigte Alec. »Und trotzdem war da jemand.«

Eine Weile hingen wir schweigend unseren Gedanken nach. Nur das Knistern des Holzfeuers und hin und wieder Musikgeklimper vom Fernseher nebenan waren zu hören. Schließlich ergriff Alec wieder das Wort. »Mein Großvater hat im Zinnbergbau gearbeitet, wie auch sein Vater vor ihm. Und der wiederum war Bergmann in Moorworthy. Der alte Stollen, wo heute die Kleinen Hufeisennasen nisten, wurde schon damals geschlossen. Also hat er auf der Applecote Farm angeheuert.«

»Der Farm gleich daneben?«

»Genau.« Er warf mir einen forschenden Blick zu. »Wissen Sie, wie Zinn abgebaut wird? Es findet zum Großteil im Tagebau statt. Im Moor war das seit Jahrhunderten so. Manchmal jedoch wurde auch ein Schacht gegraben, sehr tief, vielleicht fünfzehn Meter, wie auf Moorworthy. Applecote war über hundert Jahre lang ein Tagebau«, fuhr er fort. »Dann legte man die Schächte an. Zumindest war das üblich, wenn man auf Erz stieß. Manchmal grub man auch eine Tagesöffnung …«

»Tagesöffnung?«, unterbrach ich ihn.

»Entschuldigung.« Er lächelte. »Eine Tagesöffnung ist einfach nur ein Tunnel. Er gestattet den Arbeitern einen ebenen Zugang zum Stollen. Manchmal musste man auch einen anlegen, um Wasser abzuleiten, wenn man in zu großen Tiefen arbeitete.«

»Wo genau wurde Bens Leiche gefunden?«

»Am Fuße irgendwelcher Felsen.« Alec lachte leise auf, doch es klang zornig und gleichzeitig traurig. »Er wollte um jeden Preis zurück in diesen Schacht auf Moorworthy, um rauszukriegen, was dort gespielt wurde. Er war überzeugt, dass den Fledermäusen Gefahr drohte. Nie im Leben hat er sich in der Nähe der Felsen herumgetrieben, wo man ihn entdeckt hat. Die liegen nämlich etwa einen Dreiviertelkilometer entfernt mitten in offenem Gelände. Da gibt es keine Fledermäuse.«

»Bei der Untersuchung hieß es, er habe sich in der Dunkelheit verirrt.«

»In jener Nacht war Vollmond. Außerdem war Ben kein Idiot. Er kannte sich dort aus.«

»Aber in der Untersuchung hat man festgestellt ...«

»Dass er Kokain intus hatte?« Alec verzog ärgerlich den Mund. »Dieser Junge hat im ganzen Leben niemals Drogen genommen. Wenn er Kokain im Blut hatte, dann, weil jemand es ihm eingetrichtert hat.«

»Glauben Sie, dass er ermordet wurde?«

»Ja, das glaube ich.« Seine Stimme bebte. »Jemand hat den Jungen ermordet und seine Leiche die Felsen hinuntergeworfen.«

»Das dachte Gavin offenbar auch«, erwiderte ich. »Als wir zu dem Fest nach Moorworthy eingeladen wurden, war er sofort Feuer und Flamme. Vermutlich hat er eine Gelegenheit gewittert, nachzuforschen, was Ben zugestoßen ist. Er wollte sich gründlich im Wald umsehen, aber ... er ist daran gehindert worden.«

Alec nickte mit finsterer Miene.

»Haben Sie nach Bens Tod je mit der Polizei gesprochen? Haben Sie von Ihrem Verdacht wegen der Lichter erzählt, die er in dem alten Schacht bemerkt hat?«

»Ja. Sie haben behauptet, er habe Halluzinationen gehabt, weil er unter Drogen stand.« Er schnaubte verächtlich. »Mir wird schlecht, wenn ich nur daran denke.«

Ich zögerte, bevor ich die nächste Frage stellte. »Und wer hat ihn Ihrer Ansicht nach auf dem Gewissen?«

»Westershall natürlich. Er wurde schließlich auf seinem Land gefunden.«

»Meinen Sie Jamie?«

Er nickte düster.

Obwohl ich die Umstände von Gavins Tod wieder und wieder durchgegangen war, hatte ich Jamie nie als Mörder in Betracht gezogen. Trotz des wärmenden Feuers fröstelte ich.

»Nehmen wir einmal an, dass Jamie oder sonst ein Mitglied der Familie Westershall für Bens Tod verantwortlich ist. Warum hat derjenige seine Leiche dann nicht in den Stollen geworfen, wo niemand ihn je gefunden hätte? Er hätte ihn auch unten vor dem Haytor ablegen können. Oder irgendwo sonst im Moor. Wieso sollten die Westershalls eine Leiche auf ihrer eigenen Türschwelle hinterlassen?« Ich verzog das Gesicht. »Wer hat ihn eigentlich gefunden?«

»Jamie Westershall.«

»Jetzt blicke ich nicht mehr durch.«

Mit eindringlicher Miene beugte Alec sich vor. »Hören Sie, viele Leute wussten, was Ben vorhatte. Er war Blogger und stand im Kontakt mit Initiativen zum Schutz von Fledermäusen im ganzen Land. Er hatte eine Familie, Freunde und eine Freundin. Also hätte man ihn bald als vermisst gemeldet und der Polizei Hinweise gegeben, wo sie suchen musste. Und ganz gleich, was die Westershalls auch im Schilde führen, es hätte ihnen sicher gar nicht gepasst, wenn die Polizei ihre gesamten Ländereien abgesucht hätte. Da war es doch viel besser, dass Jamie Westershall seinerseits die Polizei verständigt und einen tragischen Unfall mit tödlichem Ausgang meldet. Und dann führt er sie direkt dorthin.«

»Riskant war es trotzdem.«

»Ach, ich glaube, dass Mr. Westershall kein Problem mit Risiken hat.« Alec lehnte sich in seinem Sessel zurück. »Ein weiteres Motiv könnte sein, dass er schon seit einer Weile den

Zutritt zu seinem Land verbietet, und zwar unter dem Vorwand, es sei gefährlich. Sie haben seine Aussage bei der gerichtlichen Untersuchung ja gelesen. Nun, das stieß immer wieder auf Widerstand. Aber das Auffinden von Bens Leiche war für ihn so etwas wie eine Bestätigung. Danach war Schluss mit den Protesten. Jetzt kann er tun und lassen, was er will ...«

Geräusche kündigten das Eintreffen eines Menschen an. Schritte erklangen an der Haustür, eine Frau rief etwas, und die Kinder rannten ihr johlend entgegen, um sie zu begrüßen. Alecs Tochter war zu Hause. Für mich wurde es Zeit, mich zu verabschieden. »Vielen Dank dafür, dass Sie mich empfangen haben, Alec. Es tut mir leid, wenn es Sie aufgewühlt hat, über Bens Tod zu sprechen.«

Als ich mich zum Gehen anschickte, stand er auf und griff nach meiner Hand. »Ganz gleich, was dort auch los sein mag, die haben schon zweimal gemordet, damit es geheim bleibt. Seien Sie bloß vorsichtig.«

Ich legte meine Hand auf seine. »Ich passe gut auf«, versprach ich ihm. Als ich ging, wusste ich nicht, was ich von der Sache halten sollte.

20

In Newton Abbot kaufte ich zwei Jeans, einen silbernen Teelöffel, den ich in einer Kiste mit alten Besteckteilen entdeckte, einen Teewagen aus Eiche mit gedrechselten Beinen, einige hübsche Teller und eine Untertasse aus Moorcroft-Porzellan. Doch als ich in die Rahmenhandlung zurückkehrte, wo ich Sophie anderthalb Stunden zuvor abgesetzt hatte, hatte sie sich noch immer nicht für einen Rahmen entschieden. Also lud ich meine Beute im Transporter ab und ging erneut auf die Pirsch. Diesmal brachte mir mein Streifzug durch die Sozialkaufhäuser eine Vorlegeplatte mit Weidenmuster und einem Haarriss und einige annehmbare Taschenbücher ein, um noch ein paar Zentimeter in Gavins Regalen zu füllen. Eigentlich hatte ich mir ein besseres Ergebnis erhofft, aber zumindest trat ich den Rückzug nicht mit leeren Händen an. Außerdem waren der Teelöffel und die Moorcroft-Untertasse echte Schnäppchen.

Als ich zum zweiten Mal in den Laden kam, war Sophie endlich fertig. Der Bilderrahmer versprach, den Auftrag bis zum Tag vor Sandys Party zu erledigen.

Natürlich wollte Sophie wissen, was mit dem *Weißen Blitz* passiert war. Ich erzählte ihr die ganze Geschichte, nur Ollys häusliche Situation erwähnte ich nicht.

»Du hättest die Polizei verständigen sollen!«

Mit dieser Reaktion hatte ich gerechnet. »Was hätte das gebracht? Ich kann nichts beweisen. Und selbst wenn ich belegen könnte, dass der Lastwagen von Moss and Pike mir hinten reingerauscht ist, könnten sie immer noch alles abstreiten.«

»Du hättest sterben können.«

»Jamie ist im Bilde. Als er gestern in den Laden kam, wusste er, dass mein Transporter in Emmas Unfall verwickelt war.«

»Bist du sicher?« Genau wie ich wollte sie nicht glauben, dass EBs tapferer und attraktiver Retter, der charmante Beschützer von Witwen und Waisen, Dreck am Stecken haben könnte. »Warum hast du ihn nicht darauf angesprochen?«

»Keine Ahnung.« Immer wieder hatte ich das Gespräch Revue passieren lassen. Weshalb, zum Teufel, hatte ich ihn nicht gefragt, was seine Schwester im Schilde führte und was sich auf der Applecote Farm tat? Und wieso hatte er nicht von mir wissen wollen, aus welchem Grund ich eine Drohne über seinem Land fliegen ließ? Stattdessen hatten wir einander nur forschend gemustert wie zwei Pokerspieler, die ihr Blatt nicht zeigen wollen.

Sophie bedachte mich mit einem finsteren Blick. »Die Party wird bestimmt interessant. Möchtest du trotzdem noch hin?«

»Natürlich möchte ich hin. Ich will rauskriegen, was die dort treiben, verdammt!«

Als ich später noch einmal darüber nachdachte, wurde mir klar, dass Jamie vielleicht deshalb geschwiegen hatte, weil er sich – wie ich oder wie ein Pokerspieler eben – seinen nächsten Schritt überlegte.

Am nächsten Morgen begegnete ich wieder der geheimnisvollen Frau. Ich war früh unterwegs, um die Hunde auszuführen. Inzwischen hatte sich das Laub im Wald rot-golden verfärbt, und Sonnenlicht strömte durch die trockenen Blätter wie durch die Buntglasfenster einer Kirche. Die Hunde tollten in den raschelnden Blätterhaufen umher und wirbelten das Laub in alle Richtungen auf. Ich entdeckte das geparkte Auto bei Cuddyford Cross, gut versteckt neben der Einfahrt zu einer

Farm. Als ich hineinspähte, sah ich auf dem Rücksitz einen zusammengefalteten Schlafsack, Kissen und eine Einkaufstüte voller Beutelchen mit Katzenfutter liegen. Doch von der Frau selbst oder ihrem Kater fehlte jede Spur.

Ich folgte dem Weg bis zur Great Bridge und schaute über die alte Steinmauer. Der River Ashburn, dem Ashburton seinen Namen verdankt, entspringt am Rippon Tor, fließt das Tal hinunter und mitten durch das Städtchen und mündet schließlich bei Buckfastleigh in den Dart. Von der Brücke aus hatte ich das reißende Wasser gut im Blick. Welke Blätter wurden von der Strömung mitgetragen wie kleine Boote.

Danach ging ich mit den Hunden die Stufen zum Terrace Walk hinauf. Eigentlich ein seltsamer Name für einen Trampelpfad, der eine abschüssige Wiese durchquert. Die Aussicht hier ist die schönste im Umkreis von ganz Ashburton. Man schaut über das bewaldete Tal bis zu den Hügelausläufern im Moor. Die Wälder in der Ferne, die im Sommer wie eine grüne, homogene Masse erscheinen, verwandeln sich im Herbst in eine rostrot und braun gemusterte Tapete. Ich konnte die golden schimmernden Rosskastanien, die limettengrün leuchtenden Pappeln und das strahlende Feuerwehrrot der Ahornbäume ausmachen, die sich von den tiefgrünen Stechpalmen und Fichten abhoben.

So wunderschön ist das Panorama, dass man im Laufe der Jahre einige Bänke aufgestellt hatte, damit die Menschen darauf Platz nehmen und es genießen konnten. Die meisten dieser Bänke sind inzwischen zerfallen, und Zaunwinden und Dornenranken wuchern durch die Sitzflächen. Ein paar sind jedoch noch benutzbar, und auf einer davon saß meine geheimnisvolle Frau, den Kater auf ihrem Schoß, und blickte über das Tal. Der Nebel, der sich dort unten breitgemacht hatte, bildete eine milchige Schicht, in der die Bäume zu schweben schienen. Gebannt ließ die Frau die magische Stimmung auf sich wirken, bis das Gebell meiner überdrehten Hundemeute die Ruhe störte.

Schnitzel und EB steuerten schnurstracks auf die Bank zu, um freundlich Guten Tag zu sagen.

Es gelang mir, Sally, die Labradordame, am Halsband zu packen, bevor sie sich ihnen anschließen konnte. Als die Hunde sich näherten, erhob sich der Kater, machte einen Buckel und verwandelte sich in eine zornig fauchende Fellkugel. Die geheimnisvolle Frau schoss hoch, hielt ihn fest und außer Reichweite von EB und Schnitzel, die sie freudig kläffend umkreisten und an ihr hochspringen wollten.

»Es tut mir schrecklich leid!«, sagte ich und befahl den beiden bellenden Rabauken, sich zu benehmen. Die Frau wandte sich ab und ging den Pfad entlang, ohne sich nach mir umzudrehen. »Brauchen Sie Hilfe?«, rief ich ihrem sich rasch entfernenden Rücken nach und begann, die Hunde anzuleinen. Doch sie setzte ihren Weg fort und achtete nicht auf mich. »Sie schlafen in Ihrem Auto.«

Das sorgte dafür, dass sie stehen blieb. Sie drehte sich um und musterte mich eindringlich. »Ach, wirklich?« Sie zog die schmalen Brauen hoch.

»Stecken Sie irgendwie in Schwierigkeiten?«, fragte ich. »Kann ich vielleicht etwas für Sie tun?«

»Ja, Sie können aufhören, sich in anderer Leute Angelegenheiten einzumischen«, erwiderte sie mühsam beherrscht. Dann machte sie kehrt und stolzierte über die Wiese davon.

Ich unternahm keine Anstalten, ihr zu folgen. »Offenbar sind wir unerwünscht«, teilte ich meinen vierbeinigen Begleitern mit.

Das letzte Stück des Terrace Walk führt durch ein kleines Wäldchen, hinter dem der Pfad in die Roborough Lane mündet, die einen zurück in die Stadt bringt. Als ich den schlammigen Weg unter den Bäumen entlangschlenderte, wurde von

Schritt zu Schritt immer offensichtlicher, dass ich mich wieder der sogenannten Zivilisation näherte – und zwar wegen der vielen ekligen kleinen Hundekotbeutel, die überall auf dem Boden lagen. Offenbar war es den Leuten, nachdem sie die Hinterlassenschaft ihres Hundes eingesammelt hatten, nicht zuzumuten, das Tütchen bis zum nächsten Abfallbehälter zu tragen. Außerdem zierte noch weiterer Müll die Landschaft: Getränkedosen, zerbrochene Flaschen, Pommestüten und diverse andere Widerlichkeiten, wohin das Auge blickte. Ich hielt die Hunde an der kurzen Leine, um zu verhindern, dass sie sich an einem scharfen Gegenstand die Pfoten zerschnitten.

Nachdem ich meine Schützlinge abgeliefert hatte, schaute ich kurz bei Chloe Berkeley-Smythe vorbei, um die Werbebroschüren von ihrer Fußmatte zu entfernen und die Blumen zu gießen. Die Markierung im Küchenkalender verriet mir, dass sie erst in einigen Wochen von ihrer Kreuzfahrt zurückkehren würde, weshalb der Großputz, der vor ihrer Ankunft fällig war, noch warten konnte. Chloe bezahlte mir einen Pauschalbetrag dafür, dass ich während ihrer Abwesenheit ein Auge auf das Haus hatte. Und da sie den Großteil ihres Daseins auf Kreuzfahrtschiffen verbrachte, passte mir das sehr gut.

Normalerweise hielt sie sich nur für wenige Wochen in ihrem Haus in Ashburton auf, gerade lang genug, um ihre Koffer auszupacken, ihre Sachen zu waschen, alles wieder zu verstauen und ins nächste Abenteuer aufzubrechen. Sie war der arbeitsscheueste und vergnügungssüchtigste Mensch, den ich kannte, und ich hatte immer viel Spaß mit ihr.

Maisie hingegen verließ ihr Haus fast nie, fand jedoch ebenfalls Mittel und Wege, sich zu amüsieren. Als ich hereinkam, war sie gerade wieder mit ihrem liebsten Sado-Spielchen beschäftigt. »Wie können Sie feststellen, dass etwas mit meinem Computer nicht stimmt, obwohl ich gar keinen Computer habe?«, flötete sie ins Telefon. Eine Pause entstand. Dann wurde am anderen Ende der Leitung lautstark protestiert. »Tja, danach haben Sie mich nicht gefragt!« Mit einem hämischen Kichern knallte sie den Hörer auf.

»Wie lange haben Sie den armen Menschen diesmal durch den Reifen springen lassen, Maisie?«, erkundigte ich mich, während ich einen Angriff von Jacko mit dem Stiefel abwehrte.

»Ach, ein paar Minuten«, erwiderte sie vergnügt. »In dieser Zeit können sie wenigstens sonst niemanden belästigen. Das wird sie lehren, mich am Telefon anzulügen.«

Offenbar ließ sie nach. Üblicherweise quälte Maisie Callcenteragents nämlich mindestens zwanzig Minuten lang, bis ihre Opfer durchschauten, was die reizende alte Dame im Schilde führte.

In ihrem schwarzen Persianermantel mit Pelzkragen, Baujahr schätzungsweise 1953, und mit einer leicht staubigen Baskenmütze aus schwarzem Samt auf dem Kopf – ihre Ausgehsachen – gab sie ein beeindruckendes Bild ab. Ich hatte sie vorhin angerufen und sie gebeten, rechtzeitig fertig zu sein, denn ich fand, dass sie ein wenig Tapetenwechsel brauchte, und wollte deshalb mit ihr eine kleine Ausfahrt unternehmen.

»Wo möchten Sie hin?«, erkundigte ich mich, obwohl ich die Antwort schon kannte.

Die Pfarrkirche St. Pancras in Widecombe wird häufig als Kathedrale des Moores bezeichnet, und zwar nicht nur wegen ihrer senkrechten Fenster und des hohen Turms, sondern auch deshalb, weil sie einfach mitten in der Landschaft steht. Umgeben von einem Flickenteppich aus Feldern, deren einziger Zweck zu sein scheint, die Kirche richtig zur Geltung zu bringen und einen grünen Hintergrund für ihren Liebreiz zu bilden. Und trotz diverser Versuche des Teufels, sie mit einem Blitzschlag niederzustrecken, ragt sie schon seit fünfhundert Jahren stolz empor.

Die Widecombe Fair – ein beliebtes Volksfest – war zwar bereits vorbei, aber dank des Ruhms von Onkel Tom Cobley und seiner grauen Stute wimmelt es im Dorf Widecombe-in-the-Moor das ganze Jahr über von Besuchern. Außerdem war das Dorf einer von Maisies Lieblingsplätzen. Nach einem kurzen Spaziergang auf unsicheren Beinen rings um den Friedhof und den Dorfanger, bei dem Maisie mich fest an der Hand hielt, machten wir einen Abstecher in den Andenkenladen, damit sie Gelegenheit hatte, sich über den Preis der dort feilgebotenen Geschirrtücher zu empören. Zu guter Letzt setzten wir uns in das kleine Café mit Blick auf den Dorfanger.

»Wir haben neulich über Sie geredet«, teilte sie mir fröhlich mit, während wir unseren Tee tranken. »Beim Kaffeekränzchen in der Kirche. Eine neue Dame war da, und wie sich herausstellte, ist sie eine Nachbarin von der alten Dolly Knolly. Erinnern Sie sich, dass wir letztens über sie gesprochen haben? Sie wohnt in den Daison Cottages.«

Ich spitzte die Ohren, und mein Interesse an der malerischen Umgebung war schlagartig wie weggeblasen. Den Namen der Frau hatte ich vergessen. Ich hatte nur noch ihr Gesicht vor Augen, wie es durch die rautenförmige Lücke im Zaun spähte. »Was hat sie denn erzählt?«

»Oh, nur, dass die arme alte Dolly bis auf ihren Enkel ganz allein ist, und der ist den ganzen Tag in der Schule. Sie macht sich große Sorgen um sie«, plauderte Maisie weiter. »Und dann hat sie gesagt, sie sei einer jungen Riesin mit einer ingwerfarbenen Lockenmähne begegnet, die sie besucht hat …«

Ingwerfarben? Ich muss doch sehr bitten!

»Und da hat Nelly Mole gesagt, dass das nur Juno Browne gewesen sein kann, weil es sonst in Ashburton niemanden gibt, auf den diese Beschreibung passt … und wir alle fanden, dass sie recht hat. Und dann meinte der alte Tom Hopkins, Sie wären keine Riesin mit ingwerfarbenen Haaren, sondern eine Göttin mit feuriger Mähne. Und Nelly Mole hat ihn geschimpft: ›Du solltest dich schämen, Tom Hopkins, über Göttinnen zu reden. Und dabei bist du ein Christenmensch und läutest außerdem die Glocke.‹ Tja, der arme alte Tom ist rot geworden wie eine Tomate …«

»Maisie, können wir Tom einen Moment vergessen? Was genau hat sie gesagt?«

»Wer?« Maisie starrte mich verständnislos an.

»Dolly Knollys' Nachbarin.«

»Ach, die! Nichts.«

»Nichts?«

»Nun, nur dass Sie hin und wieder vorbeischauen, aber sie findet, dass das viel zu selten ist.«

Ollys Nachbarin hatte mich bereits bei einem meiner Besuche abgefangen, mich zum Gartenzaun gerufen und sich nach dem Stand der Dinge erkundigt. Ich glaubte, die Arme wollte einfach nur eine gute Nachbarin sein. Sie erbot sich sogar, selbst nach Dolly zu sehen und der alten Dame Gesellschaft zu leisten. Ich hatte meine liebe Not gehabt, ihr das auszureden. Sie schliefe viel, hatte ich erwidert. Außerdem lösten fremde Menschen Angst und Verwirrung bei ihr aus. Am besten ließe man sie in Ruhe. Allerdings war mir nicht entgangen, dass das der Frau nicht genügte. Als ich Maisie zum Auto begleitete, nahm ich mir vor, mich häufiger in den Daison Cottages blicken zu lassen.

Wir fuhren durch Holne Chase und Buckland zurück und stoppten oben auf dem Hügel, wo wir freie Sicht auf den Kirchturm von Buckland und die Kirchturmuhr hatten, auch eine von Maisies lieb gewonnenen Gewohnheiten. Anstelle von Zahlen war das Zifferblatt mit Buchstaben versehen, welche die Worte MY DEAR MOTHER – *meine liebe Mutter* – ergaben. Keine Ahnung, warum. Man musste um neun Uhr anfangen und im Uhrzeigersinn MY DEAR lesen. Dann kehrte man zurück zur Neun und las MOTHER gegen den Uhrzeigersinn. Was das sollte, war mir ebenfalls rätselhaft.

»Es ist A nach E.« Maisie kicherte. Wir mussten sitzen bleiben und bis R nach E warten, um hören zu können, wie die Uhr zur Viertelstunde das Kirchenlied »All Things Bright and Beautiful« schlug. Auf unserem Weg weiter den Hügel hinunter wurden wir langsamer, um sehnsüchtig die bilderbuchartige Ansammlung strohgedeckter Häuschen in dem kleinen Hain zu betrachten.

Maisie wies auf die kahlen Bäume, wo im Geäst die schwarzen Überreste aufgegebener Krähennester hingen.

»Kaninchennester, das habe ich immer zu unserer Janet gesagt, als sie noch klein war«, erzählte sie. »Ich habe ihr weisgemacht, dass das Kaninchennester sind.«

Und ich lachte, obwohl sie mir die Geschichte schon hundertmal erzählt hatte.

Am nächsten Morgen erledigte ich in Ashburton ihre Einkäufe und schlenderte dann, gefolgt von einem fröhlich an der Leine trottenden Jacko, die Gasse hinter der St. Andrew's Church entlang zur Werkstatt, um mit Dave einen Termin für die Reparatur des *Weißen Blitzes* zu vereinbaren.

Auf dem Werkstatthof angekommen, hätte ich es mir beinahe anders überlegt, denn ich stand plötzlich vor einem riesigen Laster, auf dessen Ladefläche sich schwarze Silageballen türmten. »Moss and Pike« lautete die deutliche Aufschrift am Heck. Darunter hatte jemand mit dem Finger »Wasch mich« in den Staub geschrieben. Ich schlich um das Fahrzeug herum und spähte vorsichtig um die Ecke. Und siehe da, Grünkäppchen war gerade mit Dave ins Gespräch vertieft. Zum ersten Mal sah ich ihn außerhalb des Führerhauses und wurde mit dem Anblick eines gewaltigen Bauches belohnt, der ihm über den Gürtel seiner Jeans quoll, sodass er ihn immer wieder zurechtrücken musste.

Ich schlüpfte wieder hinter den Laster und begann, mit dem Finger Buchstaben auf das staubige Heck zu malen. So versunken war ich in meine Tätigkeit, dass ich den Mann erst bemerkte, als es beinahe zu spät war. »Hallo!«, brüllte er. »Was machen Sie da?«

Ich wusste nicht, ob er mich als Fahrerin des *Weißen Blitzes* wiedererkennen würde. Schließlich hatte er, anders als Emma, keine Gelegenheit gehabt, sich mich richtig anzuschauen. Er trat einen Schritt auf mich zu. Jacko knurrte warnend, zog die Lefzen hoch und fletschte die Zähne.

Man musste Grünkäppchen zugutehalten, dass er die zermalmende Kraft von Terrierkiefern nicht unterschätzte. Selbst wenn der fragliche Terrier ihm kaum über die Knöchel reichte. Er zögerte, und im nächsten Moment erschien Dave höchstpersönlich. Er wischte sich die Hände an einem öligen Lappen ab.

»Alles klar?«, erkundigte er sich mit einem Blick auf Grünkäppchen.

»Hallo, Dave«, antwortete ich fröhlich. »Kann ich mit Ihnen über meinen Transporter sprechen?«

»Ja, am besten machen wir einen Termin. Kommen Sie mit ins Büro.« Als er mit der Hand in Richtung Werkstatt wedelte, stolzierte ich an Grünkäppchen vorbei. Jacko knurrte noch immer und zeterte ihn an. Grünkäppchen stieß ein entnervtes Schnauben aus und stieg in den Laster. Das Getriebe knirschte zornig, als er den ersten Gang einlegte, dann fuhr er rumpelnd von dannen. Ich blickte ihm durch das schmutzige Fenster des Büros nach. Meine Nachricht auf dem Heck seines Lasters hatte er nicht gelesen, er würde sie also erst am Ziel seiner Reise bemerken. Zwei Namen standen da: »Gavin Hall« und »Ben Luscombe«. Dazu ein sehr großes Fragezeichen.

»Du hast Kundschaft«, raunte Pat aufgeregt, sobald ich über die Schwelle des Ladens trat. Sie wies mit dem Kopf in Richtung Lagerraum. »Hinten«, fügte sie augenrollend hinzu.

»Wer ist es denn?«, fragte ich, verwundert über ihr theatralisches Gehabe. »Jemand, den wir kennen?«

Sie schlug die Hand vor den Mund, um ein Kichern zu unterdrücken. »Sieh selbst!«, nuschelte sie und wollte mich zum Lagerraum schieben.

»Schon gut, ich gehe ja.« Ich zwängte mich an Mavis mit Hexenhut vorbei, schlich den Flur entlang und schaute vorsichtig zur Tür hinein. Und da stand Constable Cruella DeVille leibhaftig, eingehüllt in die weiße Kunstpelzjacke mit den schwarzen Tupfen, und bewunderte sich im bodenlangen Spiegel. Von der Tür aus beobachtete ich, wie sie den Kragen hochschlug, ihn wieder hinunterklappte und den Kopf hin und her wandte. Als sie mich im Spiegel bemerkte, röteten sich ihre bleichen Wangen.

»Sie steht Ihnen wirklich«, sagte ich und meinte das ganz ehrlich.

»Ja, tut sie«, stimmte sie mir mit leicht trotzigem Unterton zu. »Obwohl Sie und Ihre Freunde sich letztens auf meine Kosten amüsiert haben.«

»Ach, kümmern Sie sich nicht um Ricky«, erwiderte ich.

»Oh, daran bin ich gewöhnt.« Seufzend zog sie die Jacke aus und warf einen Blick auf das Preisschild.

»Wie heißen Sie denn?«, fragte ich. »Ich meine, mit Vornamen.«

»Christine«, beschied sie mir knapp. »Und dass ich mit C. DeVille unterschreiben muss, macht die Sache nicht besser.«

»Ich fände das lustig. Und meiner Ansicht nach sollten Sie es auch so sehen.«

Sie lächelte beinahe, ein kaum merkliches Zucken ihres

winzigen Mundes. Brach nun endlich das Eis zwischen uns, standen die Zeichen auf Tauwetter?

»Das sagt Dean auch.«

»Ist Dean Ihr Freund?«

»Mein Kollege.« Wieder zuckte ihr Mündlein. »Detective Constable Collins.«

»Aha!« Ich überlegte, ob ich mich erkundigen sollte, wie es in seinem Vaterschaftsurlaub so lief, doch dieser Schuss hätte nach hinten losgehen können. Stattdessen sprach ich ein ernsteres Thema an. »Weiß die Polizei eigentlich, dass Gavin Hall und Ben Luscombe einander kannten?«

»Ben Luscombe?«, wiederholte sie.

»Er ist vor einem Jahr in der Nähe vom Moorworthy Pit gestorben, angeblich infolge eines tödlichen Sturzes.«

Sie zog die dunklen Brauen zusammen. »Angeblich?«

»Ja. Er und Gavin waren Freunde.«

»Und?«

»Hm, erscheint es denn niemandem seltsam, dass zwei junge Männer Opfer von tragischen Unfällen geworden sind? Beide auf den Ländereien von Moorworthy und nur einen knappen Kilometer voneinander entfernt?«

»Unfälle passieren eben. Und außerdem liegt über ein Jahr Abstand dazwischen.«

»Trotzdem glaube ich, dass Gavin wegen der Sache mit Ben in den Wald wollte. Die zwei waren überzeugt, dass in den Bergwerksstollen dort etwas vor sich geht. Und beide haben es mit dem Leben bezahlt.«

DeVille blickte mich gleichmütig an.

»Und welchen Verdacht könnten sie gehabt haben?«

»Nun, das ist ja das Problem … Ich weiß es nicht.«

Die veilchenblauen Augen der Meduse vereisten förmlich. Offenbar war das Tauwetter vorbei. »Was genau wollen Sie damit sagen, Miss Browne?«

Ach herrje, sie hatte etwas von ihrem Chef gelernt! Den gemessenen Tonfall und den eindringlichen Blick hatte sie eindeutig bei ihm abgeschaut. Allerdings wäre ich mir nicht so albern vorgekommen, wenn Inspector Ford die Fragen gestellt hätte. »Ich werde nur den Eindruck nicht los, dass der Tod der beiden vorschnell als Unfall abgetan wurde, obwohl ein Zusammenhang bestehen könnte.«

Cruella zog eine Schulter hoch. »Dass sie sich kannten, bedeutet nicht zwangsläufig, dass es eine Verbindung zwischen den beiden Todesfällen gibt. Ben Luscombe hat sich nachts an einem gefährlichen Ort herumgetrieben. Außerdem stand er unter Drogeneinfluss …«

»Seine Freunde bezweifeln das.«

»Und Gavin Hall«, fuhr sie gnadenlos fort, »hat mit einer tödlichen Waffe herumhantiert.«

»Aber …«

Sie unterbrach mich mit einem Kopfschütteln und betrachtete mich mitleidig. »Es ist nur natürlich, dass man sich eine Erklärung für einen Todesfall wünscht und versucht, einer Tragödie, die einem so willkürlich erscheint, einen Sinn zu geben …«

Ich fiel ihr ins Wort. »Haben Sie das aus einem Polizeilehrbuch für den Umgang mit trauernden Angehörigen?«

Mir war bewusst, dass ich nicht sehr freundlich zu ihr war, aber ihre herablassende Art zerrte an meinen Nerven.

Ihr kleiner Mund zuckte, und sie sah mich feindselig an. »Inspector Ford ist ein viel beschäftigter Mann«, verkündete sie, »aber ich werde Ihre Vermutung weitergeben.«

»Danke«, antwortete ich mit dem gleichen Anflug eines Lächelns wie sie.

Sie schaute auf die Uhr, wie um mir mitzuteilen, dass sie schon genug Zeit mit mir verplempert hatte. Ich streckte die Hände nach der Jacke aus. »Wenn Sie die kaufen wollen, packe ich sie Ihnen ein.«

»Nicht nötig. Ich lege sie einfach ins Auto.«

Ich verlangte den vollen Preis von ihr, ich hatte keine Lust, nett zu ihr zu sein.

Ricky und Morris hatten mich gebeten, sie bei der Anprobe für die dicken Elfen zu unterstützen. Da die ganze flatternde Horde am Nachmittag über sie hereinbrechen würde, brauchten sie noch zwei helfende Hände, damit auch jede Elfe die richtige Bluse und den richtigen Petticoat bekam. Einige sahen in ihrem Rüschengewand und mit der bunten Schärpe wirklich hübsch aus. Morris hatte jeden Rocksaum mit Spitzen und Bändern umnäht und diese mit winzigen Sträußchen aus Seidenblumen, herstellt von meiner Wenigkeit, zusammengerafft. Außerdem trug jede Elfe ein Paar Flügel aus glitzerndem Netzmaterial und eine winzige Haube oder einen Kopfschmuck im Haar. Gut, es waren auch einige Hängebusen und unschöne Fettpolster dabei, und ein paar der Damen konnten, wie Ricky vorausgesagt hatte, nicht auf ihre Gleitsichtbrille verzichten, aber im Großen und Ganzen war ich mit dem Ergebnis zufrieden. Wenn sie in *Jolanthe* im Pulk die Bühne stürmten, würde das Publikum begeistert sein.

Gerade lag ich auf den Knien, um einen Saum hochzustecken, als ich merkte, dass ich angestarrt wurde. Die Stimmung schien ins Feindselige zu kippen. Also blickte ich auf und stellte fest, dass eine fliederfarbene Elfe mich missbilligend musterte. Es war Ollys Nachbarin.

»Arbeiten Sie hier?«, fragte sie sichtlich empört. »Ich dachte, Sie wären Sozialarbeiterin.«

»Ich helfe nur aus.« Da ich mich auf den Knien im Nachteil fühlte, rappelte ich mich hoch und wischte mir Garnreste von der Jeans. Ich versuchte es mit einem Lächeln, doch die erwünschte Reaktion blieb aus. »Ich glaube, da liegt ein Missverständnis vor. Ich bin freiberuflich tätig, und ein Teil meiner Tätigkeit umfasst die Versorgung älterer Menschen wie Mrs. Knollys. Sie kennen doch Maisie Biddle vom Kaffeekränzchen in der Kirche«, fuhr ich fort, als sie mich weiter mit Blicken erdolchte. »Sie ist auch eine meiner Klientinnen.«

»Ach ja«, ließ sie sich ein wenig erweichen. »Aber bei unserer ersten Begegnung haben Sie mich ganz klar in dem Glauben gelassen, dass Sie von der Sozialbehörde kommen.«

»Wahrscheinlich sind Sie einfach automatisch davon ausgegangen. Eine der Mütter in Ollys Schule hat mich verständigt«, log ich unverfroren. »Haben Sie jetzt alles, was Sie für Ihr Kostüm brauchen? Handschuhe, ja?« Ich fasste sie am Arm und schob sie zu Morris hinüber, der sich damit abmühte, von Hühneraugen geplagte Elfenfüße in zarte Schühchen zu zwängen. »Die Nächste bitte!«, rief ich mit entschlossener Stimme.

Morris musterte mich fragend über den Goldrand seiner Brille hinweg. »Was sollte das vorhin?«, fragte er mich später, als wir die Elfen, jede mit ihrem Kostüm bewaffnet, nach Hause entlassen hatten.

»Nichts«, versicherte ich ihm.

»Sie heckt etwas aus«, meinte er zu Ricky.

»Ja«, stimmte dieser zu und beäugte mich argwöhnisch. »Und was noch schlimmer ist: Sie verschweigt uns, worum es geht.«

»Ich hecke überhaupt nichts aus«, antwortete ich in bemüht entrüstetem Ton. Die zwei ließen sich aber nicht davon täuschen.

»Du bist doch nicht etwa dabei, dir Ärger einzubrocken, Juno?«, hakte Morris besorgt nach.

»Ich?«, gab ich unschuldig zurück. »Neeeeeein.«

Nun, zumindest noch nicht.

21

Am Tag von Gavins Beerdigung war St. Andrews bis auf den letzten Platz besetzt. Viele waren gekommen, um Gavins Eltern, die in der Stadt gut bekannt waren, Trost zuzusprechen. Außerdem waren Vertreter von Gavins ehemaliger Schule da. Sophie, Pat und ich saßen in einer der hinteren Reihen. Auf der anderen Seite des Ganges bot Jamie Westershall in schwarzem Anzug mit Krawatte ein einsames Bild. Als ich hereinkam, nickte er mir zur Begrüßung zu. Offenbar hatte er sich verpflichtet gefühlt, dem Verstorbenen die letzte Ehre zu erweisen. Emma war anscheinend frei von solchen moralischen Anwandlungen. Vielleicht hatte sie sich ja auch noch nicht ganz von ihrem Unfall erholt. Mir fiel auf, dass Jamie sich immer wieder nach Neuankömmlingen umsah. Als er sich schließlich nach vorne wandte, konnte ich kurz einen Blick auf sein Gesicht erhaschen. Ich fand, er wirkte irgendwie verstört. Beklommen blätterte ich die Gottesdienstordnung durch.

Als ich mich meinerseits zum Eingang umdrehte, sah ich direkt in die Augen von Detective Inspector Ford.

Vermutlich starrte ich ihn zu offensichtlich an, denn als er mir zur Begrüßung zunickte, war seine Miene leicht fragend. Verlegen drehte ich mich wieder in Richtung Altar. War es üblich, dass die Polizei zur Beerdigung erschien, wenn es bei einem Todesfall noch offene Fragen gab? So kannte ich es zumindest aus dem Fernsehen. Im Krimi besuchte die Polizei immer die Trauerfeier für das Opfer für den Fall, dass der Täter ebenfalls aufkreuzte, um sich an seinem Werk zu weiden. Nur dass laut Cruella niemand von einem Mord ausging.

Der Gottesdienst war deprimierend und glücklicherweise kurz. Die Anwesenden feierten kein erfülltes Leben, sondern betrauerte eines, das so jäh beendet worden war. Die arme Mrs. Hall schluchzte bitterlich, und nachdem wir uns durch »*The Day Thou Gavest, Lord, Is Ended*« gequält hatten, schniefte auch Pat verstohlen und tupfte sich die Augen ab, während Sophie die Tränen sturzbachartig übers Gesicht liefen. Als die Trauergäste aus der Kirche strömten, ließ ich die beiden vorangehen. Ich wollte mit Inspector Ford sprechen.

»Ich bin überrascht, Sie hier zu sehen, Inspector Ford«, begann ich, fest entschlossen, nicht um den heißen Brei herumzureden.

»Ich wollte nur mein Beileid ausdrücken, Miss Browne.« Wie immer verhielt er sich freundlich, aber reserviert.

»Wie ich annehme, sind die Ermittlungen im Fall Gavin Hall abgeschlossen, oder?«

»Nein, offiziell nicht. Erst nach der gerichtlichen Untersuchung. Allerdings« – seine Schultern hoben und senkten sich fast unmerklich – »inoffiziell schon. Unserer Ansicht nach haben wir in sämtliche Richtungen Nachforschungen angestellt.«

»Das hat Detective Constable DeVille auch gesagt.«

Ich spürte, dass er mir nur mit halbem Ohr zuhörte, offenbar lenkte ihn etwas ab. Ich folgte seinem Blick und sah Jamie Westershall, der sich durch die Trauergäste nach draußen schlängelte. »Entschuldigen Sie mich, Miss Browne«, sagte der Inspector höflich und heftete sich rasch an Jamies Fersen.

Ich ging ihm nach und beobachtete, wie Jamie in ein am Tor des Kirchhofs vorgefahrenes Auto stieg. Auch der Inspector blickte ihm nach. War das augenscheinlich mangelnde Interesse der Polizei am Tod von Gavin Hall vielleicht nur ein Täuschungsmanöver?

22

Die Vorbereitungen für die Kostümparty nahmen einige Zeit in Anspruch. Ricky hatte darauf bestanden, mich zu frisieren, und zwang mich, stundenlang und den Kopf voller Lockenwickler dazusitzen – meiner Ansicht nach nun wirklich das Letzte, was ich brauchte. Währenddessen kleidete Morris Sophie ein. Als er mit ihr fertig war, trug sie ein schwarzes Kleid mit weißen Tupfen und ausladendem Rock, darunter einen gestärkten Petticoat und dazu einen grellrosa Gürtel. Das Ganze wurde von ebenfalls rosafarbenen Pumps, Söckchen und winzigen filigranen Netzhandschuhen abgerundet. Auf ihrem dunklen Schopf thronte ein rosa Hütchen zwischen zwei runden schwarzen Ohren aus Pappe. Sie war die hübscheste, aufregendste und hinreißendste Minniemaus, die man sich vorstellen konnte.

Ich wurde in ein pflaumenblaues Samtkleid gezwängt, das vom sehr tiefen Ausschnitt bis zu den Knien saß wie eine zweite Haut. Ab dem Knie verbreiterte es sich dann unvermittelt zu einem Wasserfall aus funkelndem Netzmaterial und endete in einer Schleppe, die hinter mir den Boden fegte. Lange schwarze Handschuhe ergänzten die Aufmachung. Mein von den Lockenwicklern befreites Haar wurde zu schimmernden weichen Wellen gekämmt, die mir seitlich über die Schulter fielen. Zu guter Letzt warf Ricky mir eine beige Nerzstola um.

»Du siehst fantastisch aus!«, hauchte Sophie ehrfürchtig. »Wen stellst du dar? Jessica Rabbit?«

»Jessica Rabbit?«, wiederholte Ricky empört. »Die Frau von Roger Rabbit? Du hast wohl keine Augen im Kopf?« Er kriegte sich gar nicht mehr ein. »Sie ist Rita Hayworth!«

»Ich bin Rita Hayworth«, sprach ich ihm folgsam nach.

»Und jetzt noch einen guten Rat mit auf den Weg!« Ricky fuchtelte drohend mit dem Zeigefinger vor meinem Gesicht herum. »Du bist weder Miss Marple noch die Wiedergeburt von Sherlock Holmes. Also stell heute Abend keinen Blödsinn an. Wehe, wenn du im Wald herumkriechst, kapiert? Nicht in diesem Kleid! Und das«, fügte er hinzu und deutete anklagend auf Sophie, »gilt auch für dich.«

»Ich werde keinen Fuß in den Wald setzen!«, protestierte Sophie. »Ich gehe da nie wieder hin. Nicht nach dem, was dem armen Gavin passiert ist.«

»Ganz recht.« Ricky nickte ernst. »Und lass dich nur nicht von Rita Hayworth in Versuchung führen.«

»Dafür war Rita nämlich berüchtigt«, ergänzte Morris.

Das Kleid war oberhalb des Knies zu eng, und außerdem hatte ich meine liebe Not, nicht auf die Schleppe zu treten. »Ich werde nirgendwo herumkriechen. Ich kann ja kaum laufen.«

»Du musst kleinere Schritte machen!«, stöhnte Ricky. »Hör auf, rumzumarschieren wie eine verdammte Amazone! Ach herrje! Schuhe!«, rief er aus. »Was hast du für eine Schuhgröße?«

Ich lupfte den Saum meines Kleides, um ihm die flachen Slipper aus Leder zu zeigen, die ich so bequem fand. Ricky erschauderte, während Morris kichernd verschwand und mit einem paar hochhackiger goldfarbener Sandalen zurückkehrte. »Sonst haben wir in ihrer Größe nichts da«, flüsterte er Ricky bedrückt zu.

Ich probierte sie an und stakste darin herum, bis ich einigermaßen das Gleichgewicht halten konnte und mein Gang Gnade vor den beiden Hohepriestern des Glamour fand.

»Und pass bloß auf, dass keine Hundehaare drankommen!«, lautete Rickys letzter Befehl.

Ich versicherte ihm, dass wir nicht den *Weißen Blitz* nehmen, sondern uns für den Abend das Auto von Sophies Mum borgen würden. Außerdem wollte Sophie fahren, sie trank fast keinen Alkohol. Ein halbes Glas Prosecco war mehr als genug für sie, für mich hingegen reichte das nicht annähernd. Nach einigen Küssen und Umarmungen und weiteren Beteuerungen, dass wir uns benehmen würden, durften wir schließlich gehen.

»Hast du deinen Inhalator dabei?«, fragte ich Sophie, bevor wir aufbrachen.

Sie hob die kitschige rosa Handtasche, die Morris ihr gegeben hatte. »Hier drin.«

»Legenden der Leinwand.« Ricky klopfte grinsend ans Autofenster. »Vergesst nicht, die Marilyns zu zählen.«

Es waren insgesamt drei Marilyn Monroes in verschiedenen Abstufungen von Alter und Tristesse anwesend. Emma gehörte nicht dazu. Sie sah bezaubernd aus. Ihr Haar war zu einem eleganten Knoten zurückgesteckt, und sie trug ein langes, mit eisblauen Kristallen besetztes Etuikleid. Ohne die orthopädische Halskrause hätte sie eine kühle Schönheit à la Grace Kelly verströmt. Allerdings legte sich bei mir auch der kleinste Anflug eines schlechten Gewissens angesichts ihres Leids schnell wieder, als ich mich erinnerte, wie sie auf ihrem Motorrad neben dem *Weißen Blitz* hergefahren war. Sie hatte genau gewusst, dass ich es war, die da, ein Kind neben sich auf dem Beifahrersitz, am Steuer saß. Und dennoch hatte sie uns mit einem lebensgefährlichen Katz-und-Maus-Spiel in die Falle locken wollen. Der Gedanke an Ollys verängstigte Miene erstickte auch noch den letzten Funken von Mitgefühl in mir.

»Ich habe gehört, Sie sind ein wenig lädiert«, meinte ich in von geheuchelter Anteilnahme triefendem Ton, als sie uns in der Vorhalle mit einem eisigen, herablassenden Lächeln begrüßte. Da sie und Onkel Sandy die Aufgabe hatten, die Gäste zu empfangen, konnte sie meinen Seitenhieb nur mit einem hasserfüllten Blick quittieren. Außerdem drängten hinter uns so viele andere Gäste herein, dass wir Platz machen mussten. Uns blieb nichts anderes übrig, als uns ein Glas mit irgendeinem perlenden Getränk von dem uns angebotenen Tablett zu nehmen und weiter in den Ballsaal zu gehen. Hier standen bereits einige Leinwandlegenden, ihre Gläser in der Hand, herum, sodass wir sie uns gründlich anschauen konnten, während wir die Runde machten und uns vorstellten.

Eine Brünette, eine Freundin von Emma, mit hochgestecktem Haar, dick geschminkten Augen und einer langen Zigarettenspitze gab eine ziemlich überzeugende Audrey Hepburn ab. Jess trug einen weißen Krankenhauskittel und hatte ihr Haar zu einer steifen, von einer aufgesprühten silbernen Strähne durchzogenen Säule aufgetürmt. Wie sie mir kichernd mitteilte, war sie Frankensteins Braut. Dass sie sich selbst auf die Schippe nahm, machte sie mir noch sympathischer.

Sie war nicht die Einzige, die sich als Filmfigur und nicht als Leinwandstar verkleidet hatte. Eine ältere Dame hatte sich mutig das Gesicht grün geschminkt und ging als Böse Westhexe. Schneewittchen und Cleopatra waren auch da.

Die meisten Männer allerdings hatten geschummelt. Mindestens ein Dutzend, auch Onkel Sandy, trug Abendanzug und gab sich als James Bond aus. Einer hatte sogar einen weißen Frack an und behauptete, Humphrey Bogart zu sein. Jamie, mit Lederjacke, Filzhut und Peitsche ausstaffiert, spielte Indiana Jones. Außerdem gab es einen Beau Geste im fortgeschrittenen Alter, einen beleibten John Wayne, einen Charlie Chaplin und einen windhundähnlichen Menschen mit Frack und weißer Fliege, der sich mir, begleitet von einem Schwall schauderhaften Mundgeruchs, als Fred Astaire vorstellte. »Sind Sie Ginger Rogers?«, erkundigte er sich und grinste mich an. »Wollen wir später Wange an Wange tanzen?« Na, das waren ja tolle Aussichten.

»Ich dachte, sie wäre Rita Hayworth«, sagte Onkel Sandy, der mit einem Glas in der Hand zu uns getreten war. Ich hauchte ihm brav einen Geburtstagskuss auf die Wange. »Nun, ganz gleich, wer Sie auch sein mögen, Sie sehen absolut hinreißend aus«, fuhr er fort, wobei er mich von Kopf bis Fuß musterte. »Das will ich meinen! Aber wo ist Ihre kleine Freundin?«

Ich wies auf Sophie. Sie unterhielt sich gerade mit einem jungen Mann, der vermutlich James Dean darstellte. »Oh, wie niedlich!«, rief er aus. »Minniemaus! Ist sie nicht süß? Aber mit ihrem Aussehen hätte sie auch als Liza Minnelli kommen können.«

Nun, vielleicht, wenn sie sich irgendwo längere Beine geliehen hätte.

»Natürlich«, erwärmte sich Sandy, der Unverbesserliche, für sein Thema, »mit Melone und Strapsen! Tja.« Er stieß einen abgrundtief traurigen Seufzer aus. Als er sich wieder mir zuwandte, erhellte sich seine Miene. »Und Sie haben also einen netten, kleinen Antiquitätenladen.«

»Na ja, so würde ich ihn nicht …«

»Wir haben hier im Haus einige Dinge, die Sie interessieren könnten. In einem der Schlafzimmer oben gibt es eine hübsche Sammlung orientalischer Keramiken. Wenn Sie möchten, zeige ich sie Ihnen später«, versprach er, tätschelte mir den Arm und zog los, um einen anderen Gast zu begrüßen, was mir die Verlegenheit ersparte, ihm antworten zu müssen. So gerne ich auch das Haus erkundet hätte, ein Besuch eines der Schlafzimmer in Sandys Begleitung wäre dann doch ein zu hoher Preis gewesen.

Nach ein wenig vorabendlichem Geplauder erhob Jamie die Stimme, um die Anwesenden zur Ruhe zu rufen. Das erwies sich als völlig zwecklos, und so brachte er die schwatzenden Horden zum Schweigen, indem er mit der Peitsche knallte.

Das führte zum gewünschten Ergebnis und sorgte außerdem dafür, dass Fred Astaire, den der Hieb nur knapp verfehlte, einen Satz zur Seite machte.

»Verzeihung, dass wollte ich schon immer mal tun«, gestand Jamie grinsend. Ich nahm an, er meinte damit das Peitschenknallen, nicht die Züchtigung von Fred Astaire. »Wie dem auch sei. Wir haben uns heute versammelt, um Sandys Geburtstag zu feiern … wo ist denn der alte Schwerenöter?« Sein Blick wanderte suchend über die Menschenmenge. Sandy, der sich im näheren Umfeld von Audrey Hepburn herumdrückte, tat seine Anwesenheit kund. »Ach, da bist du ja! Emma und ich haben ein ganz besonderes Geschenk für dich.«

Ein Kellner, der offenbar auf sein Stichwort gewartet hatte, trug eine Staffelei herein mit einem verhüllten Bild darauf. Nachdem er sich ein wenig hatte bitten lassen, waltete Sandy seines Amtes und enthüllte feierlich das Werk. Beim Anblick des Porträts von Old Thunderer schnappte er aufrichtig erfreut nach Luft, und die Anwesenden spendeten lautstark Beifall. Sophie, die Künstlerin, wurde nach vorne gezogen, um ihren Applaus entgegenzunehmen. Einige Minuten lang standen sie und das Bild im Mittelpunkt der Aufmerksamkeit.

Dann rief ein Gong zum Abendessen. Angesichts der vielen Gäste hatte ich erwartet, dass es in Form eines Büfetts serviert werden würde, doch ich hatte mich geirrt. In dem gewaltigen Speisezimmer prangte eine Tafel, so lang wie eine Bowlingbahn und gedeckt mit weißem Damast, funkelndem Kristallglas und Silberbesteck. Zu Sophies Enttäuschung saßen wir nicht zusammen. Als gefeierte Künstlerin hatte sie einen Platz, der mehr in Sandys Nähe war als meiner. Ich winkte ihr zu, setzte mich und raffte das dicke Bündel aus glitzerndem Netzmaterial unter meinem Stuhl zusammen. Zum Glück saß ich nicht neben Emma. Sie und ihre Freundinnen versammelten sich kichernd am anderen Ende des Tisches.

Direkt mir gegenüber thronte Barty Bartholomew, der in seinem eng anliegenden Superman-Kostüm aus blauem Spandex einen wahrhaft schauerlichen Anblick bot. Er war bereits feuerrot im Gesicht und alles andere als nüchtern und gaffte mich über das Tischtuch hinweg an. »Sind Sie Jessica Rabbit?«, fragte er grinsend.

Das brachte ihm einen Rippenstoß von der Bösen Westhexe rechts von ihm ein. »Mach dich nicht lächerlich, Barty! Sie ist Rita Hayworth.«

»Und von Kopf bis Fuß genauso atemberaubend!« Ohne eine Spur von Scham fuhr Barty fort, mich mit Blicken zu entkleiden.

Der Platz rechts von mir war leer, und ich befürchtete schon, ich müsste den Abend damit verbringen, dem sauertöpfischen und einsilbigen Beau Geste zu meiner Linken jedes Wort aus der Nase zu ziehen, als eine sonnengebräunte Hand die Stuhllehne ergriff. Jack Sparrow ließ sich auf den Stuhl plumpsen. Offenbar war er jetzt erst eingetroffen, denn er war mir im Ballsaal gar nicht aufgefallen. Und das wäre er ganz bestimmt. Dass er Jack Sparrow und nicht irgendein anderer abgewrackter Pirat war, erkannte ich daran, dass er nicht nur zu Stiefeln, weitem Hemd, Bandana und Hut, sondern außerdem wie Johnny Depp zum Kajalstift gegriffen hatte. Auch wenn es womöglich ein bedenkliches Licht auf mich wirft, finde ich, dass ein Mann mit geschminkten Augen das gewisse Etwas hat. Nun, zumindest dieser hier. Grinsend hielt er mir die Hand hin. »Jack Sparrow«, stellte er sich vor.

»Rita Hayworth.« Während wir einander die Hand schüttelten, versuchte ich, einen Blick auf sein Tischkärtchen zu erhaschen, um herauszufinden, wie er in Wirklichkeit hieß. Aber es standen zu viele Blumenvasen und Weingläser im Weg.

»Sind das Ihre echten Haare?«, erkundigte ich mich und beäugte seine Dreadlocks.

»Nein, die sind am Hut befestigt.«

»Ein Gentleman sollte bei Tisch den Hut abnehmen«, rügte Barty ein wenig missmutig wegen der Konkurrenz.

»Leider unmöglich.« Jack wies mit dem Kopf auf Beau Geste und John Wayne. »Außerdem haben die ihren auch noch auf.«

Im Laufe unseres Gesprächs bei gekühlter Avocadosuppe erfuhr ich, dass der Pirat ein Freund von Jamie war und mit ihm an der landwirtschaftlichen Hochschule studiert hatte. Die beiden hatten sich eine Weile aus den Augen verloren und waren einander aus reinem Zufall vor einigen Wochen wiederbegegnet.

»Leiten Sie auch einen landwirtschaftlichen Betrieb?«, fragte ich.

»Nein. Ich bin nur vorübergehend hier. Eigentlich lebe ich in London und arbeite beim Umweltministerium.«

Ich hatte die köstliche hellgrüne Suppe noch kaum zur Hälfte verspeist und erzählte Mr. Sparrow gerade, wie ich Jamie kennengelernt hatte, als ich plötzlich unter dem Tisch eine Bewegung wahrnahm. Unter meiner Netzschleppe raschelte es heftig, so als hätte sich eine Maus dorthin verirrt. Im nächsten Moment berührte etwas verstohlen meinen Knöchel und begann, meine Wade hinauf- und hinunterzugleiten. Barty, der Lustgreis, füßelte mit mir! Als ich ihn mit einem strafenden Blick bedachte, glotzte er mich nur grinsend an und fuhr fort, seinen Fuß an meinem Bein zu reiben. Offenbar vertraute er darauf, dass es den meisten Frauen peinlich ist, öffentliches

Aufsehen zu erregen. Nun, er würde gleich merken, dass er dieses Mal an die Falsche geraten war. Allerdings blieb mir die Mühe erspart, mich zu rächen, denn Barty stieß plötzlich ein Schnauben aus wie ein waidwunder Stier und hielt sich das Schienbein.

»Verzeihung!« Jack Sparrow breitete entschuldigend die Hände aus. »Das liegt wohl an meinen wild verwegenen Stiefeln. Tut mir leid.«

Barty nuschelte ungnädig, er solle in Zukunft besser aufpassen, und schmollte, bis der nächste Gang serviert wurde.

Ich lächelte Jack Sparrow zu. Er erwiderte zwar mein Lächeln, doch es schwang etwas Argwöhnisches darin mit. Beinahe eine Art Warnung, die auch in seinen grauen Augen lag, während er mich abschätzend musterte. »Sie sagten gerade …«, knüpfte er an unser Gespräch an.

»Wo war ich stehen geblieben?«

»Beim Hund im Transporter …«

»Oh ja.« An den Rest der Mahlzeit kann ich mich nur schemenhaft erinnern. Es wurde ein Gang nach dem anderen aufgetragen, und einer war leckerer als der andere. Außerdem verlor ich irgendwann den Überblick darüber, wie oft mein Weinglas nachgefüllt wurde. Doch als wir beim Milchpudding mit Brandy und glasierten Maronen angelangt waren, flirteten Jack und ich hemmungslos miteinander. Vielleicht hatte er ja beschlossen, jegliche Vorsicht in den Wind zu schlagen. Auch Beau Geste wurde plötzlich zugänglicher. Er beugte sich über den Tisch zu Barty hinüber und stellte ihm eine Frage, die mich aufmerken ließ.

»Barty, ich hoffe doch, dass die Polizei Ihnen wegen der unangenehmen Sache mit diesem jungen Schwachkopf und seinem Schwert keinen Ärger mehr gemacht hat.«

Auch Barty hatte sich einige Male nachschenken lassen und litt offenbar an Gedächtnislücken. »Oh! Meinen Sie den dummen Bengel, der sich selbst abgestochen hat?«, rief er schließlich aus. »Nein, nein.«

»Sein Name war Gavin«, übertönte meine Stimme lauter als beabsichtigt das allgemeine Tischgespräch. »Sein Name war Gavin Hall, und er war neunzehn Jahre alt.«

Beau Geste hatte immerhin den Anstand, verlegen das Gesicht zu verziehen. »Oh, kannten Sie ihn?«

»Ich war gestern auf seiner Beerdigung.«

Im Raum war es schlagartig still geworden. Ich beschloss, noch ein Steinchen in den Teich des Schweigens zu werfen, um festzustellen, ob es Kreise ziehen würde. »Außerdem war er ein Freund von Ben Luscombe, einem weiteren jungen Mann, der auf diesem Gut ums Leben gekommen ist.«

Jamie erhob sich hastig. »In letzter Zeit hatten wir hier mehr als genug tragische Unfälle. Natürlich bedauern wir das sehr. Doch heute haben wir aus einem fröhlichen Anlass zusammengefunden. Wenn ich die Anwesenden also bitten dürfte, ihre Gläser zu erheben …«

Die Anwesenden atmeten kollektiv auf und legten die Erleichterung von Menschen an den Tag, die froh sind, einen peinlichen Moment abhaken zu können. Alle stießen auf Sandy an, und er hielt eine amüsante Rede darüber, wie schön es sei, so viele Freunde zu haben, die diesen Tag mit ihm teilten, und wie reizend all die Damen aussähen. Zum Schluss verkündete er, er werde sich nun einen Brandy und eine Zigarre gönnen, schließlich habe er Geburtstag, und forderte alle Gentlemen am Tisch auf, sich ihm anzuschließen. Für die Damen stünden Kaffee und Petits Fours im Salon bereit.

Also zogen wir Damen uns gehorsam zurück. Mein Abgang verlor ein wenig an Glamour, da ich beim Aufstehen ein Bündel glitzernden Netzstoff unter Beau Gestes Stuhl hervorzerren musste.

Auf dem Weg zum Salon holte Sophie mich ein, und wir

tauschten unsere Eindrücke aus. »Schade, dass ich nicht in deiner Nähe gesessen habe«, beklagte sie sich bedrückt. »Ich mag es nicht, wie Sandy mich anglotzt.«

»Er malt sich dich mit Melone und Strapsen aus.«

»Wie bitte?«

»Mach dir nichts draus. Er und Barty liegen im Rennen um den Titel ›Schmuddelopa des Tages‹ gleichauf. Barty hat versucht, unter dem Tisch mit mir zu füßeln.«

»Immer wenn ich zu dir rübergeschaut habe, hast du dich offenbar prima amüsiert und mit diesem schnuckeligen Piraten die Köpfe zusammengesteckt.«

»Er sieht nett aus, findest du nicht?« Ich hoffte, dass wir später noch mehr Gelegenheiten erhalten würden, die Köpfe zusammenzustecken.

Im Salon winkte die Böse Westhexe uns zu sich und klopfte neben sich auf das Sofapolster. »Kommen Sie, setzen Sie sich zu mir, meine Mädchen«, rief sie und schenkte etwas von dem Kaffee ein, der vor ihr auf dem Couchtisch stand.

»Und Sie, meine Liebe«, fügte sie, an Sophie gewandt, hinzu, »müssen mir unbedingt mehr über sich erzählen. Ich überlege, ob ich Sie bitten soll, meine Bulldoggen zu malen.«

Ich entschuldigte mich, überließ die beiden ihrem Gespräch und machte mich auf den Weg zur Gästetoilette. Meinem Bedürfnis nachzukommen, entpuppte sich als ziemlich umständliches Prozedere, denn ich musste dazu die langen Handschuhe ausziehen und mit meiner Flut aus Netzmaterial äußerste Vorsicht walten lassen. Als ich mich wieder restauriert hatte und in den Salon zurückkehren wollte, wehte durch den offenen Türspalt der Bibliothek ein Schwall mädchenhaften Gekichers zu mir hinüber.

»Ich dachte, sie wäre Jessica Rabbit!«, kreischte eine Stimme.

Ich blieb stehen und spitzte die Ohren.

»Wer mag sie bloß eingeladen haben?«

»Sie ist eine Freundin von dieser Malerin.« Emmas Tonfall war säuerlich.

»Tja, das wäre ein Grund gewesen, *die* einzuladen«, meinte eine dritte Stimme. »Aber was macht denn die andere?«

»Ich glaube, sie hat einen Laden.«

»Ich habe gehört, dass sie eine Art Putzfrau ist.«

»Tja, um ihre Figur beneide ich sie.«

»Jamie hat sie eingeladen«, erklärte Emma. »Sandy hatte ihn gebeten, dafür zu sorgen, dass es auf der Party auch fickbares Frischfleisch gibt.«

»Ach, wie reizend von ihm!«, empörte sich die erste Stimme.

»Damit meinte er Frauen, die nicht aus unseren Kreisen stammen«, erwiderte Emma beschwichtigend. »Und jetzt los, Mädels, Köpfe runter. Wir veranstalten ein Wettrennen.«

Neugierig schob ich die Tür ein Stückchen weiter auf und wurde mit dem Anblick von zwei Marilyn Monroes, Audrey Hepburn, Schneewittchen und, herrje, Frankensteins Braut belohnt, die sich, jede mit einem Pappröhrchen bewaffnet, über den Schreibtisch beugten und darum wetteiferten, wer am schnellsten das meiste weiße Pulver in sein fieses Näschen ziehen konnte.

Als ich die Tür zuknallte, schrien alle, erst erschrocken, dann hysterisch lachend, durcheinander. Ich stolzierte davon. Oder besser, ich trippelte, und zwar so schnell es mir mein enger Rock und die Schleppe gestatteten.

Nach einer Weile wurde ich langsamer. Die Vorhalle war menschenleer. Ich prüfte rasch, ob mir jemand gefolgt war, und steuerte dann auf die Tür des Arbeitszimmers zu, wo Inspector Ford mich am Tag von Gavins Tod vernommen hatte. Ich weiß nicht, was ich zu finden hoffte, aber die Gelegenheit, ein wenig herumzuschnüffeln, durfte ich mir einfach nicht entgehen lassen.

Im Arbeitszimmer war es still. Die schweren Vorhänge waren zugezogen, und eine Lampe brannte. Ich blieb stehen und sah mich um. An den Wänden hingen Bilder, die mir bei meinem letzten Besuch in diesem Raum gar nicht aufgefallen waren. Es handelte sich um Kupferstiche, welche die Bergwerke auf den Ländereien von Moorworthy darstellten. Der älteste stammte aus dem Jahr 1860. Sie zeigten den Stollen im Wald, den Schacht unweit der Applecote Farm sowie einige unterirdische Gänge, die die beiden miteinander verbanden.

Außerdem gab es da noch einige Fotos, die meisten von Sandy, wie er gerade irgendeine Auszeichnung entgegennahm oder, umringt von selbstgefällig wirkenden Herren in Smoking und Fliege, einem anderen Mann die Hand schüttelte. Die Bildunterschrift lautete *Dravizax*, die Firma, die laut Jessica ihrem Vater gehörte.

»Kann ich Ihnen behilflich sein, Miss?«

Ich machte vor Schreck einen Satz. Mrs. Johnson schien, ebenso wie Ted Croaker der Schleicher, die Fähigkeit zu besitzen, lautlos aus dem Nichts aufzutauchen. Obwohl ich sie nicht hatte hereinkommen hören, stand sie auf einmal dicht neben mir.

»Nein, ich ... äh ... es hat mich nur interessiert ...«, stammelte ich hilflos. »Das ist ein sehr schönes Zimmer.«

»Der Kaffee wird im Salon serviert.« Sie hielt die Tür auf und ließ mir keine andere Wahl als zu gehen.

»Ja, ich weiß. Danke.« Als ich an ihr vorbeirauschte und die Vorhalle durchquerte, spürte ich, wie ihr Blick sich mir direkt zwischen den Schulterblättern in den Rücken bohrte. Doch offenbar hatte sie sich ausreichend von meinem Gehorsam überzeugt, denn als ich mich, die Hand an der Türklinke, umdrehte, war sie verschwunden.

Aus der Ahnengalerie starrten mich unzählige Augenpaare an. Doch sonst war niemand zu sehen.

Ich raffte meine Glitzerschleppe und huschte rasch die Treppe hinauf. Auf dem ersten Treppenabsatz hielt ich inne, die Hand auf dem Treppengeländer aus Eiche neben einer beeindruckenden geschnitzten Ananas. Kurz blickten die Ritterrüstung und ich einander an. Ich widerstand der Versuchung, das Visier zu lüpfen, um mich zu vergewissern, dass sich niemand darin verbarg, stattdessen sah ich nach links und rechts. Welche Richtung sollte ich einschlagen? Ich entschied mich für rechts und bog in einen breiten Flur ein, wo es einige Türen und dazwischen Messingkonsolen und Spiegel in verschnörkelten Rahmen gab. An einer offenen Tür blieb ich stehen und spähte hinein.

Ich überlegte, ob es sich wohl um das Schlafzimmer handelte, das Sandy vorhin erwähnt hatte, denn die Ausstattung wirkte eindeutig orientalisch. Die chinesische Tapete war mit Vögeln und Blumen bedruckt. An der Wand stand eine japanische Lackkommode, und auf dem Kaminsims prangten zwei kantonesische Vasen und eine Schale aus Imari-Porzellan. Wer auch immer für die Einrichtung dieses Raums verantwortlich zeichnen mochte, er machte anscheinend keinen Unterschied zwischen China und Japan. An den Wänden hingen einige blau-weiße Nanking-Teller, doch der Stolz der Sammlung war eine mit Chrysanthemenblüten gemusterte sehr kleine Teekanne, die vermutlich mehr wert war als alle anderen Stücke zusammen. Vorsichtig griff ich danach, um sie ausgiebig zu betrachten. Im nächsten Moment hörte ich draußen auf dem Flur das Husten eines Mannes und stellte die Teekanne hastig wieder weg.

Ich brauchte ein Versteck, denn ich wollte auf keinen Fall in diesem Zimmer ertappt werden. Schon gar nicht von Sandy. Also schlich ich auf Zehenspitzen durchs Zimmer zu einer geschlossenen Tür, die hoffentlich in ein Bad führte, und öffnete sie. Dahinter verbarg sich zwar nur ein Wandschrank, aber da jeden Moment jemand eintreten würde, blieb mir nichts anderes übrig, als hineinzuschlüpfen. In völliger Dunkelheit wartete ich ab und horchte mit angehaltenem Atem auf vom chinesischen Teppich gedämpfte Schritte.

Die Tür öffnete sich, und über meinem Kopf ging eine Lampe an. »Na, das ist aber gemütlich hier!«, meinte Jack Sparrow in freundlichem Ton, die Hand am Lichtschalter. »Darf ich?« Er kam herein.

Da es ziemlich eng war, mussten zuerst Füße, Ellbogen, Hüften und Hut neu geordnet werden. Das Netzmaterial raschelte lautstark.

»Woher wussten Sie, dass ich hier drin bin?« Aus irgendeinem dämlichen Grund flüsterte ich.

»Ich habe beobachtet, wie Sie raufgegangen sind.«

»Nein, ich meine, genau hier.«

Er grinste. »Der viele Netzstoff, der unter der Tür herausquillt, ist ein bisschen verräterisch. Jedenfalls«, er rückte ein wenig zur Seite, um zu verhindern, dass sich ihm ein Kleiderbügel in die Schulter bohrte, »bin ich beeindruckt. Es geht doch nichts über einen hübschen Eklat beim Abendessen.«

»Die haben über Gavins Tod gesprochen wie über ein lästiges Ärgernis …«

Mr. Sparrow lehnte sich noch dichter zu mir hinüber. »Passen Sie auf.« Sein Gesicht war nur wenige Zentimeter von meinem entfernt. Inzwischen hatte sein Tonfall nichts Amüsiertes mehr an sich, und es stand auch kein Lächeln in seinen grauen Augen. »Ich will alles hören, was Sie über Gavin und Ben wissen.«

»Die beiden dachten …«

Er legte den Zeigefinger an die Lippen. »Nicht jetzt. Wenn wir nicht aufpassen, vermisst man uns. Wir sind nicht gerade ein unauffälliges Paar …«

»Wer sind Sie?«, fragte ich.

»Jack Sparrow.«

»Nein, ich meine Ihren richtigen Namen.«

Er grinste. »Nathan. Nathan Parr.«

Nachdem ich ihm gestanden hatte, dass ich nicht wirklich Rita Hayworth war, gaben wir uns, ein wenig unbeholfen wegen der beengten Platzverhältnisse, die Hand.

»Und was machen Sie hier? Sie haben gesagt, dass Sie beim Umweltministerium arbeiten.«

»Richtig. Offiziell bin ich hier, um die Verschmutzung entlang des River Dart zu untersuchen.«

»Und inoffiziell …?«

Er zögerte. »Gehen wir mal davon aus, dass ich Jamie Westershall nicht zufällig begegnet bin.«

»Sind Drogen im Spiel?«

Fragend zog er die dunklen Brauen zusammen. »Wieso sollten Drogen im Spiel sein?«

»Weil man in diesem Haus mit Kokain umgeht wie mit Pfefferminzplätzchen zum Dessert. Emma kokst, und als Ben Luscombe gefunden wurde …«

Im nächsten Moment wurde die Tür aufgerissen, und wir zuckten beide zusammen. »Im Dunkeln ist gut munkeln.« Fragend runzelte Jamie die Stirn.

»Wir lernen einander gerade besser kennen«, erwiderte Nathan kühl und legte mir den Arm um die Taille. Ich stieß ein mädchenhaftes Kichern aus.

»Ich bin dabei, alle zum Feuerwerk zusammenzutrommeln«, verkündete Jamie. »Und ich dachte, ich hätte Stimmen gehört. Falls ihr beide euch also voneinander loseisen könnt …«

Als er Platz machte, folgten wir ihm, darum bemüht, möglichst verlegen zu wirken.

»Geh schon mal voraus«, raunte Nathan mir zu. »Ich komme gleich nach.«

Die Gentlemen hatten sich nicht allzu lang bei Brandy und Zigarren aufgehalten. Während meiner Abwesenheit hatte sich der Salon gefüllt. Sophie winkte mich durch die Menschenmenge zu sich. »Keine Sorge«, flüsterte sie und tätschelte ihr rosa Handtäschchen. »Ich habe ein paar Petit Fours für dich abgezweigt.« Der Ausbeulung ihrer Tasche nach zu urteilen, hatte sie offenbar einen ganzen Teller voll hineingekippt.

Es war so warm im Raum, dass jemand die Terrassentüren geöffnet hatte. Einige Gäste waren hinausgeschlendert, um die Sterne zu betrachten. Ich hatte auch ein bisschen frische Luft nötig, und so schlenderte ich ihnen nach. Kurz darauf lehnte Nathan Parr neben mir an der Balustrade.

»Können wir uns treffen?«, fragte er leise. »Hast du am Dienstagabend Zeit?« Er schlug einen einsam im Moor gelegenen Pub vor. »Dort können wir uns ungezwungen unterhalten, ohne dass uns jemand belauscht.« Er sah auf die Uhr. »Ich würde ja gerne bleiben und bis zum Morgengrauen mit dir tanzen, aber ich muss los.« Er hob meine behandschuhte Hand an die Lippen und küsste sie. »Bis Dienstag.«

»Vielleicht erkenne ich dich ohne Hut und Dreadlocks ja nicht wieder.«

»Ich stecke mir eine rote Nelke an.«

»Wahrscheinlich wirst du mich auch nicht erkennen. Normalerweise sehe ich nicht so aus.«

»Wirklich nicht?«, antwortete er in gespieltem Bedauern.

»Meine Haare sind sonst … äh … wilder.«

»Wow!« Er grinste. »Ich freue mich schon darauf.« Mit diesen Worten ging er davon.

Ich fühlte mich ein wenig aufgemuntert. Wenigstens einer wollte etwas über Gavin und Ben Luscombe hören und nahm ihren Tod ernst. Außerdem war Nathan ein ausgesprochen attraktiver Pirat, weshalb ich nichts dagegen hatte, in seiner Gesellschaft ein wenig verwegen zu sein. Mit ein wenig Glück würden wir es vielleicht sogar schaffen, gemeinsam die Piratenflagge zu hissen.

In diesem Moment erschien Jamie auf der Terrasse und verkündete, das Feuerwerk werde in fünf Minuten beginnen. Von hier aus sähe man es am besten, doch wer wolle, könne es auch auf dem Rasen anschauen. Er warnte noch einmal vor dem Ha-Ha.

»Wir wollen schließlich nicht, dass sich jemand den Hals bricht. Außerdem wird es allmählich etwas kühl, weshalb Sie sich vielleicht eine Jacke holen möchten, bevor das Feuerwerk anfängt.«

Ich ging hinein, griff nach der Nerzstola, die ich über die Sofalehne gehängt hatte, und schnappte sie mir im letzten Moment, als Emma gerade zupacken wollte. »Das ist meine, glaube ich«, teilte ich ihr mit einem reizenden Lächeln mit. Sie starrte mich hasserfüllt und aus geweiteten Pupillen an. Dann zuckte sie die Achseln, eine schmerzhafte Bewegung, die sie sichtlich bereute, und stolzierte davon.

»Tja, ich hole mir einen Mantel«, sagte Sandy laut. »Inzwischen friere ich so leicht. Das liegt bestimmt an den verdammten Tabletten, die der Arzt mir ständig verschreibt.«

»Das liegt am Alter, du Idiot«, entgegnete die Böse Westhexe gnadenlos.

»Du hast recht, Margaret, du hast recht«, räumte er kopfschüttelnd ein.

Kurz darauf stand ich neben Sophie auf der Terrasse und bestaunte Raketen, die, gefolgt von einem golden funkelnden Schweif, in den Himmel emporschossen, wo sie zu strahlenden Sternen zerplatzten. Ganz in meiner Nähe stand Sandy. Als sich sein Umriss vom grellen Lichtermeer abhob, sah er in seinem Lammfellmantel und mit Filzhut genauso aus wie an dem Tag, als ich ihn vor dem Schuppen auf der Applecote Farm beobachtet hatte. Und zwar kurz bevor der Lastwagen von Moss and Pike versucht hatte, mich von der Straße zu drängen. Ich bemühte mich, nicht hinzustarren. Sophie begann zu zittern. Ich wickelte ein Ende meiner Nerzstola um sie und betrachtete die ersterbenden Funken des Feuerwerks, die hinunter auf die Erde regneten. Sie ergossen sich über die dunklen Wipfel des Waldes und die Stelle, wo Gavin und Ben den Tod gefunden hatten.

23

Vertraue nie einem Piraten. Der Mistkerl versetzte mich nämlich. Am Dienstagabend fuhr ich bei Dunkelheit den ganzen weiten Weg zu diesem dämlichen Pub, wo ich zwei Stunden lang in einer fast menschenleeren und beinahe totenstillen Bar saß, an einem kleinen Glas säuerlichen Ciders nuckelte und auf ihn wartete. Dabei erntete ich ständig unerwünschte Blicke von den beiden bierbäuchigen Typen am Billardtisch. Erst da fiel mir ein, dass ich nicht einmal die Telefonnummer dieses Menschen besaß. Offenbar hatte ich mich auf der Party vom Schampus benebeln lassen, und die Verabredung war nichts weiter als ein Hirngespinst.

Nach dem Feuerwerk waren Sophie und ich nicht mehr lang geblieben. James Dean wollte mit ihr tanzen, und so hatte ich mich zwischen die Böse Westhexe und die älteste Marilyn gesetzt und zugeschaut, wie die zwei sich unter die zuckenden Horden auf der Tanzfläche mischten.

»Tanzen Sie nicht?«, erkundigte sich die Hexe.

»In diesem Kleid kann man sich kaum bewegen«, gestand ich.

»Es ist reizend. Haben Sie es von den beiden Schwerenötern in der Druid Lane? Wie nennen sie sich noch mal? Irgendwas mit Gift …«

»*Die Giftspritzen*«, erwiderte ich. »Kennen Sie sie?«

»Sie sind einige Male bei meinen Benefizveranstaltungen aufgetreten. Ich habe sogar eine Karte für eines ihrer nächsten Konzerte, hier.«

»Stimmt, sie haben mir erzählt, dass sie hier ein Konzert geben«, fiel mir ein. Wir plauderten eine Weile. Wie sich herausstellte, war sie, anders als ich vermutet hatte, weder Mrs. Superman noch Mrs. Beau Geste, sondern eine verwitwete Tante von Jamie. »Wird Sophie Ihre Bulldoggen malen?«, erkundigte ich mich, nachdem das Thema Familienstammbaum abgehakt war.

»Florence hat gerade geworfen«, erklärte sie mit dem strahlenden Lächeln einer stolzen Großmutter. »Ich dachte, es wäre sicher hübsch, ein Bild von der Mutter und den Kleinen zu haben. Sophie kommt zu mir, um Skizzen anzufertigen und Fotos zu machen. Begleiten Sie sie doch und trinken Sie ein Tässchen Tee mit uns.«

»Ja, danke, Mrs. … Sehr gern.«

»Nennen Sie mich Margaret.« Sie tätschelte mir den Arm. »Sie sind ein liebes Mädchen. Es hat mir gefallen, wie Sie über den Tod Ihres Freundes gesprochen und Barty und Geoffrey einen Rüffel verpasst haben.«

In diesem Moment kam Fred Astaire auf uns zugetrippelt, um mich zu dem Tanz aufzufordern, den ich ihm, wie er behauptete, versprochen hatte. Er schwor, er werde sich nicht abweisen lassen.

»Ach, verpiss dich, Robert!«, befahl Margaret, worauf die älteste Marilyn sich vor Schreck verschluckte. »Wir führen hier ein Gespräch.«

Der arme Fred zuckte sichtlich zusammen, stammelte, er werde es später noch einmal versuchen, und ergriff die Flucht.

»Aber, aber, Margaret!«, protestierte Marilyn. »Diese Kraftausdrücke!«

Margaret bedachte sie mit einem spöttischen Blick. »Warum bist du eigentlich aufgetakelt wie ein altes Schlachtross, Betty?«, erkundigte sie sich in liebenswürdigem Ton. »Als was gehst du denn?«

»Marilyn Monroe«, antwortete Betty, während ihr verlegene Röte den Hals hinaufstieg.

Margaret stieß ein hexenartiges Kichern aus und wandte sich wieder an mich. »Nein, Sie sind ein liebes Mädchen, das merke ich sofort. Die da hingegen« – sie wies mit dem Kopf auf Emma, die gerade mit Charlie Chaplin tanzte – »führt nichts Gutes im Schilde, auch wenn sie mein Patenkind ist und ich nicht so über sie reden sollte.« Sie seufzte auf. »Ich habe keine Ahnung, was sie so alles treibt, und wahrscheinlich ist es auch das Beste so.«

Damit hatte sie völlig recht, vermutlich wusste sie nichts von dem Koks zum Dessert. Ich selbst fand es noch immer ärgerlich und war außerdem enttäuscht von Frankensteins Braut.

»Ist Charlie Chaplin Emmas Freund?«

»Freund?« Margaret lachte, bis ihre Schultern bebten. »Der laufen die Kerle in Scharen davon, meine Liebe. Sie ist nämlich schrecklich launisch, und so was mögen die Männer nicht. Ich habe ja gesagt, dass sie nichts Gutes im Schilde führt.«

»Und was ist mit Jamie?« Er hatte beim Tanzen seine Peitsche um Audrey Hepburns Taille geschlungen. »Ist er ein Guter oder ein Böser?«

»Interessante Frage«, erwiderte sie seufzend. »Bis jetzt bin ich noch nicht dahintergekommen.«

Inzwischen war Sophie in meiner Nähe in einen Sessel gesunken. Sie keuchte ein wenig, und ich hielt den Zeitpunkt für geeignet, den Rückzug anzutreten. Außerdem war Charlie Chaplin offenbar in Ungnade gefallen, denn Emma hatte sich – in eindeutig besitzergreifender Absicht – James Dean vorgeknöpft.

»Eddie!«, zischte sie zornig und winkte ihn heran. »Eddie!« Gehorsam eilte er über die Tanzfläche.

Ich empfahl Sophie, ihn zu vergessen. Der Mann war ganz klar ein Schoßhündchen.

Wir verabschiedeten uns und gingen, wobei wir tunlichst einen Bogen um Fred Astaire machten. Als wir am Auto waren, fragte ich Sophie, ob sie sich wohl genug fühlte, um zu fahren.

»Tja, offenbar habe ich weniger intus als du«, antwortete sie und warf mir das rosa Handtäschchen auf den Schoß. Und so ließ ich mich von ihr über die dunklen Straßen durch das Moor nach Hause kutschieren und machte mich dabei genüsslich über die Petit Fours her.

Am nächsten Morgen, es war Sonntag, brachte ich Rita Hayworth zurück zu Ricky und Morris. Ich hatte sie zwar ordentlich in Plastikfolie gehüllt, damit sie sich im Transporter keine Hundehaare einfing, doch offen gestanden waren eher Katzenhaare das Problem. Bevor ich mich hingelegt hatte, hatte ich das Kleid ordentlich auf einem Bügel an die Schlafzimmertür gehängt. Allerdings war die Schleppe so lang, dass sie bis zum Boden reichte und eine große schaumige Pfütze auf dem Teppich bildete. Beim Aufstehen am nächsten Morgen ertappte ich Bill, der in meinem Bett die ganze Nacht verdächtig durch Abwesenheit geglänzt hatte, wie er sich glückselig in den Stoff kuschelte. Ich verschwieg diesen Umstand Ricky und Morris, als ich ihnen das Kleid zurückgab. Außerdem waren sie ohnehin viel mehr daran interessiert, wer alles auf der Party gewesen war und was die Leute angehabt hatten. Bei Kaffee und Croissants schilderte ich ihnen sämtliche Einzelheiten und richtete ihnen außerdem liebe Grüße von Margaret der Bösen Westhexe aus.

Anschließend fuhr ich zu Olly, wo ich dafür sorgte, dass meine Ankunft von der Elfen-Nachbarin auch wirklich zur Kenntnis genommen wurde. Als ich ihm einen Abstecher ins Moor vorschlug, um die Drohne fliegen zu lassen, befand er, dafür sei es zu windig. Also fragte ich ihn, was er stattdessen unternehmen wollte.

»Könnten wir in einen Supermarkt fahren?«, antwortete er mit leuchtenden Augen. »Einen großen?«

In Ashburton gab es keinen richtigen Supermarkt, weshalb er und seine Oma zum Einkaufen sicher den Bus hatten nehmen müssen. Vermutlich war ein Besuch in einem Supermarkt für ihn deshalb noch immer so etwas wie ein Ausflug. Also fuhr ich mit ihm nach Newton Abbot, das über mehrere dieser Konsumtempel verfügt, und forderte ihn auf, sich einen auszusuchen. Er kaufte ein wie ein Besessener, flitzte mit seinem Wagen die Gänge hinauf und hinunter und packte ihn mit einer neuen Schulhose, Schreibwaren, Konserven, Putzutensilien und Lebensmitteln voll. »Ist das alles billig hier!«, jubelte er begeistert, während er weiter seinen Einkaufswagen belud. Das stimmte. Die kleinen inhabergeführten Läden in Ashburton konnten im Preisvergleich nicht mithalten. Selbst ich erstand einige Lebensmittel und ein T-Shirt.

Nach einem Milchshake und einer Rosinenschnecke für Olly und einem Kaffee mit Croissant für mich verließen wir den Supermarkt, und ich wurde für meine heldenhafte Einkaufsexpedition belohnt, denn auf der Rennbahn fand ein Flohmarkt statt. Ich schlenderte umher und sackte vergnügt einen Armvoll Taschenbücher, eine Schachtel mit Porzellanfigürchen, eine Kohlenschütte aus Messing, einen dreibeinigen Melkschemel und ein hübsches Regal aus Fichtenbrettern ein, das sich, falls es sich nicht verkaufte, an der Wand im Laden anbringen ließ, um Ware darauf auszustellen. Olly half mir, meine Beute zum Wagen zu schleppen. Er hatte die Jahresausgabe einer naturwissenschaftlichen Zeitschrift und ein Buch über unerklärliche Phänomene erworben.

»Fast hätte ich ein Puzzle gekauft«, teilte er mir mit, während wir die Sachen in den *Weißen Blitz* luden. »Der Mann wollte es unbedingt loswerden, aber ich habe ihm gesagt, dass ich schon viele Puzzles habe. Oma hat sie gemocht. Sie hatte richtig alte, die noch von ihrer Mutter sind. Du weißt schon, welche aus Holz mit komischen alten Bildern drauf. Er meinte, wenn ich sie je verkaufen will …«

»Falls du das jemals tust, verkaufst du sie an mich«, entgegnete ich streng.

»Was willst du mit den dämlichen Porzellantieren in dieser Schachtel? Die sind doch bestimmt nichts wert.«

»Nein, die meisten davon nicht«, räumte ich ein. »Aber wenn du sie umdrehst, steht bei manchen auf der Unterseite ein Zauberwort.«

»Und das wäre?«

»Wade. Diese kleinen Tierfigürchen sind Sammlerstücke.«

»Also sind sie doch wertvoll?«

»Nur ein paar Pfund pro Stück, das ist allerdings mehr, als ich dafür bezahlt habe.«

Olly ließ das eine Weile nachdenklich schweigend auf sich wirken. Dann steckte er die Nase für den Rest der Heimfahrt in das Buch über die unerklärlichen Phänomene.

Als wir bei den Daison Cottages eintrafen, jätete die Nachbarin gerade den Vorgarten. Verstohlen schaute sie auf die Uhr. Wir hatten Oma mehrere Stunden lang allein gelassen.

»Großeinkauf«, rief ich ihr zu, während ich, beladen mit Einkaufstüten und einer Megapackung Klopapier, den Gartenweg hinaufkeuchte. »Schließlich muss die Grundversorgung gesichert sein«, fügte ich leise und verschwörerisch hinzu.

»Wirklich bewundernswert, was Sie hier leisten«, erwiderte sie. Allerdings hätte ihr Tonfall sicher Milch sauer werden lassen.

Eigentlich hatte ich nach unserer Rückkehr einen Spaziergang im Moor geplant, doch da wir Oma so lange und grausam ihrem Schicksal überlassen hatten, hielt ich es für ratsam, zu Hause zu bleiben. Also setzten Olly und ich uns hin und spielten Scrabble. Ich gewann. Für ein Genie war seine Rechtschreibung wirklich nicht besonders.

Am Montag war Halloween. Für mich ein ganz normaler, vollgepackter Arbeitstag: Hunde, Maisie, Brownlows, Hemden, Laden. Pat wurde einige Kürbisse und Hexen los. Ich verkaufte kein einziges Stück. Am späten Nachmittag schleppte Pat eine Kiste vom Obsthain auf der Honeysuckle Farm an. Der Wind hatte Unmengen von Äpfeln von den Bäumen geholt, die eingesammelt werden mussten, bevor sie im feuchten Gras verfaulten, erzählte sie mir. Da Ollys Ferien angefangen hatten, half er bei der Arbeit.

»Und für wen sind die da?«, fragte ich, als sie eine zweite Kiste mit einem Rums auf dem Boden abstellte.

»Für dich und Sophie«, stieß sie atemlos hervor. »Das sind Lambournes, also Tafeläpfel.« Sie zeigte auf eine der Kisten. »Die anderen sind Kochäpfel. Kannst du was damit anfangen?«

»Ich kenne da jemanden«, versicherte ich ihr. Und so verbrachte ich den Abend an Kates großem, blank gescheuertem Küchentisch, wo wir gemütlich plaudernd fast bis Mitternacht Äpfel entkernten und zerteilten. Die Töpfe auf dem Herd verwandelten sich in Kessel voller würzig duftender gedünsteter Äpfel. Sie sagte, ich könne mir am nächsten Tag im *Sunflowers* ein kostenloses Mittagessen abholen.

Am Dienstagmorgen unternahm ich meinen üblichen Spaziergang mit der Meute. Ich beschloss, den Rückweg über die Terrace einzuschlagen, wo ich der geheimnisvollen Frau und ihrem Kater zuletzt begegnet war. Obwohl sie diesmal nirgendwo zu sehen war, leinte ich die Hunde an, bevor wir durch das kleine Waldstück zur Roborough Lane marschierten. Bemüht, meine Schützlinge von den möglicherweise auf dem schlammigen Pfad herumliegenden Glasscherben fernzuhalten, galt meine Aufmerksamkeit eher dem Boden als dem, was sich vor mir abspielte.

Nookie, die Husky-Dame, begann plötzlich zu knurren. Ihr silbergraues Nackenfell sträubte sich, und sie starrte in Richtung Bäume. Als ich zwischen die mit Efeu überwucherten Stämme spähte, bemerkte ich zwei herumstehende, nein, eher herumlungernde Gestalten. Zwei Männer, der eine in einem dunklen Dufflecoat, der andere in einer Lederjacke. Die beiden schauten sich verstohlen um und blickten immer wieder nervös hinter sich, allerdings ohne mich zu bemerken. Gegenstände wechselten den Besitzer. Obwohl ich keine freie Sicht hatte, war ich überzeugt, dass es sich um ein Geldbündel gefolgt von etwas anderem handelte.

Nookies Anspannung war den anderen Hunden nicht entgangen. EB fing an zu bellen, und bald stimmten Schnitzel, Boog und Sally ein. Ich musste kräftig an ihren Leinen zerren, um sie noch halten zu können.

Erschreckt von dem plötzlichen Radau aus vielen Kehlen, fuhren die Männer auseinander und hasteten in entgegengesetzte Richtungen davon. Als Lederjacke sich umsah, konnte ich sein Gesicht deutlich erkennen. Seinem Haar fehlte zwar die Tolle, aber er war eindeutig der Mann, mit dem Sophie auf der Party getanzt hatte: James Dean alias Eddie. Und als der andere Mann ebenfalls einen Blick riskierte, stellte ich fest, dass ich Ted Croaker den Schleicher höchstpersönlich vor mir hatte. Was führte dieses seltsame Zweigespann wohl im Schilde? Und warum nahmen die beiden die Beine in die Hand, sobald sich jemand näherte? Die Hunde beschnupperten neugierig den Boden. Gerade noch rechtzeitig gelang es mir, nach etwas zu greifen, das Eddie fallen gelassen hatte, bevor Schnitzels Schnauze damit in Berührung kam: ein durchsichtiges Tütchen mit Drückverschluss, das weiße Kristalle enthielt. Sie glitzerten wie Zucker, nur dass es natürlich kein Zucker war und für Schnitzel böse Folgen gehabt hätte.

Hundesitter wie ich haben stets die Taschen voller Plastikbeutel. Ich kramte einen heraus, verstaute das kleine Tütchen mit dem Leckerchen darin und knotete ihn ordentlich zu. Oben an der Roborough Lane warf ich den Beutel zusammen mit einigen anderen, die ich eingesammelt hatte, in die übel riechende rote Tonne, die für diesen Zweck dort bereitstand. Fest stopfte ich ihn zwischen die übrigen Päckchen mit Hundekacke. Sollte Eddie ihn doch herausangeln, falls er sich traute.

Ich versuchte, Inspector Ford zu erreichen, um ihm mitzuteilen, dass ich Croaker gesichtet hatte, aber wie immer war er nicht da. Nicht einmal Cruella war verfügbar. Also hinterließ ich eine Nachricht, allerdings ohne große Hoffnung, dass sich so bald jemand bei mir melden würde. Deshalb war ich erstaunt, als der Inspector mich einige Stunden später zurückrief. Sie hatten Ted den Schleicher aufgespürt und ihn auf einen kleinen Plausch ins Polizeirevier expediert.

»Leider mussten wir ihn wieder laufen lassen«, teilte der Inspector mir mit. »Anfangs stritt er ab, Gavin Hall überhaupt zu kennen. Doch als wir ihn darauf hinwiesen, dass drei Zeugen unabhängig voneinander bestätigen konnten, dass er in Ihrem Laden mit Gavin gesprochen habe, hat er es zugegeben. Er behauptete, er habe sich für Gavins alte Comics interessiert. Das ist zwar Schwachsinn, aber leider nicht verboten.«

»Also wissen wir noch immer nicht, was er vorhat?«

»Ganz sicher wollte er Gavin Drogen verkaufen – oder ihn anwerben.«

»Anwerben?«

»Damit er in seinem Auftrag Drogen vertreibt«, erklärte der Inspector. »Mr. Croaker bemüht sich nämlich nach Kräften und mit allen Mitteln, in der Verteilerhierarchie aufzusteigen.«

»Ich glaube nicht, dass Gavin sich auf Drogengeschäfte eingelassen hätte«, antwortete ich wie aus der Pistole geschossen. »Was ist mit Eddie? Denken Sie, dass der für den Schleicher arbeitet?«

»Eddie Coates haben wir mehr als einmal wegen Drogenbesitzes festgenommen. Allerdings haben wir keine Beweise dafür, dass er das Zeug weiterverkauft.«

»Jedenfalls versorgt jemand Emma Westershall mit Nachschub.« Ich berichtete ihm von der kleinen Koksparty, deren Zeugin ich am Abend von Sandys Geburtstagsfeier geworden war. »Und Eddie war auch auf dem Fest.«

Das Aufseufzen des Inspectors verriet mir, dass das gar nichts bewies. »Wenn Eddie uns das nächste Mal über den Weg läuft, reden wir ein Wörtchen mit ihm«, sagte er mit matter Stimme und verabschiedete sich von mir.

Ich schaute im *Sunflowers* vorbei, um mir das versprochene Mittagessen abzuholen, und labte mich an einer Suppe aus Steckrüben und Äpfeln, so dick, dass man sie fast in Stücke hätte schneiden können. Danach gab es Apfelkuchen mit Gewürzen und Sahne. Alles schmeckte traumhaft, und ich hoffte nicht ganz uneigennützig, dass viel übrig bleiben würde.

Den restlichen Dienstag verbrachte ich damit, mich auf meine Verabredung mit Nathan Parr zu freuen, und beendete früh meine Arbeit, um mich dafür aufzuhübschen. Leider jedoch gehörten die seidigen Wellen von Rita Hayworth längst der Vergangenheit an. Meine wilde Lockenmähne war zurück. Mithilfe eines Sprays bändigte ich sie so gut wie möglich und machte mich, angetan mit gut sitzenden Jeans, Stiefeletten und einer karamellfarbenen Seidenbluse, auf den Weg, um in einem Pub mitten im Moor meinen Piraten zu treffen.

Als schließlich einer der Billardspieler neben mir erschien und mich auf ein Getränk einladen wollte, hielt ich den Zeitpunkt für gekommen, mich zu verabschieden. Allmählich wurde es spät, und schließlich hatte ich noch die Heimfahrt vor mir. Ich hinterließ einen Zettel bei der Barfrau, nur für den Fall, dass ein Mann aufkreuzen und nach mir fragen sollte. *Ich kam. Ich wartete. Ich ging. Rita Hayworth*, stand darauf. Darunter mein Name und meine Telefonnummer.

Im Laufe des Abends war das Wetter doch noch umgeschlagen. Ein kräftiger Wind wehte von Westen heran, und immer wieder schlug ein Schwall von Regentropfen gegen die beschlagenen Fenster des Pubs. Draußen herrschte jenseits der Parkplatzbeleuchtung stockfinstere Nacht. Schimpfend klappte ich den Jackenkragen hoch und rannte über den rissigen Beton zum *Weißen Blitz*, wobei ich immer wieder Pfützen ausweichen musste. Der Wind peitschte die Baumwipfel und fegte die Blätter von den Zweigen. Nasses Laub klebte schlaff an Dach und Windschutzscheibe meines Transporters. Ich stieg ein und warf die Scheibenwischer an, um sie zu beseitigen. Regentropfen prasselten aufs Dach, tanzten im Lichtkegel meiner Scheinwerfer und sprangen vom Boden hoch. Ich erschauderte. Es würde eine Weile dauern, bis es im Wagen wärmer wurde. Als ich in die Straße über das Moor einbog, verfluchte ich Nathan Parr, alias Jack Sparrow, aus tiefstem Herzen.

Das Scheinwerferlicht bohrte sich tastend in die Dunkelheit und beleuchtete die Straße vor mir, die weißen, auf der Grasböschung verteilten Granitfelsen und hin und wieder die funkelnden Augen eines Tiers. Ansonsten war es stockfinster im Moor. Der Himmel erinnerte an schwarzen Sirup, kein Stern war zu sehen. Ich fuhr langsam, wie immer, wenn ich nachts im Moor unterwegs war, um nicht mit umherstreunenden Schafen oder Kühen in Konflikt zu geraten. Ab und zu durchdrangen die goldenen Lichter eines abgelegenen Hauses die Dunkelheit und vermittelten mir die beruhigende Erkenntnis, dass es irgendwo noch Wärme und Geborgenheit gab.

Der heulende Wind verwandelte Ginster und Heidekraut in ein wogendes Meer und bestürmte den Transporter, während dieser durch die offene Moorlandschaft kroch. Es bestand keine Gefahr, dass ich mich verirrte, denn ich hielt mich an die einzig vorhandene Straße, die mich, am Holne Moor entlang und vorbei am Tor des Gutes Moorworthy, den Hügel hinunter nach Ashburton leiten würde. Seit meinem leckeren Mittagessen auf Apfelbasis war eine Ewigkeit vergangen, und ich fragte mich, ob der Indien-Imbiss bei meiner Ankunft in der Stadt wohl noch geöffnet sein würde.

Fast hatte ich das Tor von Moorworthy erreicht, als ich mit etwas zusammenprallte. Oder besser, das Etwas mit mir. Ich spürte, wie es mit einem Rums gegen den Reifen an der Fahrerseite stieß. Ich hatte nichts im Scheinwerferlicht bemerkt, was hieß, dass sich besagtes Etwas von der Seite her genähert haben musste. Es konnte nichts Großes gewesen sein. Ein Kaninchen vielleicht, eine Katze von einem Bauernhof, ein Fasan oder ein Dachs. Ich fuhr links ran, stieg aus und spähte in Dunkelheit und Regen hinein. Die Vorstellung, ein verletztes Tier im Stich zu lassen, war mir unerträglich. Also nahm ich die Taschenlampe aus dem Handschuhfach und leuchtete durch die Regentropfen den Weg ab, den ich gekommen war. Auf der Straße lag nichts. Kein klägliches Häufchen Fell. Die Schultern zum Schutz gegen die Kälte vorgebeugt, überquerte ich die Straße. Dicke Tropfen rannen mir in den Kragen. Immer wieder ließ ich den Strahl meiner Taschenlampe die Böschung entlanggleiten und suchte das Gebüsch nach Hinweisen auf ein verletztes Lebewesen ab. Das Moor um mich herum war eine tobende Bestie. Brausender Wind drosch auf die Ginsterbüsche ein, wühlte das Dorngestrüpp auf und blies mir die Haare ins nasse Gesicht, sodass ich es mit der Hand festhalten musste, damit es mir nicht die Sicht raubte.

Plötzlich fand ich mich im Scheinwerferlicht eines herannahenden Fahrzeugs wieder. Ich sprang aus dem Weg auf die Böschung. Als der Wagen hinter mir zum Stehen kam, knirschten seine Reifen auf dem nassen Kies. Im ersten Moment dachte ich, dass es Nathan sein könnte. Doch der Umriss der Gestalt, die vom Fahrersitz kletterte, belehrte mich eines Besseren. Als von hinten angestrahlte Silhouette kam sie auf mich zu. Ich konnte nur einen gebeugten Mann mit Schlägermütze ausmachen. Doch als er näher kam und ich ihn anleuchtete, erkannte ich im grellweißen Schein das dauertraurige Antlitz von Moss.

»Was haben Sie hier zu suchen?«, fragte er in barschem Ton und kniff, geblendet von meiner Taschenlampe, die Augen zusammen.

Ich musste schreien, um das Tosen des Windes zu übertönen. »Ich dachte, ich hätte etwas überfahren.«

Er packte mich am Arm. »Machen Sie die Taschenlampe aus und schalten Sie die Scheinwerfer ab!«

Ich riss mich los. »Moment mal!«

»Herrgott, Frolleinchen!«, brüllte er und schüttelte mich. »Sie kommen! Wenn Ihnen Ihr Leben lieb ist, tun Sie jetzt, was ich sage.« Er drängte sich an mir vorbei, öffnete die Tür des Transporters, stellte den Motor ab und zog den Schlüssel aus dem Zündschloss. Nachdem er die Tür zugeknallt hatte, drückte er mir die Schlüssel in die Hand.

»Runter!«, befahl er. »Runter in den Graben, damit die Sie nicht sehen.« Ich stand da und starrte ihn mit großen Augen an. »Schnell!«, rief er und entwand mir die Taschenlampe. »Die dürfen Sie nicht bemerken.« Er schubste mich in Richtung Straßengraben. »Es sind schon zu viele gestorben.«

Sein drängender Tonfall und seine verzweifelte Miene sagten mir, dass jetzt nicht der richtige Zeitpunkt war, sich herumzustreiten. Deshalb kauerte ich mich gehorsam in den Graben hinter den Ginsterbüschen, wo man mich von der Straße aus nicht sehen konnte. Schon eine Sekunde später näherten sich die hellen Lichtkegel eines großen Lastwagens. Der Laster rumpelte auf uns zu, dass das Wasser von seinen schweren Reifen zur Seite spritzte, und stoppte dröhnend einige Meter vor Moss' Land Rover. Ich hörte, dass sich die Tür des Führerhauses öffnete. Jemand sprang auf der Beifahrerseite auf die Straße.

»Alles in Ordnung, Moss?« Es war Jamies Stimme. Allerdings klang sie kalt und herrisch, und es schwang nicht der Hauch seiner üblichen Selbstironie mit. Als ich zwischen den Büschen hervorlugte, konnte ich beobachten, dass sich die Schatten seiner Beine im Scheinwerferlicht wie die Klingen einer Schere über die Straße bewegten. Der Fahrer des Lastwagens war zwar nur als unförmiger Schatten hinter dem Lenkrad auszumachen, aber ich wäre jede Wette eingegangen, dass er eine grüne Mütze trug.

»Ich habe den Transporter dort stehen sehen, Sir«, erklärte Moss. »Also dachte ich, ich schaue mal nach dem Rechten. Aber da ist niemand.«

»Moment mal. Der Wagen gehört doch Juno Browne, richtig? Ich erkenne das Nummernschild … und schauen Sie sich die hintere Stoßstange an! Was hat dieses verdammte Weibsstück hier verloren?«

»Falls es ihrer ist, ist sie längst weg, Sir.« Moss legte die Hand auf die Motorhaube. »Der Motor ist eiskalt«, log er. »Außerdem hat ihr Vorderrad auf der Fahrerseite offenbar was abgekriegt. Wahrscheinlich musste sie den Wagen stehen lassen. Bestimmt hat sie jemand mit dem Auto mitgenommen.«

»Hoffentlich haben Sie recht. Die Frau wird allmählich lästig. Vielleicht werden wir uns um sie kümmern müssen. Wären Sie so gut, sich noch mal umzusehen, Moss? Nur für alle Fälle. Es steht zu viel auf dem Spiel, um Risiken einzugehen. Wir fahren weiter.«

Ich beobachtete, wie sein Schatten wieder im Scheinwerferlicht die Straße überquerte. Die Tür knallte zu, und der Motor sprang grollend an. Als der Laster vorbeirumpelte, zischten die Reifen auf der nassen Straße. Auf der Ladefläche türmten sich Silageballen, das Licht brach sich schimmernd an der schwarzen Plastikfolie.

»Unten bleiben!«, brüllte Moss in meine Richtung. Nachdem ich eine schiere Ewigkeit zusammengekrümmt und zerkratzt von den Dornen des Stechginsters in dem schmalen Graben gewartet hatte, erlaubte er mir endlich aufzustehen. »Sie sind zur Farm abgebogen.«

»Was, zum Teufel, ist da los?«

»Keine Fragen.« Er reichte mir meine Taschenlampe. »Fahren Sie nach Hause und halten Sie sich von hier fern.«

»Sie sagten gerade, es seien schon zu viele gestorben?« Mit zusammengekniffenen Augen spähte ich in den Regen und versuchte, seinen Gesichtsausdruck unter der tropfnassen Mütze zu deuten. »Was haben Sie damit gemeint?«

»Das wollen Sie gar nicht wissen.«

»Moss, was ist mit Gavin passiert?«

»Ich habe versucht, ihn zu warnen, okay?« Seine Stimme war heiser und zitterte, als er gegen den Wind anschrie. »Ich wollte sie vergraulen, ihn und den anderen Jungen!« Er steuerte auf sein Auto zu.

»Den anderen Jungen?«, rief ich ihm nach. »Ben?«

»Ich habe schon zu viel geredet.« Er schob sich an mir vorbei. »Meine Familie ist den Westershalls schon seit vielen Jahren treu ergeben. Aber früher war alles ganz anders. Sie wollen sich nicht hier draußen erwischen lassen, Frolleinchen. Fahren Sie nach Hause!« Er zerrte die Autotür auf, stieg ein und brauste davon.

Ich blickte seinen Rücklichtern nach und umklammerte den Schlüsselbund so fest, dass er einen Abdruck in meiner Handfläche hinterließ. Nass bis auf die Haut und zitternd vor Kälte kletterte ich in meinen Transporter. Wasser troff mir aus den Haarspitzen. Meine Hände waren so steif und bebten derart, dass ich den Schlüssel nicht ins Zündschloss stecken konnte. Also angelte ich ein altes Handtuch, mit dem ich sonst schlammige Hundepfoten abwischte, hinter dem Sitz hervor und trocknete mir damit Gesicht und Hände ab. Ich atmete tief durch, und der Hundegeruch beruhigte mich ein wenig. Endlich schaffte ich es – die Scheinwerfer eingeschaltet, die Heizung auf Hochtouren und die Scheibenwischer auf schnellster Stufe –, loszufahren.

Während ich an der Einmündung zur Applecote Farm und dem Tor von Moorworthy vorbeifuhr und den Hügel hinunter ins sichere Ashburton rollte, fragte ich mich, welchen gottverdammten Grund jemand haben könnte, mitten in der Nacht eine Wagenladung Silageballen zu einer aufgegebenen Farm zu karren. Ich dachte über Nathan Parr nach, den man – rein zufällig? – beim Abendessen neben mir platziert hatte. Und der nichts Besseres zu tun gehabt hatte, als mich abends allein in einen abgelegenen Pub zu locken. Und was war mit Jamie? Gehörte er zu den Guten oder zu den Bösen? Ich glaubte inzwischen, die Antwort darauf zu kennen.

24

Auf meinem Weg den bewaldeten Hügel hinab nach Ashburton musste ich mich jedoch bald mit anderen Problemen beschäftigen. Die Bäume am Straßenrand wankten wie ruhelose Riesen. Bei Unwettern wie diesen stürzten sie auch gerne einmal um. Ich musste vom ächzenden Wind abgerissene Äste umkurven, wobei ich die ganze Zeit befürchtete, ein gewaltiger Stamm könnte vor mir quer über die Straße kippen oder das Wagendach durchschlagen.

Zu Hause angekommen, ließ ich mir ein heißes Bad ein. Noch immer zitterte ich vor Angst und Kälte, weshalb ich mich lange zwischen den funkelnden Seifenblasen aalte und Löcher in die Dampfwolken starrte. Dabei dachte ich an Jamie und seine Worte zu Moss, dass man sich um mich kümmern müsse. Das hatte sich gar nicht gut angehört. Und was war mit Nathan? War er der, der er zu sein vorgab? Oder hatte Jamie ihn beim Abendessen neben mir platziert, damit er herausfand, was ich der Polizei über Gavins Tod gesagt und was ich mit der Drohne vorgehabt hatte? Aber warum war Nathan dann nicht im Pub erschienen, wenn er von Jamie auf mich angesetzt worden war? Gehörte Nathan nun zu den Guten oder zu den Bösen?

Ich schlief schlecht. Selbst in meinen Träumen hörte ich den übers Moor wütenden Wind. Hier im Dorf bearbeitete er die Häuser wie die Faust eines Betrunkenen, prügelte auf Kamine und Dächer ein und rüttelte an Türen und Fenstern, um sich Zutritt zu verschaffen.

Am nächsten Morgen hatte ich keine Lust aufzustehen. Alles in mir sträubte sich, mein gemütlich warmes Bett zu verlassen. Allerdings gab es da fünf schwanzwedelnde Vierbeiner, die voller Vorfreude darauf warteten, dass ich sie spazieren führte. Deshalb blieb mir nichts anderes übrig, als mich unter der Decke hervorzuquälen, obwohl Bill sich redlich Mühe gab, mich daran zu hindern. Ein Teil von mir wäre am liebsten hinauf zum Holne Moor gefahren, um die Hunde auf dem öffentlichen Grund unweit der Applecote Farm herumtollen zu lassen, wo ich gestern angehalten hatte, und dort ein wenig herumzuschnüffeln. Doch meine vernünftigere Hälfte erinnerte mich daran, dass ich einen vollgepackten Vormittag und nicht viel Zeit hatte. Also folgten wir nur dem Fluss durch das Dorf und in den Wald. Den Großteil des Jahres war dieser Fluss eher ein Bächlein, aber das Unwetter hatte ihn zu einem schlammigen Strom anschwellen lassen, in dem sich immer wieder Bündel von Zweigen oder Laub stauten.

Der Wind hatte sich zwar einigermaßen gelegt, doch die Kronen der Bäume im Wald bewegten sich noch. Einige letzte Blätter hingen wie Goldmünzen in den kahlen, tropfnassen Ästen, aber die meisten lagen schon in durchweichten Haufen auf dem Boden und raschelten und knisterten nicht mehr beim Drauftreten. Den Hunden, die im feuchten Laub schnupperten, war das egal. Der Wind weckte sie auf, zauste ihr Fell und ließ sie ausgelassen werden wie Kinder auf einem Spielplatz. Außerdem hatte der Regen frische Düfte freigesetzt, nasse Gerüche nach erdigem Waldboden und den Geschöpfen, die ihn bevölkerten. Für die Hunde war die Welt wieder neu erschaffen.

Nachdem ich die Vierbeiner zu Hause abgeliefert hatte, schaute ich im *Old Nick's* vorbei, um ein Schwätzchen mit Pat zu halten.

»Olly ist ein netter Junge«, lobte sie. »Sehr fleißig. Und er wohnt ganz allein mit seiner Oma?«

»Ja«, erwiderte ich kurz angebunden, bemüht, die Unterhaltung in eine andere Richtung zu lenken.

»Meine Mum kannte die alte Dolly Knollys. Ich dachte, die wäre schon längst gestorben.«

»Hmmm.« Ich nickte ausweichend. »Es freut mich, dass Olly sich nützlich macht. Ich kann leider nicht bleiben, Pat. Ich muss noch einige Aufträge abarbeiten. Zur Mittagszeit bin ich zurück und übernehme.«

Ich hastete hinaus, bevor sie mich in ein Gespräch verwickeln konnte. Nachdem ich mich durch die Mülltonnen in der Seitengasse geschlängelt und über die Pfützen gesprungen war, trat ich auf die Sun Street hinaus, wo ich prompt mit Jamie Westershall zusammenstieß.

»Hallo!«, rief er lächelnd. »Genau Sie habe ich gesucht. Zeit für einen Kaffee?«

Im ersten Moment stand ich nur fassungslos da und versuchte, die strahlenden blauen Augen und den unbeschwerten Charme mit dem Auftreten des Mannes in Einklang zu bringen, den ich gestern Nacht auf der Landstraße beobachtet hatte.

»Äh …«, stammelte ich. »Ich bin wirklich in Eile, ich …«

»Bitte, machen Sie mir die Freude.« Er packte mich am Arm. »Nur einen Kaffee auf die Schnelle. Ach, sehen Sie, da ist ja ein Café.« Er schob mich ins Lokal, wo wir uns setzten. Lauernd beäugten wir einander über den Tisch hinweg. »Ich war in Sorge um Sie, Juno.«

»Oh?« Eine kurze Pause entstand, als die Kellnerin erschien, um unsere Bestellungen aufzunehmen. »Warum?«, fragte ich schließlich.

»Ich habe letzte Nacht Ihren Wagen verlassen im Moor vorgefunden. Von Ihnen fehlte jede Spur. Ich hatte befürchtet, es könnte Ihnen etwas zugestoßen sein.«

»Ich hatte nur einen Platten«, log ich mit einem, wie ich hoffte, lässigen Achselzucken. »Zum Glück kam zufällig ein Bekannter vorbei und hat mich in die Stadt mitgenommen.«

Er zog fast unmerklich die Brauen hoch. »Als ich kurz darauf zurückkam, war Ihr Wagen weg.«

»Wir haben den Reifen gewechselt.«

»Sie sind eigens deshalb umgekehrt? Hätten Sie und Ihr Freund das nicht gleich an Ort und Stelle erledigen können?« Sein Tonfall war zwar unbekümmert, doch er fixierte mich weiter mit einem argwöhnischen Blick.

»Wir mussten zuerst einen Werkzeugkasten von zu Hause holen.«

»Also, ich finde es ziemlich gefährlich, nachts ohne richtiges Werkzeug im Moor herumzufahren. Deshalb frage ich mich, Juno, was Sie in einer scheußlichen Nacht wie gestern überhaupt dort wollten.«

»Das verrate ich Ihnen gern.« Ich beschloss, aufs Ganze zu gehen. »Eigentlich war ich mit Ihrem alten Freund von der Hochschule für Landwirtschaft verabredet, Nathan Parr alias Jack Sparrow.«

»Ja, wenn ich mich recht entsinne, sind Sie beide sich im Wandschrank ein wenig nähergekommen.«

»Tja, Mr. Nathan Parr hatte sich mit mir auf einen Drink verabredet, und zwar in einem Pub mitten im Moor, und mich dann versetzt.« Ich wartete auf eine Reaktion, auf den Hauch eines Flackern in seinen blauen Augen, aber sein Blick blieb fest. »Vermutlich wissen Sie auch nicht, was es damit auf sich hat?«

Er lachte. »Natürlich nicht. Warum sollte ich?«

»Ich habe mich nur gefragt, ob sich da jemand einen Scherz mit mir erlauben wollte.«

»Ich ganz sicher nicht. Nathan musste aus irgendeinem Grund früher gehen, und ich habe ihn seit der Party nicht gesehen.« Er nippte an seinem schwarzen Kaffee, lehnte sich zurück und musterte mich forschend. »Also hat er Sie versetzt, was? Arme alte Juno!« Als er lautlos auflachte, erbebten seine Schultern. »Und dabei hat die Sache im Wandschrank einen so vielversprechenden Eindruck gemacht.«

Seine Selbstgefälligkeit und seine Witzchen weckten in mir den Verdacht, dass er mehr wusste, als er zugab. Er hatte mich mit seinem Freund verkuppelt, so viel stand für mich fest. Und dann hatte er ihn aus irgendeinem Grund zurückgepfiffen.

»Es erscheint mir nur ein wenig seltsam, Juno«, fuhr er, inzwischen bitterernst, fort, »dass Ihr Wagen einfach so auf meinem Land herumstand. Insbesondere nach dem kleinen Auftritt, den Sie auf Sandys Party hingelegt haben. Ich frage mich, ob Sie etwas im Schilde führen.«

»Ich war es nicht, die Gavins Namen zuerst erwähnt hat«, hielt ich ihm vor Augen.

»Nein, aber den von Ben Luscombe. Was sollte das, Juno? Er hat unbefugt meinen Grund und Boden betreten. Er hatte Kokain genommen …«

»Wie Ihre Schwester.«

Im ersten Moment war es, als hätte ich ein Streichholz angezündet, so zornig blitzten seine Augen auf. Doch dann verlosch die Flamme. Trotz seines Lächelns bemerkte ich, wie verspannt seine Kiefermuskeln waren. »Emma probiert eben gern etwas aus. Sie ist nicht süchtig.«

»Und Jess?«

Er beugte sich über den Tisch. »Passen Sie auf, was Sie sagen«, warnte er leise.

»Ach, ja?«

»Es gibt da einen Jungen, der immer wieder eine Drohne über unserem Land fliegen lässt. Sie kennen ihn nicht zufällig?«

Obwohl mir ein wenig mulmig wurde, zwang ich mich zu einem Lächeln. »Wie kommen Sie denn darauf?«

»Weil er in Ihrem Transporter gesichtet wurde.«

»Und Sie wissen das, weil?«

»Das ist uns doch wohl beiden klar«, entgegnete er ungerührt. »Richten Sie Ihrem jungen Freund aus, dass es illegal ist, eine Drohne über Privatgelände fliegen zu lassen, und dass ich nicht vor Maßnahmen zurückschrecke, um meine Privatsphäre zu schützen.«

»Haben Sie das bei Gavin auch gemacht? ›Maßnahmen‹ ergriffen?«

»Die Polizei ist überzeugt, dass es sich bei seinem Tod um einen Unfall handelt.«

»Ich nicht.«

»Mischen Sie sich nicht ein, Juno«, drohte er im Flüsterton. »Halten Sie sich aus Dingen raus, die Sie nichts angehen.« Er warf einen Geldschein auf den Tisch und schickte sich zum Gehen an.

»Glauben Sie nicht, dass ein weiterer Unfall auf Gut Moorworthy verdächtig wirken könnte?«

Unvermittelt packte er mich an den Handgelenken und näherte sein Gesicht dem meinen. »Kommen Sie mir nicht in die Quere, Juno«, zischte er. Mit diesen Worten marschierte er hinaus, nicht ohne die Tür hinter sich zuzuknallen.

Ich blickte ihm nach und beobachtete, wie sich seine breitschultrige Gestalt lässig die Straße entlangschob. Ich hatte es noch nie leiden können, wenn man mir Vorschriften machte. Und noch weniger mochte ich es, bedroht zu werden. Es freute mich, dass ich ihn verärgert hatte.

Als ich später am Nachmittag im Laden war, erhielt ich einen Notruf von Olly, der gerade von der Honeysuckle Farm nach Hause gekommen war. Er weinte bitterlich und stand kurz vor einem Nervenzusammenbruch. Ich musste ihn erst dazu bringen, sich zu beruhigen, bevor ich ihn überhaupt verstehen konnte.

»Die Frau von nebenan!«, schluchzte er.

»Mrs. Hardiman?«

»Sie will herkommen. Sie war vorhin schon mal da … an der Hintertür … sie sagt … sie sagt …«

»Tief durchatmen, Olly«, wies ich ihn an. »Was hat sie denn gesagt?«

»Sie sagt, sie weiß, dass du keine Sozialarbeiterin bist. Bei uns würde etwas nicht stimmen. Und sie sagt, wenn ich sie nicht reinlasse, damit sie mit Oma reden kann, holt sie die Polizei …«

»Was hast du geantwortet?«

»Ich habe ihr erklärt, dass Oma schläft. Deshalb will sie um fünf wiederkommen und erst wieder gehen, wenn sie Oma gesehen hat. Was soll ich jetzt machen?«, rief er verzweifelt.

Ich schaute auf die Uhr. Es war schon kurz vor vier. »Back einen Kuchen«, erwiderte ich.

»Was?«

»Back einen Kuchen und deck hübsch den Tisch, so als würden wir zum Tee Besuch erwarten. Nimm Omas bestes Geschirr. Ich komme, so schnell ich kann.«

»Aber was …«

»Ich überlege mir etwas«, versprach ich ihm. »Keine Panik.«

Ich legte auf. Mir blieb eine Stunde, um für Olly eine Großmutter aufzutreiben. Während ich zum Wagen hastete, ging ich in Gedanken meine Möglichkeiten durch. Maisie kam nicht infrage, weil Ollys Nachbarin sie schon kannte. Chloe Berkeley-Smythe hätte sicher gern mitgespielt und einen Riesenspaß daran gehabt, in eine fremde Rolle zu schlüpfen, wenn man ihr weismachte, dass es sich um einen Scherz handelte. Aber sie befand sich auf hoher See, und außerdem hätte ihr niemand, der noch bei klarem Verstand war, abgekauft, dass sie in einem mit Steuergeldern geförderten Haus lebte. Kurz überlegte ich, ob Morris in Frauenkleidung vielleicht anginge, aber die Vorstellung war zu schauderhaft, um sie ernsthaft in Erwägung zu ziehen. Außerdem hätte ich ihn und Ricky dazu in Ollys Geheimnis einweihen müssen, und ich hatte schließlich Stillschweigen gelobt.

Und dann, auf halbem Weg nach Owlacombe Cross, sah ich sie. Sie trug nicht ihren blauen Morgenmantel, sondern eine beige Hose und ein geblümtes Oberteil, sodass ich sie im ersten Moment gar nicht erkannte. Ich stoppte neben ihr und kurbelte das Fenster hinunter, worauf sie mit einem fröhlichen, aber auch zweifelnden Lächeln in den Wagen spähte.

»Hallo, Judith-Marianne!« Ich sprang aus dem Transporter und öffnete die Beifahrertür.

»Fahren wir Tee trinken?«, fragte sie beim Einsteigen.

»Interessant, dass Sie das sagen.« Ich schnallte sie an. »Aber wir fahren wirklich Tee trinken. Ganz bestimmt.«

Kurz nachdem wir Judith-Marianne in Omas Lehnsessel bugsiert hatten, hörten wir, wie sich die entschlossenen Schritte von Ollys Nachbarin der Hintertür näherten. Ich bat sie herein, während Olly den Kessel aufsetzte. Auf einem Abkühlgitter aus Draht lagen die zwei Hälften eines lecker duftenden Biskuitkuchens. Die eine Hälfte hatte er mit Marmelade bestrichen.

»Dann wollen wir zuerst mal dieses Missverständnis aus der Welt schaffen«, begann ich und setzte mein gewinnendstes Lächeln auf. »Kommen Sie doch herein … äh …«

»April«, erinnerte sie mich und ließ den Blick durch die Küche schweifen, als erwarte sie, dass jeden Moment ein Terrorkommando irgendwo hervorspringen könnte. »April Hardiman.«

»Ich möchte Ihnen Mrs. Knollys vorstellen.« Ich begleitete April ins Wohnzimmer. »Sie ist eigens aus dem Bett aufgestanden, um Sie kennenzulernen.«

Judith-Marianne hatte sich aus dem Sessel erhoben und am

Klavier niedergelassen, wo sie mit dem Zeigefinger eine Taste nach der anderen anschlug. »Es klingt falsch«, teilte sie mir mit, als wir eintraten.

»Ja, tut mir leid, Oma.« Olly war uns, den fertigen Kuchen auf einer Servierplatte, gefolgt. Die goldene Kruste hatte er mit Puderzucker bestäubt. »Es ist schon seit einer Weile verstimmt.«

»Das ist April«, fuhr ich fort, während sie immer wieder jede Taste prüfte. »Sie wohnt nebenan.«

Judith-Marianne blickte nicht auf und achtete auch nicht auf Aprils ausgestreckte Hand. »April, Mai, Juni«, leierte sie und betätigte weiter die Tasten. Dann verzog sie missmutig das Gesicht. »Total verstimmt!«

»Spielen Sie Klavier, Mrs. Knollys?« Aprils Lächeln wirkte wie festgefroren. »Ich bin auch musikalisch. Ich bin Mitglied bei der *Dartmoor Operatic Society*.«

Die Antwort blieb aus. Judith-Marianne starrte nur ins Leere.

»Ganz recht«, ergänzte ich kühn. »April spielt in der neuen Inszenierung von *Jolanthe* eine Elfe.«

Als April mit beachtlichem Tremolo zu einer Liedzeile ansetzte, in der von umhertollenden Elfen die Rede war, ging eine erstaunliche Verwandlung in Judith-Marianne vor. Es war, als habe sich der Nebel, durch den sie wie ein verirrtes Kind wanderte, auf wundersame Weise gelichtet. Plötzlich war sie bei uns, stimmte in Aprils Getriller ein und kannte jede Note und jedes Wort. Sie war wieder die Frau, die sie einmal gewesen war. Während die beiden ekstatisch im Chor weiterschmetterten, warf Olly mir einen entsetzten Blick zu. »Die verstehen sich zu gut«, zischte er mir zu. »Jetzt will sie« – er wies mit dem Kopf auf April – »bestimmt wiederkommen.«

Darüber musste er sich keine Sorgen machen. Judith-Marianne versuchte nämlich, das Duett auf dem Klavier zu begleiten, das allerdings so schlimm verstimmt war, dass sie nach einigen verrutschten Tönen innehielt. Zornig schrie sie auf, fing an, den Deckel hochzureißen und zuzuknallen, und brach schließlich in Tränen aus, worauf April peinlich berührt zurückwich.

»Alles gut, Ju... Dolly.« Ich nahm sie bei den Schultern und schob sie, die immer noch schluchzte, vom Klavierhocker zum Lehnstuhl. »Jetzt trinken wir ein Tässchen Tee. Schauen Sie, Olly hat einen Kuchen gebacken.«

»Dein Lieblingskuchen, Oma«, fügte Olly tapfer hinzu. »Biskuit.«

»Setzen Sie sich doch, April.« Ich wies auf einen Stuhl. »Danach«, versprach ich, »kann Olly uns ja etwas auf dem Fagott vorspielen.«

Er schüttelte heftig den Kopf.

»Sei nicht so schüchtern, Olly.« Ich warf ihm einen warnenden Blick zu. »Wir wissen doch, wie gern deine Oma dich spielen hört.«

»Ich hole die Teekanne«, zischte er erbost und marschierte in die Küche. Als er zurückkam, war wieder Ruhe eingekehrt. Judith-Marianne war wieder im Nebel versunken, beäugte wortlos den Kuchen und ging nicht auf Aprils Versuche ein, höfliche Konversation zu betreiben. Ich schenkte Tee ein, während Olly den Kuchen anschnitt und die Stücke verteilte. In den nächsten Minuten aßen wir manierlich.

»Ihr Garten ist wirklich hübsch, Mrs. Hardiman«, merkte ich an, um das Schweigen zu füllen. »Insbesondere für diese Jahreszeit.«

»Nicht mehr lang.« Sie seufzte. »Die Dahlien sind fast verblüht.«

»Bishop of Llandaff.« Judith-Marianne zerkrümelte ein Stückchen Kuchen.

»Was hast du gesagt, Oma?«, hakte Olly furchtsam nach.

»Bishop of Llandaff«, wiederholte sie und tupfte mit ihrem angeleckten Zeigefinger Krumen von ihrem Teller auf.

Endlich fiel bei mir der Groschen. »Das ist eine Dahliensorte!«, rief ich aus. »Bishop of Llandaff ist der Name einer Dahlie. Richtig, Dolly?«

»Möchten Sie sich die Dahlien in meinem Garten ansehen, bevor der Frost sie erwischt, Mrs. Knollys?«, schlug April höflich vor.

Judith-Mariannes bekrümelter Finger hielt inne, und sie sah April finster an. »Nein! Seien Sie still!« Offenbar war ihre Stimmung so wechselhaft wie das Wetter. Inzwischen hatte Aprils Lächeln etwas Steifes an sich, das an das aufgemalte Grinsen einer Bauchrednerpuppe erinnerte.

»Ich glaube, jetzt ist es Zeit für ein bisschen Musik, Olly«, meinte ich rasch.

»Ja, natürlich!« Er klappte seinen Koffer auf und setzte, fasziniert beobachtet von April und mir, das Instrument aus den Einzelteilen in den verschiedenen Fächern zusammen. Judith-Marianne kümmerte sich nicht darum und nahm sich noch etwas von dem Kuchen.

Das Fagott ist ein sehr langes Instrument, sodass der Spieler einen Schultergurt braucht, um das Gewicht tragen zu können. Dennoch musste sich Olly setzen und das Ende des Fagotts auf seine Schuhe stützen. Nachdem er sich nervös die Lippen geleckt, einige Töne angeblasen und am Mundstück herumgenestelt hatte, spielte er eine einfache Melodie.

Sie war wunderschön. Ich kannte sie nicht, ganz im Gegensatz zu Judith-Marianne, die leise und richtig mitsummte.

Nur dass April den Wagemut besaß, ebenfalls mitsingen zu wollen.

»Nein! Nein!« Judith-Marianne schleuderte ihren Teller zu Boden, sodass Krümel und Puderzucker in alle Richtungen spritzten. »Sie nicht! Sie nicht!«

»Dolly!«, rief ich aus. »Das ist aber nicht sehr nett!«

Sie brach in Tränen aus.

»Schon gut.« April bückte sich hastig, um den Teller vom Teppich aufzuheben. Olly hörte auf zu spielen, löste sich von seinem Fagott und beugte sich unbeholfen über seine Oma, um ihr beruhigend die Schulter zu tätscheln. April reichte mir den Teller. »Vielleicht gehe ich jetzt besser«, flüsterte sie. »Es war wirklich schön, Sie kennenzulernen, Mrs. Knollys.«

»Ich bringe Sie zur Tür.« Ich begleitete sie den Flur entlang zur Vordertür. »Ich möchte mich für Dolly entschuldigen«, sagte ich leise. »Sie sehen ja, wie schwierig sie sein kann.«

»Oh, ich verstehe«, versicherte April mit einem weisen Nicken.

»Ihre Reaktionen auf Besucher … tja, das macht die Dinge für Olly nicht leichter.«

Mittlerweile nickte April so heftig wie ein Wackeldackel. »Dieser Junge ist wirklich bewundernswert.«

»Ja, das ist er.«

Da sie, offenbar in dem sehnlichen Wunsch, sich so schnell wie möglich aus dem Staub zu machen, von einem Fuß auf den anderen tänzelte, hielt ich sie noch zehn Minuten lang fest, um sicherzugehen, dass sie nicht so bald wiederkommen würde. Während dieser Zeit erschien Olly immer wieder in der Wohnzimmertür. Offenbar wollte er mir etwas mitteilen, aber ich achtete nicht auf ihn. »Ich muss mich noch einmal für Dolly entschuldigen.«

»Glauben Sie nicht, dass sie in Oakdene besser aufgehoben wäre?«, merkte April zögernd an.

»Sie haben ja so recht, April!«, stimmte ich zu. »Keine Sorge, über kurz oder lang zieht sie dort ein.«

Wir verabschiedeten uns voneinander. Endlich konnte ich die Tür schließen und lehnte mich erleichtert dagegen.

»Ist sie weg?« Olly kam aus dem Wohnzimmer.

»Ist sie.« Ich sah auf die Uhr. »Wird Zeit, dass ich Judith-Marianne nach Oakdene zurückbringe. Ist alles in Ordnung mit ihr? Sie ist so still.«

»Kein Wunder«, erwiderte Olly. Erst jetzt fiel mir auf, wie blass er war. Seine blauen Augen waren vor Schreck geweitet. »Sie ist nämlich tot.«

25

»Wie ist das passiert?« Verzweifelt tastete ich an Judith-Mariannes Handgelenk nach einem Puls. Als ich keinen entdecken konnte, versuchte ich es am Hals.

»So weit war ich auch schon«, meinte Olly, der meine Bemühungen beobachtete. »Weil sie sich ein bisschen beruhigt hatte, habe ich Kehrblech und Besen geholt. Ich war gerade dabei, den Puderzucker aufzufegen« – er zeigte auf die Stelle im Teppich, wo sie den Kuchen hingeworfen hatte –, »und als ich hochgeschaut habe, hing sie so schief im Sessel wie jetzt. Ich dachte, sie wäre eben eingeschlafen. Nach ein paar Minuten habe ich angefangen, mir Sorgen zu machen, und du hast noch geredet … also habe ich probiert, sie zu wecken.« Er sah zu, wie ich weiter nach einem Herzschlag suchte.

»Sie lebt nicht mehr, richtig?«

»Ich fürchte, du hast recht.« Ich kauerte mich auf die Fersen und betrachtete sie. Ihre Augen waren geschlossen, und der Kopf war ihr auf die Brust gesunken. Sie machte einen sehr friedlichen Eindruck. »Die Arme.«

»Könnten wir sie nicht benutzen?«, erkundigte er sich aufgeregt. »Wir könnten so tun, als ob sie wirklich meine Oma wäre, und einen Arzt rufen, der einen Totenschein ausstellt …«

»Ich denke, so funktioniert das nicht. Ein Arzt kann den Totenschein nur ausstellen, wenn er den Patienten gekannt und schon früher behandelt hat. Ansonsten muss eine Autopsie stattfinden. Das wäre viel zu gefährlich. Schließlich wissen wir nicht, wer ihr richtiger Hausarzt ist. Was, wenn wir in einer Praxis anrufen, und ausgerechnet dieser Arzt taucht dann hier auf und erkennt sie wieder?«

»Und was sollen wir dann tun?«, fragte er mit zitternder Stimme. »Ich lege sie auf keinen Fall zu Oma.«

»Nein, nein, das hatte ich auch nicht vor«, versicherte ich ihm. »Ich muss sie dorthin zurückbringen, wo sie hingehört. Pass auf: Du schleichst dich jetzt raus und siehst nach, ob April vorne die Vorhänge zugezogen hat.« Ich hoffte das, denn inzwischen war es draußen dunkel. Allerdings kam Olly bald wieder und vermeldete, die Vorhänge seien weit offen. April säße im Lichtschein des Fernsehers da und starre auf den Bildschirm.

»Nun, dann müssen wir es eben riskieren.«

Judith-Marianne sanft in die Schubkarre gebettet, pirschten wir uns den Gartenweg hinunter. »Es wäre wirklich hilfreich, wenn du dieses dämliche Rad geölt hättest«, zischte ich, denn es quietschte gnadenlos bei jeder Umdrehung. Olly blickte sich ständig um und vergewisserte sich, dass April weiterhin gebannt ihre Fernsehsendung verfolgte. Wir schafften es bis zum Gartentor und zerrten die Schubkarre mühsam auf die Straße, zum Heck des Transporters und zur Beifahrertür, wo wir unsere Last mit vereinten Kräften vorsichtig auf den Sitz bugsierten. Ich schnallte sie an.

»Soll ich mitkommen?«, fragte Olly, wobei er offenbar inständig hoffte, dass ich ablehnen würde.

»Du bleibst hier. Spül das Teegeschirr und mach deine Hausaufgaben. Du weißt nichts von dieser Sache, verstanden? Überhaupt nichts.«

»Was, wenn die dich erwischen?«

»Das passiert schon nicht«, beteuerte ich um einiges zuversichtlicher, als ich mich fühlte. »Du hast doch die Telefonnummer besorgt, oder?«

Er reichte mir einen Zettel. »Ich habe mit dem Laptop die Website aufgerufen.«

»Gut gemacht.« Ich griff nach dem Stück Papier. »Und zerbrich dir nicht den Kopf wegen April.« Ich beobachtete, wie sie im flackernden Bildschirmlicht dasaß. »So schnell kommt die nicht wieder.« Ich versprach, ihn so bald wie möglich anzurufen, sprang auf den Fahrersitz und schnallte mich an. »Also, Judith-Marianne«, sagte ich zu der reglosen Gestalt neben mir. »Es geht los.«

Ich fuhr sehr langsam und vorsichtig. Rückblickend betrachtet, war es unsinnig, denn für die bedauernswerte Judith-Marianne spielte mein Fahrstil keine Rolle mehr. Und dennoch fühlte ich mich aus Gründen frei von jeglicher Logik verpflichtet, Pietät am Steuer walten zu lassen. Sie hatte Olly und mir einen großen Dienst erwiesen und uns den Hals gerettet. Deshalb war ich fest entschlossen, sie respektvoll zu behandeln. Immer wieder schaute ich zu ihr hinüber. Ihr Kopf wippte sachte hin und her, und ihre Augen waren geschlossen, als ob sie schlief. Irgendwie hoffte ich fast, sie könnte plötzlich wieder zum Leben erwachen. Aber ich wusste, dass ihr armes altes Herz versagt hatte. Sie war tot. Oben auf der Hügelkuppe blieb ich stehen, förderte mein Smartphone zutage, wählte die Nummer, die Olly für mich herausgesucht hatte, und wartete, den Blick weiter auf die arme Judith-Marianne gerichtet, darauf, dass jemand abhob.

»Oakdene«, meldete sich eine forsche Stimme, worauf ich bat, mit Barbara oder Camille verbunden zu werden.

Als ich durch das Tor fuhr, war es stockfinster. Die Fenster des Pflegeheims waren hell erleuchtet, und ich konnte sehen, dass im Speisesaal gerade zu Abend gegessen wurde. Bewohnerinnen und Bewohner hatten sich um die Tische versammelt. So leise wie möglich fuhr ich ums Gebäude herum zum

Lieferanteneingang. Als ich um die Ecke kam, wurde ich bereits von einer nervösen Camille erwartet. Ihre breite Stirn hob sich hell vom Dämmerlicht ab, ihre Hände umklammerten die Griffe eines Rollstuhls. Ich stoppte neben ihr und kurbelte das Fenster herunter.

»Fahren Sie weiter zur Küchentür«, wies sie mich im Flüsterton an. »Keine Gefahr. Der Chef verteilt gerade das Essen an die Bewohner.«

»Wo ist Barbara?«

»Sie hilft dem Chef. Aber sie weiß Bescheid.«

Nachdem ich den Transporter an der gewünschten Stelle geparkt hatte, schob Camille den Rollstuhl zur Beifahrertür. Ganz sanft setzten wir Judith-Marianne hinein.

»Wo haben Sie sie gefunden?«, erkundigte sich Camille. »Wieder auf der Straße?«

»Ja.« Tja, zumindest das war nicht gelogen. »Ich wollte sie zurückbringen, und da ist sie plötzlich bewusstlos geworden. Als mir klar wurde, dass sie nicht mehr lebt, dachte ich, ich rufe besser an und spreche mit Ihnen. Schließlich will ich nicht, dass Sie und Ihre Kollegin Schwierigkeiten kriegen, weil sie wieder weggelaufen ist.«

»Danke«, erwiderte Camille in inbrünstigem Ton. »Es wäre entsetzlich, wenn sie tot auf der Straße gelegen hätte. Wir könnten unseren Job verlieren.«

Wir schoben Judith-Marianne in den Garten und zu einer kleinen Holzbank unter einem Kirschbaum. »Das ist ihr Lieblingsplatz«, teilte Camille mir mit, als wir sie auf die Bank hoben. »Hier sitzt sie oft.«

»Sie muss doch hoffentlich nicht lange hier draußen bleiben?« Es war dunkel und wurde allmählich kalt. Die Vorstellung, sie hier zurückzulassen, gefiel mir gar nicht. Am liebsten hätte ich ihr eine Decke um die Schultern gelegt.

»Sobald Sie weg sind, laufe ich rein und sage dem Chef, ich

hätte ihr Zimmer leer vorgefunden. Dann suchen wir sie. Es wird nicht lange dauern.«

»Kommen Sie auch sicher allein zurecht?«

»Ja. Sie gehen jetzt besser. Schnell.«

Ich warf einen letzten Blick auf die zierliche Gestalt auf der Bank, streckte die Hand aus und berührte ihr weiches, silbergraues Haar. »Wussten Sie, dass sie singen konnte?«, fragte ich Camille. »Und Klavier spielen?«

»Nein«, antwortete sie traurig. »Das wusste ich nicht.«

»Danke, Judith-Marianne«, flüsterte ich und küsste sie auf die Stirn. Dann hastete ich zum Transporter und fuhr langsam den Weg entlang und zum eisernen Tor hinaus.

26

Keine Nachrichten sind gute Nachrichten. Zumindest war das meine Einstellung zu dieser Angelegenheit. Die ganze Nacht rechnete ich mit einem panischen Anruf von Barbara oder Camille, die mir mitteilten, dass etwas Schreckliches geschehen sei. Zum Beispiel, dass der Arzt, was die Todesursache anging, Verdacht geschöpft und eine Obduktion angeordnet hatte. Doch als Barbara sich am nächsten Morgen endlich meldete, verkündete sie, alles sei nach Plan gelaufen. Laut Arzt liege eine natürliche Todesursache vor. Keine Autopsie, keine gerichtliche Untersuchung. Alles in Ordnung. Ich würde Olly die gute Nachricht später überbringen.

Zuerst fuhr ich hinauf ins Holne Moor. Es war ein wunderschöner Tag – ruhig, sonnig und windstill, ein himmelweiter Unterschied also zu der Nacht, als ich zuletzt hier gewesen war. Ich stoppte an derselben Stelle und hielt noch einmal Ausschau nach dem Etwas, das gegen meinen Reifen geprallt war. Doch nichts wies auf einen Zusammenstoß mit einem Wildtier hin. Kein pelziger Leichnam, kein von Krähen zerhacktes Aas in einem Haufen am Straßenrand. Was mochte es nur gewesen sein? Das würde wohl für immer ein Geheimnis bleiben.

Noch mehr jedoch beschäftigte mich ein weiteres Geheimnis, und zwar die Frage, was, zum Teufel, aus Nathan Parr geworden sein mochte. Es ärgerte mich noch immer, dass er mich versetzt hatte. Hoffentlich war er nicht an einem von Jamies finsteren Plänen beteiligt. Aber vielleicht hatte er ja einen triftigen Grund gehabt, nicht zu unserer Verabredung im Pub zu erscheinen, und er würde sich irgendwann bei mir melden.

Ich beschloss, noch nicht umzukehren und stattdessen ein Stückchen spazieren zu fahren. Ich hatte noch eine Stunde frei, und der Gedanke, sofort in den Laden zurückzukehren, schlug mir aufs Gemüt. Deshalb wollte ich der Straße rund ums Venford Reservoir folgen und mir den Stausee anschauen. Auf dem Rückweg konnte ich mir ja in dem kleinen Café in Holne ein schnelles Sandwich genehmigen.

Etwa anderthalb Kilometer weiter trat ich jedoch schon wieder auf die Bremse. Ein Stück links von mir war ein blau-weißes Absperrband der Polizei zwischen die Ginsterbüsche gespannt. Es trennte einen steilen Hang ab. Kleine Felsbrocken lagen im Gras verstreut. An der Böschung hatte man ein Metallschild aufgestellt, das sich an mögliche Zeugen des tödlichen Unfalls richtete, der sich am Dienstagabend genau hier ereignet hatte. Ein Auto war von der Fahrbahn abgekommen und hatte sich überschlagen. Offenbar war kein anderes Fahrzeug beteiligt. Die Polizei appellierte an alle, die am Dienstagabend auf dieser Straße unterwegs gewesen waren, sich zu melden.

Als ich ausstieg, wurde ich von einem Mann, der einen Hund an der Leine führte, mit einem Winken begrüßt. Ich bückte mich, um den schwarz-weißen Border Collie zu streicheln, der meine Stiefel beschnupperte. »Wissen Sie, was hier passiert ist?«

Er wies auf ein Haus in der Ferne, das hinter einer Reihe kahler Bäume kaum auszumachen war. »Ich wohne da oben.«

Sicher war es sehr einsam hier. Kein Wunder, dass er gerne mit Fremden ein Schwätzchen hielt. »Anscheinend hat jemand sofort die Polizei verständigt. Denn als ich gestern Morgen meinen Hund spazieren geführt habe, war sie schon da. Sie waren gerade dabei, das Auto abzuschleppen.«

»Und der Fahrer wurde getötet?«

Er nickte. »Hier sehen Sie noch die Reifenspuren. Der Mann muss gefahren sein wie der Teufel, um hier von der Straße abzukommen. Allerdings war es eine schauderhafte Nacht. Die Polizei nimmt an, dass er betrunken war. Er ist gegen die kleinen Felsen dort gestoßen.« Er deutete mit dem Finger in die Richtung. »Dann ist sein Auto vermutlich umgekippt und gegen den großen Granitbrocken da geknallt. Er hatte keine Chance. Das Auto war vorne eingedrückt …«

Ein grausiger Verdacht stieg in mir auf. »Konnte man ihn identifizieren?«, fragte ich.

»Die Leiche war schon weggebracht worden, als ich ankam. Sie luden gerade das Auto auf einen Lastwagen. Ein schnuckeliger kleiner Jaguar. Totalschaden natürlich.«

»Natürlich«, wiederholte ich wie benommen.

»Personalisierte Nummernschilder«, fuhr er fort. »Komisch, was man sich so alles merkt. Liegt wahrscheinlich daran, dass ich Golfer bin …«

Ich starrte ihn verdattert an. »Was?«

»Das Nummernschild – N12 PAR«, erwiderte er freundlich. Offenbar starrte ich noch immer, denn er fügte eine Erklärung hinzu. »Golf, verstehen Sie? *Par*?«

»Ach, richtig«, antwortete ich. »Ich hab's kapiert.«

Das hatte ich wirklich. Nun war mir klar, warum Nathan nicht zu unserem Treffen im Pub erschienen war, und auch, dass er sich nie mehr bei mir melden würde. Ich begriff zudem, was hinter Jamies kaum verhohlenem Lachen steckte, als ich mich bei ihm beschwert hatte, ich sei von Nathan versetzt worden. Er hatte genau gewusst, dass Nathan tot war. Und zwar, weil er ihn ermordet hatte.

Mein erster Gedanke war, Inspector Ford anzurufen und ihm alles zu berichten. Angefangen damit, dass der Laster von

Moss and Pike versucht hatte, mich von der Straße zu drängen. Denn ich war sicher, dass Nathan das Gleiche passiert war. Bestimmt hatten sie ihm in ihrem Monstertruck aufgelauert, ihn von der Straße geschoben und so den Unfall verursacht. Und Dienstagnacht, als ich sie aus meinem Versteck im Straßengraben hinter den Ginsterbüschen beobachtet hatte, waren sie gerade frisch vom Tatort gekommen. Aber wie sollte ich dem Inspector das alles erklären, ohne Olly zu erwähnen? Er war der Einzige, der meine Aussage bestätigen konnte, und ganz sicher würde die Polizei dann mit ihm und auch mit seinen Eltern oder irgendwelchen Erziehungsberechtigten sprechen wollen.

Also rief ich stattdessen die auf dem Schild am Unfallort angegebene Nummer der Polizei an und sagte, ich sei in der fraglichen Nacht auf dieser Straße unterwegs gewesen und hätte ein Fahrzeug gesehen, das aus dieser Richtung kam, einen Lastwagen von Moss and Pike mit meiner Ansicht nach verkehrsgefährdend überhöhter Geschwindigkeit. Der Laster habe mich zu einem ruckartigen Ausweichmanöver gezwungen, sodass ich beinahe im Straßengraben gelandet sei. Nein, das Kennzeichen hätte ich mir nicht gemerkt. Habe die Beschriftung wirklich »Moss and Pike« gelautet? Ja, ohne Zweifel. Der Polizist bedankte sich freundlich bei mir. Man werde der Sache ganz sicher nachgehen.

Ich kam zu spät in den Laden und wurde von Pat schon ungeduldig erwartet.

Als ich mich entschuldigte, sah sie mich über ihre klappernden Stricknadeln hinweg an. »Alles klar?«, erkundigte sie sich.

»Bestens.« Ich hatte das Gefühl, neben mir zu stehen. Nathans Tod hatte mir einen schweren Schlag versetzt, und ich verspürte keinerlei Lust auf Gesellschaft. »Fahr ruhig nach Hause, Pat.«

»Du siehst zum Fürchten aus.« Sie rollte ihr Strickzeug zusammen und bohrte die Nadeln ins Wollknäuel. »Kommst du auch bestimmt allein zurecht?«

»Ich glaube, ich muss einfach nur mal früher ins Bett.«

Sie wirkte zwar nicht sehr überzeugt, aber sie wurde bei ihren Tieren gebraucht, und so machte sie sich auf den Heimweg. Ich war froh, allein zu sein, wollte weder reden noch Fragen beantworten. Also verbrachte ich den Nachmittag damit, meinen Warenbestand umzusortieren. Als ich das Schild an der Ladentür auf »Geschlossen« drehte und abschloss, war das Wetter trüb und feucht geworden, was meiner Stimmung ziemlich genau entsprach. Über den Dachfirsten waberte ein tief hängender Nebel. Auf dem glitschigen Kopfsteinpflaster glänzten feuchte Tröpfchen, so winzig, dass man sie nur sehen konnte, wenn sie im Lichtkegel der Straßenlaternen tanzten. Ich klappte den Jackenkragen hoch. Da ich Bargeld brauchte, war ein Besuch beim einzigen Geldautomaten von ganz Ashburton unvermeidlich.

Die meisten Läden waren bereits geschlossen und dunkel. Offenbar waren die Inhaber so vernünftig gewesen, heute frühzeitig Feierabend zu machen. Nur einige wenige optimistische Antiquitätenhändler räumten erst jetzt ihre Auslage vom Gehweg. Wir grüßten einander im Vorbeigehen.

Ich überquerte die Straße und bog in die St. Lawrence Lane ein. Das Städtchen wirkte wie ausgestorben. Vielleicht hatte ich ja irgendeine weltweite Katastrophe verpasst. Während ich meine Karte in den Automaten steckte, schaute ich mich aus reiner Gewohnheit um. Aus dem Augenwinkel bemerkte ich, dass sich etwas bewegte, ein heller Umriss, der erst da und schon im nächsten Moment wieder verschwunden war. Als ich mich umdrehte, um mir die Sache gründlicher anzusehen, war die Straße jedoch menschenleer. Allerdings verspürte ich die ganze Zeit, die es dauerte, meine PIN einzutippen und auf das

Geld zu warten, ein unbehagliches Prickeln im Nacken. Ich war sicher, dass mich jemand beobachtete. Deshalb sparte ich mir die Mühe, an den Reißverschlüssen von Portemonnaie und Handtasche herumzunesteln, und stopfte Karte und Geld in die Hosentasche. Dann marschierte ich rasch die St. Lawrence Lane entlang.

Hinter mir erklangen Schritte. Ich ging weiter und vorbei an dem Turm der St. Lawrence's Chapel. Dann fiel ich unvermittelt auf ein Knie und tat, als müsse ich mir den Schnürsenkel zubinden. Einige Meter hinter mir blieb eine vierschrötige Gestalt plötzlich stehen, um das Schaufenster eines Ladens zu bewundern. Da dieses Schaufenster stockdunkel war, gab es dort vermutlich nicht viel zu sehen. Ich hingegen hatte freie Sicht auf meinen Verfolger, denn das Licht der Straßenlaterne beleuchtete seinen über den Gürtel hängenden Wanst, das pausbäckige Gesicht und eine grüne Strickmütze. Mein Herz klopfte panisch.

Die Arglose spielend, ging ich weiter. Als ich meinen Schritt beschleunigte, wurde er ebenfalls schneller. Schwere Stiefel polterten über den Gehweg. Vor dem *Silent Whistle* blieb ich stehen und spähte durch die erleuchteten Fenster hinein. So früh am Abend war das Lokal noch leer. Keine Chance, mich in einem von Menschen wimmelnden Pub vor meinem Verfolger zu verstecken. Stattdessen überquerte ich die Straße und marschierte an einigen Reihenhäusern vorbei. Am Ende des Blocks bot sich mir endlich eine Möglichkeit zur Flucht. Wenn ich Grünkäppchen nur für wenige Sekunden abhängte, bevor er um die Ecke bog, würde er nicht wissen, in welche Richtung ich gelaufen war. Ich rannte los.

Hinter mir hörte ich einen leisen Fluch. Der Stechschritt verwandelte sich in einen stolpernden Schweinsgalopp. Grünkäppchen hatte zwar Kraft, aber keine Kondition, ein flinker Läufer war er ganz sicher nicht. Ich wusste, dass er mich nicht würde einholen können. Doch wenn ich nach rechts abbog, würde mir nichts anderes übrig bleiben, als mich in den Verkehr auf der zweispurigen Straße zu stürzen, die am Rand unseres Städtchens entlangführte. Deshalb lag meine beste Chance direkt vor mir. Ich hastete über die Straße und steuerte auf die Love Lane zu.

Allerdings entpuppen sich die scheinbar weisesten Entscheidungen zuweilen als fataler Irrtum. Die Love Lane war lang und gerade mit nur einer Kurve direkt am Ende und außerdem so schmal, dass man die Steinmauern zu beiden Seiten berühren konnte, ohne die Arme auszustrecken. Wie eine Tartanbahn war sie sehr gut geeignet, um zu beschleunigen und Grünkäppchen keuchend in einer Staubwolke zurückzulassen. Nur dass ein einziges feuchtes Blatt auf dem Boden mir einen Strich durch die Rechnung machte. Ich rutschte aus, und es zog mir die Füße unter dem Leib weg, sodass ich rücklings und nach Atem ringend auf dem Boden landete.

Der fiese Fettsack war schneller zu Fuß, als ich gedacht hatte. Ich war noch immer dabei, mich aufzurappeln, als er mich schon packte und mit den Fingern meinen Arm umklammerte. Ich drehte mich um und verpasste ihm einen Fausthieb in den wabbeligen Wanst, worauf er sich krümmte und rülpsende Geräusche ausstieß wie ein Ballon, dem gerade die Luft entweicht. Allerdings ließ er mich nicht etwa los, sondern griff mir fluchend ins Haar und knallte mein Gesicht gegen die Steinmauer.

Ich spürte den Rückstoß bis in die Wirbelsäule. Rauer Stein schabte mir an Kiefer und Wange.

Außerdem schmeckte ich Blut. Er drückte mich an die Mauer. Sein Griff in meinem Haar wurde fester. Atemlos japsend presste er seinen widerlichen Körper gegen meinen. »Du solltest dir abgewöhnen, dich in fremde Angelegenheiten einzumischen«, keuchte er. Ich trat nach hinten gegen sein Knie und fuhr mit dem Fuß sein Schienbein hinunter. Mit einem Aufschrei zerrte er an meinen Haaren und riss sie mir fast an der Wurzel aus. »Du steckst deine Nase in Dinge, die dich nichts angehen. Heute Nachmittag war die Polizei bei uns, um sich alle unsere Laster anzuschauen. Jemand hatte gemeldet, dass er uns letztens nachts im Moor gesehen hat. Ich weiß, dass du das warst, Schlampe. Und jetzt wirst du mich kennenlernen.«

Ich ließ mich fallen, als wäre ich ohnmächtig geworden. Als er sein Gewicht verlagerte, um meinen schlaffen Körper festzuhalten, drehte ich mich um und bohrte ihm mit aller Kraft meine ausgestreckten Finger in den Bauch. Mit einem Aufschrei taumelte er rückwärts. Ich war frei, allerdings nicht für lang. Unbeholfen grapschte er nach mir, zog mich zu Boden, wälzte seinen dicken, schweren Körper auf mich und zerquetschte mir dabei fast den Brustkorb. Sein Gesicht schwebte dicht über meinem. Sein stoppeliges Doppelkinn erinnerte an einen mit Asche bestreuten Milchpudding. Sein Atem stank nach Bier und Kippen. »Und eine scharfe Braut wie du …«

Eine Hand wanderte abwärts und tastete nach seinem Gürtel. Als ich mich wand und ihm ins Gesicht spuckte, setzte er sich auf. Knie wie Felsbrocken drückten meine Arme hinunter. Dann hob er eine gewaltige Faust, um mich ins Gesicht zu schlagen.

Doch der Boxhieb traf nicht. Denn schon im nächsten Moment durchschnitt etwas die Luft zwischen unseren Köpfen. Mit einem leisen Plopp bohrte sich dieses Etwas in die Mauer, sodass ein Stückchen Mörtel herausspritzte. Ich wusste sofort, was das war.

»Was soll die Scheiße?«, brüllte Grünkäppchen.

»Lassen Sie sie los«, befahl eine Stimme.

Wir starrten die Gestalt an, die da im Schein einer einsamen Straßenlaterne stand. Es war eine ältere Dame, eine Handtasche unter den einen und eine Katze unter den anderen Arm geklemmt und mit einer Pistole fest in ihrer rechten Hand. Der Anblick war ein wenig unwirklich.

»Was soll die Scheiße?«, wiederholte er.

»Bitte zwingen Sie mich nicht, diese Waffe noch einmal abzufeuern, mein Kater mag das nicht.« Mit einem leichten Schwenken der Pistole bedeutete die geheimnisvolle Frau Grünkäppchen, von mir abzulassen. Der Kater zappelte und gab ein unterirdisches Jaulen von sich, als wolle er sich auch ins Getümmel stürzen. Die Frau drückte ihn fester an sich.

»Was hast du denn hier verloren, Oma?«, höhnte Grünkäppchen. »Du wirst mich doch nicht etwa erschießen …«

»In meiner Jugend habe ich eine Medaille im Pistolenschießen gewonnen«, teilte sie ihm kühl mit. »Es war zwar nur eine Bronzemedaille, aber Sie wollen es doch nicht drauf ankommen lassen, oder?«

Als er die Hand ein winziges Stück hob, durchbohrte eine Kugel seine ausgestreckte Handfläche. »Scheiße!«, zeterte er und wälzte sich, seine schmerzende Hand umklammernd, von mir weg.

»Sie sollten wirklich an Ihrem Wortschatz arbeiten.« Die geheimnisvolle Frau ließ ihn nicht aus den Augen, als er sich schluchzend und fluchend aufrappelte. »An Ihrer Stelle würde ich jetzt gehen«, riet sie ihm. »Ich bin ein wenig aus der Übung, deshalb ist schwer zu sagen, wo ich Sie als Nächstes treffe.«

»Ich mach euch kalt, Fotzen!«, stieß er hervor und torkelte gegen die Mauer. »Euch alle beide!«

»Ach, schieben Sie schon ab.« Sie klang tatsächlich gelangweilt.

Grünkäppchen trollte sich, allerdings nicht, ohne uns finsterste Rache zu schwören. Wir hörten ihn noch vor Schmerzen jammern, als er schon längst nicht mehr zu sehen war.

»Ist mit Ihnen alles in Ordnung, meine Liebe?«, erkundigte sich meine Retterin, als ich mühsam aufstand.

»Ich glaube schon.« Die Haut an meiner Wange fühlte sich an wie von einem Flammenwerfer versengt, und über meine Wirbelsäule waren offenbar Panzerketten gerollt. Aber sonst ging es mir gut.

Sie setzte den Kater auf den Boden, hatte das Ende der Leine jedoch um ihr Handgelenk gewickelt. Er schnupperte die Umgebung ab, während sie sich hinkniete, um mit einem aus ihrer Handtasche zutage geförderten Taschenmesser die Kugel aus der Mauer zu hebeln. »Sie haben nicht zufällig gesehen, wo die Hülse gelandet ist? Ich finde es wichtig, keine Unordnung zu hinterlassen.«

Ich fing an, halbherzig den Boden neben mir mit Blicken abzusuchen. Mein schwacher Verstand versuchte noch immer zu begreifen, was gerade geschehen war.

»Ach, da ist sie ja!« Sie bückte sich, hob die Geschosshülse auf, warf sie und die Kugel in ihre Handtasche und ließ diese mit einem leisen Klicken zuschnappen.

»Danke!«, keuchte ich, ein wenig verspätet. »Aber wie haben Sie … sind Sie …?«

»Ich habe mit Toby seinen Abendspaziergang unternommen, als ich sah, dass Sie wie von wilden Furien gehetzt die Straße entlang und hier hinein gerannt sind. Verfolgt von unserem Freund, dem Neandertaler. Da dachte ich, ich schaue mal besser nach dem Rechten.«

»Nun, ich bin sehr froh, dass Sie das getan haben. Noch einmal vielen Dank.«

»Gern geschehen. Und Sie sind …?« Fragend zog sie die Augenbraue hoch.

»Juno.«

»Juno.« Sie hielt mir eine schlanke Hand hin. »Elizabeth«, sagte sie mit einem Lächeln.

27

»Ich war sechsunddreißig Jahre lang mit George verheiratet«, begann Elizabeth. Wir saßen, zwei Kaffeetassen vor uns, im *Old Nick's* am Küchentisch. Toby hatte sich auf der Sitzfläche des Stuhls neben ihr zusammengerollt. Ich hielt einen mit TCP-Desinfektionsmittel getränkten Wattebausch in der Hand und tupfte damit hin und wieder vorsichtig meine Wange ab. »Seltsam«, fügte sie seufzend hinzu, »wie man so lange mit einem Menschen zusammenleben kann, ohne ihn wirklich zu kennen. Er war in der Finanzbranche, ich war Lehrerin. Wir hatten ein gutes Auskommen. Natürlich wusste ich, dass er spielte. Aber er schaffte es immer, mir weiszumachen, dass er nur kleine Summen verlor. ›Mein kleines Laster‹, wie er zu sagen pflegte. Erst als wir in Rente gingen, wurde mir der Ernst der Lage klar. Unsere sämtlichen Ersparnisse waren fort. Ich hatte eigenes Geld, ein paar Anlagen in meinem Namen. Er hat mich angefleht, ihm zu helfen, und mir bei seinem Leben geschworen, dass es das letzte Mal sei.« Ein bitteres Lächeln huschte über ihre Lippen. »Natürlich weit gefehlt.«

Sie trank einen Schluck Kaffee. Es war warm und still in der Küche. Das einzige Geräusch kam von dem elektrischen Heizstrahler, den ich aus dem Laden mit nach oben genommen hatte. »Du kannst dir gar nicht vorstellen, wie schön es ist, in einem richtigen Zimmer zu sitzen und nicht in einem Auto mit dem Dach dicht über dem Kopf.«

»Wir hätten auch in meine Wohnung gehen können. Aber der Laden war näher.«

»Das ist doch wunderbar so.« Als sie nachdenklich Tobys Ohr streichelte, seufzte er im Schlaf auf. Ich wollte, dass sie weitererzählte. Nach einer Weile ergriff sie wieder das Wort. Ihre Stimme klang ruhig und fest.

»Zu guter Letzt war alles weg – unser Wochenendhaus, unsere Autos, mein Schmuck. Allerdings fand ich erst nach Georges Tod heraus, dass er einen neuen Kredit auf unser Haus aufgenommen hatte. Mein Zuhause, in dem wir über dreißig Jahre lang gelebt hatten, gehörte mir nicht mehr. Außerdem schuldete er einigen sehr unangenehmen Leuten immer noch Geld. Es interessierte seine Gläubiger nicht, dass er tot war und dass der ständige Druck ihn umgebracht hatte. Sie fanden, dass nun ich für seine Schulden geradestehen musste. Das in meinem Namen angelegte Geld war alles andere als tabu. Ihre Methoden waren …« Sie hielt inne und zog die zart geschwungenen Brauen hoch, »einschüchternd.«

»Bist du denn nicht zur Polizei gegangen?«

»Ich habe darüber nachgedacht. Doch das Problem war, dass das Gesetz rein juristisch betrachtet auf ihrer Seite stand. Bald begriff ich, dass ich froh sein konnte, wenn mir wenigstens die Kleider bleiben würden, die ich am Leibe trug. Ich würde gezwungen sein, mich auf irgendeine Warteliste des Wohnungsamts setzen zu lassen und von einer provisorischen Unterkunft in die andere zu ziehen. Schlimmstenfalls würde ich sogar auf der Straße landen. Tja, dachte ich mir, wenn ich schon obdachlos werde, dann zu meinen eigenen Bedingungen. Ich habe den Rest von meinem Konto abgehoben und alles, wirklich alles, verkauft, was ich zu Geld machen konnte. Erst beim Aufräumen des Speichers bin ich auf die Pistole meines Vaters gestoßen, eine alte Luger Parabellum mit Schalldämpfer.« Sie lächelte. »Ich dachte, die könnte sich irgendwann noch mal als nützlich erweisen.«

»Das hat sie eindeutig.«

»Dann habe ich mir das alte Auto gekauft und bin verschwunden.« Ein anmutiges Achselzucken. »Ich bin einfach untergetaucht. Das Haus habe ich leer zurückgelassen und den Schlüssel bei der Bank abgegeben. Und so habe ich London ohne Nachsendeadresse den Rücken gekehrt. Genau wie meinem ganzen alten Leben. Bis jetzt ist mir niemand gefolgt.«

»Du hast keine Familie? Keine Freunde?«

Sie schwieg kurz und schien völlig in sich versunken. »Niemanden, der der Rede wert wäre«, sagte sie schließlich.

»Und du hast die ganze Zeit im Auto gewohnt?«

Sie lächelte. »Hin und wieder habe ich uns eine Nacht in einem Hostel gegönnt, aber ich muss aufs Geld achten. Natürlich«, fügte sie mit einem spöttischen Lächeln hinzu, »habe ich es völlig falsch angefangen. Ich hätte gleich in ein Wohnmobil investieren sollen. Nur dass die ziemlich teuer sind.«

»Warum bist du hierhergekommen?«

»Für George war es immer völlig indiskutabel, in Devon zu leben. Seiner Ansicht nach kam nur Südengland infrage. Mir hat es hier immer gut gefallen, deshalb bin ich herumgefahren und habe den richtigen Ort gesucht, wo wir uns häuslich niederlassen können. Aus irgendeinem Grund zieht es mich immer wieder hierher zurück. Ashburton hat das gewisse Etwas.« Wieder lächelte sie, als wolle sie sich selbst auf die Schippe nehmen. »Die richtigen *Vibrations*.«

»Du kannst gern auf meinem Sofa schlafen«, bot ich ihr an, obwohl ich nicht sicher war, was Toby von Bill halten würde. Und umgekehrt.

»Nein, nein. Der Fußboden hier genügt mir völlig. Ich habe genügend Bettzeug im Auto.«

»Wie du meinst. Du kannst zwischen zwei Zimmern auswählen. Die Böden sind sauber, sie sind erst kürzlich verlegt worden.«

»Das wäre ein absoluter Luxus. Endlich könnte ich mich einmal ausstrecken. Um mein Glück komplett zu machen«, fügte sie zögernd hinzu, »fehlt mir jetzt nur noch ein Bad.«

»Tu dir keinen Zwang an. Und fühl dich nicht verpflichtet, morgen zeitig aufzustehen. Ich hinterlege für Sophie und Pat unten einen Zettel, damit sie wissen, dass eine Freundin von mir hier übernachtet. Niemand wird dich stören.«

»Danke.« Eine kleine Pause entstand. »Und jetzt bist du dran.«

»Ich? Womit denn?«

»Mit deiner Geschichte. Ich habe noch immer keine Ahnung, was hinter dem ganzen Tohuwabohu vorhin in der Gasse steckt. Und erzähl mir jetzt bloß nichts von einer kleinen Beziehungskrise!«

»Ich erkläre dir alles …« Ich verstummte, denn ich hatte plötzlich eine geniale Idee. Ich sah auf die Uhr. Seit Ladenschluss war so viel geschehen. Deshalb konnte ich es kaum fassen, dass es erst acht war. Ich blickte Elizabeth an. »Was hältst du davon, wenn wir noch mal umdisponieren?«

»Meinetwegen«, stimmte sie ein wenig zweifelnd zu. »Was hast du vor?«

»Wir fahren noch mal los. Da gibt es nämlich jemanden, den du kennenlernen solltest.«

Olly lauschte mit weit aufgerissenen Augen und offenem Mund, als Elizabeth ihre Geschichte wiederholte.

»Also, Olly«, meinte ich, nachdem sie fertig war, »Elizabeth braucht eine Unterkunft. Und du brauchst einen Erwachsenen, der hier wohnt. Dann«, er setzte zu einem Protest an, doch ich sprach einfach weiter, »musst du dir keine Sorgen mehr machen, deine Nachbarin, deine Lehrer oder sonst jemand könnte dahinterkommen, dass deine Oma nicht mehr lebt. Deine Angst, ins Heim zu müssen, wäre vorbei.«

Olly verzog unwillig das Gesicht und wies mit dem Kopf auf Elizabeth. »Was weiß sie über meine Oma? Du hast versprochen zu schweigen.«

»Das habe ich auch. Es liegt bei dir, es ihr zu erzählen. Deine Entscheidung.«

»Ich weiß nur, dass deine Oma nicht hier ist«, merkte Elizabeth ruhig an. »Wir müssen einander vertrauen. Wenn die falschen Leute rauskriegen, wo ich wohne, könnte das sehr schlimme Folgen für mich haben. Also verlasse ich mich darauf, dass du mein Geheimnis wahrst. Und ich verspreche dir, deins zu wahren, ganz gleich, was es ist.«

Olly runzelte argwöhnisch die Stirn. »Und wie geht es jetzt weiter?«, fragte er und blickte zwischen ihr und mir hin und her.

»Wenn du einverstanden bist, würde ich Folgendes vorschlagen«, begann Elizabeth langsam. »Juno und ich fahren jetzt los, und etwa eine Stunde später komme ich in meinem eigenen Auto wieder. Ich parke so, dass deine Nachbarin meine Ankunft auch sicher beobachtet. Dann kannst du rauskommen und mich überschwänglich begrüßen, als hättest du mich eine Ewigkeit nicht gesehen. Am nächsten Morgen stelle ich mich deiner Nachbarin vor und sage ihr, ich sei deine Tante und hätte lang im Ausland gelebt. Da deine Oma so krank ist, sei ich zurückgekommen, um für euch beide zu sorgen …«

Olly überlegte kurz. »In welchem Zimmer wollen Sie schlafen?«

»Wo du möchtest. Und nach einer kleinen Weile, vorzugsweise nach einem Tag, an dem deine Nachbarin nicht zu Hause war, erzählen wir ihr, wir hätten deine Oma in Oakdene untergebracht.«

Mit konzentrierter Miene dachte Olly über diesen Plan nach und fing an, beklommen auf seinem Stuhl hin und her zu rutschen. »Sie sind Lehrerin, richtig?«

»Früher einmal.«

»Was haben Sie denn unterrichtet?«

»Verschiedene Fächer, aber hauptsächlich Musik.«

Sein Gesichtsausdruck erhellte sich. »Spielen Sie Klavier?«

»Ja. Ich habe gehört, dass du Fagottunterricht nimmst. Wenn du willst, könnte ich dir ja helfen.«

In diesem Moment rekelte sich Toby, der sich in ekstatischer Verzückung neben dem Herd geaalt hatte, wälzte sich auf den Rücken und zeigte sein cremefarbenes Bäuchlein. Olly lachte auf.

»Offenbar hat Toby sich schon entschieden«, stellte ich fest.

»Weißt du, Olly, es muss ja nicht für immer sein«, versicherte Elizabeth. »Du kannst mich rausschmeißen, wann immer du willst.«

Er warf mir einen zweifelnden Blick zu, worauf ich bestätigend nickte. »Okay«, stimmte er widerstrebend zu. »Dann probieren wir es.«

Elizabeth besiegelte die Vereinbarung mit einem feierlichen Handschlag. Dann brausten wir, sie mit dem Kater unter dem Arm, los, damit sie zurückkommen und ihren Plan in die Tat umsetzen konnte.

28

Am Freitagmorgen ging ich in die öffentliche Bibliothek in Ashburton und bat die Bibliothekarin, mir Karten der alten Zinnminen in dieser Gegend herauszusuchen. Sie brachte mir ein wunderschönes Stück, auf dem sämtliche bekannte Stollen auf Gut Moorworthy eingezeichnet waren. Auch der Schacht auf der Applecote Farm war dabei. Was leider fehlte, waren die unterirdischen Gänge, die diese Schächte möglicherweise miteinander verbanden. Trotzdem ließ ich mir die Karte fotokopieren.

Wie verabredet traf ich mich mit Elizabeth zum Kaffee. Sie hatte sich dezent geschminkt, ihr Haar zu einem französischen Zopf geflochten, und um den Hals trug sie einen feinen Seidenschal. Nachdem sie ihre Lederhandschuhe und die Handtasche auf den Tisch gelegt hatte, nahm sie Platz. Obwohl sie mit Jeans und Pulli bekleidet war, war sie die Verkörperung schlichter Eleganz. Ich hingegen sah aus wie eine Frau, die mit einer Mauer in Konflikt geraten war. Ich hatte ein prachtvolles Veilchen, violett angelaufen und mit gelblichen und grünlichen Rändern. Kiefer und Wange waren mit Krusten bedeckt, wo ich gegen den Granit geprallt war. Ich hatte mir eine abstruse Geschichte ausgedacht, um Pat und Sophie meine Optik zu erklären, schon die Bibliothekarin hatte mich zweifelnd gemustert. Und als ich Maisie erzählt hatte, ich sei gestürzt und aufs Gesicht gefallen, hatte ihr Kommentar nur »Schwachsinn! Sie hatten eine Schlägerei!« gelautet. Deshalb musste ich mir etwas Glaubhafteres einfallen lassen, und zwar ziemlich schnell. Als Nächstes stand nämlich ein Treffen mit Ricky und Morris auf dem Programm.

»Wie fühlst du dich?«

»Es tut weh. Wie ist es seit gestern Abend gelaufen?«

»Oh, gut. Beim Frühstück war Olly ein bisschen förmlich, aber er hatte nichts dagegen, sich von mir zur Tierschutzfarm fahren zu lassen. Er hat angedeutet, ich könnte ihn ja auch zur Schule bringen, wenn die Ferien vorbei sind.«

»Lass ihn bloß zu Fuß gehen«, empfahl ich. »Wo hast du geschlafen?«

»In einem Zimmer, das, glaube ich, früher das seiner Großeltern war. Es steht ein Doppelbett drin.« Sie lachte leise auf. »Die Einrichtung ist ein wenig düster.«

»Tut mir leid.«

»Ich werd's überleben. Und Toby ist im siebten Himmel. Er war den ganzen Abend nicht vom Herd wegzukriegen.« Sie nippte an ihrem Kaffee. »Übrigens lasse ich das Klavier stimmen. Ja, ich weiß, dass ich mir damit seine Zuneigung erkaufe«, sie hob entschuldigend eine schlanke Hand, »aber die Musik ist etwas, das Olly und ich gemeinsam haben, und das will ich ausnutzen.«

»Klingt vernünftig.«

»Außerdem habe ich mich, wie abgemacht, unserer Nachbarin vorgestellt. Mrs. Hardiman.«

»Und?«

»Wirklich unglaublich charmant.«

»Du oder sie?«

Elizabeth lachte leise auf. »Ich musste ihr ein wenig Honig um den Mund schmieren, aber zu guter Letzt habe ich sie weichgekriegt. Sie hat mich nächste Woche zum Kaffee eingeladen.«

»Ist es für dich in Ordnung, dort zu wohnen?« Sie wirkte so elegant und mühelos stilvoll. »Dollys altes Haus scheint nicht ganz das richtige Ambiente für dich zu sein.«

Sie griff über den Tisch und legte eine Hand auf meine. »Ach, Liebes, ich wohne gern dort, solange es Olly recht ist. Ich habe jetzt nämlich drei Dinge, die ich mir nie mehr vom Leben erwartet hätte: einen Garten, eine wunderschöne Landschaft und ein Klavier. Und«, fuhr sie spöttisch fort, »die Herausforderung, auf einem Gasherd zu kochen. Aber Olly will es mir beibringen.«

»Da wäre noch etwas, das mir Sorgen macht.« Ich beugte mich vor und senkte die Stimme. »Die Pistole.«

»Die habe ich gut versteckt. Olly wird nie erfahren, dass es sie gibt.«

»Eigentlich habe ich etwas anderes gemeint: Jamie Westershall weiß von Ollys Existenz. Er hat mir gedroht. Vermutlich hat er keine Ahnung, wo Olly wohnt, aber es könnte ratsam sein, die Pistole griffbereit zu haben.«

Elizabeth nickte. »Wird gemacht.«

»Außerdem will ich nicht, dass er irgendwo in der Nähe von Moorworthy House seine Drohne fliegen lässt.«

»Dem Jungen wird nichts geschehen«, schwor sie feierlich. »Nicht, solange ich in der Nähe bin.«

Sie lehnte sich zurück und musterte mich schweigend. »Aber *du* solltest vorsichtig sein, Liebes. Dieser Westershall scheint ein gefährlicher Zeitgenosse zu sein. Provozier ihn nicht. Falls du dich nicht in der Lage siehst, dich an die Polizei zu wenden, lass ihn in Ruhe.«

Ein weiser Rat. Ich wünschte nur, ich hätte darauf gehört.

Noch nie hatte ich Ricky so wütend erlebt. Hunderte von Malen war ich Zeugin gewesen, wie er die Diva rauskehrte und Zickenalarm auslöste, doch dieser ruhige, eiskalte Zorn, mit dem er mich nun betrachtete, war mir fremd. Er presste zwei lange Finger an die Schläfe. Aus der dazwischen klemmenden Zigarette stieg ein dünner Rauchfaden empor. Er trug seine

Brille, was seine blauen Augen größer erscheinen und seinen Blick noch eindringlicher wirken ließ. »Also fassen wir kurz zusammen, einverstanden, Prinzessin? Der Lastwagenfahrer mit der grünen Mütze hat versucht, dich von der Straße zu drängen, und du bist nicht zur Polizei gegangen?«

Ich nickte.

Er betrachtete mich weiter mit dem scharfen Blick eines Raubvogels. »Dann überfällt dich derselbe Mensch mit derselben Mütze in der Love Lane, und du gehst noch immer nicht zur Polizei?«

»Ich habe keine Beweise.«

»Beweise zu sammeln ist Aufgabe der Polizei, nicht deine.«

»Du hattest einen Zeugen im Wagen, nämlich den kleinen Oliver.« Morris saß am linken Rand meines Gesichtsfelds am Tisch und sah mich genauso missbilligend an.

»Ich wollte ihn nicht hineinziehen.«

»Und für den Überfall hast du auch eine Zeugin«, beharrte Ricky. »Das alte Mädchen mit der Katze.«

»Die wollte ich auch nicht hineinziehen.«

»Und uns wolltest du wohl ebenfalls nicht hineinziehen? Herrgott noch mal!«, schimpfte er.

Morris schwieg zwar, warf mir jedoch über seine Brille hinweg einen tadelnden Blick zu.

Eigentlich war ich zu ihnen gefahren, um ihnen dabei zu helfen, die erste Welle von Kostümbestellungen für eine Pantomime zu bearbeiten, denn die Pantomimen-Saison stand vor der Tür. Allerdings hatten wir bis jetzt noch nichts erledigt. Beim Anblick meines verbeulten Gesichts hatten die beiden natürlich sofort wissen wollen, was es damit auf sich hatte. Und wegen meiner lahmen Ausrede, ich sei gestürzt, waren sie außer sich geraten. Sie hatten mir mangelndes Vertrauen vorgeworfen und dass ich sie schamlos belogen hätte. »Hältst du uns für bescheuert?«, hatte Ricky gebrüllt. »Wer war das?«

Zu guter Letzt hatte ich ihnen alles gebeichtet. Na ja, nicht ganz, denn ich hatte Ollys außergesetzliche Bestattung seiner Großmutter lieber unter den Tisch fallen lassen. Gut, ich hatte auch verschwiegen, dass sie überhaupt tot war. Doch alles andere erzählte ich ihnen. Der geballten Wucht ihrer verletzten Gefühle konnte ich nicht standhalten. Sie waren im Laufe der Jahre so gut zu mir gewesen, so großzügig und schon fast übertrieben um mich besorgt, dass ich es nicht fertigbrachte, sie auszuschließen. Außerdem konnten sie zwar schreckliche Plaudertaschen sein, doch wenn es ernst wurde, war auf ihre Verschwiegenheit Verlass.

»Wer ist denn diese alte Dame mit der Katze?« Morris schüttelte den Kopf. »Du weißt überhaupt nichts über sie, richtig?«

»Nur, was sie mir gesagt hat«, gab ich zu.

»Sie könnte genauso gut eine Psychopathin sein«, stellte Ricky fest.

Hörte ich da einen Anflug von Eifersucht heraus? Ich persönlich hielt Elizabeth für einen der geistig ausgeglichensten Menschen, die mir je begegnet waren. Allerdings war es wahrscheinlich besser, dass ich ihre Pistole ebenfalls nicht erwähnte – nur so viel, dass Grünkäppchen das Weite gesucht hatte, als er sie kommen hörte.

»Vergiss nicht, dass sich dieser Schwachkopf mit der grünen Mütze noch irgendwo da draußen rumtreibt«, warnte Ricky. »Der Typ ist weiterhin eine Bedrohung für dich. Er gehört hinter Gitter.«

»Wahrscheinlich hält er in nächster Zeit den Ball flach. Jedenfalls arbeitet er für die Westershalls. Jamie zieht die Fäden.« Meiner Ansicht nach war es Jamie, der hinter Gitter gehörte. Er und seine Schwester, die Schneekönigin, diese durchgeknallte Gefahr für die Menschheit.

»Aber was genau ist da los?«, fragte Morris. »Was wird da eigentlich gespielt, Juno?«

Das hätte ich auch gern gewusst. »Dazu kann ich nur so viel sagen, als dass sich auf Gut Moorworthy etwas tut, das die Westershalls – also auch Sandy – um jeden Preis vertuschen wollen. Vielleicht sind Ben Luscombe und Gavin ja deshalb getötet worden.«

»Was ist mit diesem Moss?«, wollte Ricky wissen. »Du meintest doch, er sei eingeweiht.«

»Ist er, aber er wird nicht darüber reden. Vor allem nicht mit der Polizei.«

»Und das Transportunternehmen?«, fuhr Morris nachdenklich fort. »Moss and Pike? Hat die ganze Firma die Finger mit drin oder nur der eine Fahrer?«

»Meinst du, dass er ohne Erlaubnis ein Firmenfahrzeug benutzen könnte?«, hakte Ricky nach.

»Ich habe nur beobachtet, wie er seine Silageballen herumkutschiert hat«, räumte ich ein. »Und das ist nicht verboten. Ich muss rauskriegen …«

»Stopp!« Ricky zeigte mit der Zigarette auf mich wie mit einem rauchenden Colt. »Du kriegst gar nichts raus. Du wirst dich diesem Landgut niemals wieder nähern, kapiert? Es ist zu gefährlich.«

»Ich glaube nicht, dass ich in nächster Zeit eine Einladung bekomme.«

»Tja, aber wir haben eine«, verkündete Morris plötzlich. Ricky und ich starrten ihn an. »Für Sonntagnachmittag.«

»Mein Gott, unser Konzert!« Ricky drehte sich auf seinem Stuhl herum und konsultierte den Kalender an der Wand. »Ist das schon der kommende Sonntag?«

»Ja, übermorgen«, erwiderte Morris spitz. »Gut, dass wenigstens einer von uns beiden den Überblick behält. Weshalb, glaubst du wohl, wollte ich gestern Abend proben?«

»Schon gut, Maurice.« Ricky verdrehte die Augen. »Jetzt krieg dich mal wieder ein!«

»Pass auf, Juno. Vielleicht könnten wir ja ein bisschen ermitteln«, schlug Morris mit einem Seitenblick zu Ricky vor. »Wir könnten ein paar Fragen stellen.«

»Was für Fragen?« Bei mir schrillten sämtliche Alarmglocken.

Ricky war sofort Feuer und Flamme. »Nach der Show gibt es Getränke und ein geselliges Beisammensein. Es ist eine große Wohltätigkeitsveranstaltung. Das bietet uns Gelegenheit, uns unters Volk zu mischen und mit den Gästen zu plaudern. Wenn wir Augen und Ohren offen halten, schnappen wir womöglich etwas auf. Man weiß ja nie.«

»Ich wäre schon immer gern Poirot gewesen.« Morris kicherte.

Ricky lachte brüllend auf. »Dann bin ich Miss Marple.«

Mir wurde ganz mulmig zumute. »Also, Jungs, ich finde, das ist wirklich keine gute Idee.« Schon malte ich mir die schlimmsten Katastrophen aus, zum Beispiel, wie die beiden bedeutungsschwanger mit dem Zaunpfahl winkten und sich so richtig um Kopf und Kragen redeten. Inzwischen bereute ich, dass ich ihnen mein Herz ausgeschüttet hatte.

29

Am Samstagmorgen stand ich früh auf. Ich packte die Kopie der Karte, mein Fernglas, die übliche Wanderausrüstung und außerdem eine Wasserflasche, einige Müsliriegel, einen Regenponcho und Ersatzsocken ein. Ich würde zwar den Großteil des Tages unterwegs, aber noch vor Einbruch der Dunkelheit wieder zurück sein, weil Elizabeth und Olly mich zum Tee eingeladen hatten. Am Vorabend hatte ich angerufen, um mich zu erkundigen, wie der restliche Freitag verlaufen war. Elizabeth hatte gelacht. »Ich war einkaufen und habe mir zu Ollys Entsetzen eine Flasche Gin geleistet. Jetzt glaubt er, dass er mit einer Alkoholikerin unter einem Dach lebt. Offenbar …«

»… hielt Dolly nichts von Gin.«

»Oder geistigen Getränken im Allgemeinen«, fügte sie hinzu.

»Nun, für mich kannst du ein Gläschen reservieren. Bis später.«

Ich fuhr nach Holne Chase, wo ich den Transporter holpernd über den Kies bis auf die Wiese rollen ließ und ihn hinter den Ginsterbüschen parkte, sodass man ihn von der Straße aus kaum sehen konnte. Der Tag war noch immer trüb. Ein kriechender dünner Nebel hielt sich hartnäckig in Bodenhöhe. Die von Stürmen gebeutelten und gekrümmten Bäume ragten mit ihren kahlen Ästen wie Skelette daraus empor. Das Gras unter meinen Füßen war grün und feucht, die übrige Welt in Grau getaucht. Irgendwo in der Nähe, aber außerhalb meines Gesichtsfelds, hörte ich Elstern keckern. Ich folgte den Ponypfaden, die sich zwischen den Ginsterbüschen hindurchschlängelten, bis der Gesteinshaufen, auf dem ich vor einigen Wochen gesessen hatte, schemenhaft rechts von mir auftauchte. Heute kletterte ich nicht hinauf, stattdessen marschierte ich weiter, stets bemüht, mich geradeaus zu halten. Bei besserer Sicht wäre das ein Kinderspiel gewesen, doch da man sich im Nebel leicht verirrt, überprüfte ich immer wieder meine Position.

Etwa zweieinhalb Kilometer weiter, hoch auf dem Moor und oberhalb der Baumgrenze, gibt es eine Stelle, wo der Boden niemals austrocknet. Die schwarze Torferde speichert das Wasser wie ein Schwamm, und das, was auf den ersten Blick so glatt und grün wie ein Krocketplatz erscheint, ist in Wirklichkeit zähflüssiger Morast. Wenn keine Sonnenstrahlen auf das unter der Schicht aus Moosen lauernde schimmernde Wasser hinweisen, kann es leicht passieren, dass man schon nach einem falschen Schritt bis zu den Knien im Sumpf steht. Kein Ort also, um allein herumzuspazieren und sich zu verlaufen. Schon mal gar nicht bei Nebel.

Drei braune Ponys, die vermutlich beim herbstlichen Zusammentrieb durch die Maschen geschlüpft waren, trabten, aufgeschreckt von meiner Anwesenheit, aus dem Dunst hervor. Schnaubend und mit fliegenden Schweifen preschten sie so dicht an mir vorbei, dass ich Nebeltröpfchen wie Perlen in den Härchen an ihren geblähten Nüstern erkennen konnte. Ich musste einen Satz rückwärts machen und wäre beinahe hingefallen. Mit klopfendem Herzen wartete ich ab, bis ihr Hufgetrappel verklungen war.

Endlich erreichte ich einen aufrecht stehenden Felsen, einen Granitbrocken, etwa so hoch wie ich selbst, gespenstisch grau und mit Flechten bewachsen. Er war auf meiner Karte eingezeichnet, was bedeutete, dass ich noch in die richtige Richtung ging. Langsam lichtete sich der Nebel, und ich konnte ein wenig weiter sehen. Außerdem wurde es wärmer. Als ich meinen Weg fortsetzte, verfärbte sich der Himmel allmählich von Grau zu Golden, und eine tief hängende Sonne schimmerte durch den dünner werdenden Dunst.

An der mit einer Hecke bewachsenen Grundstücksgrenze setzte ich mich auf einen Felsen, trank etwas von meinem Wasser, knabberte an einem Müsliriegel und begutachtete das Hindernis. Der Sockel des Walls wurde von vor vielen Jahrhunderten aufgeschichteten Steinen und Granitbrocken verstärkt. Sie waren halb unter Moos versteckt und wurden von den Wurzeln der Weißdorn- und Holunderbüsche zusammengehalten, die über den oberen Rand wucherten und ein schier undurchdringliches Dickicht bildeten. Auch einige kleinere Bäume ragten aus dem Dschungel: Stechpalmen, Schwarzdorne und Ebereschen. Das Ganze war schätzungsweise drei Meter hoch. Ich folgte dem Wall etwa einen Dreiviertelkilometer weit bis zu einer Stelle, die sich vielleicht dazu eignete, hinaufzuklettern und durch das Gestrüpp zu kriechen.

Ein hervorstehender Stein gab meinem Fuß Halt, und Efeuranken, dick wie Taue, machten es mir möglich, mich festzuklammern und die Böschung hinaufzuziehen. So weit, so gut. Allerdings war die Lücke in der Hecke recht schmal und auf allen Seiten von mörderischen Schwarzdornzweigen gesäumt. Meine Lust, mich dort hindurchzuquälen, hielt sich in Grenzen, deshalb krabbelte ich wieder herunter, um mich nach einer größeren Lücke in diesem Bollwerk umzuschauen.

Ich fand sie ein kleines Stück weiter in Form eines praktischen Abstands zwischen mageren Haselschösslingen. Außerdem erschien es mir nicht besonders schwierig, hier die Böschung hinaufzusteigen, da ich mich an Wurzeln und Ästen hochhieven konnte. Das Problem war nur mein störender Rucksack, weshalb es wohl das Beste war, ihn irgendwo zurückzulassen.

Ich stellte ihn unten an der Böschung ab, um den Inhalt zu sichten. Meine topografische Karte brauchte ich sicher nicht mehr, hier auf der Farm würde mir die kleinere Karte aus der Bibliothek genügen. Da inzwischen die Sonne herausgekommen war, war auch die Regenkleidung überflüssig. Ich trug mehrere Schichten übereinander, und meine Jacke bot mir genug Schutz. Ich hängte mir den Feldstecher um den Hals und zog den Reißverschluss der Jacke darüber zu. Dann steckte ich Telefon, Schlüssel, Taschenmesser und die gefaltete Karte aus der Bibliothek ein, versteckte den Rucksack unten an der Böschung, um ihn später abzuholen, und machte mich an den Aufstieg.

Gewiss bot ich kein sonderlich elegantes Bild, als ich mich durch die Hecke zwängte. Doch zum Glück sah ja niemand, wie ich meine verschiedenen Körperteile zwischen den Schösslingen hindurchwand. Als ich auf der anderen Seite wieder zum Vorschein kam, hatte ich Mühe, das Gleichgewicht zu bewahren, und musste außerdem den zurückschnellenden Zweigen ausweichen, die drohten, mir die Augen auszustechen. Im nächsten Moment bemerkte ich dünne graue und weiße Streifen, die wie Lametta im Gestrüpp hingen, und pflückte ein paar davon ab. Es waren gekräuselte Papierschnitzel wie aus einem Reißwolf. Als ich den Kopf hob, sah ich, dass die Zweige über mir nur so davon strotzten.

Nachdem ich die Böschung hinabgerutscht war, entdeckte ich unten zwischen Haufen aus Herbstlaub noch weitere dieser Papierstreifen. Ich ließ den Blick über das gewaltige grüne Feld schweifen. Nichts wies auf eine illegale Müllkippe hin. Keine verräterische Schneise aus Abfällen verunzierte das Gras. Allerdings war dieses Papier mit Sicherheit von einem Müllabladeplatz ganz in der Nähe hierhergeweht worden.

Im Schutz der Hecke marschierte ich los, immer entlang der drei Seiten des Rechtecks, anstatt einfach querfeldein zum Tor zu gehen. Schließlich trennten mich noch einige Meter vom

Farmhaus, und ich wollte verhindern, dass irgendein unfreundlicher Zeitgenosse mich entdeckte und mit einem Gewehr verjagte, so kurz vor dem Ziel.

Eine halbe Stunde später lag ich bäuchlings hinter einem Geröllhaufen und spähte durch mein Fernglas. Ich hatte das steinerne Farmhaus, den Hof und die Schuppen dahinter gut im Blick. Ebenso wie die Haustür und die Rauchfahne, die aus dem Kamin aufstieg. Der Geruch verriet mir, dass jemand Holz verbrannte.

Plötzlich öffnete sich die Tür, und Grünkäppchen erschien auf der Schwelle. Er hatte eine Zigarette zwischen den Lippen, und seine nicht bandagierte Hand hielt eine Tasse. Kurz blickte er ins Sonnenlicht, zog ein letztes Mal an der Zigarette und warf die Kippe auf den Boden. Zwei Hunde, magere Windhund-Collie-Mischlinge, der eine braun, der andere weiß, kamen links und rechts von ihm schwanzwedelnd aus dem Haus geschossen.

Verdammt. An Hunde hatte ich nicht gedacht. Die Luft war ruhig, kein Wind trug meine Witterung zu ihnen hinüber – und trotzdem hatten sie mich offensichtlich bemerkt. Sie hielten inne und starrten in meine Richtung, das Fell im Nacken gesträubt. Der eine fing an zu bellen. Grünkäppchen blaffte ihn an, er solle mit dem Radau aufhören. Ich wagte nicht, mich zu rühren, ja nicht einmal, mich tiefer zu ducken. So reglos lag ich da, dass eine Amsel, die im Laub wühlte und mit dem Schnabel in den Blättern herumstocherte, dicht an meinem Arm vorbeihüpfte. Das Gebell des Hundes sorgte dafür, dass der Vogel ängstlich zwitschernd aufflog. Der Hund wedelte noch einmal unschlüssig mit dem Schwanz. Dann wurde er zurück ins Haus gerufen, die Tür fiel zu – und ich traute mich wieder zu atmen.

Ich hastete über die Wiese zur Ecke des kopfsteingepflasterten Hofes, an dessen einer Seite ein lang gestreckter Kuhstall stand. Ich schlüpfte durch die offene Tür hinein. Von innen wirkte das Gebäude riesengroß. Meine Schritte hallten auf dem Betonboden wider, deshalb hielt ich inne und versuchte, weniger Lärm zu machen.

Im Stall waren Reihen von Silageballen gestapelt. Eine in schwarze Plastikfolie verpackte Rolle auf der anderen, so dick und glatt wie gewaltige Würste. Ich strich mit der Hand über die Oberfläche des nächstbesten Ballens. Normalerweise bestanden Silageballen aus fest gepresstem Heu ohne Luft in den Zwischenräumen. Wenn man sie anfasste, waren sie massiv, glatt und unnachgiebig. Dieser hier hingegen fühlte sich an, als sei der Inhalt lose. Als ich mit den Fingern hineinbohrte, ertastete ich etwas knirschend Klumpiges. Also zückte ich mein Taschenmesser. Die Folie war dick und reißfest, weshalb ich die Messerspitze fest hineinbohren musste, um einen kleinen Schlitz zu erzeugen. Trockener grauer Staub rieselte heraus, den ich zwischen den Fingern rieb. Das war niemals Silage. Ich erweiterte den Schnitt ein wenig. Winzige Steinchen purzelten zu Boden. Ich hob eines auf. Es sah aus wie Beton oder irgendein anderer Verbundstoff, also wie etwas, das eigentlich auf eine Baustelle gehörte. Ich wandte mich dem nächsten Ballen zu und ritzte ihn an. Wieder rann grober Staub, und klitzekleine Partikel funkelten, als enthielte die Mischung Glasscherben. Ein Stück weiter die Reihe entlang stieß ich mein Messer in den dritten Ballen. Als ich es wieder herauszog, klebte ein kreideartiges weißes Pulver daran, das nach Chemie roch. Vielleicht Dünger oder ein Insektenvernichtungsmittel. Silage war es jedenfalls ganz sicher nicht.

Draußen auf dem Hof knirschten Reifen. Ein Fahrzeug näherte sich. Ich spähte zwischen den Ballen hervor. Türen knallten. Durch den offenen Türbogen beobachtete ich, wie Jamie, gefolgt von Moss, aus dem Jeep stieg und den Hof überquerte.

Jeder vernünftige Steinbock hätte nun so schnell wie möglich das Weite gesucht. Doch ich rannte zum Haus, drückte mich an die Wand neben dem Fenster und lauschte.

»Ich will, dass dieser Stall leer geräumt wird.« Jamies Stimme klang laut und verärgert. »Nächste Woche kommen weitere Fuhren. Wir müssen unbedingt im Zeitplan bleiben.«

»Dann brauche ich mehr Leute«, jammerte Grünkäppchen. »Mit einer Hand kann ich nicht richtig arbeiten. Und daran ist nur diese rothaarige Schlampe schuld …«

»Ja, das hast du richtig prima hingekriegt«, höhnte Jamie. »Lässt sich von einer Oma mit Pistole ins Bockshorn jagen …«

»Sie hat auf mich geschossen …«

»Und ich schieße gleich auf dich, wenn du noch mal so eine Scheiße baust. Dein Job war es, sie zu beseitigen.«

Mir wurde flau. Denn mir fiel nur eine rothaarige Schlampe ein, die nach Auffassung der beiden allem Anschein nach dringend beseitigt werden musste. Und dabei handelte es sich leider um mich selbst.

»Ich kümmere mich um sie …«

»Aber lass dir nicht zu viel Zeit damit. Und schaff diese Ballen weg.«

Offenbar mein Stichwort, mich aus dem Staub zu machen. Da es mir zu gefährlich erschien, über den Hof zu laufen oder den gut einsehbaren Pfad zu benutzen, schlich ich zur fensterlosen Seite des Gebäudes und hastete auf ein schützendes Gebüsch zu. Dort angekommen, kämpfte ich mich durch das Dickicht aus Weißdorn.

Im nächsten Moment blieb ich ruckartig stehen, nicht ohne auf den Fersen gefährlich hin und her zu schwanken. Ich stand ganz dicht am Rand einer schartigen, tiefen Abbruchkante. Unter meinen Stiefeln spritzten Steinchen hervor und purzelten klappernd hinab ins Nichts. Direkt vor meinen Fußspitzen tat sich ein felsiger Abgrund auf: Applecote Pit. Mir wurde so schwummerig, als befände ich mich in einer Nussschale auf unruhiger See. Ich klammerte mich an die Zweige ringsum, versuchte zurückzuweichen und schickte ein Stoßgebet zum Himmel, dass sie nicht abknickten. Nach ein paar Minuten beruhigte sich das tosende Meer, und die Übelkeit ließ nach. Ich wandte meinen Blick von der Felsspalte ab, hob den Kopf und suchte mir einen Fixpunkt am Horizont auf der anderen Seite der Grube.

Dort stand ein verlassener Lastwagen. Die Ladefläche war gekippt, als habe der Fahrer gerade seine Fuhre über den Rand der Schlucht in der Tiefe entsorgt.

Ich riskierte noch einen Blick nach unten. Die Spalte war tief, und ich konnte nicht bis zum Grund sehen, denn sie war mit Müll gefüllt. Wie geplatzte Därme hatten aufgebrochene Silageballen ihren Inhalt inmitten von Geröll, Bauschutt und zerborstenen Holzteilen verstreut. Spitze Metallteile bohrten sich dornenähnlich durch die Masse. Ölfässer lagen umher wie Getränkedosen. Und die ganze Verheerung versank in einer glitschigen schwarzen Flüssigkeit, die an den Rändern hervorquoll, nur hier und da zu sehen wie der Morast, der unter Moos und Gras lauerte. Doch noch schlimmer war der Geruch. Es stank nicht nur nach Betonstaub, übergelaufener Kloake und Chemikalien, sondern auch nach Fäulnis und Verwesung, als verrotte dort etwas, das früher lebendig gewesen war.

Ich schlüpfte durchs Gestrüpp, um den Rückzug anzutreten, als ich plötzlich von einem angreifenden Stier umgerannt wurde und auf dem Boden landete. Eine gewaltige Pranke erstickte meinen Aufschrei.

»Pssst! Still!«, zischte eine drängende Stimme. »Wenn Sie schreien, hören die uns, und wir sind beide tot. Kapiert?« Ich nickte, denn inzwischen erkannte ich das breite, gutmütige Gesicht, das über mir schwebte. »Haben Sie verstanden,

Juno?« Er lockerte seinen Griff. »Okay?«, flüsterte er und entfernte die Hand von meinem Mund.

»Was machen Sie hier?«, keuchte ich.

»*Ich* bin die Polizei«, erwiderte Detective Constable Dean Collins grinsend. »Eigentlich wäre das *mein* Text.«

30

Ein geistiges Getränk war genau das, was ich jetzt brauchte. Ich gab DC Collins seinen Flachmann zurück.

»Besser?«

Ich nickte dankend und wischte mir mit der Hand den Mund ab, während mir wohlige Wärme die Kehle hinunterrann und sich in meinem Magen ausbreitete. Wir hatten uns in ein Versteck zurückgezogen, eine alte Schmelzhütte, aufgegeben nach der Stilllegung des Zinnbergwerks. Das Torfdach war schon vor Jahren zerfallen und die Steinmauern zerbröckelt, sodass nur der Kamin aus geschwärztem Granit darauf hinwies, dass hier einmal Zinn geschmolzen worden war. Von hier ließen sich großartig die Vorgänge im Farmhaus beobachten. Dean hatte Ankunft und Abfahrt der Lastwagen mit dem Fernglas verfolgt. Doch außer Jamie Westershall und Moss mit ihrem Jeep waren heute noch keine Besucher hier gewesen. Als sie davonfuhren, blickten wir ihnen nach.

»Ich dachte, Sie wären in Elternzeit.«

Dean sah mich verdattert an und fragte sich offenbar, woher ich das wusste. »In gewisser Weise stimmt das auch.«

»Und warum sind Sie dann hier?«

»Sie zuerst.« Er verschränkte die muskulösen Arme und musterte mich. »Am besten von Anfang an.«

Ich gehorchte. Als ich bei der Stelle angelangt war, als der Laster von Moss and Pike versucht hatte, meinen Transporter von der Straße zu drängen, schnalzte er ungläubig mit der Zunge. »Sie hätten uns verständigen müssen, Juno.«

Dieser Zug war ja nun inzwischen abgefahren. Stattdessen schilderte ich ihm Sandys Party, die gescheiterte Verabredung mit Nathan im Pub und das Gespräch zwischen Jamie und Moss, das ich in meinem Versteck am Straßenrand belauscht hatte. Danach berichtete ich von Jamies Drohungen am folgenden Tag und von Grünkäppchens Überfall in der Seitengasse. Jungen, die ihre Großmütter beerdigten, und Revolverheldinnen vorgerückten Alters erwähnte ich lieber nicht.

»Als mir klar wurde, dass Nathan tot war«, schloss ich, »wollte ich selbst rauskriegen, was hier gespielt wird.« Ich wiederholte die Unterhaltung, die ich gerade gehört hatte, als ich mich vor dem Farmhaus herumdrückte.

Dean schwieg, als müsse er zuerst seine Gedanken ordnen. »Offenbar sind wir beide hinter derselben Sache her«, meinte er schließlich. »Ich habe schon seit einer Weile immer wieder mit Nathan zusammengearbeitet. Das Umweltministerium hat sich im letzten Jahr mit uns in Verbindung gesetzt.« Er lächelte reumütig. »Umweltsünden standen damals nicht sehr weit oben auf der Prioritätenliste. Also wurde Nathan mir zugeteilt. Er war überzeugt, dass hier in dieser Gegend etwas faul ist. Als ich von seinem Tod hörte, wusste ich, dass er auf etwas gestoßen sein musste. Und so habe ich beschlossen, mir selbst ein Bild zu machen.«

»Bitte sagen Sie jetzt nicht, dass Nathan ermordet wurde, weil die hier Müll verbuddeln.«

»Die illegale Müllentsorgung ist neben Menschen- und Drogenhandel der profitabelste Geschäftszweig des organisierten Verbrechens.«

»Echt?«

»Wir reden hier nicht über wilde Müllkippen«, antwortete er mit Nachdruck, »also Dinge wie weggeworfene Matratzen oder ein paar Gartenabfälle. Hier geht es um ein Riesengeschäft. Unternehmen müssen jedes Jahr Hunderttausende für die ordnungsgemäße Entsorgung ihres Mülls ausgeben. Und je giftiger und gefährlicher, desto teurer wird es, das Zeug loszuwerden. Aber wenn man jemanden findet, der die Sachen wegschafft und unter der Hand beseitigt, ohne sich an all die Vorschriften und Sicherheitsvorgaben zu halten, kommt man um einiges billiger davon.«

»Soll das heißen, dass der ganze Kram in der Felsspalte, dieser Bauschutt, von überallher stammen kann?«

»Frei Haus geliefert von Moss and Pike.«

»Jamies Gutsverwalter heißt Moss.«

»Familienunternehmen«, höhnte Dean. »Die feinen Herrschaften wurden oben im Norden schon öfter wegen illegaler Müllentsorgung erwischt. Eine Bande von Gaunern, Kleinkriminelle, die auf der Suche nach schnellem Umsatz mit ihren Lastern durchs Land kurven. Sie halten Ausschau nach Leuten, die einen alten Bungalow abreißen oder eine Küche ausbauen. Wenn man ihnen ein paar Pfund zusteckt, karren die einem den Müll weg. Asbest inklusive. Es kostet nicht viel und macht weniger Mühe, als den Schrott zur Müllkippe zu bringen.«

»Aber die Leute müssen doch wissen, wo ihre Abfälle vermutlich landen werden«, wandte ich ein. »Oder ist es ihnen egal, wenn sie irgendwo auf einem Feld enden?«

Dean reckte einen kräftigen Zeigefinger in die Luft. »Ha, jetzt kommt das Beste! Selbst wenn es einen interessiert … selbst wenn man ein gesetzestreuer Bürger ist und die Jungs, die sich als Müllabfuhr anbieten, fragt, ob sie auch eine Zulassung als Entsorgungsunternehmen haben, nützt das nicht viel … so eine Lizenz kann sich nämlich jeder im Internet kaufen. Alles absolut legal. Man braucht nicht einmal einen Identitätsnachweis. Ich habe eine im Namen meiner kleinen Tochter gekauft, und die ist erst einen knappen Monat alt«, fügte er mit finsterer Miene hinzu.

»Aber Sie sagen doch, die wären erwischt worden.«

»Es werden nur geringe Bußgelder verhängt. Zu Haftstrafen kommt es sehr selten.« Spöttisch prostete er mir mit dem Flachmann zu. »Das Risiko lohnt sich also.«

»Außerdem ist es kein Problem, Müll mit Plastikfolie zu Ballen zu pressen. So kann man am helllichten Tag damit in der Gegend herumfahren, ohne dass es jemandem seltsam vorkommt«, überlegte ich laut. »Die Leute glauben, dass man Heu oder Silage transportiert.«

Dean nickte. »Die Vorzüge des Landlebens. Man kann seine Transporte ohne Schwierigkeiten auch tagsüber abwickeln. Und falls man einen geldgierigen Grundbesitzer kennt, auf dessen Land sich alte Bergwerksschächte befinden und der sich nur zu gerne dafür bezahlen lässt, dass man seinen Dreck bei ihm ablädt ...« Er zuckte die Achseln. »Als der alte Moss seine Cousins mit den Westershalls bekannt gemacht hat, hat die Firma das große Los gezogen.«

»Es geht doch nichts über Familienbande.«

»Nathan hat mit Jamie Westershall die Hochschule für Landwirtschaft besucht. Der Typ muss schon an der Uni ein aufgeblasener Blödmann gewesen sein. Ständig habe er auf sein Erbe und die Traditionen gepocht. Allerdings scheint ihn das nicht daran gehindert zu haben, für Geld sein eigenes Nest zu beschmutzen.«

»Warum hat man ihn denn, verdammt noch mal, nicht schon längst verhaftet, wenn die Polizei all das weiß?«

Dean bedachte mich mit einem scharfen Blick. »Weil mehr dahintersteckt als ein bisschen Bauschutt oder Pflanzenschutzmittel ... Passen Sie auf. Das Problem besteht darin, dass illegale Müllentsorgung meistens in kleinem Rahmen stattfindet und deshalb unter die Zuständigkeit der örtlichen Polizei fällt. Um einen landesweit operierenden Müllsünderring lahmzulegen, muss man die einzelnen Punkte miteinander verbinden ...«

»Also braucht man eine Bundesbehörde«, ergänzte ich. »Zum Beispiel das Umweltministerium. Auftritt: Nathan Parr.«

»Und leider auch Abgang.«

»Ist Inspector Ford informiert?«, fragte ich.

»Der Boss hat momentan alle Hände voll zu tun. Schließlich ist er Leiter der Abteilung für Kapitalverbrechen und somit für den ganzen Landkreis zuständig. Wegen der Krise im Gefängnis hatte er nichts dagegen, dass ich die Lage hier im Auge behalte. Mehr aber auch nicht. Nathan war es allerdings nicht genug, ein paar Schwachköpfe vor Gericht zu stellen, weil sie Müll in ein Erdloch gekippt haben. Er wollte an die Leute ganz oben ran, die Menschen, die diesen Müll produzieren. Die Umweltverschmutzer, die Kriminelle dafür bezahlen, dass sie das Zeug illegal entsorgen. Westershall hatte er schon seit einer Weile im Visier, aber seit dem Mord an Ben Luscombe …«

»Also wissen Sie, dass Ben ermordet wurde?«

»Sagen wir mal, wir hatten einen Verdacht«, gab Dean zu. »Allerdings konnten wir zu diesem Zeitpunkt nichts beweisen. Nathan war klar, dass er sich selbst in Gefahr brachte, wenn er Westershall direkt auf das Thema ansprach. Doch er war überzeugt, dass Gut Moorworthy gewaltige Summen von einem großen Pharmakonzern kassiert …«

»Sandy Westershall war in der Pharmabranche.« Ich berichtete Dean von dem Foto an der Wand von Sandys Arbeitszimmer, auf dem Sandy von irgendeinem Konzern, dessen Namen ich vergessen hatte, eine Auszeichnung verliehen wurde.

»Ganz gleich, was die Westershalls auch im Auftrag dieser Giftmischerbande beseitigen, es ist ganz übles Zeug. Sie würden nicht riskieren, es mit dem Bauschutt in eine offene Grube zu werfen. Deshalb verstecken sie es sicher anderswo.«

»Ich kann mir denken, wo.« Ich zog die Karte hervor und entfaltete sie. »Der Moorworthy-Schacht. Genau hier.« Ich tippte mit dem Finger auf die Stelle. »Ben Luscombe sagte, er hätte in diesem Schacht Licht gesehen.«

Dean riss mir die Karte fast aus der Hand. »Wo haben Sie die her?«

»Aus der öffentlichen Bibliothek in Ashburton.«

»Soll das ein Scherz sein?«

»Nein. Ich habe die Bibliothekarin gefragt, und die hat sie mir gegeben.« Er musterte mich verdattert. Allerdings musste man ihm zugutehalten, dass er ein Mann, also Angehöriger der Spezies war, der es auch schwerfällt, ihre Mitmenschen nach dem Weg zu fragen.

»Moorworthy Pit ist eingezäunt, angeblich wegen der Fledermäuse.«

Er verzog das Gesicht. »Und wie kommen wir dann rein?«

»Durch die Tagesöffnung.«

»Tagesöffnung?«, wiederholte er.

»Auf dieser Karte sind sie nicht eingezeichnet, aber es gab Tunnel, damit die Bergleute auch unterirdisch von einem Schacht zum nächsten gehen konnten. Ich habe im Gutshaus alte Kupferstiche gesehen, auf denen sie abgebildet sind. Einer dieser Tunnel verbindet den Schacht auf der Applecote Farm mit dem auf Gut Moorworthy, davon bin ich überzeugt.«

»Und der Eingang zu diesem Tunnel ist irgendwo unten in der Grube da.« Er bohrte den Zeigefinger in die Karte. »Wissen Sie, wo?«

»Vorhin habe ich nichts bemerkt, aber ich habe nicht richtig hingeschaut, weil ich mich darauf konzentrieren musste, nicht im Müll abzusaufen.«

»Womöglich ist der Eingang unter all diesen Abfällen begraben«, mutmaßte er.

»Es gibt nur einen Weg, das herauszufinden.« Ich schaute auf die Uhr. »In etwa einer Stunde wird es dunkel.« Mir wurde klar, dass aus dem Tee mit Olly und Elizabeth vermutlich nichts werden würde. »Wir müssen die Stelle suchen, solange wir noch können.«

Da ich diesmal mit der Spalte rechnete, schlängelten wir uns um einiges vorsichtiger durchs Weißdorngestrüpp. Kurz vor der Kante blieben wir stehen, legten uns auf den Bauch und krochen weiter. Es war niemand zu sehen, und es wurde nicht gearbeitet. Trotz Jamies Befehlen würde Grünkäppchen heute offenbar keine Ballen entsorgen. Der Himmel spendete zwar noch Licht, doch in den Tiefen der Spalte war es bereits stockdunkel. Dean leuchtete mit der Taschenlampe hinein und ließ den Strahl über die Felswände gleiten. Früher einmal war hier Tagebau betrieben worden. Vor vielen Jahren hatten Männer sich mit ihren Schaufeln in den Boden gewühlt und dabei Simse und Tritte gegraben, um weiter und weiter ins Innere der Erde vorzudringen. Allerdings fehlte von einem Tunnel oder einem Loch in der Wand der Grube jede Spur.

»Vielleicht unter uns«, flüsterte ich. »Es könnte sein, dass wir rüber auf die andere Seite müssen, um es zu sehen.«

In einem sicheren Abstand zur Felskante krochen wir weiter, bis wir zu einer Stelle kamen, wo man das Gebüsch gerodet hatte, damit die Lastwagen genug Platz hatten, um bis an den Rand der Grube zu rollen. Einige Meter weit konnten wir zu unserer Erleichterung aufrecht gehen, bis wir uns wieder hinkauern mussten. Wir leuchteten die Wände der Grube mit der Taschenlampe ab.

Auf der anderen Seite waren sie nicht so glatt, denn die Natur hatte sich die Risse im Gestein zurückerobert. Vom Wind angewehte Samen hatten in den winzigen Ritzen Wurzeln geschlagen und waren zu mageren Büschen herangewachsen. Efeu überwucherte die Simse.

»Dort!« Ich zeigte mit dem Finger. »Gleich rechts neben der nach oben ragenden Eisenstange. Sehen Sie es?«

Der Lichtkegel huschte wild die Wände auf und ab, als Dean die Stelle suchte, die ich meinte. »Ich hab's!« Er beleuchtete einen dunklen Riss im Granit, halb verborgen unter der staubigen Ranke einer Kletterpflanze, die von oben herabhing.

»Wir könnten ja zu dem Sims gleich darüber runterklettern …«, begann ich.

Ich hörte Dean leise aufseufzen, dann drehte er sich zu mir um. »Tut mir leid, Juno, aber Sie kommen nicht mit. Es ist zu gefährlich. Außerdem sind Sie nur Zivilistin. Ich bin für Ihre Sicherheit verantwortlich und darf es Ihnen nicht gestatten. Ab jetzt schlage ich mich allein durch.«

Offenbar starrte ich ihn ziemlich fassungslos an. »Soll das ein Witz sein?«

»Nein. Ich möchte, dass Sie zurück zur Schmelzhütte gehen und dort auf mich warten …«

»Nein. Ich will diese Schweine genauso erwischen wie Sie!«

»Ich weiß.« Beruhigend legte er mir die Hand auf die Schulter. »Das ist mir klar.«

Ich schob ihn weg. Sein gönnerhafter Ton reizte mich bis zur Weißglut.

»Passen Sie auf. Wenn ich in zwei Stunden nicht zurück in der Schmelzhütte bin …«, setzte er an.

»Vergessen Sie's. Ich komme mit! Das bin ich Gavin schuldig«, fügte ich noch hinzu, als er mich unterbrechen wollte.

»Gavins Tod war ein Unfall«, erwiderte er leise.

»Das ist mir egal. Vielleicht hat ihm jemand das Schwert in die Brust gerammt, vielleicht ist er auch hineingestolpert. Doch der einzige Grund, warum er sich an diesem Tag im Wald rumgetrieben hat, war das Schicksal seines Freundes Ben. Unfall oder Mord – sein Tod hängt direkt mit den Vorgängen hier zusammen.«

»Juno …«

»Wehe, wenn Sie versuchen, mich abzuschütteln«, warnte ich ihn. »Dann gehe ich schnurstracks zu Inspector Ford und erzähle ihm, was Sie vorhaben.«

Das brachte ihn zum Verstummen. Allerdings verzog er finster das Gesicht.

»Er weiß nicht, dass Sie hier sind, richtig?«, legte ich noch eins nach.

»Natürlich weiß er es.«

Ich schüttelte den Kopf. »Wenn das ein offizieller Einsatz wäre, wären Sie auf gar keinen Fall allein gekommen. Sie würden paarweise arbeiten, und es wäre mindestens noch ein anderes Team darauf angesetzt.« Sein bitterböser Gesichtsausdruck verriet mir, dass ich recht hatte. »Detective Inspector Ford glaubt, dass Sie momentan in Elternzeit sind, oder? Und wenn ich ihm sage, was Sie in Wirklichkeit treiben und was ich sonst noch so alles weiß, wird es hier in wenigen Minuten von Polizisten wimmeln. Und das würde Ihnen gar nicht gefallen, richtig?«, beendete ich meine Ausführungen. »Denn Sie wollen derjenige sein, der Nathans Mörder zur Strecke bringt.«

Es schien ihm die Sprache verschlagen zu haben. Als er sie schließlich wiederfand, war das Ergebnis nicht gerade schmeichelhaft für mich.

»Ich bekenne mich schuldig.« Mit einem reizenden Lächeln wies ich auf den Eingang des Tunnels. »Wollen wir?«

31

Mit der Taschenlampe in der Hand konnte Dean nicht klettern. Uns in der zunehmenden Dunkelheit abwärts zum Tunneleingang zu quälen, war ziemlich unangenehm. Ein falscher Schritt, und wir wären in die Grube gestürzt, hinab in widerwärtigen Unrat, Gesteinsbrocken, Metallschrott und Glasscherben, um auf Nimmerwiedersehen in einer öligen Brühe zu versinken.

Wir erreichten ein schmales Sims mit abgebröckelten Felskanten, wo wir auf allen vieren weiterkriechen mussten. Zentimeter um Zentimeter arbeiteten wir uns voran und lockerten dabei immer wieder Steinchen, die klappernd von den Wänden abprallten und schließlich in der Tiefe landeten. Auf halbem Wege hielten wir inne und kauerten uns auf die Fersen, um einmal tief durchzuatmen. Dean schaltete die Taschenlampe an und leuchtete den Weg bis zum Tunneleingang entlang. »Nur noch ein paar Meter, aber seien Sie vorsichtig.«

Da bemerkte ich plötzlich unten in der Dunkelheit etwas Bleiches, das mich an eine Maske erinnerte. Ich zeigte mit dem Finger darauf. »Was ist das?«

Dean richtete den Lichtkegel darauf. Entsetzt schnappte ich nach Luft, während er einen leisen Fluch ausstieß. Ein menschlicher Kopf stierte aus leeren Augen zu uns empor, der aufgerissene Mund erstarrt wie zu einem Schreckensschrei. Es war das Gesicht von Ted Croaker, bis zum Hals im öligen Morast versunken. Eine schwarze, zu einer steifen Klaue verkrümmte

Hand ragte verzweifelt nach oben, als hätte er versucht, hinauszuklettern.

»Was meinen Sie, ist er gestürzt oder wurde er gestoßen?«, fragte ich, als ich wieder einen Ton herausbekam.

»Keine Ahnung. Jedenfalls liegt der arme Teufel seinem Aussehen nach zu urteilen schon seit ein paar Tagen hier. Sobald der Schacht voll gewesen wäre, hätten sie ihn mit Beton zugeschüttet. Dann noch eine Tonne Erde darauf, ein paar Grassamen, und niemand hätte je erfahren, was sich darunter verbirgt.«

Ich blickte noch immer in die stumpfen Augen von Ted Croaker. »Oder wer«, ergänzte ich.

Es war eine Erleichterung, als wir uns endlich in den Tunnel hieven konnten, wo wir uns erschöpft auf den Boden fallen ließen und erst einmal tief durchatmeten. Eine ganze Weile saßen wir so da. In der Stille und Dunkelheit waren nur unsere Atemzüge zu hören. Sehnsüchtig dachte ich an die Müsliriegel in meinem Rucksack. Im nächsten Moment hörte ich Deans Lachen in der Dunkelheit. Darauf folgte das Knistern von Papier und das unverkennbare appetitliche Knacken eines entzweibrechenden Schokoriegels. »Hier.«

Da ich auch meine Taschenlampe im Rucksack gelassen hatte, schaltete ich das Licht an meinem Smartphone ein, erkannte im bläulichen Schimmer, was er mir hinhielt, und nahm es dankbar an.

»Genießen Sie es«, meinte er mit einem düsteren Auflachen. »Es könnte unsere Henkersmahlzeit sein.«

Schweigend kauten wir von uns hin.

»Wie heißt denn Ihre kleine Tochter?«, erkundigte ich mich nach einer Weile.

»Alice.« Selbst in der Finsternis spürte ich, wie viel Liebe in diesem Wort mitschwang. Kurz darauf wurde sein Gesicht vom farbigen Leuchten seines Displays erhellt. Er blätterte die Galerie durch, bis er das Gesuchte gefunden hatte, und reichte mir das Gerät.

Ehrlich gesagt sieht für mich ein kahlköpfiges, rosiges Baby aus wie das andere, trotzdem bewunderte ich es pflichtschuldig. Allerdings muss ich zugeben, dass Alice tatsächlich niedlich war. Das Foto war offenbar kurz nach ihrer Geburt entstanden, denn ihr Gesichtchen war rot und runzelig. Ihre winzige Faust ballte sich eng wie eine Rosenknospe neben ihrem Mund. Und sie hatte schon mehr Haare als ihr Vater.

»Sie sollten bei ihr zu Hause sein, Detective Constable Collins«, tadelte ich ihn, »und nicht hier bei mir in diesem finsteren Loch.«

Er nuschelte etwas Unverständliches.

»Weiß Ihre Frau, dass Sie hier sind?«

»Gemma?« Er lachte spöttisch auf. »Du meine Güte, nein.«

»Was haben Sie ihr denn gesagt?«

»Dass die auf dem Revier unterbesetzt wären und ich deshalb zum Dienst müsste. Ihr ist klar, dass eine Elternzeit ohne Unterbrechungen sowieso illusorisch ist. Deshalb wird sie sich nicht beschweren, wenn ich erst morgen früh aufkreuze.«

»Hatte Nathan eine Freundin?«

»Er war gerade frisch geschieden … Wenn wir schon bei persönlichen Themen sind: Gibt es in Ihrem Leben eigentlich einen Mann? Wenn ja, sollte ihm mal jemand stecken, was Sie so alles anstellen.«

»Zufällig ist da niemand.« Ich klang zickig, was mir gar nicht gefiel, doch meine letzten Versuche auf diesem Gebiet hätten beinahe ein böses Ende genommen.

»Ich habe vom Mordfall Nickolai gehört«, begann er.

»Drücken wir es einmal so aus, dass ich momentan nicht auf der Suche nach Mr. Right bin«, entgegnete ich, bevor er weiterbohren konnte.

»Schon verstanden.« Dean schaltete die Taschenlampe ein und leuchtete damit die Wände des Tunnels ab. Die Decke über uns wurde von einem Gewirr aus schrägen Holzstreben gestützt. Sie waren alt und mit Spinnweben behangen. Einige machten keinen sehr vertrauenerweckenden Eindruck. »Ein Glück, dass es hier hoch genug ist, um aufrecht zu stehen. Ich habe nämlich nur wenig Lust, auf Händen und Knien weiterzukrabbeln.« Er stand auf. Als er mit der Faust auf einen der unteren Balken klopfte, löste er eine jahrhundertealte Staublawine aus. »Aber wir müssen aufpassen, dass wir uns nicht den Kopf stoßen.« Sein Husten hallte von den Wänden wider.

Ich rappelte mich ebenfalls hoch und folgte ihm. Das wenige Licht, das durch den Tunneleingang hereinfiel, verblasste bald. Die Dunkelheit vor uns war undurchdringlich schwarz und absolut. Doch die Wände um uns herum glitzerten im Lampenschein. Hier und da waren im Gestein Erzadern als silberne Tupfen und Flecken zu erkennen.

»Es fühlt sich an, als würde es leicht bergauf gehen«, meinte Dean nach einer Weile.

»Diese Tunnel neigen sich ein wenig in Richtung Ausgang, damit das Wasser abfließen kann«, erläuterte ich.

»Es ist aber ziemlich trocken hier drin.«

»Möglicherweise befindet sich unter diesem Tunnel noch ein zweiter. Die unterste Tagesöffnung diente der Entwässerung.«

»Sie kennen sich ja gut aus.«

Ich wusste nur, was Alec mir erklärt und was ich in der Bibliothek gelesen hatte. »Ich bin Expertin auf diesem Gebiet«, erwiderte ich. »Vielleicht schreibe ich ja mal ein Buch: *Zinnbergbau für jedermann*.«

»Nun, Frau Expertin, wie lang mag dieser Tunnel wohl sein?«

»Vermutlich nicht sehr lang. Nicht, wenn er zum Moorworthy-Schacht führt.«

»Und da sind wir uns ganz sicher, richtig?«

Warum fühlt man sich immer schlagartig verunsichert, sobald einen jemand fragt, ob man wirklich sicher ist, so sicher man vor dieser Frage auch gewesen sein mag? Dean bemerkte mein Zögern und brummelte etwas. Wortlos marschierten wir weiter.

Je tiefer wir in den Felsen kamen, desto wärmer und stickiger wurde es. Allmählich empfand ich die Hitze als bedrückend und überlegte, ob ich die Jacke ausziehen sollte. Doch dann hätte ich sie schleppen müssen. Um uns herum drängte sich muffige Dunkelheit in den schmalen Lichtstrahl der Taschenlampe. Ich beschloss, mein Smartphone wegzustecken, nur für den Fall, dass Deans Lampe den Geist aufgab. Die Vorstellung, bei völliger Finsternis hier herumzustolpern, war zu grausig, um sie auch nur in Erwägung zu ziehen. Mir taten die armen Bergleute leid, die jeden Tag ihres Arbeitslebens hier unten hatten verbringen müssen.

»Da vorne ist etwas«, rief Dean plötzlich. Er richtete die Taschenlampe auf eine weiße Plastikwalze von der Größe einer Mülltonne. Sie lag auf der Seite. Der Deckel hatte sich gelöst, sodass der Inhalt herausgeflossen, in den Boden zu unseren Füßen eingesickert und dort zu einem dunklen Fleck angetrocknet war.

Ein stechender Geruch schwebte in der Luft und verschlug mir den Atem. Ich zog mir den Schal über die Nase. Als Dean die Walze mit dem Fuß anstieß, kamen verschiedene Etiketten mit langen, chemisch klingenden Wörtern darauf zum Vorschein. Ich wusste nicht, was sie bedeuteten. Allerdings war auch ein gelbes Dreieck mit einem schwarzen Totenkopf dabei, das ich sehr wohl kannte: *Vorsicht Gift!* Ein weiterer Aufkleber verriet uns, dass das Zeug außerdem ätzend und leicht entflammbar war.

»Dahinter war Nathan also her.« Hustend schlug Dean die Hand vor den Mund. »Passen Sie auf, wo Sie hintreten.« Er zeigte mit der Taschenlampe hinter sich auf den Boden, damit ich mich weitertasten konnte. Wahrscheinlich zerfraß die Brühe sogar Stiefel.

Der Gang vor uns wurde von unzähligen Stapeln dieser Behälter versperrt, auf denen ausnahmslos ein fröhliches gelbes Dreieck prangte. Dean schimpfte leise vor sich hin. Dann reichte er mir die Taschenlampe, holte sein Smartphone heraus und fing an zu fotografieren. *Chemische Abfälle. Medizinische Abfälle*, las ich, während ich mich vorsichtig vorbeischlängelte. *Explosiv, toxisch, flüchtig*.

»Wenn nur ein bisschen von diesem Mist ins Grundwasser gerät …«

Er brauchte den Satz nicht zu beenden, damit ich ihn verstand. *Acetylchlorid*, las ich. *Chromsäure*. Da in meinen Chemiekenntnissen gewaltige Lücken klafften, half mir das nicht viel weiter. *Natriumhypochlorid*. Davon hatte ich schon mal gehört. Nicht unbedingt etwas, das man einatmen oder mit der Haut in Kontakt bringen wollte.

»Wir müssen beweisen, woher das Zeug stammt.« Deans Kamera blitzte in der Dunkelheit. »Wir brauchen einen Firmennamen.«

Die Vorstellung, mich den Behältern zu nähern, behagte mir gar nicht. Die Deckel schienen zwar alle fest geschlossen zu sein, aber irgendwo gab es eindeutig ein Leck. Mir tränten die Augen. Meine Lippen brannten, und Hustenreiz stieg in mir auf. Und dann, in Buchstaben, so winzig, dass man fast eine Lupe brauchte, entdeckte ich einen aufgedruckten Namen. *Dravizax.org*. »Gefunden!«

Dean spähte mir über die Schulter. Ich richtete die Lampe auf den nächstbesten Behälter, bis das Licht wieder auf die Schrift fiel. Da ich nun wusste, wo ich suchen musste, entdeckte ich sie auf sämtlichen Tonnen. »Dravizax, jetzt fällt es mir wieder ein.« Dean beugte sich zu mir vor, um zu fotografieren. Ich spürte seine wachsende Aufregung. »Der Chef dieses Ladens ist auf einem Foto mit Sandy Westershall abgebildet«, erklärte ich ihm mit heiserer Stimme. »Es hängt an der Wand in seinem Arbeitszimmer …« Meine Lunge brannte, und ich bekam zunehmend Schwierigkeiten beim Atmen.

Dean nahm mir die Taschenlampe ab und packte mich an der Hand. »Nichts wie raus hier!«

Wir liefen los. Ich konnte nicht zählen, an wie vielen Behältern wir vorbeikamen. Einige waren an den Rändern braun verfärbt, offenbar fraß sich der Inhalt durch den Kunststoff. Irgendwo aus der Mitte eines Stapels erklang ein unheilverkündendes Tröpfeln. Vor uns bedeckten winzige dunkle Häufchen, die verschrumpelten Ledertaschen ähnelten, den Boden: tote Fledermäuse. Die armen Geschöpfe waren zu weit in den Tunnel geflogen und von den Dämpfen vergiftet worden.

Ein Stück weiter schien die Luft kühler und frischer zu werden. Zunächst dachte ich, dass wir uns dem Ausgang näherten, doch plötzlich blieb Dean stehen und richtete den Lichtstrahl nach oben über unsere Köpfe. Es war, als blicke man aus einem Brunnen oder durch ein steinernes Teleskop empor, das einen kreisförmigen Ausschnitt des Himmels freigab. Wir konnten funkelnde Sterne sehen.

»Lüftungsschacht«, keuchte ich. Vermutlich hatte man ihn beim Anlegen des Bergwerks gegraben, um Hitze und Dämpfe aus dem Gestein abzuleiten. Kreuz und quer durch die Öffnung verliefen Holzbalken. Es hingen einige sonderbare Beutel daran wie totes Laub, das sich an einen winterlichen Baum klammert: schlafende Fledermäuse. Aufgeschreckt vom Lampenlicht und unserem widerhallenden Geflüster, regten sie sich und flatterten davon.

»Anscheinend die Langschläfer.« Dean grinste. »Die anderen sind sicher schon auf der Jagd.«

Wir machten eine kleine Pause, atmeten die kühle, saubere Luft ein und betrachteten die stecknadelkopfgroßen, verheißungsvollen Lichter über uns. Dann marschierten wir weiter den Gang entlang, beflügelt von der Sauerstoffdosis und den Beweisen dafür, dass die Westershalls mit Dravizax unter einer Decke steckten. Jetzt mussten wir nur noch weg von hier.

Der Tunnel führte uns geradewegs in den Moorworthy-Schacht. Nach links und ein Stück abwärts verlief er in die tiefsten Regionen des Bergwerks, bis hinab in längst verlassene Gesteinsschichten. Nach rechts ging es bergauf in Richtung Ausgang. Unser Weg wurde uns durch von Menschenhand gehauene Stufen und Holzpaletten erleichtert, die einen hölzernen Steg bildeten. Dean leuchtete die Konstruktion ab. »Scheint neu zu sein. Ich wette, die haben die Bretter verlegt, um die Fässer voller Mist besser hier reinrollen zu können.«

Unsere Schritte polterten lautstark über die Planken. Vor uns wurde es ein kleines bisschen heller. Draußen war es zwar Nacht, doch das zum Eingang hereinströmende Mondlicht durchdrang die pechschwarze Finsternis. Als wir um eine Kurve bogen, kam endlich eine schartige Felsspalte in Sicht: die Öffnung des Moorworthy Pit.

Doch unsere Freude und Erleichterung waren nicht von Dauer. Dean fluchte wie ein Kesselflicker. Dann standen wir einfach nur fassungslos da. Unser Weg wurde von einem Gitter versperrt, einer eisernen Barriere aus Stangen, der Abstand so breit, dass Fledermäuse ein und aus fliegen konnten. Allerdings nicht breit genug für Lebewesen von unserer Statur. Dean rüttelte vergeblich am Gitter und ließ den Lichtstrahl über die drei Vorhängeschlösser gleiten. »Wie ich annehme, haben Sie keine Dietriche dabei.«

»Sie etwa nicht?«

»So seltsam es auch klingen mag, aber bei der Polizei sind solche Werkzeuge nicht gern gesehen.«

»Nun, Sie dürfen doch Türen aufbrechen. Das weiß ich aus dem Fernsehen.«

Er lachte bitter auf. Dann gingen wir eine Weile schweigend die Alternativen durch. Wir konnten auf dem Weg zurückkehren, den wir gekommen waren. Vorbei an den Fässern und dann zum Applecote Pit hinaus. Die zweite Möglichkeit war, den Lüftungsschacht hinaufzuklettern.

Wir sahen einander an. »Lüftungsschacht«, verkündeten wir im Chor.

Zum Erklimmen des Schachts brauchte man nur den kreuz und quer verlaufenden Balken zu folgen, die eine provisorische Leiter formten. Eigentlich hätte das nicht weiter schwierig sein dürfen, zumindest nicht für einen langbeinigen Menschen wie mich. Natürlich wäre eine kleinere Person verloren gewesen. Nur dass die Balken bedrohlich unter unserem Gewicht ächzten und außerdem mit aufgeweichter, glitschiger Fledermauskacke bedeckt waren, was es erschwerte, Halt für Hände und Füße zu finden, ohne abzurutschen. Nach einigen Minuten japsten wir von der Anstrengung und waren durchgeschwitzt. An unseren jeweiligen Träger geklammert, legten wir eine Rast ein. Dean hing einige Balken über mir.

»Sind wir bald oben?«, rief ich ihm zu. Für mich fühlte es sich nämlich an, als würden wir kein Stück vorankommen.

»Wir haben etwa die Hälfte geschafft«, antwortete er, streckte die Hand aus und suchte Halt am nächsten Balken. Nachdem seine Finger zugepackt hatten, zog er einen Fuß nach. Ein lautes Knacken ertönte. Es gelang mir gerade noch auszuweichen, als die zersplitterten Hälften eines Balkens knapp meine Schultern verfehlten, hinab in die Tiefe stürzten und mit einem Knall unten landeten. Dean hing wie ein Affe mit baumelnden Beinen über mir.

»Alles in Ordnung?«, brüllte er.

»Bestens.«

Ich hörte, wie er aufstöhnte und sich an den Armen hochhievte, bis sein Körper auf dem Balken über ihm lag. Dann schwang er ein Bein darüber und setzte sich auf.

Ich war zwar nicht verletzt, doch der abgestürzte Balken hatte eine Lücke in die Leiter gerissen, die zu breit für mich war. Ich betrachtete die Wände des Schachts und überlegte, ob es wohl möglich war, dort hinaufzuklettern. Doch auch sie schimmerten von irgendeiner glitschigen, öligen Substanz. Es war zu gefährlich.

Inzwischen hatte Dean beide Beine um den Balken geschlossen, auf dem er saß. Nun kippte er sich zur Seite, bis er darunterhing, und streckte die Arme nach mir aus. »Ich zieh dich hoch. Anders geht es nicht.«

»Spinnst du?« Er würde meinen ganzen Körper halten müssen wie ein Trapezkünstler. Und ich bin offen gestanden kein Leichtgewicht.

»Vertrau mir. Ich war früher beim Zirkus.«

Selten so gelacht. Allerdings blieb mir nicht viel anderes übrig. Begleitet von leisen, finsteren Drohungen, was ihm blühte, wenn er mich fallen ließ, reckte ich mich nach oben, damit seine gewaltige Pranke erst mein eines und dann mein anderes Handgelenk umfassen konnte. So zog er mich keuchend, stöhnend und mit zusammengebissenen Zähnen hoch, bis ich in Griffweite des Balkens über mir war. Vor Anstrengung traten ihm die Adern an der Stirn hervor. Als ich den Balken umklammerte und mich hinaufschwang, packte er mich am Gürtel, um mir zu helfen. Schließlich hatte ich es geschafft und konnte die Beine um den Balken schließen. Ich hoffte nur, dass er uns beide tragen würde.

Grinsend richtete er sich auf und wischte sich mit dem Ärmel den Schweiß vom Gesicht. Die Öffnung des Schachts befand sich nur wenige Meter über uns. Dean kletterte hinauf und streckte dann den Arm nach mir aus, um mich hinauszuzerren. Noch nie hatte sich fester Boden unter den Füßen so gut angefühlt. Auf dem Rücken lagen wir im feuchten Gras wie zwei Fische auf dem Trockenen, atmeten in tiefen Zügen die frische Luft ein und blickten hinauf in den funkelnden Sternenhimmel. Ich hatte den Überblick über die Zeit verloren und keine Ahnung, wie lange wir dort unten in dem Tunnel durch die Dunkelheit gestolpert waren. Mir erschien es wie eine Ewigkeit.

Nach Bergwerk und Lüftungsschacht war es ein Kinderspiel, den von Natodraht gekrönten Zaun zu überwinden. Wir kletterten einfach auf den nächstbesten Baum, rutschten auf dem Bauch einen Ast entlang und sprangen auf der anderen Seite wieder herunter. Nun mussten wir nur noch leise den Weg über das Grundstück zum Tor schleichen, und dann waren wir draußen. In Sicherheit. Frei. Allerdings wusste ich, dass ich mich zu früh freute. Ich konnte mir schon denken, was jetzt kommen würde, noch ehe Dean den Mund aufmachte.

»Sandy Westershall und der Chef von Dravizax«, sagte er und drehte sich grinsend zu mir um. »Dieses Foto muss ich haben.«

32

Im Schutz einiger Rhododendronbüsche beobachteten wir die Lichter im Haus und warteten darauf, dass sie endlich verloschen. Wir hofften, dass die Westershalls früh zu Bett gehen würden, obwohl ich das für ziemlich unwahrscheinlich hielt. All unsere Hoffnungen wurden jäh zerstört, als Emmas Cabrio mit dröhnendem Motor die Auffahrt hinaufbrauste und mit lautstark knirschenden Reifen auf dem Kiesplatz stoppte. Vier Personen stiegen aus. Ich erkannte Eddie, seines Zeichens Jungschnösel und Dealer, und natürlich Emma selbst. Die anderen beiden hatte ich noch nie gesehen. Aus voller Kehle durcheinanderschnatternd, wankten die vier aufs Haus zu. Die Tür fiel knallend hinter ihnen ins Schloss. Kurz darauf gingen im Erdgeschoss weitere Lichter an, und ohrenbetäubende Musik wummerte aus den Fenstern.

Dean stöhnte auf. »Offenbar werden die sich nicht so bald aufs Ohr legen.« Wir beschlossen, zur Rückseite des Hauses zu pirschen, wo vielleicht alles dunkel war. Der schnellste Weg führte durch den Garten, wobei wir uns von den Fenstern fernhalten mussten, nur für den Fall, dass jemand auf die Idee kam, hinauszuschauen. »Vorsicht, Ha-Ha«, warnte ich Dean mit einem heiseren Flüstern, als wir tief vornübergekrümmt über das nasse Gras hasteten. Der Rasen war lang und breit, und ich fühlte mich schrecklich schutzlos.

»Was?«

»Das ist ein getarnter Graben, irgendwo rechts von uns.«

Wir schafften es über den Rasen und ins schützende Gebüsch, wo wir uns zwischen den Sträuchern versteckten. Dort verharrten wir eine Weile reglos und aufmerksam und warteten ab. Doch wir hatten nur eine jagende Eule aufgeschreckt, die in einem nahe gelegenen Baum rief. Bald stimmte eine Artgenossin irgendwo im Wald ein. Wir schlichen zur Seite des Hauses.

Im hinteren Teil brannte Licht, und wir hörten ein Radio dudeln. Als wir über das Küchenfensterbrett spähten, machte Mrs. Johnson sich gerade an einer Arbeitsfläche aus Granit zu schaffen. Die geräumige Küche passte so gar nicht zum Rest des Hauses, denn sie war modern und funktional eingerichtet und erinnerte mit ihren weißen Wänden und der Edelstahlausstattung an einen Operationssaal. Mrs. Johnson war damit beschäftigt, die zahlreichen Platten voller Appetithäppchen, die auf der Küchenzeile standen, mit Frischhaltefolie abzudecken. Moss saß, eine Tasse neben sich, auf einem Hocker an der Kücheninsel und las Zeitung. Es sah nicht danach aus, dass sich die beiden so bald ins Land der Träume begeben würden. Von Jamie oder Sandy fehlte jede Spur, doch wir vermuteten, dass sie sich irgendwo im Haus aufhielten.

Auf Deans Zeichen verdrückten wir uns vom Fenster. »Am besten suchen wir uns ein Plätzchen, um dort zu warten, bis sie schlafen gehen.« Wir huschten einen Pfad entlang, bis wir an ein Holztor gelangten, das in einen Gemüsegarten führte. Mit knirschenden Schritten pirschten wir uns den Kiesweg entlang und an Reihen von dicht an dicht stehenden Kohlköpfen vorbei. Der Geruch von Salbei und Fenchel aus den Kräuterbeeten stieg mir in die Nase. Mein Gott, hatte ich vielleicht einen Hunger!

Ein Stück weiter befand sich ein Wasserrohr, an dem ein Gartenschlauch befestigt war. Wir stellten das Wasser an, wuschen uns im eiskalten Strahl Hände und Gesicht, spülten uns die Giftspuren von der Haut und befreiten unsere Hände von der Fledermauskacke.

Anschließend verkrochen wir uns in einer kleinen hölzernen Gartenlaube, wo einige Liegestühle lagerten. Wir breiteten die Polster auf dem Boden aus und machten es uns gemütlich. »Wir sollten ein Nickerchen halten, bis alle ins Bett gegangen sind«, schlug Dean vor.

Im fahlen Morgenlicht wurde ich vom Flöten und Trillern einer Amsel geweckt und wusste im ersten Moment nicht, wo ich war. Ich setzte mich auf, schaute mich um und rieb mir den steifen Nacken. Dean schlief tief und fest neben mir auf den Polstern. Ich rüttelte ihn an der Schulter und zischte ihm ins Ohr, er solle gefälligst aufwachen, woraufhin er einen Schnarcher ausstieß, sich unwillig regte und mich verständnislos anblinzelte. Eine Sekunde später war er hellwach. »Mist!«, murmelte er und richtete sich auf. »Wahrscheinlich habe ich seit Alices Geburt nicht mehr so lang geschlafen!«

Ich befürchtete, wir hätten unsere Chance verpennt, aber Dean sah das anders. Er rappelte sich hoch, reckte die steifen Glieder und sagte: »Los.«

»Die stehen bald auf«, warnte ich, als er aus der Laube in den Gemüsegarten spähte.

»Nicht, wenn sie spät genug ins Bett gegangen sind.«

An der Rückseite des Hauses war es still. Nichts rührte sich, und die Fenster schimmerten schwarz in der grauen Morgendämmerung. Ich hielt den Atem an, als Dean vorsichtig auf die Klinke an der Hintertür drückte. Kein Glück. Einige Meter weiter war eine Milchglasscheibe in die Mauer eingelassen. Die schmale Fensterluke darüber stand offen. Dean musterte sie und versuchte, den Durchmesser abzuschätzen. Als mir klar wurde, wer gleich seinen Hintern dort hindurchzwängen würde, konnte ich mir einen tiefen Seufzer nicht verkneifen.

»Ich mache dir eine Räuberleiter«, erbot er sich großmütig.

Als ich den Kopf zum Fenster hineinsteckte, blieb ich mit dem Haar am Riegel hängen. Ich starrte auf das Fensterbrett und die Toilettenschüssel, die sich dahinter befand. Dann beugte ich mich vor, um die Hände aufs Fensterbrett zu stützen, und quetschte meinen Po durch die enge Öffnung. An der Wand neben mir verlief ein Wasserrohr. Ich griff danach, um mich zur Seite drehen und ein Bein nachziehen zu können, bis ich auf dem Fensterbrett stand. Ansonsten wäre ich vermutlich kopfüber in die Kloschüssel gefallen. Ich trat auf den Spülkasten und dann vorsichtig auf die Klobrille. Kurz darauf hatte ich endlich wieder festen Boden unter den Füßen.

Ich öffnete die Tür und blickte verstohlen den Flur entlang. Offenbar schliefen die Bewohner tatsächlich noch, denn es war totenstill. Von meinem Posten aus hatte ich freie Sicht in die Küche und dadurch auch auf ein Element trauter Häuslichkeit, das wir am Vorabend nicht durchs Fenster hatten sehen können – einen Hundekorb. Und zwar einen sehr großen Hundekorb. Nach dem daraus aufsteigenden Schnarchen zu urteilen, die Schlafstatt eines Grizzlybären. Ich konnte nur einen dunklen Berg ausmachen, der sich bei jedem Atemzug bewegte. Als ich den Flur entlangschlich, klopfte mein Herz sicher laut genug, um das Untier zu wecken.

Zögernd verharrte ich in der Küchentür. Der Bewohner des Korbes hob seine schwarze Hundeschnauze ein kleines Stück, und nachdem er mich einen Moment träge begutachtet hatte, wedelte er gemächlich mit dem plüschigen Schwanz.

»Hallo«, säuselte ich in dem süßlichen Tonfall, der eigentlich Welpen und kleinen Kindern vorbehalten ist. »Braver Junge.« Vorsichtig kauerte ich mich hin, wobei ich ein Stoßgebet zum Himmel schickte, dass er mir nicht gleich den Kopf abbeißen würde. Aber der Hund, ein Neufundländer, ließ sich von mir streicheln und leckte mir zur Begrüßung die Hand.

Gleich hinter dem Hundekorb ragte ein gewaltiger Kühlschrank empor. Ich riss die Tür auf und betrachtete in gleißend weißes Licht getaucht die vielen Fächer voller Tabletts mit Appetithäppchen. Sicher würde niemand bemerken, wenn ein paar davon fehlten, also klappte ich einen Zipfel der Frischhaltefolie zurück, stopfte mir ein Blätterteigpastetchen mit Shrimps in den Mund und verfütterte ein zweites an den Hund. Plötzlich hellwach und höchst interessiert, richtete er sich auf und leckte sich die Lefzen. Ich schnappte mir noch zwei Pastetchen und teilte sie geschwisterlich mit ihm. »Und jetzt leg dich wieder schlafen«, nuschelte ich mit vollem Mund, durchquerte die Küche, schloss die Tür hinter mir, damit mein neuer Freund mir nicht folgen konnte, und entriegelte die Hintertür.

»Warum hat das so lange gedauert?«, zischte Dean ärgerlich.

Rasch schluckte ich den Rest der Pastete herunter. »Wichtige diplomatische Verhandlungen«, erklärte ich.

Er verzog zweifelnd das Gesicht. »Irgendwas riecht hier nach Fisch. In welche Richtung müssen wir?«

Offenbar gab es nur einen Weg nach oben, und zwar eine schmucklose Dienstbotentreppe mit Eisengeländer. Wir bemühten uns, keinen Lärm zu machen. Trotzdem polterten unsere Stiefel auf den Steinstufen. Kurz überlegten wir, ob wir sie ausziehen sollten, kamen aber zu dem Schluss, dass sich das als hinderlich bei der Flucht erweisen könnte, und gingen auf Zehenspitzen weiter.

Oben an der Dienstbotentreppe befand sich das Ende eines breiten Flurs, der entlang der Vorhalle zur Haupttreppe führte. Zum Glück lag hier Teppich: Ein langer Perserläufer dämpfte unsere Schritte. Ich konnte durch die offene doppelflüglige Tür des Ballsaals links von uns sehen und erkannte einen Konzertflügel, der am Ende des Raums stand. Davor waren Reihen von vergoldeten Stühlen aufgebaut. Alles war für ein Konzert bereit.

Wir pirschten uns weiter bis zum Salon. Auch diese Tür war offen, und ich konnte kaum ein erschrockenes Aufstöhnen unterdrücken, als ich hineinschaute. Die vier Partyleichen von gestern lagen bewusstlos auf den Sofas. Eddies Engelsgesicht wurde in die geblümten Polster gedrückt, die sein Schnarchen dämpften. Emmas Beine, die in einer schwarzen Satinhose steckten, hingen über die Armlehne eines anderen Sofas. An einer ihrer Zehen baumelte eine hochhackige silberne Sandale. Das andere Pärchen war eng umschlungen auf dem Teppich zusammengesackt. Überall im Raum waren Flaschen verstreut, und es stank kräftig nach Alkoholfahne.

Wir hasteten weiter durch die Vorhalle zur Tür des Arbeitszimmers. Dort angelangt, drehten wir an deren Knauf. Das leise Klicken ließ uns zusammenzucken. Wir öffneten die Tür einen Spaltbreit und schlüpften hinein. Die schweren Brokatvorhänge waren aufgezogen, und durch die hohen Fenster mit Blick auf den Rasen war zu erkennen, dass sich der Himmel rasch erhellte. Ein zarter Schimmer brachte die Wolken am Horizont zum Leuchten. Hoffentlich war niemand im Haus Frühaufsteher.

Dean steuerte raschen Schrittes auf die Fotogalerie an der Wand zu. Auf einem der Bilder schüttelte Sandy Westershall dem Chef von Dravizax die Hand, auf einem zweiten hielten die beiden die überdimensionale Kopie eines Schecks hoch. Allerdings ließ sich nicht sagen, wer der Geber und wer der Empfänger war. Dean konnte sich ein leises Auflachen nicht verkneifen, als er die Linse seiner Kamera auf ein Bild nach dem anderen richtete und sie der Reihe nach abfotografierte. Ich wurde nervös, die Knipserei dauerte viel zu lang. Es wäre schneller gegangen, die Fotos einfach mitzunehmen. Um mich abzulenken, versuchte ich, die Schubladen des Schreibtischs aus Mahagoni zu öffnen, der mitten im Raum stand. Ich zog an den Messinggriffen, aber alle Schubladen waren abgeschlossen.

»Können wir jetzt endlich verschwinden?«, fragte ich ungeduldig, als Dean sein Smartphone wegsteckte.

Dean antwortete nicht, sondern starrte auf den Schreibtisch, genauer gesagt auf den darauf befindlichen Laptop. Er klappte ihn auf und drückte auf einen Knopf. Als der Bildschirm zum Leben erwachte und die Höllenmaschine ein Liedchen dudelte, stöhnte ich auf.

»Vermutlich liegt hier nirgendwo ein USB-Stick rum.« Er testete ebenfalls die Schubladen und griff dann nach einem Brieföffner. Als er sich bückte, um ihn ins Schloss zu stecken, hörte ich wieder ein Klicken. Allerdings kam es nicht von der Schublade.

Sandy Westershall stand auf der Schwelle. Er trug einen Pyjama und einen seidenen Morgenmantel. Hinter ihm bemerkte ich eine bleiche und finster dreinblickende Mrs. Johnson in einem offenbar hastig zugeknöpften Hauskleid. Moss, eine Flinte im Anschlag, machte das Dreigestirn komplett.

»Johnny, seien Sie bitte so gut und holen Sie Master Jamie«, befahl Sandy ruhig, ohne sich zu ihr umzudrehen. Er ließ uns nicht aus den Augen. Im fahlen Morgenlicht wirkte seine Haut gelblich und fleckig. Unwillkürlich musste ich an eine Eidechse denken, die ihre Beute belauert. Er trat ein. Moss und seine Flinte folgten ihm. Dean und ich hielten automatisch die Hände hoch.

»Weg vom Schreibtisch«, befahl Sandy, worauf wir in Richtung Kamin zurückwichen. Er nahm einen winzigen Schlüssel aus der Tasche seines Morgenmantels, öffnete die oberste Schreibtischschublade und förderte eine Pistole zutage.

»Sie können die Flinte jetzt wegtun, Moss. Mir wäre es lieber, wenn Sie sie nicht hier drin abfeuern würden.« Er zückte die Pistole. »Der da erfüllt seinen Zweck um einiges besser. Der gute alte Navy Colt.« Er lächelte tückisch. »Wirklich erstaunlich, was der liebe Barty so alles auftreiben kann, wenn man ihn nett darum bittet.« Er entsicherte die Waffe und zielte damit beinahe lässig auf meinen Kopf. »Ich bin sehr enttäuscht von Ihnen, meine Liebe.« Er seufzte auf. »Und wer ist Ihr Freund, wenn ich bitten darf?«

Wir schwiegen. Sandy hielt mir die Pistole an die Schläfe und befahl Moss, unsere Taschen zu durchsuchen. Ich spürte, wie sich der kreisförmige Rand der Mündung in meine Haut bohrte, und hatte Mühe, ruhig zu bleiben. Auf keinen Fall durfte ich zittern und dadurch meine Angst verraten. »Legen Sie alles auf den Schreibtisch. Und vergessen Sie die Telefone nicht.« Offenbar hatte Dean sich bewegt. »Sie da! Hände oben lassen!«, blaffte Sandy ihn an. Mit der freien Hand nahm er Deans Brieftasche und klappte sie auf. »Detective Constable Dean Collins«, las er gerade vor, als Jamie hereinkam. »Ach herrje, das verkompliziert die Lage natürlich.«

Jamie griff nach der Brieftasche, um sich selbst zu vergewissern. Als er erst Dean und dann mich ansah, war der Blick aus seinen blauen Augen eiskalt. »Juno. Ich wusste, dass ich früher oder später Ihretwegen etwas unternehmen muss.«

»So, wie Sie es bei Nathan Parr gemacht haben?«, sagte Dean.

Jamie zog die Augenbrauen hoch. »Und was, darf ich fragen, wissen Sie über Nathan Parr?«

»Ich weiß, dass Sie ihn umgebracht haben, Sie Schwein.«

Jamie nahm Deans Smartphone vom Schreibtisch und durchsuchte es. »Ich habe Nathan vertraut und ihn für einen Freund gehalten«, erwiderte er, den Blick auf das Display gerichtet. »Ich hatte von ihm Unterstützung erwartet, aber er hat sich als verlogener Schnüffler entpuppt.« Inzwischen hatte er die Fotos entdeckt, die Dean von den Bildern an der Wand und den Giftmüllfässern im Tunnel gemacht hatte, und hielt das Smartphone hoch, um sie Sandy zu zeigen. »Ich glaube, das da löschen wir lieber.« Ein Klick mit dem Daumen, und unsere so mühsam gesammelten Beweise gab es nicht mehr. »Parr hat gekriegt, was er verdient hat.«

»Und Ted Croaker?«

»Der ist zu gierig geworden und dachte, er könnte uns erpressen.«

»Also haben Sie ihn in das Loch geworfen«, schleuderte ich ihm entgegen.

»Wo ein Stück Abfall wie er auch hingehört«, antwortete er ungerührt.

»Sie können doch nicht glauben, dass Sie damit ungestraft davonkommen«, warnte Dean.

Jamie lächelte nur. »Moss, fahren Sie zur Farm und holen Sie Pike her.«

»Moss!«, rief ich ihm nach, als er sich zum Gehen anschickte. »Sie wissen, dass Sie einen Fehler machen. Sie selbst haben gesagt, dass schon zu viele gestorben seien ...«

»Keine Ahnung, wovon Sie reden«, knurrte er mit einem ängstlichen Blick auf seinen Arbeitgeber und hastete hinaus.

»Wie können Sie so etwas tun?«, wandte ich mich an Jamie. »Drei Tote. Was gibt Ihnen das Recht ...«

»Was bilden Sie sich eigentlich ein, mir Vorträge über meine Rechte zu halten«, zischte er plötzlich hasserfüllt. »Was wissen Leute wie Sie schon darüber, was es heißt, ein Landgut zu führen? Von Erbe und Traditionen? Davon, wie man Farmen vor dem Bankrott bewahrt und verhindert, dass so ein Haus wie dieses in sich zusammenstürzt? Von der Verantwortung, die man für seine Pächter hat, für die Landschaft, die Umwelt ...«

»Dieselbe Umwelt, die Sie kaputt machen und verpesten?«

Das brachte ihn zum Verstummen, offenbar hatte ich damit einen wunden Punkt getroffen. Er biss sich auf die Lippe, lehnte sich an die Schreibtischkante und musterte uns nachdenklich. »Also, Detective Constable Collins«, meinte er nach einer Weile, »allmählich wird es Zeit, dass wir uns darüber unterhalten, wie viel Ihre Vorgesetzten von Ihrer kleinen Aktion hier wissen.«

»Sie erwarten nicht etwa, dass ich das mit Ihnen erörterte«, höhnte Dean.

»Doch, genau das tue ich.« Jamie lächelte. »Die Frage lautet nur, wie viel Leiden Sie der reizenden Juno zumuten wollen, bis Sie zur Vernunft kommen.«

Dean warf mir einen gequälten Blick zu.

»Sag ihm, dass er dich mal kreuzweise kann!«, lautete meine Empfehlung.

»Jetzt ist es noch leicht, die Tapfere zu spielen«, stellte Sandy traurig fest. »Bald werden Sie das anders sehen, meine Liebe …«

»Mr. Jamie, der Partyservice kommt jeden Moment«, erinnerte ihn Mrs. Johnson in aller Seelenruhe an diesen lästigen Umstand. Anscheinend ließen sie die Drohungen, die er und sein Onkel gegen uns ausgestoßen hatten, völlig kalt.

Jamie verzog unwillig das Gesicht. »So früh?«

»Ich habe sie gebeten, rechtzeitig zu erscheinen, weil es vor dem Konzert heute Nachmittag noch viel zu tun gibt, Sir.«

Endlich fiel bei mir der Groschen. Der Flügel im Ballsaal, die Stuhlreihen, die Tabletts mit Appetithäppchen. Heute fand das Konzert von Ricky und Morris statt. Wie auf ein Stichwort rumpelte ein blauer Transporter die Auffahrt hinauf und am Fenster vorbei zur Rückseite des Hauses. »Special Events Catering« lautete die Beschriftung des Fahrzeugs – das Personal trudelte ein.

Jamie fluchte. »Wir können die vielen Leute gerade nicht gebrauchen, Johnny. Sorgen Sie dafür, dass sie in der Küche bleiben und uns nicht stören. Machen Sie ihnen von mir aus Frühstück oder so.«

Sie ging hinaus, aber er rief sie noch einmal zurück. »Miss Jessica liegt noch im Bett. Ich möchte nicht, dass sie nach unten kommt und all das hier sieht. Sein Sie so gut und bringen Sie ihr das Frühstück nach oben.«

»Natürlich, Sir.« Mit einem Nicken verließ sie den Raum.

»Was ist denn hier los?«, fragte da eine müde Stimme von der Vorhalle aus. Im nächsten Moment stand Emma in der Tür. Sie schwankte ein wenig auf ihren hohen Absätzen, war leichenblass und litt eindeutig unter den Nachwirkungen der Party von letzter Nacht. »Du weckst noch die anderen auf.«

»Mist!«, schimpfte Jamie leise. »Sind die etwa noch hier, Emma?«

»Sie haben hier übernachtet.« Als sie sich, die Augen wegen des hellen Lichts leicht zusammengekniffen, umschaute, waren ihre Pupillen kaum größer als Stecknadelköpfe. Sie wies auf mich. »Was hat die denn bei uns verloren?« Benommen musterte sie Dean und wankte auf ihn zu. »Und wer ist der da?«

»Alles in Ordnung, mein Kind.« Sandy drehte sich zu ihr um. Als ich spürte, dass der Druck seines Pistolenlaufs nachließ, atmete ich auf. »Bald sind sie wieder weg.« Er klang, als müsse er eine verwöhnte Göre beschwichtigen. »Warum gehst du nicht deine Freunde wecken und sagst ihnen, dass sie jetzt nach Hause müssen?«

»Vielleicht wollen sie ja noch frühstücken«, protestierte sie.

»Emma!«, herrschte Jamie sie an. »Tu einfach, was man dir sagt, verdammt! Schmeiß sie raus.«

In diesem Moment kehrte Moss in Begleitung von Grünkäppchen zurück, der mich hämisch angrinste. Allem Anschein nach freute er sich schon darauf, unsere Bekanntschaft zu vertiefen.

»Vielleicht sollte das besser bis später warten, mein Junge«, wandte Sandy gelassen ein. »Bis nach dem Konzert. Sperr sie einfach in den Weinkeller.«

Jamie schüttelte den Kopf. »Da unten sind zu viele Leute.«

»Dann in den Speicher.«

»Was ist mit Gavin Hall passiert?«

Alle verstummten schlagartig und schienen überrascht, dass ich es überhaupt wagte, das Wort zu ergreifen. Sie drehten sich zu mir um. »Was ist ihm zugestoßen?«, beharrte ich.

»Er war selbst schuld«, erwiderte Emma trotzig.

Ich starrte sie entgeistert an. »*Sie* haben ihn getötet?«

Schmollend zog sie eine Schulter hoch. »Eddie und ich waren im Wald, um ... Sie wissen schon ... etwas Geschäftliches zu regeln ... eine kleine Transaktion.«

»Drogen gegen Geld«, ergänzte ich.

»Tja, wir hatten keine Ahnung, dass der Junge sich dort herumtreibt. Wahrscheinlich hat er sich versteckt, als er uns sah. Er hätte eben nicht rumschnüffeln dürfen.« Sie lächelte. »Sicher war es ihm peinlich, mit diesem dämlichen Schwert erwischt zu werden ... jedenfalls hat er uns beobachtet. Na und? Er hätte ja nicht gleich loszurennen brauchen. Wir haben ihm nachgerufen. Ich hätte dem kleinen Schwachkopf Geld gegeben, damit er den Mund hält, aber ... er ist über diesen Baumstamm gesprungen und ...« Gleichgültig zuckte sie die Achseln. »Und das war's dann.«

Dieses völlige Desinteresse am Tod eines anderen Menschen verschlug mir den Atem. »Haben Sie nicht versucht, ihm zu helfen?«

»Dem war nicht mehr zu helfen, so viel stand fest. Außerdem wollten wir ihm, offen gestanden, nicht zu nah kommen.« Sie kicherte. »Beim Weglaufen hat er seine Brille verloren. Ich habe gesehen, wie sie wegflog. Dann ist er rumgetorkelt ... einfach zum Kaputtlachen.«

In meinem Kopf und meinem Herzen explodierte etwas. Im nächsten Moment lag ich über ihr auf dem Teppich und prügelte mit den Fäusten auf ihr Gesicht ein. Wieder und wieder schlug ich sie. Sie versuchte zwar, mich abzuwehren, doch sie war viel zu verkatert, und so reichte es nur für ein paar hilflose Klapse. Wie von Sinnen bearbeitete ich sie weiter.

Jemand wollte mich hochziehen und von ihr wegzerren, und vielleicht nutzte Dean ja die Ablenkung, um etwas zu unternehmen. Keine Ahnung, was genau passierte, aber plötzlich ertönte ein Schuss. Als ich mich umdrehte, sah ich, wie er schwer und langsam in sich zusammensackte, bis er auf dem Teppich landete und dort reglos liegen blieb. Ich sträubte mich gegen die Hände, die mich festhielten, um zu ihm zu kriechen. Dann bemerkte ich, dass jemand schrie. Wahrscheinlich war ich es selbst.

33

Undeutlich und nur halb bei Bewusstsein nahm ich wahr, dass ich nach oben geschleift wurde; über viele, viele Stufen.

Mein ganzer Körper fühlte sich zerbeult und zerschlagen an, so als hätte jemand immer wieder auf mich eingedroschen. Mein Schädel pochte in einem dumpfen, schmerzhaften Rhythmus, von dem mir übel wurde. Außerdem schmeckte ich Blut. Ich tastete mit der Zunge. Meine Zähne waren alle noch da, aber meine Unterlippe war aufgeplatzt. Inzwischen lag ich auf einem Fußboden, der hart gegen meinen Körper drückte. Meine Finger erfühlten ungehobelte Holzbohlen. Ich öffnete die Augen und schloss sie sofort wieder – das helle graue Tageslicht war mir unerträglich. Von irgendwoher wehte ein eigenartiger Geruch heran – erdig, wie nach Pilzen. Vorsichtig stützte ich mich auf die Ellbogen und spähte blinzelnd in den Raum hinein.

Links und rechts von mir erhob sich eine steile Dachschräge, in die ein kleines, rundes Fenster eingelassen war, durch das das unbarmherzige Licht hereinfiel. Ich befand mich in einem Speicherraum, direkt unter dem Dach. Vielleicht hatte früher einmal ein Dienstbote hier geschlafen. Die Mansarde war leer bis auf ein eisernes Bettgestell, eine alte Kommode und Dean neben mir auf dem Boden. Ich rutschte über die kahlen Bretter zu ihm. Er lag völlig reglos da. Seine Augen waren geschlossen, zwischen seinen Brauen zeichnete sich eine tiefe Falte ab, und er umkrampfte mit beiden Händen seine rechte Seite unterhalb der Rippen. Blut war zwischen seinen Fingern hindurchgesickert, zu einer klebrigen Masse geronnen und auf dem Holzboden angetrocknet. Stechender Blutgeruch stieg mir in die Nase. Dean war blass. Seine Haut fühlte sich klamm an, und zwischen seinen stoppeligen Haaren glänzte der Schweiß. Aber er lebte, immerhin. Seine breite Brust hob und senkte sich mühsam bei jedem flachen, rasselnden Atemzug. Ich flüsterte seinen Namen.

Er öffnete seine geschwollenen Lider und schluckte. »Tut mir leid, Juno«, keuchte er.

»Lass mich mal schauen.« Sanft entfernte ich seine Hände von der Wunde und zog sein Sweatshirt hoch. Auf dem weißen T-Shirt darunter war eine böse rote Blume mit dunkler Mitte aufgeblüht. Die Wunde blutete, allerdings nur langsam. Ich riss mir Jacke und Hemd vom Leibe, rollte das Hemd zu einer Kompresse zusammen und drückte sie auf die Wunde. Dann legte ich seine Hände darauf und nahm meinen Schal ab, um alles festzubinden, damit es nicht verrutschte, was gar nicht so einfach war. Ich musste den Schal unter seinen Körper bugsieren, um ihn zu verknoten, eine Aktion, die dafür sorgte, dass er heftig nach Luft schnappte und fluchte. Die Wunde blutete wieder stärker, womit feststand, dass er sich nicht bewegen durfte und dementsprechend auch nicht gehfähig war.

Ich rollte meine Jacke zusammen und schob sie ihm unter den Kopf. »Alles wird gut«, log ich.

Ich hatte keine Ahnung, wie es in seinem Körper aussah. Welche Organe mochte die Kugel durchbohrt, welche Knochen zerschmettert und welche lebenswichtigen Blutgefäße durchtrennt haben? Aber wenigstens hielt sich die Blutung in Grenzen. Vielleicht hatten wir ja noch Zeit. »Ich hole uns hier raus«, versprach ich und berührte seine Hand.

Er lächelte zittrig. »Grüne … Mütze …«, flüsterte er. »… draußen …«

Ich deutete fragend auf die Tür.

Er nickte und zuckte zusammen. »Bewaffnet …«

»Nicht reden«, wies ich ihn an. »Ruh dich aus.«

»Juno …«, stieß er mit offensichtlicher Mühe hervor. »Wenn du es schaffst … sag meiner Frau …«

»Wehe!«, schimpfte ich. »Komm mir jetzt bloß nicht mit dem Spruch ›Sag meiner Frau, dass ich sie liebe‹! Wir kommen hier beide raus.« Ich tätschelte ihm nachdrücklich die Hand. »Wir alle beide. Kapiert?«

Er sah mich traurig an. »Wenn du meinst …«

»Sehr gut. Und jetzt sei still und lass mich nachdenken. Mach die Augen zu. Und immer weiter auf die Wunde drücken.« Ich deutete auf seinen provisorischen Verband und beobachtete, wie er seufzend die Augen schloss.

Ich stand auf, schlich zur Tür und lauschte. Ich hörte ein leises metallisches Klicken, nicht lauter als das Ticken einer Uhr. Und dann das nervtötende Hintergrundgezirpe, das sich einem ins Ohr bohrt, wenn jemand dicht neben einem Musik über einen Kopfhörer hört. Offenbar war Grünkäppchen zwar auf seinem Posten, allerdings akustisch nicht ganz auf Zack. Sehr gut. Er durfte auf keinen Fall bemerken, was ich da trieb.

Ich wandte mich dem runden Fenster zu. Bei meinem ersten Besuch im Moorworthy House war mir eine ganze Reihe dieser Fenster im Dachgeschoss aufgefallen. Sie waren hinter einer Balustrade zwischen den Dachpfannen eingelassen und ließen sich nicht öffnen. Zumindest war dieses hier eindeutig nicht mit einer Vorrichtung dafür ausgestattet. Außerdem befand es sich in luftiger Höhe. Beim Hinausschauen konnte ich nur die stumpfgraue Wolkendecke des Himmels sehen.

Ich begann, den Raum nach nützlichen Gegenständen zu durchsuchen. Das Bett war nichts weiter als ein Eisengestell ohne Matratze. Sogar die Sprungfedern fehlten. Die Kommode war alt, vermutlich viktorianisch. Sie verfügte über zwei kleine Schubladen oben und vier größere darunter, alle mit runden Holzknäufen als Griffe. Ich zog die Schubladen einzeln heraus. Jemand hatte sie mit einer hellgrünen, mit cremefarbenen Blumen gemusterten Tapete ausgekleidet. Doch sie waren leer. Nichts, was ich als Waffe oder als Werkzeug zur Flucht benutzen konnte. Kein stumpfer Gegenstand weit und breit, um ihn Grünkäppchen über den Schädel zu ziehen. Verzweifelt betrachtete ich die nackten, verputzten Wände.

In der Ecke, wo die Dachschräge beinahe mit dem Boden zusammentraf, entdeckte ich eine knapp einen Meter hohe Tür, deren oberer Rand parallel zur Wand darüber verlief. Ich kauerte mich hin, um sie näher in Augenschein zu nehmen, möglicherweise handelte es sich ja um einen Wandschrank. Andererseits waren wir hier auf einem Speicher, von daher tippte ich eher auf den Zugang zu einem Stauraum. Vermutlich war er recht klein, sicher gerade groß genug, um ein paar Kisten oder Koffer unterzustellen. Es gab kein Türschloss, nur einen schlichten Messingknauf. Er ließ sich zwar drehen, doch der Mensch, der hier zuletzt gestrichen hatte, hatte Tür und Rahmen überlackiert und beides auf diese Art unlösbar miteinander verklebt. Nun brauchte ich ein scharfkantiges Objekt, das spitz genug war, um die Lackschicht zu durchdringen. Gleichzeitig musste es so schmal sein, dass es zwischen Tür und Rahmen passte. Mir fiel mein Taschenmesser ein, doch das lag unerreichbar fern auf Sandy Westershalls Schreibtisch.

Ich blickte hinüber zu Dean, dessen Brust sich mühsam hob und senkte. Noch atmete er. Ich konnte nicht sagen, ob er bei Bewusstsein war, falls nein, wäre es grausam gewesen, ihn aus seiner Ohnmacht zu wecken, denn dann hätte er nur Schmerzen gelitten. Und wenn er etwas Nützliches in den Taschen gehabt hatte, hatte man es ihm unten sicher abgenommen.

Deshalb beschloss ich, ihn besser nicht zu stören, und lehnte mich an die Wand, um nachzudenken.

Plötzlich fiel mir auf, dass die Kommode auf knapp drei Zentimeter hohen Beinen aus Holz stand, was hieß, dass sich darunter eine kleine Lücke auftat. Ich legte mich auf den Bauch und spähte hinein. Auf den Dielenbrettern lag etwas im Staub. Es war winzig, und ich konnte es so gerade eben mit den Fingern berühren. Also griff ich mit der Hand unter die Kommode, und es gelang mir, das Objekt hinauszufegen. Ich griff danach und pustete die Staubflusen weg. Es war ein Schlüssel. Kein Schlüssel zur Kommode, sondern ein kleiner, flacher, etwa zwei Zentimeter lang und anscheinend zu einem Kofferschloss gehörend. Ich testete das Ende mit dem Daumen. Es war zwar nicht scharf, aber hart und bestand außerdem aus Metall.

Den Schlüssel zwischen Daumen und Zeigefinger geklemmt, versuchte ich, den Schlüsselbart zwischen Tür und Rahmen zu zwängen. Er durchdrang die Lackschicht zwar nicht, doch es erschien mir möglich, sie abzukratzen. Also machte ich mich ans Werk. Millimeter um Millimeter trug ich den Lack ab. Winzige Flöckchen rieselten zu Boden und gaben das braune Holz darunter frei. Nach einigen Minuten tat mir vom Festhalten des Schlüssels und von den sich ständig wiederholenden sparsamen Bewegungen die Hand weh. Doch plötzlich ließ sich die Schlüsselspitze in die Ritze schieben. Nachdem ich das erste Stück geschafft hatte, kam ich leichter voran. Ich kratzte weiter und arbeitete mich erst an der oberen Türkante entlang und dann seitlich nach unten vor. Auf halbem Wege angelangt, rüttelte ich noch einmal an dem Messingknauf, in der Hoffnung, dass ich vielleicht schon genug von der Tür freigelegt hatte. Aber es gelang mir erst auf dem letzten Zentimeter, sie aufzureißen.

Der Geruch, der mir entgegenschlug, ließ mich rückwärtstaumeln. Er war erdig und erinnerte an Giftmorcheln und nassen Waldboden. Hustend hielt ich mir Mund und Nase zu und spähte in den kleinen Raum unter dem Dach. Mein Blick fiel auf Balken und die Unterseite der originalen Dachpfannen. Ein greller Lichtstrahl, etwa vom Durchmesser eines Pennys, drang durch ein Loch, wo ein Dachziegel verrutscht war. Nach einem letzten Blick auf Dean kroch ich durch die Tür in den Raum.

Der Platz reichte nicht, um aufrecht zu stehen. Auf den Knien liegend, bohrte ich den Finger in das Loch neben dem verrutschen Ziegel, bis ich ihn noch ein Stück beiseitegeschoben hatte. Aus dem Lichtkreis wurde ein Dreieck, groß genug, um die Hand hindurchzustecken. Ich tastete mich zum Rand des Ziegels vor. Meine Finger trafen auf den einsamen Eisennagel, der ihn am Dachstuhl festhielt, und ich wackelte daran. Er gab zwar ein wenig nach, allerdings nicht genug, als dass ich ihn hätte herausziehen können.

Ich kniete in einer Masse, die aussah wie orangebrauner Staub: die Sporen von Hausschwamm, die ich – dem Vortrag des öden Roy sei Dank – sofort erkannte. Die Balken über meinem Kopf waren verschrumpelt und trocken. In den tiefen Rissen im Holz wuchsen winzige weiße Fädchen, so zart wie Spinngewebe. Hier und da wucherten wattebauschartige Kissen – der Pilz, der sich langsam ins Holz fraß, bis es zerkrümelte.

Ich stemmte beide Hände gegen einen Balken und drückte fest. Er knarzte und ächzte. Also setzte ich mich auf den Boden, lehnte den Rücken gegen die Wand und stützte die Hände auf den Boden. Dann beugte ich die Knie und trat zu. Die Balken knirschten. Stückchen platzten ab. Es war kein lautes Krachen und Splittern, sondern eher ein leises Zerbröckeln.

Ich trat noch einmal kräftig mit dem Stiefel aus und hörte, dass draußen eine Dachpfanne zu Boden stürzte. Ich hielt inne und spitzte die Ohren, nur für den Fall, dass Grünkäppchen den Lärm, den ich verursachte, trotz seiner Musikberieselung mitbekommen hatte. Doch als ich zu der kleinen Tür in den Speicher schaute, war alles still. Keine zornig polternden Schritte, kein plötzliches Klirren eines Schlüssels im Schloss. Dean lag so reglos da wie das Relief auf einem Sarkophag. Obwohl ich es nur ungern tat, schloss ich die Tür zwischen ihm und mir.

Dann begann ich, mit Leibeskräften zu treten. Bei jedem Stoß mit dem Fuß spürte ich, wie die Wut in mir anschwoll. »Für Gavin«, murmelte ich. »Für Ben, für Nathan.« Es fühlte sich an, als würden mir gleich die Oberschenkelknochen brechen, aber der Dachstuhl schien unter meiner Attacke nachzugeben. Also machte ich weiter. »Für Nathan, für Dean ...« Nein, nicht für Dean, denn Detective Constable Dean Collins würde nicht sterben. Nicht, solange ich es verhindern konnte. Baby Alice, das kleine Mädchen mit dem runzeligen roten Gesicht und den winzigen rosigen Fäustchen, würde ihren Daddy zurückbekommen.

Smartphone und Taschenmesser hatten sie mir weggenommen. Aber sie waren so leichtsinnig gewesen, mir meine Stiefel zu lassen. Gerade noch konnte ich mich zur Seite rollen, als ein Balken in sich zusammenbrach. Links und rechts von mir regneten Holzsplitter herab, und eine dicke pudrige Staubwolke stieg auf. Eine Dachpfanne fiel nach innen und streifte meine Schulter. Hustend und würgend hievte ich mich auf die Knie. Vor meinem Gesicht baumelte eine weitere Dachpfanne an einem Nagel. Ich riss sie ab. Das Loch im Dach war nun so groß, dass ich Kopf und Schultern hindurchstecken konnte. Ich stand auf. Immer noch hustend und mit tränenden Augen atmete ich tief die frische Luft ein. Der öde Roy hatte verdient, dass man ihn heiligsprach.

Ich sah einen grauen Himmel und kahle Baumwipfel. Krähen flatterten umher wie verkohlte Papierfetzen und stießen ihre Schreie aus. Das Dach vor mir erstreckte sich knapp anderthalb Meter weit bis zu einer mit Dachziegelscherben gefüllten schmalen Regenrinne. Davor befand sich eine steinerne, in regelmäßigen Abständen von Kugeln gezierte Balustrade von schätzungsweise einem halben Meter Höhe. Ich stützte die Hände links und rechts von mir auf die Dachziegel, stemmte mich hoch und zwängte meine Hüften durch die Lücke, bis ich oben auf dem Dach saß. Einen Moment verharrte ich dort, um wieder zu Atem zu kommen. Dann streckte ich die Beine über das Dach, legte mich auf den Rücken und rutschte ganz langsam nach unten, sodass meine Füße die Regenrinne berührten. Ich beugte die Knie, ließ mich vorsichtig sinken und drehte mich zur Seite, damit ich auf allen vieren in der Regenrinne kauern konnte.

Ich spähte über die Balustrade. Der Weg nach unten war ziemlich weit. Die in der Auffahrt geparkten Autos sahen aus wie Spielzeug, das Publikum für das Konzert am Nachmittag war offenbar bereits eingetroffen. Ich kroch die Regenrinne entlang bis zur Ecke des Dachs und schaute noch einmal in die Tiefe. Ich befand mich auf der Rückseite des Hauses, direkt über der gepflasterten Terrasse.

Die hohen Fenster des Ballsaals unter mir standen offen. Es war ein ruhiger und ungewöhnlich milder Tag. Vielleicht brauchten die Zuschauer ja frische Luft. Durch die offenen Fenster wehten Gelächter und Applaus zu mir hinauf. Ricky und Morris übertrafen sich anscheinend wieder selbst. Jetzt musste ich nur noch zu ihnen. Irgendwie.

Die alte Glyzinie kletterte schon seit Generationen die Mauer empor. Die obersten Ranken reichten bis zu einem Fenster im dritten Stock, etwa drei Meter unter mir. Allerdings würden die zarten Stängel mein Gewicht nicht tragen. Ich musste es also schaffen, die dickeren Äste weiter unten zu erreichen. Doch wenn ich mich über die Brüstung hinabließ, würde ich auch mit voll ausgestreckten Armen nicht so weit kommen. Etwa ein halber Meter fehlte. Also musste ein Seil her, nur dass ich gerade keines zur Hand hatte.

Ich setzte mich in die Regenrinne, öffnete meine Stiefel, zog sie aus und entledigte mich meiner Socken. Sie waren mit einer dicken Staubschicht bedeckt. Dasselbe galt für meine Jeans, die ich ebenfalls abstreifte, was ziemlich schwierig war, denn ich musste mich in die Regenrinne legen, um sie über die Hüften zu ziehen. Dann richtete ich mich wieder auf und riskierte einen Blick über die Brüstung. Eigentlich hatte ich nur wenig Lust auf das Abenteuer, das mir nun bevorstand, aber die kleine Alice Collins war auf mich angewiesen. Ich überlegte, ob ich die Stiefel wieder anziehen sollte. Doch für meinen nächsten Schritt musste ich mich mit den Zehen weitertasten können. Ich brauchte bewegliche nackte Füße.

Nachdem ich noch einmal tief durchgeatmet hatte, krabbelte ich auf die Brüstung. Meine Arme begannen zu zittern, und mir wurde übel, aber mir lief die Zeit davon. Dean lief die Zeit davon. Wenn ich zu lange grübelte, würde mich der Mut verlassen. Eine der steinernen Zierkugeln befand sich etwa dreißig Zentimeter entfernt von mir. Als ich sie probeweise mit dem Fuß anstupste, rührte sie sich nicht. Ich warf meine Jeans darüber und knotete sie so zusammen, als legte ich einem Schneemann einen Schal um. Dann wickelte ich mir die Jeansbeine um die Handgelenke. Nun hatte ich etwa einen halben Meter gewonnen. Ich schwitzte, mein Mund fühlte sich staubtrocken an.

Ich streckte ein Bein über die Brüstung, tastete mit dem Fuß nach der Hauswand und stützte die Zehen gegen den rauen Stein. *Das ist der schlimmste Teil*, sagte ich mir. *Erinnerst du dich noch daran, wie du dich für einen guten Zweck vom Haytor abgeseilt hast? Das hier ist genauso.* Mal abgesehen davon, dass mir beim Abseilen richtige Seile, ein Geschirr und ein

Kletterprofi zur Verfügung gestanden hatten. Mein Leben hatte nicht von einer kürzlich gekauften Gebrauchtjeans in Überlänge abgehangen. Ich betete niemals zu einem Gott im üblichen Sinne. Wenn ich überhaupt betete, dann zu Cousine Cordelia. Sie war die Heilige, deren Aufgabe es war, sich im Himmel für mich zu verwenden. Lass mich nicht runterfallen, flehte ich sie an. Mit diesem Gedanken schwang ich das andere Bein über die Brüstung.

Einen schrecklichen Moment lang hing ich in der Luft. Mit strampelnden Beinen und durchgestreckten Armen baumelte ich verzweifelt an einem Stück blauem Jeansstoff und wartete voller Angst auf das Geräusch von reißendem Gewebe oder aufplatzenden Säumen.

Dem guten alten Mr. Levi sei ewig gedankt. Die Jeans hielt meinem Gewicht stand, und ich wackelte mit den Zehen, bis ich Halt gefunden hatte, einen stabilen Ast, der meinen Körper tragen konnte. Ein schlankerer Zweig befand sich in Griffweite.

Ich ließ die Jeans mit der einen Hand los und packte zu. Mein zweiter Fuß fand ebenfalls Halt. Einen Moment lang verharrte ich schwer atmend auf der Stelle. Das Herz schlug mir bis zum Hals. Dann ließ ich die Jeans auch mit der anderen Hand los und hielt mich an dem Ast vor mir fest. Aus dem Fenster unter mir brandete Applaus zu mir hinauf. »Danke schön«, murmelte ich. Den hatte ich mir redlich verdient.

Junge grüne Zweige einer Glyzinie verschlingen sich miteinander. Wenn sie im Alter dicker werden und verholzen, verwandeln sie sich in gezwirbelte Taue, die sich ausgezeichnet zum Klettern eignen. Ich klammerte mich mit der rechten Hand fest und griff mit der linken so weit wie möglich abwärts. Da ich nicht in die Tiefe schauen wollte, tasteten sich meine Finger blind weiter, bis sie sich um einen Ast schlossen. Ich bewegte einen Fuß und machte mich auf die Suche nach einer Stelle ein Stück weiter unten. Auf diese Weise arbeitete ich mich – Hand um Fuß um Hand um Fuß – langsam voran. Vorsichtig prüfte ich jeden Ast auf seine Standfestigkeit, bevor ich wagte, weiterzuklettern. Unter mir hörte ich Ricky Klavier spielen. Morris sang irgendein Lied mit ziemlich rasantem Tempo. Ich kannte es nicht und konnte auch den Text nicht verstehen.

Kurz verharrte ich, um mich auszuruhen. Meine Arme zitterten, und meine Handflächen waren vom Schweiß so glitschig, dass ich schon befürchtete, die Zweige könnten mir durch die Finger gleiten, sodass ich in die leere Luft griff. Der Herbst hatte die Glyzinie ihres Laubs beraubt, ihre Äste waren kahl. Hin und wieder baumelte eine geschwärzte, verschrumpelte Samenschote vor meinem Gesicht wie eine alte Stangenbohne. Die Samen der Glyzinie sind giftig, hatte ich irgendwo gelesen. Vor dem Verzehr wurde gewarnt. Keine Ahnung, warum mir das so lustig erschien. Vermutlich war ich hysterisch, jedenfalls lachte ich lautlos auf.

Da ich mich nicht traute, nach unten zu schauen, schaute ich eben nach oben. Ich befand mich unterhalb der Fenster im dritten Stockwerk, was hieß, dass ich die in der zweiten Etage bald erreicht haben würde. Langsam hangelte ich mich weiter. Ein Sturz hätte noch immer tödliche Folgen gehabt, aber ich würde nicht stürzen. Nach unten hin wurden die verschlungenen Äste der Glyzinie immer dicker und kräftiger, was mir den Mut gab, schneller zu klettern. Inzwischen hatte ich die Fenster der zweiten Etage hinter mir gelassen. Ich riskierte einen Blick zu den weit offenen Terrassentüren direkt unter mir und zu den Steinplatten auf der Terrasse, die nur darauf zu warten schienen, dass ich mir den Hals auf ihnen brach und den Schädel zerschmetterte. Einen Moment drehte sich die Welt schwindelerregend um mich. Ich kniff die Augen zu und klammerte mich fest.

Und da hörte ich eine Stimme aus luftigen Höhen.

»Schau mal rauf, Schlampe!«

Grünkäppchen lehnte sich über die Brüstung und zielte mit einer Flinte auf mich. Wie erstarrt blickte ich in die Mündung der Waffe. Ich war ihm hilflos ausgeliefert. Grinsend krümmte er den Finger um den Abzug.

Im nächsten Moment geschahen zwei Dinge auf einmal: Begleitet von einem lautstarken Fluch machte Grünkäppchen einen Satz rückwärts und schlug nach etwas in der Luft, das seinen Kopf umschwirrte wie eine zornige Hornisse. Und außerdem bemerkte ich zu meinem Entsetzen, dass sich die Ranken, an die ich mich klammerte, langsam von der Hauswand lösten. Ich krallte mich weiter fest, während Hunderte von Jahre alte Äste Stück um Stück die Mauerhaftung verloren. Holz knackte, und Zweiglein rutschten mir durch die Finger, als sich die ganze Pflanze mit mir daran von der Wand wegbog, bis ich über der Terrasse baumelte wie ein Fisch am Haken. Im nächsten Moment zerknickte der knorrige Stamm. In einem Meer aus wogendem Geäst landete ich auf dem Terassenboden, und als ich losließ, wurde ich durch die offene Tür in den Ballsaal geschleudert. Wundersamerweise landete ich auf beiden Füßen.

Und so stand ich in T-Shirt und Unterhose mit nackten Beinen da, eine wahre Kriegerkönigin, begafft von zweihundert Zuschauern. Ricky, die Hände über den Tasten schwebend, starrte mich mit offenem Mund an. In dem Augenblick der Stille, ehe das Chaos losbrach, verzog Morris, der vor dem Klavier stand, den Mund zum Anflug eines Lächelns. »Hallo, Juno«, sagte er. »Wie nett, dass du auch vorbeischaust.«

34

Viele Dinge lassen sich wegerklären. So zum Beispiel der wilde Ritt einer Frau mit zerzaustem Haar, in Unterwäsche und mit Blut beschmiert, auf den Wogen einer Glyzinie. Allerdings stoßen die Erklärungsversuche an ihre Grenzen, sobald ein Polizeibeamter mit einer Schusswunde in einem abgeschlossenen Speicherraum ins Spiel kommt. Insbesondere dann, wenn man Gehör bei seinen Kollegen finden möchte, die kurz nach meinem Auftritt im Ballsaal wie auf ein Stichwort eintrafen.

Später, nachdem die Lage sich beruhigt hatte, fragte ich Inspector Ford, warum sie so rasch da gewesen seien. Offenbar hatte die Polizei von jemandem, der verbotenerweise eine Drohne über Privatgrund fliegen ließ, einen anonymen Hinweis erhalten: Eine Frau baumle an der Fassade von Moorworthy House, während ein Mann auf dem Dach mit einer Flinte auf sie ziele.

Inzwischen war ich mit einem Mantel aus dem Besitz von Margaret der Bösen Westhexe züchtig bekleidet. Dean war mit einem Hubschrauber, der auf dem Rasen eine spektakuläre Landung hingegelegt hatte, ins Krankenhaus gebracht worden. Die Westershalls hatte man wegen Mordes, Freiheitsberaubung und des gemeinschaftlichen Mordversuchs an einem Polizeibeamten verhaftet. Mrs. Johnson und Moss hatte man zum Verhör mitgenommen. Als ich Grünkäppchen zum letzten Mal sah, versuchte er gerade, einen Trupp uniformierte Polizisten auf den Fersen, quer über den Rasen zu fliehen. An der Spitze der Verfolger und rasch aufholend, erkannte ich

Detective Constable Cruella DeVille höchstpersönlich. Die Frau konnte rennen, das musste ich ihr lassen.

»Los, Mädel, du schaffst es!«, feuerte ich sie lautlos an. Allerdings blieb sie im nächsten Moment mit rudernden Armen und bemüht, das Gleichgewicht zu halten, am Rand eines Abgrunds stehen, während Grünkäppchen einige Meter vor ihr in die Tiefe stürzte. Wie ich später erfuhr, brach er sich dabei das Becken. Ha-Ha …

Leider hieß das auch, dass er mir den nächsten verfügbaren Krankenwagen wegschnappte, und da Inspector Ford mich auf keinen Fall ohne einen Besuch in der Notaufnahme nach Hause lassen wollte, wurde ich in einem Streifenwagen zum Krankenhaus chauffiert. Als wir durch das Tor von Moorworthy House fuhren, bemerkte ich auf der anderen Straßenseite ein Auto. Elizabeth und Olly standen am Straßenrand und winkten mir besorgt zu. Ich winkte heftig zurück und weinte den ganzen Weg ins Krankenhaus.

Das meiste Blut an mir stammte nicht von mir, sondern von Dean. Jedes Mal, wenn ich mich nach ihm erkundigte, konnte man mir nur sagen, dass man ihn wegen einer Notoperation nach Plymouth geflogen hatte, aber Inspector Ford versprach, mir Bescheid zu geben, sobald er etwas Neues hörte. Meine Aussage wollte er am nächsten Morgen aufnehmen, zunächst mussten all die Blessuren versorgt werden, die ich davongetragen hatte. Insbesondere Ellbogen, Knie und Fingerknöchel hatte es schlimm erwischt. Deshalb durchlitt ich anderthalb Stunden Desinfizieren, Verbinden und schmerzhaftes Zusammenzucken, bevor ich endlich nach Hause durfte. Eigentlich wollte mich der Arzt lieber über Nacht zur Beobachtung dabehalten, doch ich lehnte ab und bat die nette Krankenschwester, mir ein Taxi zu rufen.

»Nicht nötig«, erwiderte sie und zog den Plastikvorhang der Kabine zurück, in der ich behandelt worden war. Auf dem

Flur saßen Ricky und Morris, noch immer in Frack und Fliege. »Diese beiden Gentlemen haben auf Sie gewartet, um Sie nach Hause zu fahren.«

Schade war nur, dass der falsche Mann die Tat mit seinem Leben büßte. Eigentlich hätte es den hinterhältigen Onkel Sandy erwischen sollen, doch nicht er war es, der sich unter einem Vorwand in sein Arbeitszimmer zurückzog, sich den Lauf einer Pistole in den Mund steckte und abdrückte. Sondern Jamie.

»Hochmut kommt vor dem Fall«, seufzte Sandy, als die Polizei ihn abführte. »Genau wie sein Vater, immer auf dem hohen Ross.«

»Ich wusste gar nicht, dass Sie Moorworthy House beobachten«, meinte ich in aller Unschuld zu Inspector Ford, als dieser mich am nächsten Tag aufsuchte.

Seine Reaktion bestand in einem angedeuteten Schmunzeln. »Dass Sie die ans Unheimliche grenzende, manche sagen ja auch bedauerliche, Fähigkeit besitzen, über Leichen zu stolpern, Miss Browne, verpflichtet uns noch lange nicht, Ihnen alle unsere Geheimnisse preiszugeben.«

Ich kam mir ziemlich dämlich vor. »Nein, nein«, murmelte ich. »Natürlich nicht.«

»Aber ich möchte Ihnen danken, Juno«, fuhr er fort. »Und zwar im Namen von Constable Collins, seiner Frau und seiner Tochter. Sie sind wirklich eine mutige Frau.«

Ich lief rot an und fing unnötigerweise an, dummes Zeug zu stammeln. »Und wird er wieder ganz gesund?«, stieß ich schließlich hervor.

Der Inspector lächelte. »Wird er.«

»Und was passiert jetzt? Mit den Westershalls, meine ich.«

»Sandy Westershall wird wegen Mordes an Nathan Parr, Ben Luscombe und Ted Croaker sowie wegen des versuchten

Mordes an Dean Collins angeklagt. Emma Westershall wird man wegen diverser Drogendelikte vor Gericht stellen. Pike liegt unter Bewachung im Krankenhaus. Er wird des versuchten Mordes an Ihnen beschuldigt. Unterdessen vernehmen unsere Kollegen in London die Vorstandsmitglieder von Dravizax.« Offenbar machte ich ein ziemlich verdattertes Gesicht, denn der Inspector lachte.

»Mr. Moss war sehr kooperativ. Er hat gesungen wie ein Vögelchen. Sein Gewissen belastete ihn. Bei Mrs. Johnson glaube ich zwar nicht, dass sie ein Gewissen hat, aber sie weiß, auf welcher Seite ihr Brot gebuttert ist. Außerdem bestätigt Ihre Aussage im Großen und Ganzen die Schilderungen der beiden. Was Sie und Collins im Applecote Pit und dem Stollen zum Bergwerk von Moorworthy entdeckt haben, ist nur die Spitze des Eisbergs. Moss and Pike entsorgen schon seit Jahren den Giftmüll von Dravizax in Erdlöchern im ganzen Land. Die Westershalls sind nicht die einzigen Grundbesitzer, die Zuwendungen von ihnen erhalten haben. Und Dravizax ist auch nicht der einzige Kunde der Westershalls.«

Ich hatte Mitleid mit Jess. Ihr Verlobter war tot, und ihr Vater würde ins Gefängnis wandern. Und sie hatte nichts von all den Vorgängen geahnt.

»Und Gavin?«, fragte ich. »Wird auch jemand wegen des Mordes an ihm angeklagt?«

Seufzend blies der Inspector die Wangen auf. »Wenn man Emma Westershall glauben kann, war sein Tod tatsächlich ein Unfall. Leider haben wir bis jetzt Mr. Eddie Coates noch nicht in die Finger gekriegt, damit er uns seine Version der Ereignisse schildert. Aber das werden wir schon noch. Sagen wir mal, die Ermittlungen im Fall Gavin sind noch nicht abgeschlossen.«

Der arme Gavin. Eigentlich hätte er der Held dieser Geschichte sein sollen. Es wäre seine Aufgabe gewesen, dem bösen Riesen Dravizax mit dem Schwert der Virangha den Todesstoß zu versetzen. Ich besuchte mit Olly seine Eltern, und wir zeigten ihnen den Film, den die Drohne aufgezeichnet hatte, Bilder, auf denen Gavin winkte und so glücklich aussah. Olly mailte die Aufnahmen an ihren Computer, damit sie für immer eine Erinnerung an ihn hatten.

Ich fuhr nach Plymouth, um Dean im Derriford Hospital zu besuchen. Inzwischen hatte das Umweltministerium angefangen, den Giftmüll aus dem Bergwerk von Moorworthy zu beseitigen und das Gelände zu dekontaminieren. Alec Pedrick war als Berater hinzugezogen worden, um mit den Fledermäusen zu helfen. Offenbar würden sie bald ihren Winterschlaf beginnen, weshalb es äußerst problematisch war, sie jetzt zu stören.

Bei meiner Ankunft im Krankenhaus saß Deans Frau Gemma mit der kleinen Alice an seinem Bett. Ich hielt das Baby kurz im Arm. Es hatte die rosigen Augenlider geschlossen und schlief tief und fest. Die Kleine wachte zwar nicht auf, aber als ich ihre rosenknospenähnliche Faust von ihrem Mündchen entfernte, hätte ich schwören können, dass sie mich anlächelte. Dean würde noch ein wenig im Krankenhaus bleiben müssen und mit viel Liebe und Fürsorge aber wieder vollständig genesen.

Liebe und Fürsorge. Eigentlich klang das ganz gut, sogar ziemlich verlockend. Aber nachdem Ricky und Morris mich einige Tage lang bemuttert hatten wie zwei Glucken – außerdem stibitzte Ricky meinen Terminkalender und sagte hinter meinem Rücken alle meine Termine für diese Woche ab –, kam ich zu dem Ergebnis, dass ich Liebe und Fürsorge nur in begrenztem Maße ertragen kann. Allerdings nutzten wir die Zeit, um meinen Transporter, meinen Rucksack, mein Smartphone und zu guter Letzt auch meine Jeans zu bergen. Außerdem bekam die Böse Westhexe ihren Mantel zurück.

»Wir wussten, dass etwas nicht stimmt, weil du nicht gekommen bist«, sagte Elizabeth, als ich endlich bei den beiden am Teetisch saß. »Du hättest uns niemals einfach so versetzt.«

Olly nickte. »Wir haben dich tausendmal angerufen.«

»Wahrscheinlich war ich gerade in einem unterirdischen Gang.«

»Also haben wir deine Freundin Pat auf der Tierschutzfarm kontaktiert …«

»Und die hatte sich schon Sorgen gemacht, weil du am Nachmittag nicht zu deiner Schicht im Laden aufgekreuzt bist«, unterbrach Olly. »Sie hatte auch versucht, dich zu erreichen …«

Deshalb hat sie Adam und Kate angerufen, ergänzte ich in Gedanken. Ich hatte die Geschichte nämlich schon von sämtlichen beteiligten Parteien gehört, aber ich wollte Olly nicht die Freude verderben. Kate hatte darauf bestanden, die Polizei zu verständigen, doch da ich noch keine vierundzwanzig Stunden verschwunden gewesen war, hatte man sich auf dem Revier geweigert, mich als vermisste Person zu behandeln. Und so hatten sie am nächsten Morgen wieder angerufen, nachdem ich auch nicht zum Frühstück erschienen war.

»Es war Ollys Idee, dich am nächsten Morgen mit der Drohne zu suchen«, fuhr Elizabeth fort. »Er war sicher, dass du auf Gut Moorworthy bist …«

»Ich hatte so eine Vorahnung!«, verkündete er dramatisch.

»Wir dachten, wenn wir die Drohne dort fliegen lassen, entdecken wir vielleicht deinen Transporter.«

»Den hatte ich auf dem Holne Moor geparkt.«

Elizabeth lächelte. »Ich wäre fast dran vorbeigefahren, aber Olly hat ihn gesehen. Wir dachten, du wärst vielleicht wandern gegangen und hättest dich im Moor verlaufen. Aber Olly wollte mit der Drohne unbedingt noch ein letztes Mal über Moorworthy House fliegen – und da warst du!«

»Ich habe ihn angegriffen, diesen Fettsack auf dem Dach, den mit der Knarre. Ich habe ihn mit der Drohne fertiggemacht.« Olly strahlte übers ganze Gesicht, und seine blauen Augen funkelten aufgeregt. »Hast du das gesehen?«

»Natürlich«, erwiderte ich. »Wenn du das nicht getan hättest, hätte der Typ mir den Kopf weggeschossen.«

»Wir haben es auf Film. Wir mussten eine Kopie an die Polizei mailen, damit die es sich anschauen können. Es ist echt lustig, wie die Drohne um seinen Kopf herumflitzt. Möchtest du mal sehen?«

»Später«, sagte Elizabeth mit Nachdruck. »Lass Juno erst mal in Ruhe essen.«

Offenbar verstanden sie und Olly sich gut. Das Haus wirkte irgendwie fröhlicher. Olly hatte immer Ordnung gehalten, doch nun schien es heller und gemütlicher zu sein. So als wären die staubigen Ecken verschwunden. Die Zimmer machten einen luftigeren und bewohnteren Eindruck. Auf dem Küchentisch stand eine Vase mit frischen Blumen. Außerdem gab es Pläne, Elizabeths Schlafzimmer umzugestalten.

Ich war sicher, dass Olly seit unserer letzten Begegnung um einige Zentimeter in die Höhe geschossen war. Befreit von der Angst vor Entdeckung und der Last des Alleinlebens, schien er regelrecht aufzublühen. Später, während er sich eine Sendung auf dem neuen Flachbildfernseher ansah, den Elizabeth angeschafft hatte, fragte ich sie, wie es so lief.

»Bestechung und Korruption«, räumte sie ein. »Aber es klappt.«

Ich musterte sie zweifelnd. »Keine Kinderkrankheiten?«

»Natürlich. Aber ich habe Olly davon überzeugt, dass wir uns nicht immer an Dollys Regeln zu halten brauchen und neue erfinden können, solange wir uns darin einig sind. Bis jetzt funktioniert es. Offen gestanden glaube ich, dass er es sogar mag, wenn jemand ein bisschen an ihm herumerzieht.

Das vermittelt ihm Sicherheit.« Toby, der sich vor dem warmen Ofen gerekelt hatte, streckte sich, schlenderte herbei und hüpfte auf Elizabeths Schoß. Nachdenklich streichelte sie seinen Kopf. »Wir fühlen uns wohl in Ashburton, Toby und ich. Ich bin dem Chor von St. Andrews beigetreten und möchte mir einen Teilzeitjob suchen.«

»Du bleibst also?«

»Es stehen wichtige Dinge an. Olly muss sich bald entscheiden, wie es schulisch weitergehen soll. Er will Abitur machen und studieren. Allerdings ist seine Rechtschreibung eine Katastrophe. Ich habe ihm erklärt, dass er sich dringend auf den Hosenboden setzen muss. Außerdem würde ich ihm gern ein neues Fagott schenken. Sein momentanes Instrument ist eine Leihgabe von der Schule und ziemlich schlicht. Er braucht ein besseres.«

»Meinst du, er hat Talent?«

»Er hat einen ausgezeichneten Ansatz und bringt für einen so zierlichen Menschen einen angenehm tiefen und satten Klang hervor. Das Fagott ist kein einfach zu spielendes Instrument, deshalb beherrschen es nur wenige. Ein Fagottist wird niemals arbeitslos.« Sie lachte auf. »Nicht dass Olly im Augenblick eine Karriere als Musiker anstrebt.«

»Möchte er immer noch Koch werden?«

»Nein, aktuell schwebt ihm eher Tierarzt vor. Wahrscheinlich liegt es an der Arbeit auf der Tierschutzfarm … ich muss dir übrigens noch etwas erzählen.« Sie senkte die Stimme, damit Olly sie nicht hörte. »Morgen kommt Prudence zum Tee.«

»Wer ist Prudence?«

»Nun, nach dem Foto auf Ollys Smartphone zu urteilen, eine ziemlich niedliche kleine Dreizehnjährige. Sie spielt im Schulorchester die Flöte.« Sie zögerte kurz. Dann wurde ihre Miene ernster. »Und wir haben Dolly, was unsere Nachbarin angeht, nach Oakdene umgesiedelt.«

»So bald?«

»April war für einige Tage verreist. Die Gelegenheit erschien uns günstig.«

»Und sie hat nie daran gezweifelt, dass du Ollys Tante bist?«

»Warum sollte sie?« Gedankenverloren kraulte sie Toby den Kopf und sah mich dann wieder an. »Außerdem spricht in meinen Augen nichts dagegen, dass Dolly weiterhin in Frieden unter dem Blumenbeet ruht …«

»Aha!«, meinte ich überrascht. »Olly hat es dir also erzählt?«

»Hat er. Ich fand es schmeichelhaft und betrachte es als Vertrauensbeweis. Wenn die Zeit reif ist … das heißt, wenn Olly so weit ist … sagen wir April von nebenan einfach, dass Dolly in Oakdene friedlich eingeschlafen ist. Natürlich müssen wir sie auch offiziell sterben lassen, um die Rentenzahlungen zu stoppen.«

»Was ist mit dem Totenschein?«

Sie zog eine ihrer zarten Augenbrauen hoch. »So schwierig kann es doch wohl nicht sein, einen Totenschein aufzutreiben. Sicher lässt sich einer im Internet kaufen, wenn man lange genug sucht.«

»Kopien von bereits existierenden Totenscheinen kann man kriegen«, stimmte ich zu. »Das Problem ist nur, dass es kein Original gibt.«

»Bestimmt kann man durch eine sorgfältige Fälschung …« Sie zuckte die Achseln. »Ich werde gründlich recherchieren.«

Ich habe Elizabeth wirklich gern.

Nachdem Olly mir den Film von Grünkäppchen auf dem Dach fünf Mal – einschließlich Schnelldurchlauf und rückwärts – vorgeführt hatte, spielte er mir etwas auf dem Fagott vor. Elizabeth begleitete ihn auf dem frisch gestimmten Klavier. Es war ein Stück, das sie gerade für seine Musikprüfung übten.

Elizabeth hatte eine Weile gebraucht, um ihn dazu zu überreden, sich anzumelden, und sie war sicher, dass er bestehen würde. Als ich den Gartenweg entlangging, waren sie gerade dabei, das Stück noch einmal zu wiederholen, und debattierten vergnügt irgendeine Kleinigkeit. Sie hatten mein Verschwinden gar nicht bemerkt.

»Ich weiß nicht, ob ich es im Antiquitätengeschäft je zu etwas bringen werde«, gestand ich Ricky und Morris.

Über eine Platte mit selbst gemachtem Gebäck hinweg sah Morris mich besorgt an. »Warum sagst du das, Juno? Ich dachte, du hättest Freude daran.«

»Na ja, gestern war ich auf dem Flohmarkt und habe eine wirklich seltene Keramik von Poole entdeckt. Die Frau wollte sie für ein Pfund verkaufen. Das Stück hatte ihrer Mutter gehört und gefiel ihr nicht. Ich hingegen wusste, was es in Wirklichkeit wert war und wie viel ich daran verdienen würde. Offen gestanden habe ich mich gefühlt wie eine Betrügerin.«

»Oh, jetzt erzähl uns bloß nicht …« Ricky verdrehte die Augen.

»Also habe ich ihr einen Fünfer gegeben und …«

Mit einem Aufstöhnen tat er, als schlüge er mit dem Kopf auf die Tischkante. »Schau, wenn die blöde Kuh keine Ahnung hatte, ist das ihr Fehler. Sie hätte sich, so wie du auch, im Internet informieren können.«

»Ich weiß«, räumte ich ein. »Außerdem ist mir klar, dass es Sinn und Zweck dieses Geschäfts ist, günstig zu kaufen, teuer zu verkaufen und so dabei Gewinn zu machen. Nur dass der wahre Wert eines Gegenstands irgendwo in der Mitte liegt …«

»Und sich ständig ändert«, fiel Ricky mir ins Wort.

»Das stimmt, Juno«, pflichtete Morris ihm ernst bei. »Schau dir meine Teekannen an. Einige sind inzwischen viel mehr wert als damals, als ich sie gekauft habe. Aber bei anderen ist der Preis gesunken. Antiquitäten kommen in Mode und werden wieder unmodern.«

»Es ist nur ein Spiel, Liebelein!«, rief Ricky verzweifelt aus. »Mit Antiquitäten zu handeln ist nur ein verdammtes Spiel. Du nimmst das alles zu ernst.«

»Vielleicht.« Ich war nicht überzeugt.

»Eine Sache ist nur das wert, was jemand dafür zu zahlen bereit ist«, beharrte er.

Morris tätschelte mir die Hand. »Weißt du was, diese Woche findet bei Rendells eine Auktion statt. Warum fahren wir nicht zusammen hin und schauen, ob es was Interessantes gibt.«

»Gute Idee.« Ricky nickte und zündete sich eine Zigarette an. »Wir können deine Gebote im Auge behalten.«

»Übrigens«, fügte Morris hinzu, »müssen wir dich um einen Gefallen bitten. Im Dezember haben wir ein Konzert im Ashburton Arts Centre. Jemand hat abgesagt, und jetzt haben die Organisatoren eine Lücke im Programm. Deshalb hat man uns gefragt, ob wir einspringen und etwas auf die Beine stellen könnten. Wir dachten, der Erlös könnte an die Honeysuckle Farm gehen. Wie findest du das?«

»Das wäre wundervoll! Pat wird außer sich sein vor Freude.«

»Ha! Dafür würde ich sogar Eintritt bezahlen.« Ricky pustete Rauch aus. »Ich meine, dafür, dass Pat vor Freude außer sich gerät.«

»Sei nicht so gemein.« Ich verzog das Gesicht. »Und welchen Gefallen soll ich euch jetzt tun?«

»Nun, da es kurz vor Weihnachten stattfindet, führen wir vielleicht unsere Standardpantomime auf«, sprach Morris aufgeregt weiter.

»Oh, spitze!« Ich liebe ihre Standardpantomime. Die beiden schlüpfen selbst in sämtliche Rollen, und das Ganze dauert nur zehn Minuten.

»Hilfst du uns hinter der Bühne beim Umziehen?«, fragte Ricky.

»Na klar.«

»Wir dachten außerdem, wir wiederholen das Ganze bei unserem Fest am zweiten Weihnachtsfeiertag.«

»Du kommst doch, oder?«, fragte Ricky.

Natürlich würde ich da sein. Niemand, der noch bei klarem Verstand war, lehnte eine Einladung zu dieser Weihnachtsfeier ab. Essen und Darbietungen waren legendär. »Darf ich Elizabeth und Olly mitbringen?«

Er wedelte lässig mit der Zigarette. »Bring mit, wen du willst.«

Das ließ mich einen Moment innehalten, denn der Mensch, den ich am liebsten zu dieser Party mitgebracht hätte, war Nathan Parr. An dem Abend, als er ermordet wurde, war er tatsächlich unterwegs zu der Verabredung mit mir gewesen. Als die Polizei seine Leiche aus dem Autowrack geborgen hatte, hatte er eine rote Nelke am Revers gehabt. Eine Sache war nur so viel wert, wie jemand dafür zu zahlen bereit war. Und für die Dinge, die Nathan etwas bedeuteten, hatte er mit seinem Leben bezahlt. Ich hätte ihn gern besser kennengelernt, doch das würde nun niemals geschehen. Nie würde ich erfahren, wie er ohne diesen Piratenhut aussah.

Offenbar standen mir meine Gedanken ins Gesicht geschrieben, denn Ricky legte plötzlich seine Hand auf meine. »Sei nicht traurig, Liebelein.«

Ich lächelte erst ihn und dann alle beide an. »Alles bestens.«

»Apropos Weihnachten«, fuhr Ricky in dem ziemlich durchsichtigen Versuch, mich abzulenken, fort. »Hast du dir schon überlegt, was du mit dem Laden machen willst? Wir haben schon November, und ihr Einzelhändler müsst euch mit diesen Dingen befassen. Du darfst dir das Weihnachtsgeschäft nicht entgehen lassen und solltest ein bisschen dekorieren.«

»Pat und Sophie haben schon jede Menge Ideen«, gestand ich seufzend. »Aber ich habe noch gar nicht richtig an Weihnachten gedacht.« Meine einzige Entscheidung bestand darin, dass ich Gavins Bücherregale übernehmen würde. Ich war fest entschlossen, im *Old Nick's* einen Buchladen einzurichten. Und wenn es keine Interessenten gab, die die Verkaufsfläche mieten wollten, würde ich sie selbst bestücken.

»Nun, wir haben eine wundervolle Idee, richtig, Maurice?«

Sofort schrillten meine Alarmglocken, und ich machte mich auf das Schlimmste gefasst.

»Wir könnten dein Hinterzimmer in ein Winterwunderland verwandeln. In die Grotte des Weihnachtsmanns. Damit Eltern mit ihren Kindern kommen. Eine kleine Vorstellung vielleicht …«

»Äh, ich glaube nicht …«

»Maurice spielt den Weihnachtsmann, oder?«, redete er einfach weiter. »Und ich bin Professor Yule, der die Rentiere beaufsichtigt …«

»Rentiere?«

»Hat Pat denn kein Rentier?«

»Nein, nur ein Lama.«

»Nun, damit geht es auch.«

Erst jetzt wurde mir klar, dass die zwei mich auf den Arm nehmen wollten. Aber ich ließ mir nichts anmerken. »Wirklich eine tolle Idee«, stimmte ich zu. Ich griff nach einem Stück Gebäck und bestrich es mit Marmelade und einem Klecks Rahm. Der Rahm kam natürlich zuerst, denn schließlich machen wir in Devon keine halben Sachen. Ich nahm einen großen Bissen, lehnte mich zurück und ließ die beiden reden.

Danksagung

Mein Dank gilt Jenny Donaldson vom Buchladen Gnash! in Ashburton, die mir die Augen für die Bandbreite und Schönheit der Graphic Novel geöffnet hat. Außerdem danke ich der Devon Bat Group für ihre sehr informative Webseite zum Thema Fledermäuse und dafür, dass sie sich für diese Tiere engagieren. Ohne meine Agentin Teresa Chris und das Team bei Allison & Busby wäre ich verloren. Ebenso ohne meinen Mann Martin, der mich im Arbeitszimmer gefangen hält und durch das Schlüsselloch Tee einleitet.